Silahlara Veda
Ernest Hemingway

Çeviren: Belkıs Dişbudak
Çeviri Editörü: Yasemin Yener
Editör: Biray Üstüner
Son Okuma: Bekir Tekkaya
Sayfa Düzeni: Didem Kestek
Kapak: Tasarımofisi Reklam Danışmanlık ve Proje Ltd. Şti.

Orijinal Adı: *A Farewell to Arms*

ISBN: 978-975-22-0279-5

1. Basım 2009

34. Basım
Ağustos 2024

BİLGİ YAYINEVİ • 8724
Meşrutiyet Cd., No: 46/A, Yenişehir 06420 / ANKARA
Tlf.: (0-312) 434 49 98/ 434 49 99/ 431 81 22 • Faks: (0-312) 431 77 58
www.bilgiyayinevi.com.tr • info@bilgiyayinevi.com.tr
Sertifika No: 15033

Baskı ve Cilt: Ertem Basım Ltd. Şti.
Başkent Organize Sanayi Bölgesi, 22. Cd., No: 6
Malıköy, Temelli/Ankara Tlf.: (0-312) 640 16 23
Sertifika No: 48083

ERNEST HEMINGWAY

Bütün Eserleri/7

Silahlara Veda

roman

Çeviren: BELKIS DİŞBUDAK

BİLGİ YAYINEVİ

G.A. PREIFFER'a

Yazarın Silahlara Veda İçin 1948'de Yazdığı Önsöz

Bu kitap Paris-Fransa'da, Key West-Florida'da, Piggott-Arkansas'da, Kansas City-Missouri'de ve Sheridan Wyoming'de yazıldı, ilk taslağı Big Horn-Wyoming yakınlarında bitti. Yazıya 1928 kışının ilk aylarında başlandı ve ilk taslak aynı yılın eylülünde bitirildi. Yeniden yazımı 1928'in sonbahar ve kışında Key-West'de yapıldı, son yazımı ise 1929 ilkbaharında Paris'te tamamlandı.

Ben ilk taslağı yazarken ikinci oğlum **Patrick**, Kansas City'deki bir hastanede sezaryenle doğdu, yeniden yazım sırasında da babam, Oak Park-Illinois'da kendini öldürdü. Kitabı bitirdiğimde henüz tam otuz olmamıştım, yayımlandığı gün ise borsanın çöktüğü gündü. Bana hep babam o günü beklemek isterdi gibi gelmiştir ama belki de o sıra acelesi vardı. Yargılamak istemem çünkü babamı çok severdim.

O yıl olup biten bütün bu olayları, o sıra yaşadığımız yerleri, yılın iyi ve kötü dönemlerini, hepsini hatırlıyorum. Ama her günümü kitabın içinde geçirişimi, neler olduğunu tasarlayışımı çok daha net anımsıyorum. Ülkeyi, insanları, yer alan olayları kurgularken daha önce hiç olmadığım kadar mutluydum. Her gün kitabı en başından o sıra vardığım yere kadar tekrar okuyor, yazmayı da, hâlâ iyi yazabiliyorken ve bir sonraki olayları da düşünüp bulmuşken bırakıyordum.

Kitabın trajik olması beni mutsuz etmiyordu; çünkü zaten hayatın bir trajedi olduğuna inanıyor, yalnızca tek bir sonu olabileceğini biliyordum. Ama bir şeyi uydurmayı başarabildiğimi görmek, okurken mutlu edecek kadar gerçekçi bir şey yaratabilmek ve çalıştığım her gün bunu yapmak, bana ömrümde tatmadığım bir mutluluk verdi. Bunun yanında başka hiçbir şeyin önemi yoktu.

Daha önce de bir roman yayımlamıştım. Ama başlarken nasıl roman yazılacağını hiç bilmediğim için fazla hızlı ve her gün canım çıkana kadar yazmıştım. O yüzden de ilk taslak çok kötüydü. Altı haftada yazdım ama baştan sona tekrar yazmak zorunda kaldım. Ne var ki yeniden yazarken çok şey öğrendim.

Atlarla alakalı çok, yayıncılık işi hakkında muhtemelen bir insan için ne kadar mümkünse o kadar fazla ve –ne ilginçtir ki– kitaplarla ilgili de bir şeyler bilen yayıncım **Charles Scribner**, benden illüstrasyon ve bir kitabın resimlenmesi konusundaki düşüncelerimi yazmamı istedi. Buna cevap vermek çok basit: Eğer ressam da yazarın mesleğinde olduğu kadar iyi veya daha başarılı bir ressam ya da çizer değilse, yazar için yaratışını anımsadığı yerler ile insanların, orada bulunmamış biri tarafından çizilip kâğıda aktarıldığını görmek kadar düş kırıklığına uğratıcı bir şey olamaz.

Bahamalar'da geçen bir kitap yazabilseydim, **Winslow Homer** tarafından resimlenmesini isterdim; tabii illüstrasyon yapmaması, yalnızca Bahamaları ve kendisinin orada neler gördüğünü çizmesi kaydıyla. Ben **Guy de Maupassant** olsaydım –ki yerinde olmak için nelerimi vermezdim– eserimin **Toulouse Lautrec**'in çizimleri ile resimleri, **Renoir**'nın çaylaklıktan ustalığa geçiş dönemine ait açık havada manzaralarıyla bezenmesini ister, hiçbir ressam daha iyi iş çıkaramayacağından Normandiya betimlemelerime ise dokundurmazdım.

Bunu sürdürebilir, öbür yazarları sıralayabilir, kendiniz o olsaydınız ne isteyeceğinizi sayabilirsiniz. Ama geçen yıl ölen **Max Perkins**'le diğer herkes gibi o yazarların hepsi öldü, ressamlar da. İşte bu yılın iyi yanı da o; artık bu yıl kim ölürse ölsün, asla geçen yıl veya 1944 ya da 1945'in kış başı ile baharı kadar kötü de olamaz. İnsan kaybı konusunda onlar müthiş hasat yıllarıydı.

Sun Valley-Idaho'da, parasını başkalarının verdiği şampanyayla ve insanlar ciddi ciddi, şişko göbeklerini, burunlarını, geniş yakalı uzun ceketlerinin apoletlerini ya da diğer belirgin yerlerini değdirmeden, gerilmiş bir kordonun ya da tahta çubuğun altından geçmeye çalıştıkları bir çeşit oyun oynarken bu yıla girdiğimizde, bir köşede oturmuş Bayan **Ingrid Bergman**'la ikimizi de ağırlayan ev sahibimizin şampanyasını içerken ona, *"Bak kızım"* dedim, *"Bu yıl hiç görmediğimiz kadar kötü bir yıl olacak."* (Nitelemekte kullandığım sıfatları buraya almıyorum.)

Bayan **Bergman**, neden o kadar kötü bir yıl olacağını sordu. Enikonu iyi yıllar yaşamış biri olduğu için bu sözümü kabullenme konusunda isteksizdi. Ona bunu ayrıntılı açıklayamayacağımı çünkü İngilizce bilgimin sınırlı olduğunu, üstelik de telaffuzumun pek güzel olmadığını söyledim; ama kötü bir yıl olduğunu –henüz– birbiriyle ilgisiz pek çok gözlemimden çıkardığımı, zenginlerin karşımızda pür neşe o gerilmiş ipin ya da değneğin altından sırtüstü debelenmelerinin de bana güvence vermekten pek uzak olduğunu söyledim. Konuyu o kadarıyla bıraktık.

Neyse, bu kitap ilk defa 1929 yılında, borsanın çöktüğü gün yayımlandı. Resimli baskısı da bu yıl, sonbahara çıkacak. **Scott Fitzgerald** öldü, **Tom Wolfe** öldü, (biyografisini yazanların yarattığı **Joyce**'un aksine birlikte iyi vakit geçirilecek bir dost olan, bir keresinde sarhoşken bana, çalışmalarını aşırı varoş türünde bulup bulmadığımı soran) **Jim Joyce** öldü, **John Bishop** öldü, **Max Perkins** öldü. O arada, ölmesi gereken daha bir sürü kişi de öldü; Milano'da benzin istasyonlarının dışında baş aşağı sallandırılarak ya da Almanya'nın fazlasıyla bombalanmış kentlerinde öyle ya da böyle asılarak can verdi. Adı sanı olmayan bir yığın insan da öldü; çoğu da yaşamayı son derece severdi.

Kitabın adı ***Silahlara Veda*** ama kitap yazıldığından beri geçen sürede, üç yılı hariç, her an şu ya da bu tür bir savaş var. Bir zamanlar bazıları, "İnsanlar niye savaşa böylesine kafa yorup saplantı haline getirmiş" diye sorarlardı ama şimdi, 1933'ten beri bir yazarın daimi, zorba,cani, hırpani suçlarıyla savaşa neden ilgi duyması gerektiği belki de netlik kazanmıştır. Bunların pek çoğunda bulunduğum için eminim önyargılıyımdır; aslında umarım fazlasıyla önyargılıyımdır. Ama bu kitabın yazarının iyice düşünülmüş fikrine göre, savaşlar en iyi insanlar, ya da sadece insanlar diyelim, –hoş, savaştıkları yere ne kadar yaklaşırsanız o kadar iyi insanla tanışıyorsunuz– tarafından savaşıldığı; ancak bunlar düpedüz ekonomik rekabetler ve çıkar sağlayacak domuzlar tarafından yaratılıp, kışkırtılıp başlatıldığı yönündedir. Bence savaştan kâr edecek ve kışkırtan insanlar daha savaşın ilk gününde o savaşta çarpışacak, ülkelerinin sadık vatandaşlarının hukuki temsilcileri tarafından kurşuna dizilmeli.

Eğer o savaşa gidecek kişiler bu görevi yasal olarak verirse, bu kitabın yazarı söz konusu kurşuna dizme işini üstlenmekten mutluluk duyacak, bu işin mümkün olan en insancıl şekilde ve düzgünce (şüphesiz kimi vurulan diğerlerinden daha düzgün davranacaktır) yapıldığından emin olmaya çalışacaktır ve her cesedin usulüne uygun defnedilmesini sağlayacaktır. Hatta selofana ya da daha yeni plastik materyallere sarılarak gömülmelerini bile ayarlayabiliriz. Eğer sonunda benim yeni savaşı herhangi şekilde kışkırttığıma ya da verilen görevi doğru dürüst yerine getirmediğime dair kanıtlar bulunursa da, seve seve değilse bile, aynı idam mangası tarafından kurşuna dizilmeye, selofanlı veya selofansız gömülmeye ya da bir tepede çırılçıplak bırakılmaya da razı olurum.

Eh, yaklaşık yirmi yılın sonunda, işte kitap ve bu da onun önsözü.

Ernest Hemingway
Finca Vigia,
San Francisco de Paula, Küba
30 Haziran 1948[1]

---

1) **Hemingway, Ernest**. *Silahlara Veda: Hemingway Library Baskısı*. Scribner.

ÖNSÖZ

Bu kitabın, ilk bakışta fark edilmeyecek daha pek çok yönü var. ***Silahlara Veda***'nın bu baskısı, daha önce edebiyat bilimcilerinin daha az göze çarpan kimi noktaları belirtmek ve açıklamak için kendi profesyonel makalelerinde kullandıkları ama hiçbir zaman yayımlanmamış tüm manüskri malzemesini de genel okura sunmaktadır.

Bana göre o noktaların en ilginç olanı **Erwin Schrödinger**'le ilgili olanıdır. Biyografisini yazan **Walter Moore**, 1917 baharında savaş alanından Viyana'ya kalıcı tayininden önce **Schrödinger**'in 1915-16 yıllarında topçu subayı olarak görev yaptığı Avusturya-İtalya arasındaki cephenin o bölgesinin gerçekçi bir tablosunu sunarak, ***Silahlara Veda***'nın şu paragrafını aktarmaktadır:

> Ağustosta nehri geçtik, Gorizia'da çevresi duvarlarla çevrili bahçesinde havuzu, gölge veren bir sürü ulu ağacı, binanın yan duvarında da mor bir sarmaşığı olan bir eve yerleştik. (...) Nehir arkamızdan geçiyordu. Kasaba ustalıkla ele geçirilmişti ama ilerisindeki dağlar alınamıyordu; Avusturyalıların günün birinde, eğer savaş biterse, buraya geri dönmeye istekli görünmesine pek memnundum çünkü burayı yok etmek istermişçesine değil yalnız askeri açıdan hafifçe bombalıyorlardı.

Tabii **Hemingway** bunların hepsini uydurmuştu –tıpkı **Stephen Crane**'in ***Kırmızı Cesaret Madalyası***'nda yaptığı gibi. Teğmen **Schrödinger**'in, ilk sinema filminde Frederic Henry'yi canlandıran **Gary Cooper**'dan çok 1918'de göründüğü haliyle **Hemingway**'e benzeyen, yani **Hemingway**'den on iki yaş büyük olduğu halde **Schrödinger**'in pek genç göründüğü, cephede çekilmiş bir fotoğrafı var! **Hemingway** de, **Schrödinger** de 1961'de öldüler. Her ikisi de Nobel ödülü kazanmıştı –**Hemingway** edebiyatta, **Schrödinger** de fizikte.

Başlangıçların ve alternatif sonların ayrıntılarını ve **Heidegger**'ın Dasein'le[2] ilgili düşüncelerini izlemeye çalışırken bütün bunları da aklınızda tutun.

Kişisel bir not olarak da; **Hemingway**'in bu romanını oluşturmak için kullandığı hammaddelere annemin ilk hamileliği ile benim doğumumun hayli katkı sağladığı doğrudur. Gerçi ben ölü doğmadım, annem de doğum yaparken ölmedi ama türlü zorluklar nedeniyle sezaryenle dünyaya getirildim. Ebeveynim boşandıktan bir süre sonra ancak gençliğimde geçirdiğim hastalıkla geçici olarak tekrar yakınlaştıklarında bir keresinde babam doğum günümü unutmuş, annem de ona mektup yazıp hatırlatmıştı. Babam yanıtında o olayı aslında benden çok annemle ilgili bir olay olarak hatırladığını yazmıştı.

Patrick Hemingway

2) Almanca "varoluş" anlamına gelmektedir. İlk olarak Alman filozof **Karl Joseph** tarafından kullanılan terim **Martin Heidegger**'in, ***Varlık ve Zaman*** eserinde irdelenmektedir. [ç.e.n.]

SUNU

Silahlara Veda, yirminci yüzyılın en önemli kitaplarından biridir. **Ernest Hemingway**'in taze, yeni, dolaysız düzyazı biçimiyle kısa öykü yazma becerisi 1920'lerde edebiyat dünyasının dikkatini çekti. Birinci Dünya Savaşı sonrası Paris'te yaşayan farkındalık kazanmış gurbetçi neslini konu eden ilk romanı, ***Güneş de Doğar***, anında başarı kazanmıştı ama döneminin en iyi yazarlarından biri namını ***Silahlara Veda***'nın yayımlanmasıyla sağlamlaştırdı. Çoğu okur için en iyi romanı budur.

Silahlara Veda bugün okurlara Birinci Dünya Savaşı'yla ilgili olağanüstü bir kesit sunar: Yirminci yüzyılın ilk çeyreğinde savaş sırasında savaş ve aşk deneyimi. **Hemingway**'in yazımı net ve kolay anlaşılırdır ama nesiller boyu edebiyatçılar romanın pek çok güçlüğünü de doğrulamıştır. ***Silahlara Veda***'yı ilk olarak üniversite yıllarımda okuyuşumu anımsıyorum. O vakit deneyimim –verdiği keyif azalmasa da– bugün, yirmi beş yıl sonra okumaktan çok farklıydı. **Hemingway**'in romanı dikkatli okumanın karşılığını veriyor. Öneminin büyüklüğü tekrar tekrar okundukça yavaşça ortaya çıkıyor.

Geçtiğimiz kasım, Montana'da **Patrick Hemingway**'le birlikte bu yeni baskıyı hazırlarken, romanın ne kadar dikkatli kurgulandığı ve içinde yer alan motifler dikkatimi çekti. Sohbet ederken Missouri Nehri'nin üzerindeki evinin penceresinden dışarı baktık; **Patrick**, babasının yazımının doğayla kıyaslanabileceğini söyledi: Zengin motifleri olan çarpıcı derecede güzel ve karmaşık bir dünya. O anda iki genç beyaz kuyruklu geyik dört metre bile uzağımızda olmayan bir söğüt ağacına doğru salına salına yürüdü: Pastoral bir manzara. **Patrick** pencereye biraz daha yaklaşıp geyiklerin ondan sonra ne yapacaklarını seyretmeyi önerdi.

Beyaz kuyruk çiftleşme mevsiminin –karşımızda duran iki hayvan gibi genç erkeklerin, bir eş için rekabet etmeye içgüdüsel bir hazırlık olarak, genellikle dalaştığı dönemin– henüz başlamakta olduğunu açıkladı. Açıklamasını henüz bitirmişti ki iki genç hayvan gerilediler, şakayla karışık bir dalaşmayla boynuzlarını birbirine geçirdiler. Birkaç dakika sonra üç genç dişi geyik gelip onları izledi. **Patrick** sonradan bana, daha önce böyle bir sahneyi canlı olarak hiç seyretmediğini söyledi.

Silahlara Veda'da da, tıpkı doğada olduğu gibi, olayların önemi genellikle yüzeyin altındadır ama neye baktığınızı biliyorsanız, onu yine de görebilirsiniz. Büyükbabam her zaman, *aysberg* ilkesine göre yazmaya çalıştığını söylerdi. Alttaki kısım, yüzeyde görünenin yedi-sekiz katı kadardı yani.[3] **Hemingway**'in aysberg ilkesinin özellikle önemli bir örneği ***Silahlara Veda***'da, Frederic Henry'nin taşıdığı pistolla ilgilidir ama sivil okur bunu kolay fark edemeyebilir. Bir subaya verilen pistolun ilk görevi, emrindeki askerlerin aldıkları talimatı yerine getirmelerini sağlamaktır. İkinci Dünya Savaşı'nda Avrupa'daki müttefik saldırısı sırasında koskoca bir orduya komuta eden General **George S. Patton Jr.** her zaman iki pistol taşırdı; biri Smith & Wesson .357, öbürü de 1873 modeli, fildişi kulplu bir Colt .45'ti. Teğmen Henry yaralanıp pistolunu kaybettiğinde, ne yapıp yapıp onun yerine bir yenisini almadan cepheye dönmez. İtalya'da Caporetto'dan geri çekilirken adamlarından ikisinin görevlerini ihmal edişini önlemek için pistolunu kullanır. Gariptir ama Frederic Henry sonradan asker kaçağı sanılmış, kurşuna dizilmesine ramak kalmış, sonuçta canını kurtarmak için gerçekten de kaçmak zorunda kalmıştı.

---

3) Bkz. **Ernest Hemingway**, *Öğleden Sonra Ölüm* (New York: Charles Scribner Oğulları, 1932), 192.

Hemingway'in romanında eski Yunan trajedilerini çağrıştıran pek çok durum vardır. **Euripides**'in ***Medea***'sında oyunun kahramanı, bir kere çocuk doğurmanın acısındansa üç kere savaşa gitmeye hazır olduğunu haykırmaktadır. ***Silahlara Veda***'da da **Hemingway** savaş tecrübesiyle doğum yapmayı yan yana getirerek trajik bir hava yaratmaktadır.

Silahlara Veda için pek çok önsöz yazılmıştır.[4] En önemlisi, **Hemingway**'in 1948'de **Scribner** tarafından yayımlanan resimli baskıya yazdığı önsözdür. Ne var ki ilk önsöz, **Hemingway**'in Transatlantic Review'daki eski patronu **Ford Maddox Ford** tarafından 1932'de yazılmış ve Modern Library baskısına girmiştir. **Hemingway**'in **Ford**'dan tutku sayılacak derecede, hiç ama hiç hoşlanmadığını ***A Moveable Feast***'de açıkça ifade etmiş olmasına rağmen **Ford** romana övgü üstüne övgü yağdırmakta, daha ilk cümleyi okurken bile ne kadar heyecanlandığını anlatmaktadır. **Ford**'u asıl şaşırtan, yazılış biçiminin ne kadar güçlü olduğudur:

> **Hemingway**'in kelimeleri insana dereden yeni toplanmış çakıllar gibi çarpıyor. Yaşıyorlar, parıldıyorlar ve her biri tam yerini buluyor. Sayfaya baktığınızda, akan suların üzerinden derenin dibini seyrediyormuş gibi oluyorsunuz. O kelimeler birer mozaik taşı gibi, bir düzene göre yan yana gelmiş. Bu çok harikulade bir özellik.

Ford'un da gözlemlediği gibi, roman bir edebiyat sanatçısının şaheseridir. **Ernest Hemingway** öylesine güzel yazmayı amaçlamıştır ki, okurun gözünde hikâye, hatırlanan bir dene-

---

4) Örneğin bkz. *Modern Standard Author*'da (New York, 1957) **Robert Penn Warren**'ın önsözü ve önündeki biyografi. *Silahlara Veda*'nın yabancı ülkelerdeki baskılarında da genellikle önsözler veya sunular bulunmaktadır. Bkz. **R. Assellineau**, *The Literary Reputation of Hemingway in Europe* (New York: New York University Press, 1965), özellikle 45, 77.

yime dönüşmektedir. Manüskrileri incelemek, yazarın bu sanat yolunda ne inanılmaz çabalar gösterdiğini ortaya koymaktadır. Bu yeni ***Hemingway Library*** baskısı, okura, yazarın yaratıcılık sürecine derinlemesine dalma, **Hemingway**'in romanı için düşündüğü başlıklar listesini inceleme olanağı da vermektedir.

1948 önsözünde **Hemingway** bize romanı çeşitli yerlerde, iki yıllık bir süre içinde yazdığını anlatmakta, yazış temposunu ***Güneş de Doğar***'a göre nasıl farklılaştırdığını söylemektedir. Her gün kitabı en başından kaldığı yere kadar okuduğunu, her gün çalışmayı bırakırken de bundan sonra neler olacağını bildiğini açıklamaktadır. Aynı zamanda da, bir yandan ilerlerken bir yandan birçok şeyi yeniden yazmaktadır. Elle yazılmış altı yüz elliyi aşkın sayfadan oluşan ilk taslak, şaşılacak kadar temizdir ve üzerinde pek fazla değişiklik yapılmamıştır. Ama bazı kilit bölümlerde, örneğin romanın ilk açılış satırlarında (bkz. Resim 1, s.375) ya da Frederic Henry'nin yaralanışı (bkz. Resim 2-3, s.376, 377) gibi yerlerde tekrar tekrar düzeltmeler görülmektedir. Bazı kısımlar da **Hemingway** tarafından sağgörü çizgisinde tümüyle çıkarılmıştır. Yaptığı aslında bir kısaltma işidir. Bir keresinde buruk bir ifadeyle gözlemlediği gibi, yazdıklarının yarısı sonradan çıkarılmıştır.

Nice okurlar, hatta Caparetto'dan geri çekilme sırasında orada bulunanlar bile, **Hemingway**'in anlattıklarını kendi deneyimlerine dayandırdığını varsaymışlardır, çünkü yaptığı tarifler son derece gerçekçidir. Oysa **Hemingway** İtalya'ya Haziran 1918'deki o ricat olayından çok sonra gelmiştir. Ayrıca, İtalya'nın o kesimine de hiç uğramamıştır. Daha sonra kendisinin şu satırları yazdığını görüyoruz:

> Ben İtalya'da savaştayken kendi gözümle gördüğüm ya da başıma gelmiş her bir olay, savaşın tüm safhalarında başka insanların başına gelmiş yüzlerce şeyi anlamama

yol açmıştır. Benim kendi küçük deneyimlerim sayesinde, hikâyelerin gerçek mi, sahte mi olduğunu anlayabildiğim bir temas noktası bulmuş oluyordum –ve yaralanmak da olayın parolasıydı.[5]

Romandaki deneyimlerden bazılarının gerçekten de **Hemingway**'in kendi başından geçtiği elbette ki doğrudur. 1918'de İtalya cephesinde cankurtaran şoförlüğü yaparken **Hemingway** yaralanmıştır. Milano'daki hastanede tedavisi sırasında **Agnes von Kurowsky** adında bir Amerikalı hemşireyle tanışmış, ona âşık olmuştur.[6] İlk taslakta kahramanın adı Emmett Hancock (E.H.) olarak verilmiştir ve Catherine Barkley henüz ortada yoktur. Orijinale, kendi deneyimlerinden çok şey almış bir taslakla başlamıştır. Ben büyürken annemle babam bana, büyükbabamın hep "Bildiğin şeyi yaz" dediğini söylerlerdi.

Hemingway kitabı yazarken ikinci eşi **Pauline** (büyükannem) çok zor bir hamilelik geçirmiş ve zor bir doğum yapmıştır. Aslında son bölümün yazılmasına, amcam **Patrick**'in doğumu ilham vermiş olmakla birlikte, onun doğumunda sonuç, romandaki bebeğin sonundan farklı olmuştur. Yazarın deneyimleri, roman için ancak kısmen ilham sağlamıştır. **Hemingway** bir keresinde şu satırları yazmıştır:

> Yazara düşen, doğruları söylemektir. Doğrulara olan sadakat düzeyi öyle yüksek olmalıdır ki, o deneyiminden çıkararak yarattıkları, yaşananların anlatılmasından çok daha gerçek bir hikâyeyi ortaya koymalıdır. Zira yaşananların kötü gözlemlenmesi de mümkündür ama iyi bir

5) **Ernest Hemingway**, *Paris Bir Şenliktir*: Yenilenmiş Baskı (New York: Simon & Schuster, 2009), 182.

6) Bu konuda bkz. **H.S. Willard** ve **J. Nagel**'ın *Hemingway in Love and War: The Lost Diaries of Agnes von Kurowsky* (New York: North Eastern University Press, 1989).

yazar bir şey yarattığında, salt bir gerçeği oluşturacak kadar zamana ve kapsamlı bakış açısına sahiptir.[7]

Michael Reynolds bize **Hemingway**'in ***Silahlara Veda***'daki savaş anlatılarıyla ilgili olarak çok geniş araştırmalar yaptığını, tarihsel doğruluğun yanı sıra çok ayrıntılı topografik ve meteorolojik bilgiler derlediğini söylemektedir.[8] Ayrıca ilham kaynağı olarak edebiyata da başvurmuştur. Bir tek örnek vermek gerekirse, Frederic Henry'nin nehre atladığı sahne, Linda Wagner-Martin'in dikkatle gözlemlediği gibi, kısmen Ambrose Bierce'in "An Occurence at Owl Creek Bridge"indeki benzer olaydan gelme bir ilhamdır.[9] Kendi ifadesiyle, "kitabın içinde yaşamakta, orada her gün neler olup bittiğini yaratmakta"dır. İlk romanımı yeni tamamlamış biri olarak, o sevincin nasıl bir şey olduğunu biraz anlayabiliyorum. Dünyada bir hikâye yaratmaktan daha tatmin edici hiçbir duygu yoktur; hele sonra okuduğunuzda, doğru tutturduğunuzu görmenin sevinci![10]

Ama **Hemingway**'in yaratıcı sürecinin en belirgin olduğu yer, ***Silahlara Veda***'nın son satırlarıdır. 1958 yılında *Paris Review*'ya verdiği bir röportajda **Hemingway, George Plimpton**'a, o son kısımdaki kelimeleri tam oturtmak için orayı otuz

---

7) Müsveddeyi tanımlayan dikkatli ve ikna edici görüşle ilgili olarak, bkz. **B. Oldsey**, *Hemingway's Hidden Craft: The Writing of A Farewell to Arms* (University Park: Penn State University Press, 1979), özellikle 57-68.

8) **Ernest Hemingway**, ed., *Men at War: The Best War Stories of All Time* (New York: Crown, 1942, 1942), xv.

9) Bkz. **M.S. Reynolds**, *Hemingway's First War: The Making of "A Farewell to Arms"* (Princeton, N.J.: Princeton University Press, 1976), özellikle 87-180, 275-283. Konuyla ilgili daha kapsamlı bir tartışma için bkz. *Hemingway on War* (New York: Scribner, 2003'teki **S. Hemingway** 'Önsöz'ü), xxxi.

10) **S. Hemingway**, *The Tomb of Alexander* (Londra: Hutchinson, 2012).

dokuz kere yeniden yazdığını ifade etmiştir.[11] Boston'daki **John F. Kennedy Kütüphanesi**'nde saklanmakta olan manüskri taslakları da **Hemingway**'in bu ifadesini neredeyse doğrulamaktadır. **Hemingway Salonu** 1979'da açıldığında, büyükbabamın elde kalmış manüskrilerinin hepsini Ulusal Arşivler arasında değerlendirmiş ve kamuoyu açısından erişilebilir kılmıştı. O zamandan bu yana koleksiyonu ziyaret eden liseli öğrenci gruplarının en çok keyif aldığı faaliyetler arasında, **Hemingway**'in ***Silahlara Veda*** için yazdığı çeşitli "son" taslaklarını görmek de bulunmaktadır. Şimdi bu baskıyla birlikte, okurlar da benzer bir deneyimi tadabilir, zira "son" seçeneklerinin hepsi bu kitapta ilk defa yayımlanmaktadır.

Kendi "son" tanımınıza göre, ortada kırk yedi son denemesi bulunmaktadır, çünkü taslakların bazıları yalnızca parçalar halindedir. Sonla ilgili orijinal taslaklar anlamlı bir düzene göre korunmuş değildir ama temalarına göre ve yazarın en sonunda ulaştığı nihai "son"a yaklaşma doğrultusunda bir sıraya konmuştur.[12] **Hemingway** pek çok farklı son düşünmüştür ve bunlar da ikinci ekte dokuz başlık altında gruplandırılmıştır.[13] Bir de "Hiçlik Sonu" şeklinde adlandırılan varoluşçu son vardır ve burada İspanyolcada "hiçlik" anlamına gelen *nada* kelimesi kullanılmıştır (bkz. Resim 5, s.379). Buradaki yaklaşım şu ifadeyle temsil edilmektedir: "Hikâye bu kadar işte. Catherine

---

11) **G. Plimpton**, *"Röportaj: Ernest Hemingway, The Art of Fiction, No.21,"* Paris Review 18 (1958), 66-67.

12) Araştırmacılar on yıllar boyunca bu malzemeyi elden geçirmişlerdir ve sonunda biri **Bernard Oldsey**'e (bkz. dipnot 7), diğeri de **Michael Reynolds**'a (bkz. dipnot 9) ait olan iki monogramın, son seçeneklerine ve erken dönem taslaklarına meraklı olan, daha derin araştırmak isteyen kişilere tavsiye edilebileceği sonucuna varılmıştır.

13) **Bernard Oldsey**'in bu konudaki özenine ve dikkatine saygı anlamında, ayrıca okurun kafasının karışmasını önlemek amacıyla, ben genelde sonlara onun verdiği isimlerle atıfta bulunmayı benimsedim, ne var ki benim düzenleme mantığım onunkinden farklı oldu.

öldü, sen de öleceksin, ben de öleceğim ve işte sana vaat edebileceğim her şey bu kadar." Bir de anlamlı bir sonu tanrıda ve dinde arayan az sayıda gönülsüz son vardır; bunlar "Dini Son" başlığı altında gruplanmıştır. **Hemingway** ayrıca bebeğin yaşadığı (bkz. Resim 6, s.380) bir son daha düşünmüş ama sonradan bu fikri bir kenara bırakmıştır. Böyle bir sonun aslında bir hikâyenin başlangıcı olması gerektiğini hissetmiştir, zira kendi sözleriyle "tek başlangıç da doğum"dur.

Buna karşılık "Cenaze Sonu"nda **Hemingway**, kişinin ölümünden sonra fiziksel kalıntılarının ne yapılacağı konusuna ilişkin tatsız gerçekleri ele almaktadır ama bunu yazarken, önemli meselenin bu olmadığını görmüştür. "Ertesi Sabah Sonu"nda da, Frederic Henry'nin ertesi sabah hâlâ şok durumunda uyanıp Catherine ile bebeğin ölmüş olduğunu fark etmesine odaklanır. Ek bölümünde toplanmış olan "son"lar, **Hemingway**'in bu sahneyi nasıl sürekli bir revizyon süreci sonunda geliştirdiğini gösteren hayranlık uyandırıcı belgelerdir. Bu acı dolu satırlar ve "Cenaze Sonu"nun çıkarılması da "Scribner Dergisi Sonunun Esas Kaynakları"nda toplanmıştır ve bunun son hali de **Hemingway**'in kitap için yazdığı ve ilk baskıya giren sonda yayımlandığı biçimdedir (bkz. Resim 7, s.381). Romanı tefrika etme kararı, **Hemingway** yazmayı bitirmeden çok önce alınmıştı. Kendisi bir yandan doğru sonu bulmak için uğraşırken, dergideki tefrikada farklı bir son kullanmanın kitaba yönelik ilgiyi artıracağını düşünmüştü.[14]

Hemingway, "Scribner Dergisi Sonu"nun bir kopyasını, yorumlarını almak için **F. Scott Fitzgerald**'a yollamıştı. ***Güneş de Doğar***'ı yazarken **Fitzgerald**'ın öğütlerine başvurmuştu ama

---

14) *Silahlara Veda*'nın tefrika edilmesiyle ilgili tartışmaların ayrıntıları için bkz. **R.W. Trogdon**, *The Lousy Racket: Hemingway, Scribners and the business of Literature* (Kent, OH: Kent State University Press, 2007), 60-95.

Silahlara Veda'da kitap hemen hemen tamamlanıncaya kadar bu dostuna ve erken dönem ustasına başvurmak istememişti. **Fitzgerald** bu talebe, sayfalar dolusu el yazısı yorumla cevap vermişti ve o sayfalar da bugün **John F. Kennedy Kütüphanesi**'ndeki **Hemingway Koleksiyonu**'nda bulunmaktadır.[15] **Fitzgerald** cevabında romanı övmüş ama aralarındaki dostluğun bozulmasından korkmakla birlikte yine de bazı ciddi eleştiriler sunmuştu. Pek çok yerde bazı ifadelerin çıkarılmasını önermişti. Özellikle, Catherine'in Frederic'e göre fazla "dilbaz" olduğu kanısındaydı. En önemlisi, kitabın sonunda (bkz. Resim 4, s.378) *"bu dünya herkesi ezip geçer..."* ifadesinin kullanılmasıyla ilgili olarak da ılımlı bir son öneriyordu. Bu ifadeyi İngilizce dilinde kullanılmış en güzel cümle olarak değerlendirmekteydi. **Hemingway** belli ki **Fitzgerald**'ın önerilerini ciddiye almış ve bu yolda bir son da yazmıştı –burada bunu "Fitzgerald Sonu" olarak adlandırmaktayız. Ama sonra bundan vazgeçti, kendi içgüdülerine güvenmeyi seçti. **Fitzgerald**'ın notlarının en sonunda, bunun çok güzel bir kitap olduğu kanısını ifade ettiği satırların yanına **Hemingway**, *"Kıçımı öp. EH."* şeklinde bir not karalamıştı.

Çok sayıdaki "son" taslağı, **Hemingway**'in kelimeleri tam ve doğru kullanmak için ne büyük çaba harcadığını belgelemektedir (bkz. Resim 8, s.382). Diğer sayısız taslakla birlikte ele alındığında, ***Silahlara Veda***'nın son sayfası belki de onun "aysberg ilkesi"nin en güzel örneğini oluşturmaktadır. Hikâyeyi tam çekirdeğine indirgemekte ama daha önceki nice "son"un duygusal etkisini de yansıtmaktadır. Okur orada Frederic Henry'nin acısını ve kaybetme duygusunu hissedebilmektedir.

Çünkü **Ernest Hemingway** için kitaba bir isim koymak, yazma işi bittikten sonra yapılacak bir işti. Kişiliğine uygun

---

15) Boston, Massachusetts'deki John F. Fitzgerald Kütüphanesi'ndeki Ernest Hemingway Koleksiyonu'nda Madde 77.

olarak o konuda da bütün olasılıkların bir listesini yaptı –bu konuda, *"başlık arama kaynağı olarak Kutsal Kitap'tan iyisi yoktur"* demekten hoşlanırdı. ***Silahlara Veda*** için düşündüğü kırk kadar başlık da **Hemingway Koleksiyonu**'nda bulunmaktadır ve bu cilde de Ek III olarak alınmıştır (s.370). Bu başlıklardan birçoğunun *The Oxford Book of English Verse*'den[16] geldiği gözlemlenmiştir. Sonunda seçtiği başlık, **George Peele**'in on altıncı yüzyılda yazdığı aynı adlı bir şiirden alınmadır ve şiirde bir şövalyenin barış zamanında "savaşçı"dan "koca"ya dönüşümü anlatılmaktadır.[17] Daha genç okurlar açısından, belki Birinci Dünya Savaşı'yla ilgili bir hikâye tıpkı on altıncı yüzyıldan kalma bir şövalyenin öyküsü kadar eski ve antika görülebilir ama ***Silahlara Veda***'yı okumaktan gelen zevkin bir kısmı da o zamana, o yere gitmiş gibi, hem coşkuyu, hem de umutsuzluğu tanımış olan o gerçek aşkın deneyimini paylaşmaktır.

Seán Hemingway

16) Başlıkların çoğunu ve bunların kaynaklarını **Reynolds** da, **Oldsey** de ayrıntılarıyla tartışmışlar, *The Oxford Book of English Verse*'i de dikkate almışlardır ama bu kitaba Ek 3 olarak konmuş başlıkların ikinci sayfasını ikisi de dikkate almamışlardır.

17) A. Quilleer-Couch, *The Oxford Book of English Verse*, 1250-1900 (Oxford, UK: Oxford University Press, 1910), 142-143. Aynı zamanda bkz. **Oldsey**'in *Hemingway's Hidden Craft*, 24'teki yorumları.

BÖLÜM BİR

1

O yıl yaz biterken, nehirle ardındaki ovadan dağlara bakan bir köy evinde yaşıyorduk. Nehir yatağında, güneşin altında kurumuş, beyaz çakıllarla kayalar vardı, kanallardaki su berraktı, hızla akıyordu, masmaviydi. Askerlerin evin yanından geçip yoldan aşağıya inerlerken kaldırdıkları toz, ağaç yapraklarını kaplardı. Ağaçların gövdeleri de tozluydu, o yıl yapraklar da erken döküldü; yol boyunca uygun adım yürüyen askerleri, kalkan tozu, esintiyle uçuşan yaprakların dökülüşünü, askerlerin yürüyüşünü ve sonra da yapraklar hariç bomboş, bembeyaz yolu gördük.

Ovada ürün bereketliydi; pek çok meyve bahçesi vardı, ovanın ötesindeyse dağlar kahverengi ve çıplaktı. Dağlarda çatışma vardı, geceleri top atışlarının pırıltılarını görebiliyorduk. Karanlıkta yazın çakan şimşekler gibiydiler ama geceler serindi ve yaklaşan bir fırtına hissedilmiyordu.

Bazen karanlıkta pencerenin altından geçen askerleri, traktörlerin çektiği silahların gürültüsünü duyardık. Geceleri trafik yoğundu; yollarda yük semerlerinin her iki yanı da cephane sandıklarıyla dolu pek çok katır, askerleri taşıyan gri kamyonlar ve daha ağır ilerleyen, yüklerinin üstü brandayla örtülü diğer kamyonlar olurdu. Gündüzleri traktörlerin çektiği –uzun namluları traktörlerin üstüne yayılmış yeşil dallarla, yapraklarla, sarmaşıklarla kamufle edilmiş– büyük silahlar da geçerdi. Kuzeyde, vadinin ötesine bakıldığında nehrin bu yanında kestane ormanları, onun ardında da bir başka dağ görürdük. O dağı almak için de çatışmalar vardı ya başarılı değildi. Sonbaharla birlikte yağmurlar geldiğinde kestane ağaçlarının tüm yaprakları döküldü, dalları çıplak kaldı, gövdeleri yağmurla karardı. Üzüm bağları da cılızlaşmış, dalları çıplak kalmıştı. Sonbaharla birlikte tüm bölge ıslak, kahverengi ve cansızdı. Nehrin üzerine sis, dağlara bulutlar çökmüştü, kamyonlar yollarda çamur sıçratıyor, askerler pelerinlerinin altında çamur içinde, sırılsıklamdı. Tüfekleri de ıslaktı; kemerlerinin ön tarafına asılı iki deri fişeklik –içleri ince uzun, 6.5 mm. fişek şarjörleriyle dolu iki gri deri kutu– pelerinlerinin altında şişkinlik yapıyor, adamlar yoldan geçerken altı aylık hamileymiş gibi uygun adım ilerliyorlardı.

Çok hızlı geçip giden ufak gri otomobiller vardı; genellikle şoförün yanında bir subay, arkada da yine birkaç subay olurdu. Bunlar kamyonlardan bile fazla çamur sıçratırdı. Eğer arkada oturan subaylardan biri pek ufak tefekse –yüzünü göremeyeceğiniz, yalnız kepinin tepesiyle dar sırtını seçebileceğiniz kadar minyonsa– ve iki generalin ortasında oturuyorsa, eğer araba da her zamankinden daha hızlı gidiyorsa o muhtemelen Kral'dı.[18] Udine'de yaşar, işlerin nasıl gittiğini görmek için neredeyse her gün buralara gelirdi, işler de pek berbat gidiyordu.

Kış başlarında sürekli yağmurlar geldi, beraberinde de kolera bastırdı. Ama kontrol altına alındı ve neticede orduda yalnızca yedi bin kişi salgından öldü.

2

Ertesi yıl pek çok zafer kazanıldı. Vadinin öte yanındaki dağ ile kestane ormanının büyüdüğü yamaç da ele geçirildi, güneydeki ovanın ilerisindeki platoda da galibiyetler vardı.

18) **Victor Emmanuel III**, İtalya Kralı (1900-1946). [ç.e.n.]

Ağustosta nehri geçtik, Gorizia'da, çevresi duvarlarla çevrili bahçesinde süs havuzu, gölge veren bir sürü ulu ağacı, binanın yan duvarında da mor bir sarmaşığı olan bir eve yerleştik. Artık savaş sonraki dağların ötesindeydi, bir mil ilerimizde değil. Köy pek güzeldi, evimiz de çok iyiydi. Nehir arkamızdan geçiyordu. Kasaba ustalıkla ele geçirilmişti ama ilerisindeki dağlar alınamıyordu; Avusturyalıların günün birinde, eğer savaş biterse, buraya geri dönmeye istekli görünmesine pek memnundum çünkü burayı yok etmek istermişçesine değil yalnız askeri açıdan hafifçe bombalıyorlardı. İnsanlar burada yaşamayı sürdürmekteydi. Hastaneler, kafeler, topla parçalanmış sokaklar, biri erler biri subaylar için iki genelev vardı, ayrıca yazın sona ermesiyle serin geceler, kasabanın ötesindeki dağlarda çatışmalar, demiryolu köprüsünün mermi izleri taşıyan demirleri, önceden çatışma olan ırmağın yanındaki çökmüş tünel, meydanın etrafındaki ağaçlar ile meydana açılan uzun ağaçlık yol; tüm bunların yanı sıra bir de kasabada kızlar oluşu, Kral'ın arabasıyla geçişi, artık kimi zaman yüzünü, uzun boyunlu ufak tefek bedenini, keçi sakalına benzer ağarmış sakalını görüşümüz; bunların da yanı sıra bombardımanda bir duvarı yıkılmış evlerin aniden karşınıza çıkan iç kısımları, bahçelerindeki, kimi zaman da sokaklardaki sıvalar ile molozlar, bir de Carso'da işlerin iyi gitmesi bunu, köyde geçirdiğimiz bir önceki güzden çok farklı kılıyordu. Savaş da değişmişti.

Kasabanın ilerisindeki dağın yamacında meşe ormanı yoktu artık. Yazın, köye geldiğimizde orman yeşildi ama şimdi omacalar, kırık ağaç gövdeleri vardı, toprak altüst olmuştu. Güzün sonlarında bir gün eskiden meşe ormanının olduğu yerde dolaşırken dağın üzerinden yaklaşan bir bulut gördüm. Hızla yaklaştı, güneş donuk sarıya büründü, ardından her şey karardı, gökyüzü kapandı, bulut dağa çöktü, aniden etrafımızı sardı; bu kardı. Kar, rüzgârda savruluyordu; çıplak toprak karla örtülmüştü, omacalar içinden sivrilmekteydi, silahların üstü de karlıydı; karda siperlerin arkasındaki helalara giden izler vardı.

Daha sonra kasabaya indiğimde, subay genelevinin penceresinden seyrettim yağan karı. Bir dostumla oturmuş önümüzde iki kadehle bir şişe Asti içip, ağır ağır, lapa lapa yağan kara bakarken ikimiz de o yıl için her şeyin bittiğini biliyorduk. Nehrin yukarısındaki dağlar alınmamıştı; nehrin öte tarafındaki dağların hiçbiri alınmamıştı. Hepsi gelecek yıla kalmıştı. Arkadaşım bizim manganın papazının sulu karın içinde tedbirli adımlarla ilerlediğini görünce dikkatini çekmek için camı tıklattı. Papaz başını kaldırıp baktı. Bizi görünce gülümsedi. Arkadaşım içeri gelmesini işaret etti. Papaz başını iki yana sallayıp yoluna devam etti. O akşam yemekhanede herkes hızla ve ciddiyetle, ucu havada görünene kadar çatallarıyla yukarı kaldırıp sonra ağızlarına götürerek ya da durmadan çatallayıp dudaklarının arasından içine çekerek spagettisini yedikten, metal bir beşiğe yatırılmış, başparmağınızla kapağını aşağı çektiğinizde aynı elinizde tuttuğunuz bardağa berrak kırmızı, tanenli, hoş bir şarabın dolduğu hasır kaplı galonluk şişeden gönlünce şarap içtikten sonra, akşam yemeğinin ardından yüzbaşı, papazla uğraşmaya başladı.

Papaz gençti, yüzü çabucak kızarıyordu. O da bizim gibi üniforma giyiyordu ama gri ceketinin sol göğüs cebinde koyu kırmızı, kadifeden bir haç vardı. Yüzbaşı, ben de tamı tamına anlayayım, arada hiçbir şey kaçmasın diye, pek de iyi niyetli olmayan bir yardımseverlikle basit bir İtalyancayla konuştu.

"Papaz bugün kızlarla" derken, bir papaza, bir bana bakıyordu. Papaz gülümsedi, kızardı, başını iki yana salladı. Yüzbaşı sık sık eziyet ederdi ona.

"Doğru değil?" diye sordu yüzbaşı ona. "Bugün ben görmek papaz, yanında kızlar..."

"Hayır" dedi papaz. Bu sataşma öbür subayları eğlendiriyordu.

"Papaz kızlarla olmamak" diye devam etti yüzbaşı. "Papaz hiç olmamak kızlarla" diye açıkladı bana. Gözlerini benden ayırmadan ama papazı da gözden kaçırmadan kadehimi alıp doldurdu.

"Papaz her gece olmak beşe karşı bir." Masadaki herkes güldü. "Anladın? Papaz her gece olmak beşe karşı bir." Bir el işareti yapıp kahkaha attı. Papaz bunu şaka olarak gördü.

Binbaşı, "Papa savaşı Avusturyalıların kazanmasını istiyor" dedi. "Franz Joseph'e[19] bayılıyor. Para oradan geliyor çünkü. Ben ateistim."

Teğmen, "*Kara Domuz*'u hiç okudun mu?" diye sordu. "Sana da alırım o kitaptan. Benim inancımı sarsan o oldu."

Papaz, "İğrenç ve rezil bir kitap" dedi. "Sahiden hoşunuza gitmiş olamaz."

Teğmen, "Çok değerli ama" dedi. "Şu papazları anlatıyor." Bana dönerek, "Hoşuna gidecek" dedi. Papaza gülümsedim, o da yanan mumun öte yanından bana gülümsedi. "Sakın okumayın" dedi.

Teğmen, "Alırım sana bir tane" dedi.

Binbaşı, "Düşünebilen herkes ateisttir" dedi. "Ama ben Masonlara inanmıyorum."

Teğmen, "Ben Özgür Masonlara inanıyorum" dedi. "Soylu bir teşkilat." İçeriye biri girdi. Kapı açılınca, karın hâlâ yağdığını gördüm.

"Kar başladığına göre artık saldırı falan olmaz" dedim.

Binbaşı, "Olmaz tabii" dedi. "İzne çıkmalısın. Roma'ya, Napoli'ye, Sicilya'ya..."

---

19) Avusturya imparatoru (1848-1916) ve Macaristan kralı (1867-1916). [ç.e.n.]

Teğmen, "Amalfi'yi görmesi şart" dedi. "Amalfi'deki aileme götürmen için kartlar yazarım. Seni oğulları gibi seveceklerdir."

"Palermo'ya gitmeli."

"Kapri'ye gitmeli muhakkak."

Papaz, "Abruzzi'yi görmenizi ve Capracotta'da ailemi ziyaret etmenizi isterim" dedi.

"Abruzzi diyor yahu! Orada, burada olduğundan çok kar vardır. Köylüleri görmek istemiyor. Bırak gidip kültür ve uygarlık merkezlerini görsün."

"Güzel kızlarla olmalı. Napoli'deki yerlerin adresini veririm sana. Çok güzel genç kızlar, yanlarında da anneleri. Ha! Ha! Ha!" Yüzbaşı, gölge oyunları yaparken olduğu gibi, başparmağı havada, öteki parmakları aralık şekilde elini açtı. Duvara elinin gölgesi düşüyordu. Tekrar basit bir İtalyancayla konuşmaya başladı. Başparmağını işaret ederek, "Sen burada gider böyle" serçeparmağına dokunarak, "gelir böyle" dedi. Herkes güldü.

Yüzbaşı, "Bak" dedi. Elini tekrar açtı. Mum ışığında bir kez daha elinin gölgesi duvara vurdu. Dimdik başparmakla başlayarak sırasıyla başparmağıyla dört parmağını isimlendirdi: "*Soto-tenente*[20] (başparmak), *tenente*[21] (işaretparmağı), *capitano*[22] (ortaparmak), *maggiore*[23] (yüzükparmağı), *tenente-colonello*[24] (serçeparmak). Buradan gidersin *soto-tenente*! Dönersin *soto-colonello*!" Hepsi güldü. Yüzbaşı parmak oyunlarıyla büyük başarı yakalamıştı. Papaza bakıp, "Papaz her gece olmak beşe bir" diye bağırdı. Hepsi tekrar güldü.

Binbaşı, "Hemen izne çıkmalısın" dedi.

---

20) Teğmen. [ç.e.n.]
21) Üsteğmen. [ç.e.n.]
22) Yüzbaşı. [ç.e.n.]
23) Binbaşı. [ç.e.n.]
24) Albay. [ç.e.n.]

Teğmen, "Ben de gelip seni gezdirmek isterdim" dedi.
"Dönüşte gramofon getir."
"Güzel opera plakları getir."
"Caruso getir."
"Caruso getirme. Fazla böğürüyor!"
"Sen de onun gibi böğürebilmeyi istemez miydin?"
"Böğürüyor işte. Böğürüyor diyorum size!"
Papaz, "Abruzzi'ye gitmenizi isterdim" dedi. Ötekiler bağırıp çağırıyorlardı. "Av iyidir orada. İnsanlarını seversiniz. Hava soğuktur gerçi ama temiz ve kurudur. Ailemin yanında kalabilirsiniz. Babam ünlü bir avcıdır."
Yüzbaşı, "Hadi" dedi. "Kapanmadan geneleve gidiyor biz."
Papaza, "İyi geceler" dedim.
"İyi geceler" dedi.

3

Cepheye döndüğümde hâlâ o kasabada yaşıyorduk. Çevre kırsalda çok daha fazla silah vardı ve bahar gelmişti. Tarlalar yeşermiş, asmalarda minik yeşil filizler belirmiş, yolun kenarındaki ağaçlarda ufacık yapraklar açmıştı ve denizden hafif bir rüzgâr esiyordu. Tepelik köyü, yukarısında, ardında yamaçları hafif hafif yeşillenmiş kahverengi dağlar olan tepelerde bir oyuktaki eski kaleyi gördüm. Kasabada daha çok silah vardı, birkaç yeni hastane yapılmıştı, sokakta İngiliz erkeklerle, bazen de kadınlarla karşılaşıyordunuz, evlerin de birkaçı daha topla vurulmuştu. Hava sıcak, bahar gibiydi. Ağaçlık geçitte ilerledim, duvara vuran güneş beni ısıttı. Hâlâ aynı evde yaşadığımızı, her şeyin tıpkı bıraktığım gibi göründüğünü gördüm. Kapı açıktı, dışarıda güneşin altında bir bankta oturan bir asker vardı, yan kapıda da bir cankurtaran bekliyordu, kapının iç kısmındaysa, girdiğimde, mermer taşlarla bir hastane kokusu vardı. Artık bahar gelmiş olmasının dışında her şey bıraktığım gibiydi. Büyük odanın kapısından içeri baktığımda, binbaşının masasında oturduğunu gördüm. Pencere açıktı, odaya güneş ışığı doluyordu. Beni görmedi. Girip göreve döndüğümü mü bildireyim, yoksa önce yukarıya çıkıp yıkanayım mı, bilemedim. Yukarıya çıkmaya karar verdim.

Teğmen Rinaldi'yle paylaştığım oda avluya bakıyordu. Pencere açıktı, yatağım yapılmış, battaniyesi örtülmüştü, eşyalarım duvarda asılı, gaz maskesi dikdörtgen teneke kutuda, çelik kask aynı kancadaydı. Yatağın ayakucunda kapağı yassı sandığım, sandığın üstünde de derisi yağdan parlayan kışlık çizmelerim duruyordu. Mavileşmiş[25] sekizgen namlusu, güzelim koyu cevizden, çeneye tam oturan, uzun dipçikli Avusturya yapımı dürbünlü tüfeğim iki yatağın tepesine asılıydı. Üstüne takılan dürbünü, hatırladım ki, sandığın içinde kilitliydi. Teğmen Rinaldi, öbür yatakta uzanmış, uyuyordu. Odada sesimi duyunca uyanıp doğruldu.

"Ciaou!"[26] dedi. "Nasıl vakit geçirdin?"

"Harikulade."

Tokalaştık, kolunu boynuma dolayıp beni öptü.

"Öff!" dedim.

"Leş gibisin" dedi. "Yıkansan iyi edersin. Nereye gittin, neler yaptın? Derhal her şeyi anlat."

"Her yere gittim. Milano, Floransa, Roma, Napoli, Villa San Giovanni, Messina, Taormina..."

"Sefer tarifesi gibi konuşuyorsun. Güzel maceralar yaşadın mı?"

"Evet."

"Nerede?"

"Milano, Floransa, Roma, Napoli..."

---

25) Paslanmaya karşı korumak için kontrollü oksitlenme işlemi sonucunda demirin mavileşmesi. [ç.e.n.]

26) Merhaba. [ç.e.n.]

"Yeter. Söylesene gerçekten hangisi en iyisiydi?"

"Milano'daki."

"İlkti de ondan. Nerede rastladın ona? Cova'da mı? Nereye gittiniz? Nasıl hissettin? Derhal anlat hepsini. Bütün gece kaldın mı?"

"Evet."

"O da bir şey mi! Burada da güzel kızlarımız var artık. Daha önce hiç cepheye gitmemiş yeni kızlar."

"Harika."

"İnanmıyor musun bana? Şimdi öğleden sonra gideriz, görürsün. Kasabada da çok güzel İngiliz kızları var. Ben Bayan Barkley'ye âşığım. Görüşmemize götürürüm seni. Herhalde Bayan Barkley'yle evlenirim."

"Yıkanıp göreve döndüğümü bildirmem gerek. Kimse çalışmıyor mu artık?"

"Sen gittiğinden beri soğuk ısırığından, perniyodan, sarılıktan, belsoğukluğundan, kendi kendini yaralama vakalarından, zatürreeden, frengi çıbanlarından bol bir şey yok. Her hafta biri kaya parçalarıyla yaralanıyor. Birkaç gerçek yaralı var. Önümüzdeki hafta savaş tekrar başlayacak. Herhalde başlar yani. Öyle diyorlar. Sence Bayan Barkley'yle evlenmekle doğru mu ederim, savaştan sonra elbette?"

"Kesinlikle" dedim, leğeni suyla doldurdum.

"Bu akşam bana her şeyi anlatacaksın" dedi Rinaldi. "Şimdi Bayan Barkley'ye dinç ve hoş görünmek için tekrar uyumalıyım."

Ceketimle gömleğimi çıkardım, leğendeki soğuk suyla yıkandım. Havluyla kurulanırken odaya, pencereden dışarıya, yatağında gözleri kapalı yatan Rinaldi'ye baktım. Yakışıklıydı, ben yaşlardaydı, Amalfiliydi. Cerrah olmayı çok seviyordu ve iyi dosttuk. Ben bakarken gözlerini açtı.

"Paran var mı?"

"Var."

"Bana elli liret borç versene."

Ellerimi kuruladım, duvarda asılı ceketimden cüzdanımı çıkardım. Rinaldi parayı aldı, yatağında doğrulmadan katladı, pantolon cebine soktu. Gülümsedi. "Bayan Barkley'nin gözünde kâfi derecede varlıklı biri izlenimi yaratmalıyım. Sen benim harika, can arkadaşım ve mali koruyucumsun."

"Canın cehenneme" dedim.

O akşam yemekte papazın yanına oturdum, Abruzzi'ye gitmediğim için hayal kırıklığına uğrayıp birden gücendi. Babasına benim geleceğimi yazmış, onlar da hazırlık yapmışlardı. Ben de şahsen onun kadar kötü hissettim, neden gitmediğimi bilemedim. Gitmekti niyetim oysa, olayların nasıl geliştiğini izah etmeye çalıştım ve sonunda kavrayıp gitmeyi gerçekten istediğimi anladı, aramız hemen hemen düzeldi. Çok şarap içmiştim, üstüne de kahveyle *Strega* likörü[27] ve çakırkeyif vaziyette nasıl da istediğimiz şeyleri yapamadığımızı açıkladım; istediklerimizi asla yapmıyorduk.

Ötekiler tartışırken biz ikimiz konuşuyorduk. Abruzzi'ye gitmeyi istemiştim. Yolları donmuş, demir gibi sert, safi soğuk ve nemsiz, karın kuru, toz gibi incecik olduğu, karda tavşan izleri olan, köylülerinin kasketlerini çıkararak insana "efendim" dedikleri, iyi av bulacağım bir yere gitmemiştim. Tek gittiğim dumanlı kafelerle odanın fırıl fırıl döndüğü, durdurmak için insanın duvara bakması gereken gecelerdi, yatakta, sarhoş gecelerdi insanın her şeyin bundan ibaret olduğunu bildiği, uyanıp da yanındakinin kim olduğunu bilmemenin garip heyecanı, karanlıkta tamamıyla gerçekdışı ve geceleyin yine bilmemeyi,

27) İlk olarak 1860'ta üretilen, %40 alkollü, tadını aralarında nane ve rezenenin de bulunduğu yaklaşık yetmiş farklı bitkiden, sarı rengini de içindeki safrandan alan, hafif tatlı, biraz kıvamlı, keskin bir İtalyan likörüdür. *Strega* bitkisel yapısıyla sindirimi kolaylaştırıcı yapıya sahiptir. [ç.e.n.]

umursamamayı sürdürecek kadar heyecan verici bir dünya, insanın hepsinin bundan, bu kadardan ibaret olduğuna emin olup umursamadığı. Aniden fazlasıyla umursamak, bazen onunla uyuyup sabah onunla uyanmak, aranızdakinin uçup gitmesi, her şeyin keskin, sert ve açık oluşu, bazen ücret konusunda anlaşmazlıklar. Bazen hâlâ hoş, sevgi dolu, sıcak oluşu, kahvaltı ile öğle yemeği. Bazen tüm hoşluğun kayboluşu ve sokağa çıkmanın memnuniyeti ama hep bir başka günün sonra da bir başka gecenin başlayışı. Geceyi, geceyle gündüzün farkını, meğerki gündüz hava açık ve soğuk değilse nasıl gecenin daha iyi olduğunu anlatmaya çalıştım ama anlatamadım; şimdi de olduğu gibi. Ama yaşadıysanız bilirsiniz. O yaşamamıştı ama Abruzzi'ye gitmeyi gerçekten istediğimi, yine de gitmediğimi anladı, pek çok benzer zevki paylaşan ama aramızda bu fark olan iki dosttuk hâlâ. O benim hiçbir zaman bilmediğim, öğrenince de hemen unutmayı başardığım şeyi daima biliyordu. Ama ben o sıra bilmiyordum bunu, hoş daha sonra öğrendim. Bu sırada hepimiz yemekhanedeydik, yemek bitmişti ama tartışma devam ediyordu. Biz ikimiz konuşmayı bıraktık, yüzbaşı, "Papaz değil mutlu. Kadınlar olmadan, papaz değil mutlu" diye bağırdı.

"Mutluyum" dedi papaz.

Yüzbaşı, "Papaz değil mutlu. Papaz istiyor Avusturyalılar kazansın savaşı" dedi. Ötekiler dinliyordu. Papaz başını iki yana salladı.

"Hayır" dedi.

"Papaz istemez biz saldıralım hiç. Saldıralım istemezsin hiç?"

"Hayır. Eğer bir savaş varsa, sanırım saldırmalıyız."

"Saldırmalı biz. Saldıracak biz!"

Papaz başıyla onayladı.

Binbaşı, "Rahat bırak onu" dedi. "İyi adamdır."

Yüzbaşı, "Elinden başka şey gelmez zaten" dedi. Hepimiz kalkıp masadan ayrıldık.

4

Sabah bitişik bahçedeki bataryanın sesiyle uyandım, pencereden güneş girdiğini görünce yataktan kalktım. Pencereye gidip dışarıya baktım. Çakıllı patikalar nemliydi, çimenler de çiğ damlalarıyla ıslanmıştı. Batarya iki kere ateş etti, her seferinde hava şiddetli bir rüzgârcasına esip camları titretti, pijamamın eteklerini uçuşturdu. Silahları göremiyordum ama besbelli tam üstümüzden ateş ediyorlardı. Orada olmaları can sıkıcıydı ama daha büyük olmamaları beni avutuyordu. Bahçeye bakarken bir kamyonun yola çıktığını duydum. Üstümü giyindim, aşağı indim, mutfakta kahve içtim ve çıkıp garaja gittim.

Uzun sundurmanın altında on araba yan yana sıralanmıştı. Bunlar gri boyalı, yük kamyonu gibi yapılmış, arkası geniş, küt burunlu cankurtaranlardı. Teknisyenler avluda birini tamir etmekteydiler. Diğer üçü dağlarda, tıbbi yardım istasyonlarındaydı.

Teknisyenlerden birine, "O bataryayı hiç topa tutuyorlar mı?" diye sordum.

"Hayır, *Signor Tenente*. Küçük tepe koruyor onu."

"İşler nasıl?"

"Fena değil. Bu araçta iş yok ama ötekiler çalışıyor." Çalışmayı bırakıp bana gülümsedi. "İzinde miydiniz?"

"Evet."

Ellerini tulumuna silip sırıttı. "İyi vakit geçirdiniz mi?" Ötekiler de sırıttı.

"İyiydi" dedim. "Nesi var bu aracın?"

"Yaramaz. Habire arıza."

"Şimdi sorun ne?"

"Yeni segman gerek."

Motoru açık, parçaları tezgâhın üstüne dağılmış vaziyette sefil, içi bomboş görünen araba ile onları çalışmalarına bırakıp sundurmanın altına girerek her arabaya tek tek baktım. Kısmen temizdiler, birkaçı daha yeni yıkanmış, diğerleri tozluydu. Yarık ya da taş eziği arayarak lastiklerini dikkatle inceledim. Her şey iyi durumda gibiydi. Besbelli işlerle ilgilenmek için orada olup olmamam pek fark etmiyordu. Arabaların durumunun, bir şeylerin temin edilip edilemeyeceğinin, yaralılarla hastaların tıbbi yardım istasyonlarından alınması, dağlardan ayırma istasyonuna taşınması ve evraklarında belirtilen hastanelere dağıtılması işinin aksamadan ilerlemesinin büyük bir ölçüde bana bağlı olduğunu hayal etmiştim. Besbelli benim orada olup olmamamın önemi yoktu.

Teknisyen çavuşa, "Yedek parça bulmakta sıkıntı çıktı mı?" diye sordum.

"Hayır, *Signor Tenente*."

"Benzin istasyonu nerede şimdi?"

"Yine aynı yerde."

"İyi" dedim, eve döndüm, yemek masasında bir kâse kahve daha içtim. Kahve, konsantre sütten soluk gri ve tatlıydı. Pencerenin dışında hoş bir bahar sabahı vardı. Burnumda, günün ilerleyen saatlerinin sıcak olacağını gösteren kuruluk hissi başlamıştı. O gün dağlardaki istasyonları ziyaret ettim, kasabaya akşam yaklaşırken döndüm.

Her şey benim yokluğumda daha düzgün işlemiş gibi görünüyordu. Saldırı yine başlayacaktı duyduğuma göre. Bağlı olduğumuz tümen nehrin yukarısında bir yere saldıracaktı, binbaşı da bana, saldırı sırasında görev yerlerine benim bakacağımı söyledi. Saldırı, dar boğazın biraz yukarısında nehri aşacak, yamaçtan yukarı yayılacaktı. Arabaların mevkii nehre görünmeden sokulabildiği kadar yakın olmalıydı, korunaklı da olmalıydılar. Mevkiler, elbette ki piyadeler tarafından seçilecekti ama bizim planlamamız gerekiyordu. Bu, insana sahte bir neferlik duygusu veren şeylerden biriydi.

Toz içinde kalmış, kirlenmiştim, odama yıkanmaya çıktım. Rinaldi elinde Hugo'nun İngilizce dilbilgisi kitabıyla yatakta oturuyordu. Giyinmişti, siyah çizmelerini geçirmişti, saçları da parlıyordu.

"Harika" dedi beni görünce. "Benimle Bayan Barkley'yi görmeye geliyorsun."

"Olmaz."

"Olur. Lütfen gelip onun üstünde iyi bir intiba bırakmamı sağla."

"Pekâlâ. Ben temizlenene kadar bekle."

"Elini yüzünü yıka, olduğun gibi gel."

Yıkandım, saçımı taradım, çıkmak üzereydik.

"Dur bir dakika" dedi Rinaldi. "Belki de bir kadeh içsek iyi olur." Sandığını açıp bir şişe çıkardı.

"*Strega* olmaz" dedim.

"Yo, bu *Grappa*.[28]"

"Pekâlâ."

İki kadehi doldurdu, işaretparmaklarımız havada tokuşturduk. *Grappa* çok sertti.

"Bir tane daha?"

"Pekâlâ" dedim. İkinci *grappa*'ları da içtik, Rinaldi şişeyi kaldırdı, sonra merdivenlerden indik. Kasabada yürürken sıcak basıyordu ama güneş batmaya başlıyordu ve çok hoştu. İngiliz hastanesi savaş öncesinde Almanlar tarafından inşa edilmiş büyük bir villaydı. Bayan Barkley bahçedeydi. Yanında başka bir hemşire vardı. Ağaçların arasından beyaz önlüklerini görüp

28) %35 ila %60 arasında alkol oranına sahip, hoş kokulu, üzüm posasından yapılan bir çeşit İtalyan konyağı. [ç.e.n.]

onlara doğru yürüdük. Rinaldi selam verdi. Ben de selam verdim ama daha belli belirsiz.

"Nasılsınız?" dedi Bayan Barkley. "İtalyan değilsiniz siz, değil mi?"

"Ah, hayır."

Rinaldi öbür hemşireyle konuşuyordu. Gülüşüyorlardı. "Ne garip bir durum... İtalyan ordusunda bulunmanız."

"Tam olarak orduda sayılmam. Yalnızca cankurtaranlarla vazifeliyim."

"Yine de garip ama. Niye yaptınız bunu?"

"Bilmem" dedim. "Her şeyin daima bir açıklaması olmaz."

"Ah, olmaz mı? Ben olduğunu düşünecek şekilde yetiştirildim."

"Bu çok güzel bir şey."

"Böyle konuşmayı sürdürmek zorunda mıyız?"

"Hayır" dedim.

"İç ferahlatıcı. Değil mi?"

"O değnek nedir?" diye sordum. Bayan Barkley epey uzundu. Bana hemşire önlüğü gibi görünen bir şey giymişti, sarışın, esmer tenli, gri gözlüydü. Çok güzel olduğunu düşündüm. Deri kılıflı, oyuncak kamçı gibi ince bambu bir değnek taşıyordu.

"Geçen yıl öldürülen bir oğlana aitti."

"Çok üzgünüm."

"Pek iyi bir oğlandı. Benimle evlenecekti ama Somme'da öldürüldü."

"Korkunç bir çarpışmaydı."

"Orada mıydınız?"

"Hayır."

"Olanları duydum" dedi. "Buralarda pek de o tür çatışmalar yok. Küçük değneği bana gönderdiler. Annesi yolladı. Eşyalarıyla birlikte teslim etmişler."

"Uzun süredir mi nişanlıydınız?"

"Sekiz yıldır. Birlikte büyüdük."

"Peki neden evlenmediniz?"

"Bilemiyorum" dedi. "Evlenmemekle aptallık etmişim. En azından o kadarını verebilirdim ona. Ama bunun ona zararı dokunacağını düşündüm."

"Anlıyorum."

"Birine âşık oldunuz mu hiç?"

"Hayır" dedim.

Bir banka oturduk, ona baktım.

"Saçlarınız çok güzel" dedim.

"Beğendiniz mi?"

"Çok."

"Öldüğünde kökünden kesecektim."

"Yapmayın."

"Onun için bir şey yapmak istedim. Yani öteki şey umurumda değildi ve her şeye sahip olabilirdi. Eğer bilsem istediği her şeye sahip olabilirdi. Evlenirdim ya da her ne isterse. Artık bunu biliyorum. Ama o vakit savaşa gitmek istedi, ben de bilmiyordum."

Hiçbir şey söylemedim.

"O zamanlar hiçbir şey bilmiyordum. Onun için daha kötü olacağını düşündüm. Belki de dayanamaz diye düşündüm ama sonra tabii öldürüldü ve hepsi bu."

"Bilemiyorum."

"Ah, evet" dedi. "Son buldu."

Öbür hemşireyle konuşan Rinaldi'ye baktık.

"Adı ne?"

"Ferguson. Helen Ferguson. Arkadaşınız doktor, değil mi?"

"Evet. Çok başarılıdır."

"Harika. Cephenin bu kadar yakınında nadiren meziyetli birine rastlanır. Cepheye yakınız, değil mi?"

"Oldukça."

"Saçma bir cephe" dedi. "Ama çok güzel. Saldırıya kalkacaklar mı?"

"Evet."

"Öyleyse çalışmamız gerekecek. Şu ara iş yok."

"Uzun süredir mi hemşirelik yapıyorsunuz?"

"1915'in sonundan beri. O katıldığında başladım. Çalıştığım hastaneye gelebileceği gibi komik bir fikre kapıldığımı anımsıyorum. Kılıç yarasıyla, sanırım, ve başında sargıyla. Ya da omzunda mermiyle. Pitoresk bir şeyle."

"Pitoresk cephe burası" dedim.

"Evet" dedi. "İnsanlar Fransa'nın ne mene bir şey olduğunu anlayamıyor. Anlasalar, böyle sürmezdi. Kılıç yarasıyla gelmedi. Onu parça parça ettiler."

Bir şey söylemedim.

"Sizce hep böyle mi sürecek?"

"Hayır."

"Bunu ne durduracak?"

"Bir yerde çatırdayacak."

"Biz çatırdayacağız. Fransa'da çatırdayacağız. Somme'daki gibi şeyler yaparak çatırdamadan devam edemezler."

"Burada çatırdamayacaklar" dedim.

"Çatırdamazlar mı dersiniz?"

"Hayır. Geçen yaz çok iyi iş çıkardılar."

"Çatırdayabilirler" dedi. "Herkes çatırdayabilir."

"Almanlar da."

"Hayır" dedi. "Sanmam."

Rinaldi'yle Bayan Ferguson'un yanına gittik.

Rinaldi, Bayan Ferguson'a İngilizce, "Seviyorsunuz İtalya'yı?" diye sordu.

"Ziyadesiyle."

"Ben yok anlamak." Rinaldi başını iki yana salladı.

"*Abbastanza bene*"[29] diye tercüme ettim.

Başını iki yana salladı.

"Bu iyi değil. Seviyorsunuz İngiltere'yi?"

"Fazla değil. Ben İskoçum aslında."

Rinaldi bana boş boş baktı.

"İskoçmuş, o nedenle İskoçya'yı İngiltere'den fazla seviyormuş" dedim İtalyanca.

"Ama İskoçya İngiltere'de."

Bunu Bayan Ferguson'a tercüme ettim.

"*Pas encore*"[30] dedi Bayan Ferguson.

"Sahi mi?"

"Asla. Biz İngilizleri sevmeyiz."

"Sevmezsiniz İngilizleri? Sevmezsiniz Bayan Barkley'yi?"

"Aa, o farklı. Her şeyi harfiyen yorumlamamalısınız."

Bir süre sonra iyi akşamlar dileyip ayrıldık. Eve yürürken Rinaldi, "Bayan Barkley bendense seni tercih ediyor. Apaçık. Ama İskoç küçükhanım çok hoş" dedi.

"Çok" dedim. Ona dikkat etmemiştim. "Ondan hoşlandın mı?"

"Hayır" dedi Rinaldi.

5

Ertesi gün öğleden sonra yine Bayan Barkley'yi ziyarete gittim. Bahçede değildi, ben de villanın, cankurtaranların girdiği yan kapısına gittim. İçerde başhemşireyi gördüm, bana Bayan Barkley'nin görev başında olduğunu söyledi. "Savaş var, farkındasınızdır."

Farkında olduğumu söyledim.

---

29) Oldukça çok. [ç.e.n.]
30) Henüz değil. [ç.e.n.]

"Siz İtalyan ordusundaki Amerikalısınız, değil mi?" diye sordu.

"Evet, hanımefendi."

"Nasıl oldu da öyle yaptınız? Neden bize katılmadınız?"

"Bilmem" dedim. "Şimdi katılabilir miyim?"

"Korkarım şimdi olmaz. Söylesenize, neden İtalyanlara katıldınız?"

"İtalya'daydım" dedim. "İtalyanca da biliyordum."

"Ah" dedi. "Ben de öğreniyorum. Güzel bir dil."

"Birisi, iki haftada öğrenilir demişti."

"Ah, ben iki haftada öğrenemem. Aylardır çalışıyorum. İsterseniz yediden sonra gelip görebilirsiniz onu. Nöbeti o zaman biter. Ama yanınızda bir sürü İtalyan getirmeyin."

"Güzel dillerinin hatırına bile mi?"

"Hayır. Ne de güzel üniformalarının hatırına."

"İyi akşamlar" dedim.

"*A rivederci*[31] *Tenente.*"

"*A rivederla.*" Selam çakıp çıktım. İnsanın utanmadan yabancıları İtalyan gibi selamlaması imkânsızdı. İtalyan selamı yabancılara göre değildi.

Gün sıcak geçmişti. Nehrin yukarısına, Plava'daki köprübaşına gitmiştim. Saldırının başlayacağı yer orasıydı. Önceki yıl karşı kıyıda ilerlemek imkânsız olmuştu çünkü geçitten tombaz köprüye giden yalnızca tek bir yol vardı ve orası da neredeyse bir mil boyunca makineli tüfek ile top ateşi altındaydı. Saldırı için tüm araçları taşıyacak kadar geniş de değildi ve Avusturyalılar yerle bir edebilirdi. Ama İtalyanlar geçmiş, nehrin Avusturya tarafının yaklaşık bir buçuk mil kadarını tutacak kadar karşı kıyıya yayılmışlardı. Kritik bir yerdi ve Avusturyalılar, İtalyanların orayı tutmalarına izin vermemeliydi. Sanırım

31) Hoşça kal, güle güle. [ç.e.n.]

bu karşılıklı toleranstı çünkü Avusturyalılar hâlâ nehrin daha aşağısında bir köprübaşını tutuyorlardı. Avusturya siperleri yamacın yukarısında, İtalyan hatlarının yalnızca birkaç metre ötesindeydi. Orada eskiden bir de kasaba vardı ama artık enkaz halindeydi. Bir tren istasyonundan geriye kalanlarla açıkta olduğu için onarılıp kullanılamayacak yıkık dökük bir sabit köprü vardı.

Dar yoldan nehre doğru indim, arabayı tepenin altındaki tıbbi yardım istasyonunda bıraktım, dağın bir yamacının koruduğu tombaz köprüyü geçtim, harabeye dönmüş kasabadaki siperlerinden geçerek yamacın kenarından ilerledim. Herkes sığınaklardaydı. Topçulardan yardım istemek ya da telefon telleri kesilirse işaret vermek için ateşlenmeye hazır sıra sıra fişek diziliydi. Ortalık sessiz, sıcak ve kirliydi. Tellerin üstünden Avusturya hatlarına baktım. Görünürlerde kimse yoktu. Sığınakların birinde tanıdığım bir yüzbaşıyla bir içki içip köprüden geri döndüm.

Dağı aşıp zikzak yaparak köprüye inecek yeni, geniş bir yol tamamlanıyordu. Bu yol tamamlandığında saldırı başlayacaktı. Ormanın içinden keskin virajlarla iniyordu. Plan her şeyi yeni yoldan aşağı getirip boş kamyonları, arabaları, dolu cankurtaranları ve tüm dönüş trafiğini eski dar yola aktarmaktı. Tıbbi yardım istasyonu nehrin Avusturya yakasında, tepe yamacının altındaydı ve sedyeciler yaralıları tombaz köprüden geri getireceklerdi. Saldırı başlayınca da öyle olacaktı. Görebildiğim kadarıyla, yeni yolun düzleşmeye başlayan son bir mil kadarı Avusturyalılar tarafından durmadan bombardımana tutulabilirdi. Tam bir felaket olabilirmiş gibi görünüyordu. Ama arabaların o fena görünen son kısmı geçtikten sonra siperlenip yaralıların tombaz köprüden getirilmesini bekleyebileceği bir yer buldum. Yeni yoldan arabayla geçmek isterdim ama henüz tamamlanmamıştı. Düzgün eğimle geniş ve sağlam görünüyordu, dağ yamacındaki ormanın açıklıklarından seçilebildiği yerlerde virajlar etkileyici gözüküyordu. Araçlar metal frenleriyle güvende olacaktı, hem zaten inerken dolu olmayacaklardı. Dar yoldan geri döndüm.

İki *carabinieri*[32] arabayı durdurdu. Top mermisi düşmüştü, biz beklerken yola üç tane daha düştü. Yetmiş yedilikti bunlar ve ıslık çalarak geliyorlardı, yoğun parlak bir patlama ve ışıltı ve ardından yolu süpüren gri duman. *Carabinieri* geçmemizi işaret etti. Mermilerin düştüğü yerden geçerken açılmış küçük çukurlardan sakındım ve keskin patlayıcı, bombalanmış kil ile kaya ve yeni parçalanmış çakmak taşı kokusu aldım. Aracı gerisin geri Gorizia'ya, villaya sürdüm, ve dediğim gibi, görevli olan Bayan Barkley'yi görmeye gittim.

Akşam yemeğini hızla yiyip İngilizlerin hastanesinin bulunduğu villaya doğruldum. Gerçekten çok büyük ve güzeldi ve arazisinde hoş ağaçlar vardı. Bayan Barkley bahçede bir bankta oturuyordu. Yanında Bayan Ferguson vardı. Beni gördüklerine memnun olmuş gibiydiler, az sonra da Bayan Ferguson izin isteyip gitti.

"İkinizi yalnız bırakayım" dedi. "Bensiz çok iyi anlaşıyorsunuz."

Bayan Barkley, "Gitme Helen" dedi.

"Gitsem daha iyi. Birkaç mektup yazmam gerek."

"İyi geceler" dedim.

"İyi geceler, Bay Henry."

"Sansürü delecek şeyler yazmayın."

"Kaygılanmayın. Yalnızca ne güzel bir yerde yaşadığımızı ve İtalyanların ne cesur olduğunu yazıyorum."

"Böylece madalya alırsınız."

---

32) Carabinieri (çoğul), Carabiniere (tekil): Askeri polis. [ç.e.n.]

"Hoş olur. İyi geceler, Catherine."

"Birazdan görüşürüz" dedi Bayan Barkley. Bayan Ferguson karanlıkta uzaklaştı.

"Hoş biri" dedim.

"Evet, çok hoştur. Hemşire."

"Siz de hemşire değil misiniz?"

"Ah, hayır. Ben G.Y.M.[33] dedikleri gruptanım. Çok çalışırız ama bize kimse güvenmez."

"Neden o?"

"Ortalık sakinken bize güvenmezler. Gerçekten iş olunca güvenirler."

"Farkı neymiş?"

"Hemşire, doktor gibidir. Eğitimi uzun sürer. G.Y.M. onun kestirme yoludur."

"Anlıyorum."

"İtalyanlar cephenin bu kadar yakınında kadın istemiyordu. O nedenle hepimiz özel davranış kurallarına tabiiyiz. Dışarı çıkmıyoruz."

"Ben buraya gelebilirim ama."

"Ah, evet. Manastıra kapatılmış değiliz."

"Savaşı bir kenara bırakalım."

"Çok zor. Bırakabileceğimiz bir yer yok."

"Yine de bırakalım."

"Peki."

Karanlıkta birbirimize baktık. Çok güzel olduğunu düşündüm ve elini tuttum. İzin verdi, elini tutup kolumu kolunun altından geçirdim.

"Olmaz" dedi. Ben kolumu çekmedim.

"Neden olmaz?"

"Olmaz"

---

33) Gönüllü Yardım Müfrezesi. [ç.e.n.]

"Olur" dedim. "Lütfen." Karanlıkta onu öpmek üzere eğildim ve keskin, can acıtıcı ani bir hareket yaptı. Sert bir tokat atmıştı yüzüme. Eli burnumla gözlerime çarpmış, istemsizce gözlerim yaşarmıştı.

"Çok özür dilerim" dedi. Elime mutlak bir avantaj geçtiğini hissettim.

"Oldukça haklıydınız."

"Son derece üzgünüm" dedi. "'Hemşirenin izin akşamı' vaziyetine katlanamadım. Canınızı yakmak istemedim. Canınızı yaktım, değil mi?"

Karanlıkta bana bakıyordu. Kızgındım ama beri yandan, satranç oyunu hamleleri gibi olacakları önceden görerek, emindim.

"Doğru şeyi yaptınız" dedim. "Hiç gücenmedim."

"Yazık size."

"Aslında biraz tuhaf bir hayat sürüyorum. İngilizce bile konuşmuyorum neredeyse. Siz de öyle güzelsiniz ki!" Ona baktım.

"Bir sürü boş laf etmenize lüzum yok. Üzgün olduğumu söyledim. İyi de anlaşıyoruz."

"Evet" dedim. "Ve savaştan da uzaklaştık."

Güldü. Gülüşünü ilk defa duyuyordum. Yüzünü seyrettim.

"Çok tatlısınız" dedi.

"Hayır, değilim."

"Evet, çok sevimlisiniz. Sakıncası yoksa sizi öpmekten memnuniyet duyarım."

Gözlerine baktım, önceki gibi kolumu ona doladım ve öptüm. Tutkuyla öpüp sıkıca tuttum ve dudaklarını aralamaya çalıştım; sımsıkı kapalıydı. Hâlâ kızgındım ve kollarımdayken aniden titredi. Kendime iyice çektim, kalp atışlarını duyumsayabiliyordum, dudakları aralandı, başı arkaya gidip elime yaslandı ve derken omuzumda ağlıyordu.

"Ah, sevgilim" dedi. "Bana iyi davranacaksın, değil mi?"

Ne olursa olsun, diye düşündüm. Saçlarını okşayıp omzunu sıvazladım. Ağlıyordu.

"Davranacaksın, değil mi?" Bana baktı. "Çünkü garip bir hayatımız olacak."

Bir süre sonra onunla birlikte villanın kapısına yürüdüm, o içeri girdi ben de eve yürüdüm. Eve gelince yukarı odaya çıktım. Rinaldi yatağında uzanıyordu. Bana baktı.

"Ee, Bayan Barkley'yle ilerleme kaydettin mi?"

"Arkadaşız."

"Kızışmış bir köpeğin o keyifli havası var sende."

Bu kelimeyi anlayamamıştım.

"Neyin?"

Açıkladı.

"Sende de" dedim. "O keyifli havası var kızışmı..."

"Kes şunu" deyiverdi. "Çok sürmez, hakaretlere başlarız." Güldü.

"İyi geceler" dedim.

"İyi geceler, yavru köpek."

Yastığımla kandilini devirip karanlıkta yatağa girdim.

Rinaldi kandili aldı, yakıp okumayı sürdürdü.

6

İki gün uzakta, nöbet noktalarındaydım. Eve döndüğümde vakit çok geçti, Bayan Barkley'yi ertesi akşama kadar görmedim. Bahçede değildi, aşağı inene kadar hastanenin yazıhanesinde beklemek zorunda kaldım. Yazıhane olarak kullandıkları odanın duvarları boyunca boyalı ahşap sütunlar üzerinde bir sürü mermer büst vardı. Yazıhanenin açıldığı koridor da büstlerle doluydu. Mermerin o 'her şeyin birbirine benzeme' niteliğine bütünüyle sahiptiler. Heykel daima sıkıcı bir şeymiş gibi görünmüştü bana; yine de tunçlar bir halta benziyordu. Ama mermer büstlerin hepsi mezarlığı andırıyordu. Hoş, güzel bir mezarlık vardı; Pisa'daki. Cenova kötü mermerlerin görüleceği yerdi. Burası pek zengin bir Almanın villasıydı ve büstler ona epey pahalıya mal olmuş olmalıydı. Kimin yapıp kaç para aldığını merak ettim. Aile üyeleri olup olmadıklarını kestirmeye çalıştım ama hepsi de klasik hatlara sahiptiler. Hiçbir şey anlaşılmıyordu.

Bir sandalyeye oturup kepimi elimde tuttum. Gorizia'dayken bile çelik kask takmak zorundaydık ama çok rahatsızlardı ve sivillerin tahliye edilmediği bir kasabada çok fazla abartılıydılar. Nöbet noktalarına gittiğimizde takıyor ve İngiliz gaz maskesi taşıyordum. Yeni yeni gelmeye başlanmıştı bunlar. Gerçek maskelerdi. Ayrıca otomatik tabanca taşımamız da gerekliydi; doktorlarla sağlık görevlilerinin bile. Sandalyenin sırtına yaslandığımda duyumsadım; görünür bir yerinizde takılı bir tabancanız yoksa tutuklanabilirdiniz. Rinaldi, içine tuvalet kâğıdı tıkıştırılmış bir tabanca kılıfı taşıyordu. Ben gerçek bir silah takıyordum ve atış talimi yapana dek kendimi silahşor gibi hissetmiştim. 7.65 kalibrelik, kısa namlulu bir Astra'ydı ve ateş ettiğinizde öyle şiddetli geri tepiyordu ki herhangi bir şeyi vurmak söz konusu bile değildi. Ta ki yirmi adım öteden, nişan aldığım yerin bir metre kadar yakınını vurabilene dek hedefin altına doğrultup gülünç kısa namlunun geri tepişinde ustalık kazanmaya çalışarak onunla alıştırma yaptım, ardından tabanca taşıyor bile olmanın gülünçlüğünü fark ettim ve çok geçmeden unutup İngilizce konuşan insanlarla karşılaştığımda duyumsadığım belli belirsiz utanç hariç hiçbir şey hissetmeden belimin arkasında sallana sallana taşımaya başladım. Şimdi sandalyede oturmuş, mermer zemine, üstünde mermer büstler duran sütunlara ve duvardaki fresklere bakıp Bayan Barkley'yi beklerken bir tür emir eri bir masanın ardından kınayarak bana bakıyordu. Freskler fena değildi. Pul pul olup dökülmeye yüz tutunca, bütün freskler güzeldi zaten.

Catherine Barkley'nin koridorda yaklaştığını görüp ayağa kalktım. Bana doğru yürürken o kadar da uzun değil gibiydi ama çok hoş görünüyordu.

"İyi akşamlar Bay Henry" dedi.

"Nasılsınız?" dedim. Emir eri masanın arkasında bizi dinliyordu.

"Burada mı oturalım, yoksa bahçeye mi çıkalım?"

"Dışarı çıkalım. Daha serin orası."

Emir eri arkamızdan bakarken peşi sıra bahçeye yürüdüm. Çakıllı yola çıktığımızda, "Nerelerdeydiniz?" dedi.

"Görevdeydim."

"Bana bir not yollayamaz mıydınız?"

"Hayır" dedim. "Pek sayılmaz. Hemen döneceğimi sanıyordum."

"Bana haber vermeliydin, sevgilim."

Çakıllı yoldan ayrılmış, ağaçların altında yürüyorduk. Ellerini tuttum, sonra durup onu öptüm.

"Gidebileceğimiz bir yer yok mu?"

"Yok" dedi. "Ancak burada dolaşabiliriz. Uzun süre uzaktaydın."

"Bu üçüncü gün. Ama döndüm artık."

Bana baktı. "Ve beni seviyorsun?"

"Evet.

"Beni sevdiğini söylemiştin, değil mi?

"Evet" diye yalan söyledim. "Seni seviyorum." Daha önce dememiştim.

"Ve bana 'Catherine' diyeceksin?"

"Catherine." Biraz daha yürüyüp bir ağacın altında durduk.

"'Gece olunca Catherine'e döndüm' de."

"Gece olunca Catherine'e döndüm."

"Ah sevgilim, döndün, değil mi?"

"Evet."

"Seni öyle seviyorum ki... Beklemek korkunçtu. Gitmeyeceksin, değil mi?"

"Hayır. Hep geri döneceğim."

"Ah, seni öyle seviyorum ki. Lütfen elini yine oraya koy."

"Çekmedim ki!" Öperken yüzünü görebilmek için onu döndürdüm ve gözlerinin kapalı olduğunu gördüm. Her iki kapalı gözünü de öptüm. Muhtemelen hafif kaçık olduğunu düşündüm. Öyleyse bile sakıncası yoktu. Neye bulaştığım umurumda değildi. Kızların silah arkadaşlarınla üst kata çıkıp inerken arada sevgi göstergesi olarak üzerine tırmanıp keplerini ters taktıkları subay genelevine gitmekten iyiydi her gece. Catherine Barkley'yi sevmediğimi ve sevmek gibi bir niyetim olmadığını biliyorum. Kâğıt oynamak yerine bir şeyler söylenen, briç gibi bir oyundu. Tıpkı briç gibi para veya başka bir şeye oynuyor görünmek gerekliydi. Kimse nesine oynandığını söylememişti. Bence bir sakıncası yoktu.

"Keşke gidebileceğimiz bir yer olsaydı" dedim. Uzun süre ayakta sevişmenin erkeklere özgü güçlüğünü çekiyordum.

"Öyle bir yer yok" dedi. Her nereye dalıp gittiyse geri dönmüştü.

"Birazcık şuraya oturabiliriz."

Yassı taş banka oturduk, Catherine Barkley'nin elini tuttum. Kolumu dolamama izin vermedi.

"Çok yorgun musun?" diye sordu.

"Hayır."

Çimlere baktı.

"Bu oynadığımız rezil bir oyun, değil mi?"

"Hangi oyun?"

"Kalın kafalılık etme."

"Etmiyorum, yani bilerek."

"İyi bir gençsin" dedi. "Ve en iyi bildiğin şekilde de oynuyorsun bunu. Ama rezil bir oyun."

"İnsanların ne düşündüğünü daima bilir misin?"

"Daima değil. Ama sen olunca biliyorum. Beni seviyor gibi yapmak zorunda değilsin. Bu akşamlık bitti o. Konuşmak istediğin bir şey var mı?"

"Ama seni seviyorum."

"Lütfen mecbur değilken yalan söylemeyelim. Enikonu güzel bir küçük macera yaşadım ve artık iyiyim. Yani deli değilim, aklımı da kaçırmadım. Bazen azıcık sadece."

Elini sıktım, "Sevgili Catherine."

"Şimdi çok komik geliyor... Catherine. Tam benzer telaffuz edemiyorsun. Ama çok tatlısın. Çok iyi bir gençsin."

"Papaz da öyle demişti."

"Evet, çok iyisin. Ve beni görmeye geleceksin, değil mi?"

"Tabii ki."

"Beni sevdiğini söylemene de gerek yok. Bir süre için bitti o." Ayağa kalkıp elini uzattı. "İyi geceler.

Onu öpmek istedim.

"Olmaz" dedi. "Müthiş yorgunum."

"Yine de öp beni" dedim.

"Müthiş yorgunum sevgilim."

"Öp beni."

"Çok mu istiyorsun?"

"Evet."

Öpüştük, aniden çekildi. "Hayır. İyi geceler, lütfen sevgilim." Kapıya yürüdük, içeri girip koridorda uzaklaşırken ardından baktım. Hareket edişini izlemek hoşuma gidiyordu. Koridorda uzaklaştı. Eve gittim. Sıcak bir geceydi, dağlarda epey hareketlilik vardı. San Gabriele'de yanıp sönen ışıltıları seyrettim.

Villa Rossa'nın önünde durdum. Panjurlar kapalıydı ama içerisi hâlâ canlıydı. Biri şarkı söylüyordu. Eve yürümeye devam ettim. Ben soyunurken Rinaldi geldi.

"Ah-ha!" dedi. "İşler o kadar da iyi gitmiyor. Yavrunun kafa karışık."

"Nerelerdeydin?"

"Villa Rossa'da. Çok aydınlatıcıydı, yavrum. Hepimiz şarkı söyledik. Sen nerelerdeydin?"

"İngilizleri ziyarette."

"Tanrı'ya şükür ki İngilizlere bulaşmamışım."

7

İlk dağ nöbetimizden ertesi gün öğleden sonra döndüm ve arabayı yaralılarla hastaların belgelerine göre ayrılıp, farklı hastaneler için belgelerin damgalandığı *Smistimento*'da[34] durdurdum. Arabayı ben kullanıyordum ve arabada oturdum, şoför belgeleri içeri götürdü. Sıcak bir gündü; gökyüzü pırıl pırıl, masmavi, yol da beyaz ve tozluydu. Fiat'ın yüksek sürücü koltuğunda, hiçbir şey düşünmeden oturdum. Yoldan bir alay geçiyordu, onları seyrettim. Adamlar sıcaklamış ve terliyorlardı. Bazıları çelik kasklarını takmıştı ama çoğu çantalarına asmış taşıyorlardı. Çoğu kask fazla büyüktü ve takan adamların neredeyse kulaklarından aşağı kadar iniyordu. Subayların hepsi kask –kafalarına daha iyi olan kasklar– takmıştı. Brigata[35] Basilicata'nın yarısıydı bu geçenler. Kırmızı ve beyaz çizgili yaka işaretlerinden tanıdım. Alay geçtikten çok sonra yürüyen geride kalmışlar –takımlarına ayak uyduramamış askerler– vardı.

34) Ayırma istasyonu. [ç.e.n.]
35) Tugay. [ç.e.n.]

Ter, toz içinde ve yorgundular. Kimi epey kötü görünüyordu. Geride kalanların sonuncusunun ardından bir asker geldi. Topallayarak yürüyordu. Durup yolun kenarına oturdu. Araçtan inip yanına gittim.

"Neyin var?"

Bana baktı, ardından ayağa kalktı.

"Gidiyorum işte."

"Sorun ne?"

"......'in savaşı."

"Bacağına ne oldu?"

"Bacağım değil. Fıtık var."

"Neden nakliye aracına binmiyorsun?" diye sordum. "Neden hastaneye gitmiyorsun?"

"Bırakmıyorlar. Teğmen fıtık bağını mahsus kaydırdığımı söylüyor."

"Bir bakayım."

"Ta dışarıda."

"Hangi tarafında?"

"Şurda."

Yokladım.

"Öksür" dedim.

"Büyür diye korkuyorum. Sabahkinin iki katı şimdi."

"Otur" dedim. "Bu yaralıların evraklarını alır almaz seni de götürür, sağlık subaylarına teslim ederim."

"Mahsus yaptın der."

"Bir şey yapamazlar" dedim. "Yara değil bu. Daha önce de olmuştu, değil mi?"

"Ama bağı kaybettim."

"Seni bir hastaneye yollarlar."

"Burada kalamaz mıyım, *Tenente*?"

"Hayır, belgelerin yok elimde."

Şoför, araçtaki yaralıların belgeleriyle kapıdan çıktı.

"Dördü 105'e. İkisi 132'ye" dedi. Nehrin ötesinde hastanelerdi bunlar.

"Sen kullan" dedim. Fıtıklı askerin koltuğa, yanımıza çıkmasına yardım ettim.

"İngilizce bilirsin?" diye sordu.

"Tabii."

"Nasıl buluyorsun bu kahrolsun savaşı?"

"Rezil."

"Bence de rezil. Ulu Tanrım, bence de rezil."

"Amerika'da mı bulundun?"

"Tabii. Pittsburgh'de. Amerikalı sen biliyordum."

"İtalyancayı yeterince iyi konuşmuyor muyum?"

"Amerikalı sen biliyordum tabii."

Şoför fıtıklı adama bakarak, "Bir Amerikalı daha" dedi İtalyanca.

"Bak teğmen. Beni o alaya götürmek zorunda mısın?"

"Evet."

"Çünkü yüzbaşı doktor fıtığımı biliyordu. Kahrolası bağı attım ki kötüleşsin, tekrar cepheye gitmek zorunda kalmayayım."

"Anlıyorum."

"Beni diğer yerlere götüremez misin?"

"Cepheye daha yakın olsaydı seni ilk yardım istasyonuna götürebilirdim. Ama burada belgelerin olmak zorunda."

"Dönersem beni ameliyat yaptırtırlar ve sonra sürekli cepheye koyarlar."

Bir düşündüm.

"Sürekli cepheye koyulmak istemezdin, değil mi?" diye sordu.

"Hayır."

"Ulu Tanrım, ne kahrolsun bir savaş değil mi?"

"Dinle" dedim. "Sen in, yolda düş, kafanı çarp, dönüşte seni alırım, bir hastaneye götürürüm. Şurada, yolda duralım, Aldo." Yolun kenarında durduk. Aşağı inmesine yardım ettim.

"Burada olacağım teğmen" dedi.

"Hoşça kal" dedim. Ovadan geçen yolu katedip yaralıları iki hastaneye nakletmek için ilerledik, taburu bir mil kadar geride bıraktık, sonra kar suyuyla bulanmış, köprünün tahta kapakları arasından hızla akan nehri geçtik. Pittsburg'lu adamı bulmak için boş arabayla hızla geri döndüm. Önce alayı geçtik, öncekinden daha terli ve ağır ilerliyorlardı; sonra da geride kalanları. Derken yol kenarında durmuş atlı bir cankurtaran gördük. İki kişi fıtıklı adamı araca yüklemek için kaldırıyorlardı. Onu almak üzere geri dönmüşlerdi. Bana doğru başını salladı. Kaskı çıkmıştı; alnının tepesinden kan akıyordu. Burnunda sıyrık, kanlı sargısında, saçında toz vardı.

"Kafama bak teğmen!" diye seslendi. "Yapacak hiçbir şey yok. Beni almaya gelmişler."

Villaya döndüğümde saat beşti; duş almak için arabaları yıkadığımız yere gittim. Sonra açık pencerenin önünde üstümde pantolonla atlet oturup raporumu yazdım. İki güne kadar saldırı başlayacak, ben de araçlarla Plava'ya gidecektim. Birleşik Devletler'e mektup yazmayalı epey zaman geçmişti; yazmam gerektiğini de biliyordum ama öyle uzun zaman savsaklamıştım ki, şimdi yazmak neredeyse imkânsız hale gelmişti. Yazacak bir şey yoktu. 'İyiyim' haricinde her şeyin üstünü çizerek birkaç tane askeri *Zona di Guerra*[36] kartpostalı yolladım. Bu onları idare ederdi. Bu kartpostallar Amerika'da çok iyi olacaktı; tuhaf ve esrarengiz. Burası gerçekten tuhaf ve esrarengiz bir savaş alanıydı ya sanırım Avusturyalılarla diğer savaşlara kıyasla pek iyi yönetiliyordu ve amansızdı. Avusturya ordusu

36) Savaş alanı. [ç.e.n.]

Napolyon'a -herhangi bir Napolyon'a- zaferler kazandırmak üzere yaratılmıştı. Keşke bizim de bir Napolyon'umuz olsaydı ama onun yerine bizde -şişko ve zengin- Il Generale Cadorna vardı; bir de -uzun ince boyunlu, keçi sakallı- Vittorio Emanuele'miz vardı. Sağ tarafta Aosta Dükü vardı. Belki büyük bir general olamayacak kadar yakışıklıydı ama en azından adam gibi görünüyordu. Çoğu onun kral olmasını isterlerdi. Kral gibi görünüyordu. Kralın amcasıydı ve üçüncü orduya komuta ediyordu. Biz ikinci ordudaydık. Üçüncü ordunun beraberinde birkaç İngiliz bataryası vardı. Milano'da o gruptan iki topçuyla tanışmıştım. Hoş insanlardı ve harika bir gece geçirmiştik. İriyarı, çekingen ve utangaçtılar; olup biten her şeyden minnet duyuyorlardı. Keşke İngilizlerle birlikte olsaydım. Her şey çok daha kolay olurdu. Hoş muhtemelen öldürülmüş olurdum. Bu cankurtaran işinde pek olmaz. Yoo, cankurtaran işinde bile olur. Zaman zaman İngiliz cankurtarancıları da öldürülüyordu. Eh, ben öldürülmeyeceğimi biliyordum. Bu savaşta değil, en azından. Bu savaşın benimle hiçbir ilgisi yoktu. Filmlerdeki savaşlardan daha tehlikeli görünmüyordu bana. Yine de bitmesini diliyordum. Belki bu yaz biterdi. Belki Avusturyalılar yenilirdi. Başka savaşlarda hep yenilmişlerdi. Bu savaşın farkı neydi ki? Fransızların işi bitti diyordu herkes. Rinaldi Fransızların ayaklandığını, askerlerin Paris'e yürüdüğünü söylemişti. Ne olduğunu sorduğumda, "Ha, durdurdular onları" demişti. Savaşsız bir Avusturya'ya gitmek istiyordum. Kara Orman'a gitmek istiyordum. Hartz Dağlarına gitmek istiyordum.

Neredeydi o Hartz Dağları acaba? Karpatlar'da savaş vardı. Oraya gitmeyi zaten istemiyordum. Hoş, iyi olabilirdi de. İspanya'ya giderdim savaş olmasa. Güneş batıyor, gün serinliyordu. Yemekten sonra gidip Catherine Barkley'yi görecektim. Keşke şimdi burada olsaydı. Keşke onunla birlikte Milano'da olsaydım. Cova'da yemek yiyip sonra sıcak akşam havasında Via Manzoni boyunca yürümek, karşıya geçip kanala sapmak, Catherine Barkley'yle birlikte otele gitmek isterdim. Belki gelirdi. Belki beni ölen o delikanlının yerine koyardı, birlikte ön kapıdan girerdik, kapı görevlisi şapkasını çıkarırdı, ben resepsiyona uğrayıp anahtarı isterdim, o asansörün yanında beklerdi, sonra asansöre binerdik, asansör her katta tıkırdayarak ağır ağır çıkarak bizim kata varırdı, genç kapıyı açıp beklerdi, o çıkardı, ben çıkardım, koridor boyunca yürürdük, ben anahtarı kilide sokar, açar, girerdim, telefonla arayıp buz dolu gümüş kova içinde bir şişe *capri bianca*[37] yollamalarını söylerdim, koridorda yaklaşırken kovada buzların tıkırtısını duyardık, genç kapıyı vururdu, ben kapının önüne bırak lütfen diye seslenirdim. Çok sıcak olduğundan üstümüzde kıyafet olmazdı çünkü ve pencere açık olurdu, evlerin çatılarının tepesinde kırlangıçlar uçardı; ardından hava karardığında, insan pencereye gittiğinde ufacık yarasaların evlerin tepelerinde avlandığını ve ağaçların tepelerine üşüştüğünü gördüğü saatte *capri*'yi içerken, kapı kilitli, hava sıcak, yalnız tek çarşaf ve bir bütün geceyle, sıcak Milano akşamında tüm gece ikimiz de birbirimizi severdik. Olması gereken öylesiydi. Çabucak yiyerek gidip Catherine Barkley'yi görecektim.

Yemekhanede çok konuşuyorlardı; biraz içmezsem bu gece kardeş olamayacağımızdan şarap içtim, papazla da anlaşılan saygın biri olan Başpiskopos Ireland ve yaşadığı, ama hiç duymadığım fakat biliyormuş gibi yaptığım, haksızlık, ki bir Amerikalı olarak benim de bu haksızlıkta payım vardı, hakkında konuştuk. En nihayetinde yanlış anlaşılmalar gibi görünen sebeplerinin öyle fevkalade bir açıklamasını dinledikten sonra hiçbir şey bilmemek nezaketsizlik olurdu. Adamın güzel bir adı

37) Bir çeşit İtalyan beyaz şarabı. [ç.e.n.]

olduğunu düşündüm, hem Minnesotalıydı ki bu da ortaya hoş bir isim çıkarıyordu: Minnesota Ireland'ı, Wisconsin Ireland'ı, Michigan Ireland'ı. Bunu güzel kılan kulağa Island –ada– gibi gelişiydi. Yo, ondan değil. Dahası da vardı. Evet, peder. Doğru, peder. Belki, peder. Hayır, peder. Eh, belki de öyledir, peder. Siz benden iyi bilirsiniz, peder. Papaz iyi adamdı ya sıkıcıydı. Subaylar iyi değildi ya sıkıcıydı. Kral iyi adamdı ya sıkıcıydı. Şarap iyi değildi ya sıkıcı da değildi. Adamın dişinin minesini söküp damağına yapıştıracak türdendi.

"Ve üstünde yüzde üçlük tahviller buldular diye papaz hapse tıkıldı" dedi Rocca. "Fransa'da olmuş bunlar tabii. Burada olsa asla tutuklamazlardı onu. İnkâr ederdi yüzde beşlik tahvilleri falan bildiğini. Yüzde beşlik tahvillerle ilgili bilgisi olduğunu tamamıyla reddetmiş. Olay Béziers'de olmuş. Oradaydım, olanları gazetede okudum; hapishaneye gidip papazı ziyaret etmek istediğimi söyledim. Tahvilleri çaldığı gün gibi ortadaydı."

Rinaldi, "Tek kelimesine bile inanmıyorum" dedi.

Rocca, "Sen bilirsin" dedi. "Ama ben bunu bizim papaz için anlatıyorum. Çok bilgilendirici. O da bir papaz, kıymetini bilir."

Papaz gülümsedi. "Devam et" dedi. "Dinliyorum."

"Tabii tahvillerin bazıları hesaba katılmamış ama tüm yüzde üçlük tahviller papazdaymış, birkaç da yerel borcu varmış –tam nelerdi unuttum. Neyse, kalkıp hapishaneye gittim, asıl önemli yeri burası hikâyenin, hücresinin kapısında durup ona sanki günah çıkarmaya gelmişim gibi seslendim: 'Kutsa beni, peder, çünkü sen günah işledin.'"

Herkesten kahkahalar yükseldi.

"Peki, o ne dedi?" diye sordu papaz. Rocca duymamazlıktan gelerek bana espriyi izah etmeye girişti. "Anladın, değil mi?" Eğer doğru düzgün anlaşılırsa çok komik bir espriydi görünüşe göre. Bana biraz daha şarap koydular; ben de onlara, duşa sokulan İngiliz erin hikâyesini anlattım. Sonra binbaşı, on bir Çekoslovakla Macar onbaşının hikâyesini anlattı. Biraz daha şarap içtikten sonra bozuk parayı bulan jokeyin hikâyesini anlattım. Binbaşı –geceleyin uyuyamayan bir düşesle ilgili– buna benzer bir İtalyan hikâyesi de olduğunu söyledi. O sıra papaz ayrıldı, ben de onlara, sabahın beşinde mistral rüzgârı eserken Marsilya'ya varan gezgin satıcının hikâyesini anlattım. Binbaşı, benim iyi içki içebildiğimi duyduğunu söyledi. İnkâr ettim. O ise öyle olduğunu söyleyip Baküs'ün[38] ölüsü üstüne doğru olup olmadığını test edeceğimizi söyledi. Baküs olmaz, dedim. Baküs olmaz. Evet, Baküs olur, dedi. Bassi Fillipo Vincenza'yla kadehi kadehine, kupası kupasına içecektim. Bassi hayır dedi, çoktan benim iki katım içtiğinden bunun test sayılmayacağını söyledi. Bunun pis bir yalan olduğunu, Baküs olsun olmasın Fillipo Vincenza Bassi ya da Bassi Fillipo Vincenza'nın tüm gece tek damla içmediğini söyleyip hem zaten adının ne olduğunu sordum. O da benim adımın Federico Enrico mu, yoksa Enrico Federico mu olduğunu sordu. Baküs'ten gayrı iyi olan kazansın dedim; binbaşı bizi birer kupa kırmızı şarapla başlattı. Şarabın yarısına geldiğimde artık içmek istemedim. Nereye gideceğimi hatırlamıştım.

"Bassi kazandı" dedim. "O benden üstün. Benim gitmem gerek."

"Gerçekten gerek" dedi Rinaldi. "Randevusu var. Ben biliyorum."

"Gitmem gerek."

"Başka gece yaparız" dedi Bassi. "Kendini daha güçlü hissettiğin başka gece yaparız." Omzuma vurdu. Masada yanan

38) Romalı şarap ve âlem tanrısı. [ç.e.n.]

mumlar vardı. Subayların hepsi pek keyifliydi. "İyi geceler, beyler" dedim.

Rinaldi benimle dışarı çıktı. Kapının önünde, topraklıkta durduk; "Oraya sarhoş gitmesen iyi edersin" dedi.

"Sarhoş değilim Rinin. Gerçekten."

"Biraz kahve çiğnesen iyi olur."

"Saçmalık."

"Getireyim sana bebek. Sen şöyle yukarı aşağı yürü." Bir avuç kavrulmuş kahve çekirdeğiyle döndü. "Şunları çiğne, bebek –ve Tanrı yardımcın olsun."

"Baküs" dedim.

"Seninle aşağıya yürüyeyim."

"Ben zımba gibiyim."

Birlikte kasaba boyunca yürüdük; kahveleri çiğnedim. İngiliz villasına uzanan araba yolunun girişinde Rinaldi iyi geceler diledi.

"İyi geceler" dedim. "Neden içeriye gelmiyorsun?"

Başını salladı. "Yok" dedi. "Ben daha basit zevklerden hoşlanırım."

"Kahve çekirdekleri için teşekkürler."

"Bir şey değil bebek. Bir şey değil."

Araba yoluna girdim. Yanlarında sıralı servilerin gölgesi keskin ve belirgindi. Arkama dönüp baktım, Rinaldi'nin durmuş beni izlediğini gördüm, el salladım.

Villanın hasta kabul salonunda Catherine Barkley'nin aşağı inmesini bekleyerek oturdum. Koridorda biri yaklaşıyordu. Ayağa kalktım ama gelen Catherine değildi. Bayan Ferguson'du.

"Merhaba" dedi. "Catherine, bu akşam sizinle görüşemeyeceği için üzgün olduğunu iletmemi rica etti."

"Çok üzüldüm. Umarım hasta değildir."

"Pek de iyi sayılmaz."

"Ona gerçekten üzüldüğümü söyler misiniz?"

"Tabii söylerim."

"Sizce onu yarın görmeye çalışsam uygun olur mu?"

"Evet, olur."

"Çok teşekkürler" dedim. "İyi geceler."

Kapıdan çıktım; aniden kendimi yalnız ve bomboş hissettim. Catherine'i görmeyi hafife almıştım, çakırkeyif olmuş, gelmeyi neredeyse unutmuştum ama göremeyince kendimi yalnız ve boş hissediyordum.

8

Ertesi gün öğleden sonra, o gece nehrin yukarısında bir saldırı olacağını, oraya dört araç götürmemiz gerektiğini öğrendik. Kimsenin bir şey bildiği yoktu ya herkes büyük inanç ve stratejik bilgiyle konuşuyordu. Öndeki arabada gidiyordum ve İngiliz hastanesinin girişinden geçerken şoföre durmasını söyledim. Öteki arabalar da yanaştı. Aşağı inip şoföre devam etmelerini, eğer Cormons kavşağında onlara yetişememişsek orada beklemelerini söyledim. Hızla araba yolundan çıkıp hasta kabul salonuna girince Bayan Barkley'yi sordum.

"Görevli."

"Bir dakikalığına görebilir miyim?"

Bakması için bir emir eri yolladılar, Catherine adamla birlikte geldi.

"Biraz iyileştin mi diye sormaya uğramıştım. Görevli olduğunu söylediler, ben de görmek istedim."

"Çok iyiyim" dedi. "Sanırım dün sıcak dokundu bana."

"Gitmem gerek."

"Bir dakikalığına kapıya çıkayım."

Dışarıda, "İyisin, değil mi?" diye sordum.

"Evet sevgilim. Bu gece geliyor musun?"

"Hayır. Plava'nın yukarısında bir çarpışmaya gidiyorum."

"Çarpışma mı?"

"Önemli olduğunu sanmam."

"Ya dönüşün?"

"Yarın."

Boynundan bir şey çıkarıyordu. Onu avucuma koydu. "Aziz Anthony[39] bu" dedi. "Yarın gece gel."

"Katolik değilsin, değil mi?"

"Hayır. Ama Aziz Anthony çok faydalı diyorlar."

"Ona senin için iyi bakacağım. Hoşça kal."

"Hayır" dedi. "Veda etme."

"Pekâlâ."

"Uslu dur ve dikkat et. Yo, beni burada öpemezsin. Olmaz."

"Peki."

Arkama baktığımda merdivenlerde durduğunu gördüm. El salladı, elimi öpüp kaldırdım. Yine el salladı, hemen sonra araba yolundan ayrılıp cankurtarana bindim, yola koyulduk. Aziz Anthony küçük beyaz bir kapsülün içindeydi. Kapsülü açıp onu avucuma boşalttım.

"Aziz Anthony mi?" diye sordu şoför.

"Evet."

"Bende de var." Sağ elini direksiyondan kaldırıp ceketinin bir düğmesini açtı, gömleğinin altından çıkardı.

"Gördünüz mü?"

Kendi Aziz Anthony'mi kapsülüne geri koydum, ince altın zincirini toplayıp göğüs cebime yerleştirdim.

"Takmıyor musunuz?"

"Hayır."

"Takmak daha iyi. Takılsın diye yapılmış."

---

39) Aziz Anthony madalyonu. Paduali Aziz Anthony mucizelerin Romalı Katolik koruyucu azizidir. Ayrıca İtalya'nın da koruyucu azizidir. [ç.e.n.]

"Pekâlâ" dedim. Altın zincirin çengelini açıp boynuma taktım, çengelini tutturdum. Aziz, üniformamın üstünden sarkıyordu, ceketimin boynunu çözdüm, gömleğimin yakasını açtım, gömleğimin içine attım. Yolda giderken metal kutusundaki azizi göğsümde duyumsadım. Sonra unuttum. Yaralandıktan sonra bir daha bulamadım. Biri herhalde tıbbi yardım istasyonlarından birinde aldı.

Köprünün üstündeyken hızlı ilerledik ve çok geçmeden yolun ilerisinde diğer araçların kaldırdığı tozu gördük. Yol kıvrıldı, epey ufak görünen, lastiklerinden toz yükselen, ağaçların arasında ilerleyen üç arabayı gördük. Yetiştik, geçtik, tepelere tırmanan bir yola saptık. Eğer ilk arabadaysanız konvoyda gitmek pek fena değildi ve koltuğuma yaslanıp kırları seyrettim. Nehrin beri yamacındaki dağ eteklerindeydik ve yol yukarı tırmanırken kuzeyinde dorukları hâlâ karlı yüksek dağlar vardı. Arkama baktığımda birbirlerinden toz bulutları mesafesinde ayrı, tırmanmakta olan üç arabayı gördüm. Uzun bir yük taşıyan katır kafilesinin yanından geçtik, kırmızı fes takmış sürücüleri katırların yanı sıra yürüyordu. Bunlar *bersaglieri*'ydi.[40]

Katır sürüsünün ilerisinde yol boştu ve tepelere tırmandık, sonra uzun bir tepenin sırtından bir nehir vadisine indik. Yolun iki yanında da ağaçlar vardı ve sağ koldaki ağaçların arasından nehri gördüm, suları berrak, hızlı ve sığ. Nehir alçaktı ve dar bir kanaldan akan suyla kumlu ve çakıllı alanlar vardı ve kimi zaman su, pırıltı gibi çakıllı yatağa yayılıyordu. Kıyının yakınlarında derin havuzlar gördüm, suları gök mavisi. Patikanın yoldan ayrıldığı yerde nehrin üstünde kemerli taş köprüler gördüm ve güney duvarları armut ağaçlarının dallarıyla kaplanmış taş çiftlik evlerini, tarlalardaki alçak taş duvarları

40) Bersaglieri (çoğul), Bersagliere (tekil): Piyade eri, keskin nişancı. [ç.e.n.]

geçtik. Yol vadide uzun süre ilerledi sonra sapıp tekrar tepelere tırmanmaya başladık. Yol kestane ağaçlarının arasına bir girip bir çıkarak yukarı doğru dimdik yükselip bir sırtta nihayet düzleşti. Ağaçların arasından bakıp çok aşağılarda, iki orduyu ayıran, üstüne güneş düşmüş, nehir hattını görebiliyordum. Sırtın tepesini takip eden engebeli yeni askeri yol boyunca ilerledik ve kuzeye doğru iki dağ dizisine baktım, güneşte kar sınırına kadar yeşil ve koyu, ardından beyaz ve hoş. Sonra, yol sırt boyunca yükselirken, üçüncü bir dağ dizisi gördüm, kireç gibi beyaz ve kertik kertik, tuhaf düzlükleri olan daha yüksek karlı dağlar; ve sonra tüm bunların ardında çok uzaklarda hayal meyal görünen dağlar vardı. Onların hepsi Avusturyalıların dağlarıydı ve bizim tarafta öyleleri yoktu. İleride, yolda sağa doğru kavisli bir dönüş vardı ve aşağı baktığımda, ağaçların arasından yolun indiğini görebiliyordum. Bu yolda askerler ve kamyonlar ve dağ topları çeken katırlar vardı, kenardan ilerleyerek aşağı inerken ta aşağıda nehri, yanından ilerleyen traverslerle rayları, demir yolunun öteki kıyıya geçtiği eski köprüyü ve karşıda, nehrin ilerisindeki bir tepenin altında, alınacak küçük kasabanın harap evlerini görebiliyordum.

Aşağıya inip nehrin yanında uzanan anayola çıktığımızda hava neredeyse kararmıştı.

9

Yol kalabalıktı; her iki yanda mısır saplarıyla hasırdan siperler tepede hasır vardı, o yüzden bir sirkin ya da yerli köyünün girişi gibiydi. Bu hasır kaplı tünelden ağır ağır sürüp eskiden tren istasyonunun bulunduğu bomboş bir açıklığa çıktık. Burada yol, nehir kıyısı seviyesinin altındaydı ve çökmüş yolun kenarı boyunca nehir kıyısında içlerinde piyadelerin olduğu kazılmış çukurlar vardı. Güneş batıyordu; arabayı sürerken yukarı, kıyının ilerisine baktığımda öteki taraftaki tepelerin üstünde, günbatımında kara kara Avusturya gözlem balonlarını gördüm. Araçları bir tuğla fabrikasının ilerisine park ettik. Fırınlarla kimi derin çukurlar ilk yardım istasyonu olarak donatılmıştı. Tanıdığım üç doktor vardı. Binbaşıyla konuştuğumda, harekât başlayıp da araçlarımız yüklerini alınca siperli yoldan geçerek bir başka nöbet noktasıyla yaralıları devralacak başka araçların bulunduğu, sırt boyunca uzanan anayola götüreceğimizi öğrendim onları. Yolun tıkanmayacağını umuyordu. Tek yol olan bir harekâttı bu. Nehrin karşısındaki Avusturyalıların görüş alanında kaldığından siperle çevrilmişti yol. Burada, tuğla fabrikasında, nehir kıyısındaki tüfek ya da makineli tüfek ateşinden korunuyorduk. Nehrin karşısına uzanan bir yıkık köprü vardı. Bombardıman başladığında bir başka köprü kuracaklardı; bazı askerler de yukarı kesimde, nehrin kıvrıldığı yerde sığ sulardan geçeceklerdi. Binbaşı bıyıklarının ucu yukarıya kıvrık, ufak tefek biriydi. Libya'daki savaşa katılmıştı ve iki gazi şeridi[41] vardı. Harekât iyi giderse bana da madalya verilmesini sağlayacağını söyledi. İyi gitmesini umduğumu ancak onun çok nazik olduğunu söyledim. Şoförlerin bekleyebileceği büyükçe bir yeraltı sığınağı olup olmadığını sordum, bana göstersin diye bir asker yolladı. Onunla gidip sığınağı buldum; fevkaladeydi. Şoförler pek memnun oldular; onları orada bıraktım. Binbaşı, kendisi ve iki subayla bir şeyler içmeye davet etti beni. Rom içtik; pek samimiydi. Dışarıda karanlık bastırıyordu. Saldırının ne zaman başlayacağını sordum, ortalık kararır kararmaz başlayacağını söylediler. Şoförlerin yanına döndüm. Sığınakta oturmuş konuşuyorlardı; ben gelince sustular. Her birine birer

41) İlk olarak 1916'da geçilen bu uygulamayla yaralanan askerler, bildirilip zayiat listesine alındığı takdirde üniformalarının yenlerine bu şeritleri dikmeye başladı. Ayrıca mermiyle şarapnel ya da gazla yaralanan askerleri birbirinden ayıran farklı şeritler mevcuttu. [ç.e.n.]

paket sigara verdim: Macedonia marka, içindeki tütünü dökülen gevşek sarılmış, içmeden önce iki ucunu kıvırmak gereken sigaralar. Manera çakmağını yakıp etrafta gezdirdi. Çakmak bir Fiat radyatörü biçimindeydi. Duyduklarımı onlara da anlattım.

Passini, "Gelirken niye görmedik nöbet noktasını?" diye sordu.

"Saptığımız yerin hemen ötesindeydi."

Manera, "O yol felaket olacak" dedi.

"Toplarla ....[42] belleyecekler."

"Muhtemelen."

"Ya yemek, teğmen? Olay başladıktan sonra yemeğe zamanımız olmaz."

"Şimdi gidip bakarım" dedim.

"Burada kalmamızı mı istiyorsunuz, yoksa çıkıp bakınabilir miyiz?"

"Burada kalsanız daha iyi."

Binbaşının sığınağına geri gittim; sahra mutfağının birazdan geleceğini, şoförlerin gelip yahnilerini alabileceklerini söyledi. Yanlarında yoksa yemek kabı verebileceğini söyledi. Getirdiklerini tahmin ettiğimi söyledim. Geri dönüp şoförlere, yemek gelir gelmez dönüp onları alacağımı söyledim. Manera, bombardıman başlamadan önce gelmesini umduğunu söyledi. Ben çıkana kadar konuşmadılar. Hepsi teknisyendi, savaştan nefret ediyorlardı.

Araçlara ve ne olup bittiğine bakmak için dışarı çıktım, sonra geri dönüp sığınakta dört şoförle oturdum. Duvara sır-

---

42) **Hemingway** gerçek hayatta askerlerin konuşmalarını yansıtmak istemiş ancak Scribner'daki editörü **Robert Bridges**, **Hemingway**'in argo sözcükleriyle bel altı anlatımlarının çoğunu çıkarıp yerlerine tire koyarak sansürlemiştir. **Hemingway**, bu tutuma çok sinirlenerek **James Joyce**'a hediye ettiği bir kopya da dahil birkaç kopyada tireleri tekrar orijinal metinde yer aldığı şekliyle doldurmuştur. [ç.e.n]

tımızı verip yerde oturduk, sigara içtik. Dışarısı neredeyse kararmıştı. Sığınağın toprağı sıcak ve kuruydu; kaykılıp oturarak omuzlarımı duvara dayadım, gevşedim.

Gavuzzi, "Kim gidiyor saldırıya?" diye sordu.

"*Bersaglieri.*"

"*Bersaglieri*'nin hepsi mi?"

"Sanırım."

"Gerçek bir saldırı için yeterli asker yok ki burada."

"Muhtemelen dikkatleri gerçek saldırının olacağı yerin üstünden çekmek içindir."

"Adamlar kimin saldıracağını biliyorlar mı?"

"Sanmıyorum."

Manera, "Elbette bilmiyorlar" dedi. "Bilseler saldırmazlardı."

Passini, "Yine saldırırlardı" dedi. "*Bersaglieri* çok budaladır."

"Cesur ve disiplinli askerler onlar" dedim.

"Ölçersen irikıyım ve sağlıklılar. Ama yine de budalalar."

Manera, "*Granatieri*[43] uzun boylu" dedi. Espriydi bu. Hepsi güldüler.

"Saldırmayı reddedip de her onuncu adamı vurdukları vakit orada mıydınız *Tenente*?"

"Hayır."

"Gerçekten. Sonradan hepsini sıraya dizdiler, her onuncu adamı vurdular. *Carabinieri* vurdu."

Passini, "*Carabinieri!*" deyip yere tükürdü. "Ama o bombacılar var ya; hepsi bir sekseni geçiyor. Saldırmadılar yine de."

Manera, "Kimse saldırmasa savaş biterdi" dedi.

"*Granatieri* de mevzu öyle değildi. Korkuyorlardı. Subayların hepsi iyi ailelerin çocuklarıydı."

"Bazı subaylar tek başlarına ileri atıldılar."

"Çavuşun biri çıkmayan iki subayı vurdu."

---

43) Granatieri (çoğul), Granatiere (tekil): El bombası atan asker. [ç.e.n.]

"Bazı askerler görevlerini yaptılar ama."

"Her onuncu adamı vurdukları vakit o saldıranları sıraya sokmadılar."

Passini, "*Carabinieri*'nin vurduklarından biri benim kasabadandı" dedi. "*Granatieri* olmak için iri, uzun boylu, zeki bir oğlandı. Hep Roma'daydı. Daima kızlarla. Hep *carabinieri*'yle düşüp kalkardı." Güldü. "Şimdi evinin önünde süngülü muhafız bekliyor, anasını, babasını, kız kardeşlerini görmeye kimse gelemiyor, babası yurttaşlık haklarını kaybetti, oy bile kullanamıyor. Onları koruyacak bir yasa yok. Mallarını herhangi biri ellerinden alabilir."

"Ailelerinin başına bunlar gelmeyecek olsa kimse saldırıya katılmaz."

"Yo, *Alpini*[44] katılır. Şu V.E. askerleri[45] katılır. *Bersaglieri*'nin bazıları katılır."

"*Bersaglieri* de kaçtı. Şimdi unutmaya çalışıyorlar."

"Böyle konuşmamıza izin vermemelisiniz *Tenente*" dedi Passini dalga geçerek. "*Evviva l'esercito*."[46]

"Nasıl konuştuğunuzu biliyorum" dedim. "Ama araçları sürdüğünüz ve hareketlerinize dikkat ettiğiniz..."

"...ve diğer subaylar duymasın diye konuşmadığımız sürece" diye cümlemi tamamladı Manera. "Savaşı bitirmeliyiz diye düşünüyorum" dedim. "Bir taraf savaşmayı bırakırsa bitmez. Eğer savaşmayı bırakırsak daha da beter olur."

Passini saygıyla, "Daha beter olmaz" dedi. "Savaştan beter bir şey yok."

"Yenilgi daha beter."

Passini saygıyı elden bırakmadan, "İnanmıyorum" dedi. "Yenilgi nedir? Evine dönersin."

---

44) Alp birlikleri. [ç.e.n.]

45) İtalyan tarafında savaşan askerler. [ç.e.n.]

46) Çok yaşa ordu. [ç.e.n.]

"Peşinden gelirler. Evini elinden alırlar. Kız kardeşlerini alırlar."

"İnanmıyorum" dedi Passini. "Herkese bunu yapamazlar. Bırakın herkes kendi evini korusun. Bırakın kız kardeşlerini de evinde tutsunlar."

"Asarlar seni. Gelip seni alır, yeniden asker olmaya zorlarlar. Cankurtaran arabalarında da değil, piyade olarak."

"Herkesi asamazlar."

Manera, "Başka bir millet, seni askerliğe zorlayamaz" dedi. "İlk çatışmada herkes kaçar."

"Çekler gibi."

"Galiba yenilmek konusunda hiçbir şey bilmiyorsunuz, o yüzden de kötü olmadığını sanıyorsunuz."

"*Tenente*" dedi Passini. "Konuşmamıza izin vermenizi anlıyoruz. Bakın. Savaş kadar kötü şey yok. Cankurtaran şoförü olan bizler, ne kadar kötü olduğunun farkında bile değiliz. İnsanlar ne kadar kötü olduğunu anlayınca da, durdurmak için artık hiçbir şey yapamazlar çünkü delirmiş olurlar. Hiç anlayamayanlar da var. Subaylarından korkan insanlar da. Savaş onlarla yapılıyor."

"Kötü olduğunu biliyorum ama mutlaka sonuna varmalıyız."

"Bitmez ki. Savaşın sonu yoktur."

"Var."

Passini başını iki yana salladı.

"Savaş, zaferle kazanılmaz. Ya San Gabriele'yi alırsak? Carso'yu, Monfalcone'yi, Trieste'yi alırsak? Nerede olacağız o zaman? Bugün o uzaktaki dağları gördünüz mü? Onların da hepsini alabilir miyiz sizce? Ancak Avusturyalılar savaşmayı bırakırsa. Taraflardan biri savaşmayı bırakmalı. Biz neden bırakmıyoruz savaşmayı? İtalya'ya inseler bile, usanır, çekip giderler. Onların da kendi ülkesi var. Ama olmaz, onun yerine savaş var."

"Sen tam bir hatipsin."

"Düşünüyoruz. Okuyoruz. Köylü değiliz. Teknisyeniz. Ama köylülerin bile kafası, savaşa inanmayacak kadar iyi çalışır. Herkes nefret ediyor bu savaştan."

"Aptal, hiçbir şeye aklı ermeyen ve ermeyecek olan bir ülkeyi kontrol eden bir sınıf var. O yüzden bu savaş var."

"Ayrıca, bundan para kazanıyorlar."

"Çoğu kazanmıyor" dedi Passini. "Fazla salaklar. Hiç uğruna yapıyorlar. Salaklıktan."

Manera, "Çenemizi kapamalıyız" dedi. "Çok konuşuyoruz. *Tenente* için bile."

"Hoşuna gidiyor onun" dedi Passini. "Onu da aramıza katacağız."

Manera, "Ama şimdi çenemizi kapayacağız" dedi.

Gavuzzi, "Artık yemek yiyebilir miyiz, *Tenente*?" diye sordu.

"Gidip bakayım" dedim. Gordini ayağa kalkıp benimle birlikte dışarı çıktı.

"Benim yapabileceğim bir şey var mı, *Tenente*? Yardım edebileceğim bir şey?" Dördü arasında en sessizi oydu. "Gel benimle istersen" dedim. "Bir bakarız."

Dışarısı karanlıktı. Dağlarda projektör ışıkları dolaşıyordu. Bu cephede kamyonlara yüklenmiş koca koca arama ışıkları, hatların hemen arkasındaydı. Yolda ara sıra yanlarından geçerdik. Kamyon yolun biraz dışında bir yerde durur, bir subay ışığı yönlendirir, yardımcıları korku içinde beklerdi. Biz tuğla alanını geçip ana sağlık istasyonunda durduk. Girişte dışarıyı kapatan yeşillikli dallar pek fazla değildi. Karanlık gecede rüzgâr kuru yaprakları hışırdatıp duruyordu. İçerde bir ışık yanmaktaydı. Binbaşı telefonun yanında, bir kutunun üstüne oturmuştu. Hekim yüzbaşılardan biri, harekât zamanının bir saat ileriye alındığını söyledi. Bana bir kadeh konyak ikram etti.

Muayene masalarına, ışıkta parlayan tıbbi cihazlara, leğenlere, ağızları kapalı şişelere baktım. Gordini arkamda duruyordu. Binbaşı telefonun başından kalktı.

"Şimdi başlıyor" dedi. "Hareket saatini yine geri çektiler."

Dışarıya baktım. Karanlıktı. Avusturya projektörleri arkamızda kalan dağları tarıyordu. Bir an sessizlik oldu, ardından arkamızdaki topların hepsi bir anda bombardımana başladı.

"Savoia" dedi binbaşı.

"Şu çorba meselesi, binbaşım" dedim. İşitmedi. Tekrarladım.

"Daha gelmedi."

Büyük bir patlama. Tuğla alanının hemen dışında. Ardından bir patlama daha; bu seferkinin gürültüsü arasında, yağan tuğla ve toprakların sesi de duyuluyordu.

"Yiyebileceğimiz ne var?"

Binbaşı, "Biraz *pasta asciutta*[47] var" dedi.

"Ne verebilirseniz alayım."

Binbaşı maiyetinden birine bir şeyler söyledi, adam arkalarda gözden kayboldu, sonra elinde madeni bir kap içinde pişmiş ve soğumuş makarnayla döndü. Onu Gordini'ye verdim.

"Biraz da peynir var mı?"

Binbaşı isteksiz bir havada adamına tekrar emir verdi, o da arkadaki çukura bir daha inip elinde çeyrek kalıp beyaz bir peynirle döndü.

"Çok teşekkür ederim" dedim.

"Dışarıya çıkmasan iyi edersin."

Dışarda girişin hemen yanına bir sedye konmuştu. Onu taşıyan iki kişiden biri içeriye doğru baktı.

"Getirin içeri" diye seslendi binbaşı. "Ne oluyor size? Biz mi çıkıp alalım istiyorsunuz?"

---

47) Kuru makarna. [ç.e.n.]

Sedyeciler adamı koltuk altlarından ve bacaklarından yakalayıp içeriye taşıdılar.

"Kesin ceketi" dedi binbaşı.

Ucunda gazlı bez bulunan bir forsepsi eline aldı. İki yüzbaşı parkalarını çıkarıyorlardı. Binbaşı sedyecilere, "Gidin buradan" dedi.

Ben de Gordini'ye, "Yürü haydi" dedim.

Binbaşı omzunun üzerinden bize, "Atışlar bitene kadar bekleseniz daha iyi edersiniz" dedi.

"Karınları aç" diye cevap verdim.

"Nasıl istersen."

Çıkınca tuğla alanını koşarak geçtik. Nehir kıyısında bir fişek yanı başımızda patladı. Bir sonra gelenin sesini duymadık, ancak rüzgârını hissettik. İkimiz birden yere kapandık. Patlamanın ardından kokusu geldi, onu da düşen parçaların, kırılıp devrilen tuğlaların sesi izledi. Gordini kalkıp sığınağımıza doğru koştu. Ben elimde peynirle onun peşindeydim. Peynirin düzgün yüzeyini tuğla tozları kaplamıştı. Çukurumuzun içinde üç şoför sırtlarını duvara dayayıp oturmuş, sigaralarını içiyorlardı.

"İşte buyrun, vatanseverler" dedim.

Manera, "Arabalar nasıl?" diye sordu.

"İyi."

"Korktun mu *Tenente*?"

"Hem de nasıl" dedim.

Çakımı çıkarıp açtım, peynirin kirli yüzeyini temizledim. Gavuzzi makarna kabını bana uzattı.

"Yemeye başla *Tenente*."

"Hayır" dedim. "Onu yere koy. Hepimiz yiyelim."

"Çatal yok."

"Boş ver" dedim İngilizce olarak.

Peyniri küçük parçalar halinde kesip makarnanın üzerine koydum.

"Yumulun" dedim. Oturdular ama beklediler. İki parmağımı sokup bir tutam makarnayı kaldırdım. Bir kısmı düştü.

"Yükseğe kaldır *Tenente*."

Kolumu gerdim, sarkan makarnalar düzlendi. Ağzıma doğru indirdim, sarkık uçları emerek içeri çektim, çiğnedim, peynirden bir parça koparıp ağzıma attım, sonra da şaraptan bir yudum aldım. Paslı metal tadındaydı. Matarayı Passini'ye geri uzattım.

"Bozulmuş" dedi. "Uzun süre bekledi. Arabadaydı."

Hepsi yiyorlardı. Çenelerini kabın üzerine doğru uzatarak, sonra arkaya atıp sarkan uçları emerek. Bir lokma daha aldım, peyniri ekledim, üstüne de şaraptan yudumladım. Dışarıya bir şey düştü ve sanki toprağı sarstı.

Gavuzzi, "Ya dört yüz yirmi ya da *minnenwerfer*[48]" dedi.

"Bu dağlarda dört yüz yirmi yok" dedim.

"Kocaman Skoda topları var. Açtıkları çukurları gördüm."

"Üç yüz beş onlar."

Yemeyi sürdürdük. Öksürük gibi bir ses geldi. Sanki bir lokomotif çalıştırılıyordu. Onu yine yerleri sarsan bir patlama izledi.

Passini, "Bu çukur yeterince derin değil" dedi. Biz yemeyi sürdürdük.

"O koskoca bir siper bombasıydı."

"Evet, efendim."

Kendi payıma düşen peynirin sonunu yedim ve şaraptan bir yudum aldım. Diğer seslerin arasından bir püskürme sesi duydum, ardından şşş-şşş-şşş-şşş sesi duyuldu; sonra hızla esen rüzgârla beyazdan kızıla dönen –bir yüksek fırının kapağı

48) Mayın atar. [ç.e.n.]

savrularak açıldığında olduğu gibi– bir ışıltı ve kükreme meydana geldi. Nefes almaya çalıştım ama alamadım ve bedensel olarak kendimden ayrılıp daha da, daha da, daha da uzaklaştığımı duyumsadım ve tüm bu süre zarfında bedensel olarak havadaydım. Hızla, tüm benliğimle, ayrıldım ve sonra öldüğümü ve insanın öylece öldüğünü sanmanın hata olduğunu anladım. Ardından süzüldüm ve uzaklaşmak yerine geri kaydığımı duyumsadım. Nefes aldım ve dönmüştüm. Zemin paramparça olmuştu ve başımın önünde parçalanmış bir kalas vardı. Başım sersemlemiş vaziyette birinin çığlığını duydum. Birinin bağırdığını sandım. Hareket etmeye çalıştım ama başaramadım. Nehrin karşı tarafından ve kıyı boyunca makineli silahların ve tüfeklerin ateşlendiğini duydum. Büyük bir curcuna koptu, –aynı anda– işaret fişeklerinin yükseldiğini, patladığını ve bembeyaz saçıldığını, roketlerin yükseldiğini gördüm, bombaları duydum ve ardından yakınlarımda birinin "*Mama Mia*![49] Ah, *mama Mia!*" dediğini duydum. Çekiştirdim, kıvrılıp büktüm ve nihayet bacaklarımı serbest bırakarak dönüp ona dokundum. Bu, Passini'ydi ve ona dokunduğumda bağırdı. Bacakları bana doğru uzanıyordu, karanlıkta ve aydınlıkta her iki bacağının da dizlerinin üstünden parçalandığını gördüm. Bacaklarından biri tamamen gitmişti, diğerini ise tendonlar ile pantolonunun bir parçası tutuyordu ve bacak sanki bağlı değilmişçesine seğirip sarsılıyordu. Kolunu ısırıp inledi: "Ah, *mama mia, mama Mia*" ardından, "*Dio te salve,*[50] *Maria. Dio te salve, Maria.* Ah Tanrım, vur beni Tanrım vur beni *mama mia mama Mia* lekesiz biricik Meryem vur beni. Durdur şunu. Durdur şunu. Durdur şunu. Ah Tanrım, biricik Meryem, durdur şunu. Ah, ah, ah, ah" sonra boğulurcasına, "*Mama mama mia.*" Ardından kolunu ısırarak, parçalanan bacağı seğirerek sessizliğe gömüldü.

---

49) Annecim! [ç.e.n.]
50) Tanrı seni selamlasın. [ç.e.n.]

Ellerimi ağzıma boru gibi dayayıp, "*Porta feriti!*"[51] diye seslendim. "*Porta feriti!*" Passini'ye yaklaşmaya, bacaklarına turnike uygulamaya çalışıyordum ama kıpırdayamıyordum. Bir daha denedim, bu sefer bacaklarım biraz kıpırdadı. Kollarıma, dirseklerime dayanıp kendimi çekmeye uğraştım. Passini artık sessizdi. Yanına oturdum, gömleğimin düğmelerini açtım, eteğini yırtmaya çalıştım. Yırtılmıyordu. Kenarını ısırıp yırtılmasını sağlamaya çalıştım. O sıra aklıma onun ayağındaki dolaklar geldi. Ben yün çorap giymiştim ama Passini dolak sarardı ayaklarına. Bütün şoförler öyle yapardı ama Passini'nin bir tek bacağı vardı. Dolağı çözerken, turnikeye gerek kalmadığını, onun ölmüş olduğunu fark ettim. Öldüğünden emin olmaya çalıştım. Diğer üçünü bulmalıydım. Dik oturmaya çalışırken kafamın içindeki bir şey taş bebek gözleri gibi kıpırdadı ve gözlerimin arkasına çarptı. Bacaklarım sıcak ve ıslak gibiydi; pabuçlarım da ıslaktı. Bütün içim sımsıcaktı. İsabet aldığımı anladım, eğilip elimle dizime dokunmaya çalıştım. Dizim yerinde değildi. Elim uzandı, dizimi baldırımda buldum. Elimi gömleğime silerken bir uçan ışık daha yavaşça alçaldı. Bacağıma baktığımda içimi büyük bir korku sardı. Ah Tanrım, dedim, kurtar beni buradan. Ama üç kişi daha vardı, biliyordum. Dört şofördüler. Passini ölmüştü. Geriye üç kalıyordu. Biri beni koltuk altlarımdan yakaladı, bir başkası bacaklarımı kaldırdı.

"Üç kişi daha var" dedim. "Biri öldü."

"Ben Manera. Sedye aradık ama yoktu. Nasılsınız *Tenente*?"

"Gordini'yle Gavuzzi nerede?"

"Gordini istasyonda, sargıları sarılıyor. Bacaklarınızı Gavuzzi taşıyor. Boynuma asılın, *Tenente*. Kötü mü yaralandınız?"

"Bacağımdan. Gordini nasıl?"

"O iyi. Koskoca bir siper bombasıydı."

---

51) Yaralıları alın. [ç.e.n.]

"Passini öldü."

"Evet. O öldü."

Bir fişek düştü, ikisi de kendilerini yere attılar ve beni bıraktılar. "Özür dilerim *Tenente*" dedi. "Boynuma asıl."

"Yine düşüreceksiniz beni."

"Korktuk da ondan oldu."

"Yaralı mısınız?"

"İkimiz de hafif yaralıyız."

"Gordini aracı kullanabilecek mi?"

"Sanmam."

İstasyona varana kadar beni bir daha düşürdüler.

"İtoğulları" dedim.

"Üzgünüm *Tenente*" dedi Manera. "Bir daha düşürmeyiz."

İstasyonun dışında, karanlıkta yerde yatanlar kalabalıktı. Yaralıları içeri, sonra dışarı taşıyorlardı. Birini taşırlarken perde aralanınca içerdeki ışığı görebiliyordum. Ölüleri yan tarafa koymuşlardı. Doktorlar kollarını omuzlarına kadar sıvamış, çalışıyorlardı. Kolları kasap kolu gibi kıpkırmızıydı. Yeterli sedye yoktu. Yaralıların bazıları hayli gürültü çıkarıyorlardı ama çoğu sessizdi. İstasyonun kapısındaki çardağın üzerinde rüzgâr yaprakları hışırdatıyor, hava giderek serinliyordu. Sürekli sedyeciler geliyor, sedyeyi boşaltıp geri gidiyorlardı. Ben oraya varır varmaz Manera içerden bir hekim çavuş çağırdı, adam iki bacağıma da sargılar sardı. Yaraya çok fazla toprak dolduğunu ama kanamanın aşırı olmadığını söyledi. Beni mümkün olduğu kadar çabuk alacaklardı içeriye. Sonra dönüp gitti. Manera, Gordini'nin araç kullanamayacağını söyledi. Omzu parçalanmış, kafası da zedelenmişti. Kendini kötü hissetmiyordu ama omzu tutulmaya başlıyordu. Tuğla duvarlardan birinin dibine oturmuş, sırtını duvara dayamıştı. Manera'yla Gavuzzi, bir sürü yaralıyla uzaklaştılar. Bütün gece sürebilirdi bu. İngilizler üç cankurtaranla gelmişlerdi, her araçta da iki kişi vardı. Onların şoförlerinden biri yanıma geldi. Onu getiren Gordini bembeyaz kesilmişti ve bitkin görünüyordu. İngiliz üzerime eğildi.

"Kötü mü yaralandın?" dedi. Uzun boylu biriydi ve tel çerçeveli gözlük takmıştı.

"Bacaklarımdan."

"Umarım ciddi değildir. Bir sigara ister misin?"

"Sağ ol."

"İki şoför kaybettiğini söylediler."

"Evet. Biri öldü, öbürü de seni buraya getiren."

"Kötü şans. Araçları bizim götürmemizi ister misin?"

"Ben de onu rica edecektim."

"Onlara iyi bakar, sonra Villa'ya teslim ederiz. 206'ydı, değil mi?"

"Evet."

"Güzel bir yer. Seni görmüşlüğüm var. Amerikalıymışsın dediler."

"Evet."

"Ben İngilizim."

"Olamaz!"

"Evet, İngilizim. Sen beni İtalyan mı sandın? Bizim birliklerden birinde birkaç İtalyan vardı."

"Araçları götürürseniz iyi olur" dedim.

"Dikkat ederiz onlara." Doğruldu. "Senin adam, bir an önce seni göreyim diye çok telaşlıydı." Gordini'nin omzunu tıpışladı. Gordini yüzünü buruşturdu ama gülümsedi. İngiliz bu sefer akıcı bir İtalyanca konuşmaya başladı. "Her şey tamam artık. *Tenente*'nizi gördüm. İki aracınızı götüreceğiz. Kaygılanma artık." Soluk aldı. "Seni buradan götürmek için bir şeyler yapmam gerek. Sağlık görevlileriyle konuşayım. Yanımıza alırız seni."

Yaralılar arasından geçerken adımlarına dikkat ederek istasyona doğru yürüdü. Battaniye perde aralandı, adam girdi, sonra perde kapandı.

Gordini, "Sana iyi bakacak *Tenente*" dedi.

"Nasılsın, Franco?"

"İyiyim." Yanıma oturdu. Derken perde yine aralandı, iki sedyeci, arkalarında uzun İngilizle çıktılar. Adam onları bana getirdi.

"Amerikalı teğmen bu" dedi İtalyanca olarak.

"Ben bekleyebilirim" dedim. "Benden çok daha ağır yaralılar var. Benim bir şeyim yok."

"Hadi hadi" dedi. "Kahramanlığa gerek yok." Sonra yine İtalyancaya döndü. "Bacaklarını çok dikkatli kaldırın. Çok acısı var. Kendisi Başkan Wilson'un meşru oğludur." Beni kaldırıp sağlık istasyonuna götürdüler. İçerdeki her masada ameliyat yapılıyordu. Küçük binbaşı bize öfkeyle baktı. Beni tanıdı, elindeki forsepsi havada salladı.

"Ça va bien?"[52]

"Ça va."[53]

Uzun İngiliz İtalyanca olarak, "Onu içeriye ben getirdim" dedi. "Amerikan büyükelçisinin tek oğludur. Siz bakana kadar burada bekleyecek. Sonra ben ilk seferimde götüreceğim onu." Üzerime eğildi. "Belgelerin için onların yaverlerini bulacağım, ondan sonrası çok daha hızlı gider" dedi. Kapıdan çıkarken kafasını vurmamak için omzunu büktü, çıktı. Binbaşı bu arada forsepsin kancasını açmış, lavabonun içine koymaktaydı. Gözlerim onun ellerini izledi. Şimdi de bandaj yapıyordu. O sırada sedyeciler yaralıyı masadan alıp götürdüler.

Doktor yüzbaşılardan biri, "Ben Amerikalı teğmeni alıyorum" diye seslendi. Beni masaya taşıdılar. Sert ve kaygan bir

---

52) İyi misin? [ç.e.n.]
53) İyiyim. [ç.e.n.]

masaydı. Ortalıkta kokular kol geziyordu; kimyasal kokular, bir de o tatlı kan kokusu. Pantolonumu çıkardılar. Yüzbaşı bir yandan çalışırken, bir yandan da çavuş astsubayına bir şeyler yazdırıyordu: "Sol ve sağ oylukta ve dizlerde çok sayıda yüzeysel yaralar –sağ ayakta da var. Sağ dizle ayakta derin yaralar. Kafada lakerasyon. (Yokladı –Acıyor mu? –Tanrım, evet!) Kafatasında kırık da olabilir. Görevdeyken oldu. 'Bu da kendini yaralamaktan savaş divanına çıkmayasın diye' dedi. 'Bir yudum konyak içer misin? Nasıl oldu bu, Tanrı aşkına? Ne yapmaya çalışıyordun? İntihar etmeye mi?' Anti-tetanos, lütfen, ayrıca iki bacağa da çarpı işareti koyun. Teşekkür ederim. Şunu biraz temizleyeyim. Biraz yıkayayım, üzerini pansumanla kapatayım. Kanın çok iyi pıhtılaşıyor."

Çavuş başını kaldırıp sordu: "Neymiş yaralanmanın nedeni?"

Yüzbaşı, "Ne çarptı sana?" diye sordu.

Gözlerim kapalı, konuştum. "Siper bombası."

Yüzbaşı canımı yakan işlemler yapar, dokuları keserken, "Emin misin?" dedi.

Ben hareketsiz yatmak için çaba gösterirken, onun her kesişinde midemin titrediğini hissediyordum. "Sanırım."

Doktor yüzbaşı (bulduğu bir şeyle ilgilenirken), "Düşmanın siper bombasından parçalar" diye devam etti. "İstersen daha böyle parçalar var mı diye arayabilirim ama gerekli değil. Şunları boyayla işaretleyeyim ve –Acıyor mu? İyi. Daha sonraki acıların yanında bu hiçbir şey değil. Henüz ağrı başlamadı. Bir kadeh konyak getirin buna. Şok ağrıyı uyuşturur ama ziyanı yok. Enfeksiyon kaptırmazsan, kaygılanacak bir şey yok –ve şu ara pek enfeksiyon da görmüyoruz. Kafan nasıl?"

"Ulu Tanrım!" dedim.

"O zaman konyaktan pek de fazla içme. Kırık varsa, enflamasyon istemezsin. Bu nasıl bir his veriyor?"

Her yanımı ter kapladı.

"Ulu Tanrım!" dedim.

"Herhalde kırık var kafatasında. Sargı saracağım. Kafanı fazla oynatma." Sardı. Elleri çok hızlı hareket ediyor, sargı sıkışıyor, sağlamlaşıyordu. "Tamam. İyi şanslar ve *Vive la France.*[54]"

Yüzbaşılardan biri, "Amerikalı o" dedi.

"Fransız dedin sanıyordum. Fransızca konuşup duruyor" dedi yüzbaşı. "Daha önce de görmüştüm onu. Fransız sanıyordum." Yarım kadeh konyak yuvarladı. "Ağır bir vaka getirin. O anti-tetanos'dan da biraz daha verin." Elini salladı. Beni kaldırdılar. Kapıdan çıkarırken yüzümü battaniyeyle kapattılar. Dışarda çavuş yattığım yere gelip yanıma çömeldi. "Adın?" diye sordu yumuşak bir sesle. "Göbek adın? Rütben? Nerede doğdun? Hangi sınıf? Hangi birlik?" Bu soruları sürdürüyordu. "Kafan için üzgünüm, *Tenente.* Umarım geçer, kendini daha iyi hissedersin. Seni şimdi İngiliz cankurtaranıyla yolluyorum."

"İyiyim ben" dedim. "Çok teşekkür ederim." Binbaşının sözünü ettiği ağrı başlamıştı ve olup biten her şey ilgisiz, önemsiz gibi geliyordu. Bir süre sonra İngiliz cankurtaranı geldi, beni sedyeye yatırdılar, sedye yükseldi, cankurtaranın düzeyine vardı, o zaman içeriye ittiler. Yanımdaki sedyede de biri vardı. Yalnızca burnunu görebiliyordum. Sargılar arasından görünen yüzü balmumu rengindeydi. Solukları çok ağır ve sesliydi. Yeni sedyeler yükseltiliyor, üstte asılı kayışlara yerleştiriliyordu. Uzun boylu İngiliz sürücü gelip içeriye baktı. "Yavaş süreceğim" dedi. "Umarım rahatsız olmazsınız." Motorun çalıştığını hissettim, sürücünün ön koltuğa tırmandığını hissettim, el freninin bırakıldığını, debriyaja basıldığını hissettim –ve yola koyulduk. Hareketsiz yatıyor, ağrıyı seyrine bırakıyordum.

---

54) Çok yaşa Fransa. [ç.e.n.]

Cankurtaran yokuşu çıkarken trafik yüzünden yavaş gidiyor, ara sıra duruyor, bazen bir virajda geri alıp tekrar ilerliyordu ama daha sonra hızlı tırmanmaya başladı. Bir şeylerin damlamakta olduğunu hissettim. Önce yavaş ve düzenli damlıyordu, sonra boşalırcasına akmaya başlamıştı. Şoföre seslendim. Aracı durdurdu, koltuğunun arkasındaki delikten baktı.

"Ne var?"

"Üstümdeki sedyede yatan adamın kanaması var."

"Tepeye az kaldı. Tek başıma sedyeyi çıkaramam." Aracı tekrar çalıştırdı. Akış devam etti. Karanlıkta kanların, tepemdeki salıncağın ne tarafından aktığını göremiyordum. Üstüme akmasın diye yana doğru kaymaya çalıştım. Gömleğimin altına sızdığı yerler sıcak ve yapış yapıştı. Üşüyordum, bacağım acıyor, içim bulanıyordu. Bir süre sonra yukardan gelen akıntı azalmaya başladı, önceki gibi damlalar haline dönüştü, orada yatan adam yerine daha bir yerleşirken sedye salıncağın kıpırdadığını hissettim.

"Nasıl durumu?" diye seslendi İngiliz.

"Tepeye varmak üzereyiz."

"Öldü bence" dedim.

Damlalar çok seyrelmişti. Güneş battıktan sonra buz sarkıtlarından sızan sular gibi. Biz tırmandıkça aracın içi gecenin soğuğuyla buz kesmişti. Tepedeki nöbet yerinde sedyeyi indirdiler, yerine bir başkasını yüklediler ve yolumuza devam ettik.

10

Sahra hastanesinin koğuşunda, öğleden sonra beni görmeye bir ziyaretçi geleceğini söylediler. Sıcak bir gündü ve odada bir sürü sinek vardı. Emir erim sinekleri kovalayan bir fırça yapmak için kâğıdı şerit şerit kesip bir çubuğa bağlamıştı. Sineklerin tavana konmalarını izledim. Sallamayı kesip uyuyakaldığı vakit aşağı indiler, onları savuşturdum ve sonunda ellerimle yüzümü kapayıp ben de uyudum. Çok sıcaktı ve uyandığımda bacaklarım kaşınıyordu. Emir erini uyandırdım, sargıların üzerine maden suyu döktü. Bu, yatağı nemlendirip serinletiyordu. Uyanık olanlarımız koğuşta sohbet ederdi. Öğleden sonraları sessiz olurdu. Sabahları sırayla her yatağa gelirler, üç erkek hastabakıcıyla bir doktor yaralarına pansuman yapılırken yatakları yapılabilsin diye insanları yataklarından kaldırır, pansuman odasına taşırdı. Pansuman odasına hoş bir yolculuk değildi bu ve yatakların insanlar yatarken de yapılabildiğini çok sonra öğrendim. Emir erim su dökmeyi bitirmişti, yatağım serin ve hoştu; ona ayak tabanlarımın nerelerini kaşıyacağını söylüyordum ki, doktorlardan biri Rinaldi'yi içeri getirdi. Hızla içeri girip yatağın üzerine eğildi ve beni öptü. Eldiven taktığını gördüm.

"Nasılsın, bebek? Kendini nasıl hissediyorsun? Sana bunu getirdim..." Bu, bir şişe konyaktı. Emir eri bir sandalye getirdi, Rinaldi oturdu. "Bir de iyi haber. Madalya alacaksın. *Medaglia d'argento*[55] vermek istiyorlar ama belki de yalnızca bronz verebilirler."

"Ne için?"

"Ağır yaralandığın için. Kahramanca bir şey yaptığını kanıtlayabilirsen gümüş alabileceğini söylüyorlar. Yoksa bronz olur. Tam olarak ne olduğunu anlat bana. Kahramanca bir şey yaptın mı?"

"Hayır" dedim. "Peynir yerken havaya uçtum."

"Ciddi ol. Ya öncesinde, ya da sonrasında kahramanca bir şey yapmış olmalısın. İyi düşün."

"Yapmadım."

"Kimseyi sırtında taşımadın mı? Gordini birkaç kişiyi sırtında taşıdığını söylüyor ama ilk yardım istasyonundaki doktor

---

55) Gümüş madalya. [ç.e.n.]

binbaşı bunun olanaksız olduğunu beyan ediyor. Ödüllendirme teklifini onun imzalaması gerekliydi."

"Kimseyi taşımadım. Hareket edemiyordum."

"Onun önemi yok" dedi Rinaldi.

Eldivenlerini çıkardı.

"Bence gümüşü alabiliriz sana. Diğerlerinden önce sana tıbbi müdahalede bulunulmasını reddetmedin mi?"

"Çok ısrarla değil."

"Önemi yok. Nasıl yaralanmışsın, bak. Daima ilk safa gitme talebindeki yiğitliğe bak. Üstelik harekât başarılıydı."

"Nehri sağ salim geçtiler mi?"

"Fazlasıyla. Neredeyse bin esir aldılar. Bültende yazıyor. Görmedin mi?"

"Hayır."

"Getiririm sana. Başarılı bir darbe oldu."

"İşler nasıl?"

"Harika. Hepimiz harikayız. Herkes seninle gurur duyuyor. Bana tam nasıl olduğunu anlat. Gümüşü alacağına eminim. Hadi, anlat. Hepsini anlat." Durup düşündü. "Belki bir de İngiliz madalyası alırsın. Orada bir İngiliz vardı. Gidip onu göreyim de seni önerip önermeyeceğini sorayım. Elinden bir şey geliyor olmalı. Çok acı çekiyor musun? Bir içki iç. Er, bir tirbuşon getir. Ah, küçük bağırsaktan üç metre alınmasında nasıldım görecektin ve şimdi hiç olmadığım kadar iyiyim. Tam *The Lancet*'lik[56] bir ameliyattı. Bana çevirisini yap da *The Lancet*'e yollayayım. Her gün biraz daha iyileşiyorum. Zavallı bebek, nasıl hissediyorsun? Nerede kaldı şu lanet tirbuşon? Öyle cesur ve sessizsin ki acı çektiğini unutuyorum." Eldivenlerini yatağın kenarına vurdu.

Emir eri, "Buyurun tirbuşon *Signor Tenente*" dedi.

---

56) Tıbbi yayın. [ç.e.n.]

"Aç şişeyi. Bardak getir. İç şunu, bebek. Zavallı kafan nasıl? Raporlarına baktım. Hiç kırık yok. İlk sağlık istasyonundaki o binbaşı tam bir domuz kasabıymış. Benim elime gelsen asla canını yakmazdım. Asla kimsenin canını yakmam. Öğreniyorum nasıl yapılacağını. Her gün bir şeyleri daha düzgün, daha iyi yapmayı öğreniyorum. Bu kadar çok konuştuğum için bağışla beni, bebek. Kötü yaralandığını görmek beni duygusallaştırdı. Al, şunu iç. İyidir. On beş liret tutuyor. İyi olması gerek. Beş yıldızlı. Buradan ayrılınca o İngilizi görmeye gideceğim ve sana bir İngiliz madalyası verdirecek."

"Onları öyle rastgele vermiyorlar."

"Çok alçakgönüllüsün. İrtibat subayını yollarım. O halleder İngilizi."

"Bayan Barkley'yi gördün mü?"

"Getireceğim buraya onu. Şimdi gidip getireceğim buraya."

"Gitme" dedim. "Bana Gorizia'yı anlat. Kızlar nasıl?"

"Kız falan yok. İki haftadır değiştirmediler. Artık gitmiyorum. Rezalet. Onlara 'kızlar' denmez; yaşlı savaşçılar."

"Hiç mi gitmiyorsun?"

"Yeni bir şey var mı diye bakmaya gidiyorum. Bir uğruyorum. Hepsi seni soruyorlar. Arkadaş olacak kadar uzun süre kalmak zorunda olmaları rezalet."

"Belki de kızlar artık cepheye gitmek istemiyordur."

"Tabii ki istiyorlar. Çok kız var. Yönetim kötü, o kadar. Onları geri hizmette saklananlar için saklıyorlar."

"Zavallı Rinaldi" dedim. "Hiç yeni kız olmaksızın savaşta yapayalnız."

Rinaldi kendine bir kadeh daha konyak doldurdu.

"Sana bir zararı olacağını sanmıyorum, bebek. Sen iç."

Konyağı içince mideme kadar sıcaklığını duyumsadım. Rinaldi bir kadeh daha doldurdu. Artık daha sessizdi. Bardağını kaldırdı. "Yiğitçe yaralarının şerefine. Gümüş madalyaya. Söylesene bebek, burada, böyle sürekli sıcakta yatarken hiç heyecanlanmıyor musun?"

"Bazen."

"Öyle yatmayı hayal bile edemiyorum. Ben olsam deliririm."

"Delisin zaten."

"Keşke dönsen. Geceleyin maceralardan dönen kimse yok. Dalga geçilecek kimse yok. Bana borç verecek kimse yok. Kan kardeşim, oda arkadaşım yok. Ne diye yaralandın ki?"

"Papazla dalga geçebilirsin."

"O papaz. Onla dalga geçen ben değilim. Yüzbaşı. Ben seviyorum onu. İlla bir papaz olacaksa, o papaz olsun. Seni ziyarete gelecek. Büyük hazırlıklar yapıyor."

"Seviyorum onu."

"Ah, biliyordum. Bazen bana da siz ikiniz biraz... öyleymişsiniz gibi geliyor. Anlarsın ya."

"Hayır, öyle gelmiyordur."

"Evet, bazen geliyor. Hani o *Brigata Ancona*'nın birinci alayındaki yumuşak gibi biraz."

"Öf, canın cehenneme."

Ayağa kalkıp eldivenlerini giydi.

"Ah, bayılıyorum sana takılmaya bebek. Papazınla, İngiliz kızınla, aslında içten içe benim gibisin."

"Hayır, değilim."

"Evet, öylesin. Gerçekte İtalyansın. Esip gürlüyorsun ya içi boş. Amerikalıymışçasına numara yapıyorsun yalnız. Biz kardeşiz ve birbirimizi seviyoruz."

"Ben yokken uslu dur" dedim.

"Bayan Barkley'yi yollayacağım. Ben olmadan onunla daha iyisin. Daha temiz, daha tatlı."

"Öf, canın cehenneme."

"Yollayacağım onu. Senin şu hoş, soğuk tanrıçanı. İngiliz tanrıçasını. Tanrım, bir erkek ona tapınmaktan başka ne yapar öyle bir kadınla? İngiliz kadınlar başka neye yarar ki?"

"Sen cahil, küfürbaz bir ecnebisin."

"Neyim?"

"Cahil bir makarnacı!"

"Makarnacı. Sen de donuk suratlı bir... makarnacısın."

"Sen cahilsin. Aptalsın." Bu sözün ona dokunduğunu fark edince devam ettim. "Bilgisizsin. Tecrübesizsin, tecrübesizlikten ötürü aptalsın."

"Sahi mi? Dur sana iyi kadınınla ilgili bir şey söyleyeyim. Tanrıçanla. Her zaman iyi olagelmiş bir kız almakla kadın almak arasında bir tek fark vardır. Kızla acı vericidir. Tek bildiğim bu." Eldivenini yatağa vurdu. "Üstelik kızın bundan hoşnut olup olmayacağını asla bilemezsin."

"Öfkelenme."

"Öfkelenmedim. Sana bunu kendi iyiliğin için söylüyorum, bebek. Seni zahmetten kurtarmak için."

"Tek fark o mu?"

"Evet. Ama senin gibi milyonlarca budala bunu bilmiyor."

"Bana söylemen ne hoş."

"Kavga edecek değiliz bebek. Seni kavga etmeyecek kadar çok severim. Ama budalalık etme."

"Etmem. Senin gibi akıllı olacağım."

"Öfkelenme bebek. Gül. İçki iç. Gitmem gerek; gerçekten."

"İyi adamsın."

"Şimdi anlıyorsun. İçten içe aynıyız. Savaş kardeşleriyiz. Bana bir veda öpücüğü ver."

"Cıvıksın."

"Hayır. Sadece daha sevgi doluyum."

Nefesinin yaklaştığını hissettim. "Hoşça kal. Yakında yine gelirim seni görmeye." Nefesi uzaklaştı. "İstemiyorsan öpmem seni. İngiliz kızı yollayacağım. Hoşça kal, bebek. Konyak yatağın altında. Çabucak iyileş."

Ve gitti.

11

Papaz geldiğinde hava kararıyordu. Çorba getirmiş sonra boş kâseleri toplamışlardı; sıra sıra yataklara, pencereden akşam melteminde hafif hafif sallanan ağaç tepesine bakarak uzanıyordum. Meltem pencereden içeri doluyordu; akşamleyin daha serindi. Sinekler artık tavanda ve tellerden sarkan ampullerin üzerindeydi. Işıklar akşamları ancak içeriye biri getirildiğinde ya da bir işlem yapıldığında yanardı. Alacakaranlıktan sonra karanlığın çökmesi ve öyle kalması kendimi pek genç hissettiriyordu. Erken yenen bir akşam yemeğinden sonra uyutulmak gibiydi. Emir eri yatakların arasına gelerek durdu. Yanında biri vardı. Bu papazdı. Ufacık, esmer suratlı, utangaç duruyordu orada.

"Nasılsınız?" diye sordu. Yatağın yanına, yere birkaç paket bıraktı.

"İyiyim peder."

Rinaldi için getirilen sandalyeye oturup mahcup mahcup pencereden dışarı baktı. Yüzünün çok yorgun göründüğünü fark ettim.

"Yalnızca bir dakika kalabilirim" dedi. "Geç oldu."

"Geç değil. Yemekhane nasıl?"

Gülümsedi. "Hâlâ büyük espri kaynağıyım." Sesi de yorgun geliyordu. "Tanrı'ya şükür, hepsi iyi."

"Sizin de iyi olduğunuza çok sevindim" dedi. "Ağrı sızınız yoktur umuyoruz." Çok yorgun bir hali vardı; onu yorgun görmeye alışık değildim.

"Artık yok."

"Sizi çok arıyorum yemekhanede."

"Keşke orada olabilseydim. Sohbetlerimizden her zaman zevk aldım."

"Size ufak tefek birkaç şey getirdim" dedi. Paketleri aldı. "Bu cibinlik –sivrisinekler için. Şu bir şişe vermut. Vermut sever misiniz? Bunlar da İngiliz gazeteleri."

"Lütfen açar mısınız?"

Memnun oldu; paketleri açtı.

Cibinliği elime aldım. Vermutu o kaldırıp bana gösterdi, sonra yatağın yanına, yere bıraktı. İngiliz gazetelerinden birini elime aldım. Pencereden hafif bir ışık vursun diye gazeteyi çevirerek başlıklarını okuyabiliyordum. Bu, *The News of the World* gazetesiydi.

"Ötekiler resimli dergiler" dedi.

"Okumak beni çok mutlu edecek. Nereden buldunuz bunları?"

"Mestre'den getirttim. Daha da getirteceğim."

"Bana hep çok iyi davrandınız, peder. Bir kadeh vermut içer misiniz?"

"Teşekkür ederim. Kalsın. Size getirdim onu."

"Yo, bir kadeh için."

"Peki. Biraz daha getiririm o halde."

Emir eri bardakları getirip şişeyi açtı. Açarken mantarı kırdı, yarısını şişenin içine itmek zorunda kaldı. Papazın hayal kırıklığına uğradığını görüyordum ama, "Ziyanı yok, önemli değil" dedi.

"Sağlığınıza peder."

"Sizin daha da sağlıklı olmanıza."

Sonra bardağı elinde tuttu, birbirimize baktık. Ara sıra sohbet eden insanlardık, iyi de dosttuk ama bu gece biraz daha zordu.

"Neler oluyor peder? Çok yorgun görünüyorsunuz."

"Yorgunum ama yorgun olmaya hakkım yok."

"Sıcaktan."

"Hayır. Daha bahardayız. Keyfim kaçık."

"Savaş tiksintisidir."

"Değil. Ama savaştan nefret ediyorum."

"Benim de hoşuma gitmiyor" dedim. Başını iki yana sallayıp pencereden dışarı baktı.

"Önemsemiyorsunuz. Görmüyorsunuz. Özür dilerim. Yaralısınız, biliyorum."

"O bir kazaydı."

"Yaralandığınız halde yine de görmüyorsunuz. Bunu anlayabiliyorum. Ben de göremiyorum ama hissedebiliyorum."

"Yaralandığım sırada bunu konuşuyorduk. Passini anlatıyordu."

Papaz kadehini elinden bıraktı. Başka bir şey düşünüyordu.

"Onları tanıyorum çünkü ben de onlar gibiyim" dedi.

"Farklısınız ama."

"Ama aslında onlar gibiyim."

"Subaylar hiçbir şeyi göremiyor."

"Bazıları görüyor. Bazıları çok duyarlı ve kendilerini hepimizden de kötü hissediyorlar."

"Çoğunlukla farklılar."

"Mesele eğitimde ya da parada değil. Başka bir şey. Passini gibi adamlar, eğitimleri ya da paraları olsa bile yine de subay olmak istemezlerdi. Ben de subay olmazdım."

"Rütbeniz subay ama. Ben de subayım."

"Değilim aslında. Siz İtalyan bile değilsiniz. Yabancısınız. Ama adamlara yakın olduğunuzdan çok, subaylara yakınsınız."

"Farkı ne?"

"İfade etmesi kolay değil. Bazı insanlar vardır, savaş yaparlar. Bu ülkede çok var öylelerinden. Bir de ötekiler vardır. Savaş yapmayanlar."

"Ama ilk saydıklarınız ikincileri savaşmaya zorluyor."

"Evet."

"Ben de onlara yardım ediyorum."

"Siz bir yabancısınız. Bir vatanseversiniz."

"Ya savaş yapmayanlar? Onlar durdurabilirler mi bunu?"

"Bilemiyorum."

Yine pencereden dışarıya baktı. Yüzünü izledim.

"Hiç durdurabildiler mi?"

"Bir şeyleri durdurmak için örgütlenmemişler, örgütlendiklerindeyse liderleri onları satıyor."

"Öyleyse ümit yok mu?"

"Hiçbir zaman durum ümitsiz değildir. Ama ben bazen ümit edemiyorum. Hep ümit etmeye çalışıyorum ama bazen yapamıyorum."

"Belki biter savaş."

"Umarım."

"O zaman ne yapacaksınız?"

"Mümkün olursa Abruzzi'ye döneceğim."

Esmer yüzüne birdenbire büyük bir mutluluk yansıdı.

"Abruzzi'yi çok mu seviyorsunuz?"

"Evet, çok seviyorum."

"O halde oraya gitmelisiniz."

"Çok mutlu olurum. Orada yaşasam, Tanrı'yı sevip ona hizmet edebilsem."

"Ve saygı görseniz" dedim.

"Evet, saygı görsem. Neden olmasın?"

"Olmaması için sebep yok. Saygı görmelisiniz."

"Önemi yok. Ama bizim orada, bir insanın Tanrı'yı sevebileceğini anlıyorlar. Ayıp bir şaka sayılmıyor."

"Anlıyorum."

Bana baktı, gülümsedi.

"Anlıyorsunuz ama Tanrı'yı sevmiyorsunuz."

"Hayır."

"Hiç mi sevmiyorsunuz?" diye sordu.

"Bazen geceler korkuyorum ondan."

"Onu sevmelisiniz."

"Fazla sevgi duymam."

"Yo" dedi. "Duyarsınız. Gecelerle ilgili o söylediğin. O sevgi değil. O yalnızca ihtirasla şehvet. Sevdiğin zaman onun uğruna bir şeyler yapmak istersin. Fedakârlık yapmak istersin. Hizmet etmek istersin."

"Ben sevgi duymuyorum."

"Duyacaksınız. Bundan eminim. Ve o zaman mutlu olacaksınız."

"Mutluyum ben. Her zaman mutlu oldum."

"O başka bir şey. Hiç tatmamışsanız, bilemezsiniz."

"Eh" dedim. "Bir gün olursa, söylerim size."

"Fazla uzun kaldım ve fazla konuştum." Buna gerçekten kaygılanmış gibiydi.

"Hayır. Gitmeyin. Peki ya kadınları sevmek? Bir kadını gerçekten seversem de öyle mi olur?"

"Onu bilemem. Ben hiçbir kadını sevmedim."

"Ya annenizi?"

"Evet, annemi sevdim herhalde."

"Tanrı'yı her zaman mı sevdiniz?"

"Çocukluğumdan beri."

"Eh" dedim. Başka ne diyebileceğimi bilemedim. "İyi bir çocukmuşsunuz" dedim.

"Hâlâ çocuğum. Ama siz bana 'peder' diyorsunuz."

"Nezaketten."

Gülümsedi.

"Gerçekten gitmem gerek" dedi. "Herhangi bir şey için bana ihtiyacınız var mı?" diye sordu umutla.

"Hayır. Yalnızca sohbet etmek için."

"Yemekhaneye selamlarınızı götüreceğim."

"Güzel hediyeleriniz için teşekkürler."

"Bir şey değil."

"Beni görmeye yine gelin."

"Olur. Hoşça kalın." Elimi sıvazladı.

Lehçeleriyle, "Görüşmek üzere" dedim.

"Ciaou" diye tekrarladı.

Oda artık karanlıktı; ayakucumda oturan emir eri de kalkıp onunla birlikte çıktı. Papazı pek severdim; günün birinde Abruzzi'ye dönebileceğini umuyordum. Yemekhanede hayatı berbattı ve buna aldırış etmiyordu ama kendi insanları arasında nasıl olabileceğini düşünüyordum. Capracotta'da kasabanın aşağısındaki derede alabalık olduğunu söylemişti bana. Geceleri flüt çalmak yasaktı. Delikanlılar serenat yaparken bir tek flüt yasaktı. Neden, diye sormuştum. Çünkü geceleri flüt sesi duymak kızlara iyi gelmezmiş. Köylüler insana hep, *"Don"*[57] diye hitap eder, karşılaştığınızda şapkalarını çıkarırlarmış. Babası her gün ava çıkar, onlarla yemek yemek için köylülerin evine uğrarmış. Köylüler bundan daima onur duyarlarmış. Bir yabancının avlanmak için daha önce hiç tutuklanmadığına dair belge göstermesi gerekiyormuş. Gran Sasso D'Italia'da ayılar varmış ya orası hayli uzakmış. Aquila güzel bir kasabaymış. Yazın geceler serinmiş ve Abruzzi'nin baharı tüm İtalya'nın en güzel baharıymış. Ama en harikası, sonbaharda kestane or-

57) Erkeklere hitap ederken kullanılan saygı ibaresi. Efendim, beyefendi gibi. [ç.e.n.]

manlarında ava çıkmakmış. Kuşlar üzümle beslendikleri için çok lezzetli olurlarmış ve köylüler eğer evlerinde onlarla yemek yerseniz gurur duyduklarından yanınıza asla öğle yemeği almazmışsınız. Bir süre sonra uykuya daldım.

12

Koğuşumuz uzun bir odaydı, sağ tarafa pencereler dizilmişti, en uçta da pansuman odasına açılan kapı vardı. Yataklar iki sıraydı, benim yatağımın olduğu sıra pencerelere, karşıdaki sıra, yani pencere altlarındaki yataklarsa duvara bakıyordu. Solunuza dönüp yatarsanız, pansuman odasının kapısını görüyordunuz. O uçta bir kapı daha vardı, oradan ara sıra birileri gelirdi. Biri ölürse, ölümünü görmeyesiniz diye yatağının etrafını paravanla çevirirler, paravanın altından doktorlarla erkek hemşirelerin pabuçları, çorapları görünür, bazen de fısıldaşmalar duyulurdu. Derken papaz paravanın arkasından çıkar, ardından da hemşireler üzerine battaniye örtülmüş olan ölüyü taşıyarak çıkıp yataklar arasındaki koridordan ilerler, biri de paravanı katlayıp kaldırırdı.

O sabah koğuştan sorumlu olan binbaşı bana, kendimi ertesi gün seyahat edecek gibi hissedip etmediğimi sordu. Ederim, dedim. Sabah erkenden yollarız seni, dedi. Sıcak basmadan gidersen daha iyi olur, diye de ekledi.

Yataktan kaldırılıp pansuman odasına götürülürken pencereden bahçedeki yeni mezarları görebiliyordunuz. Bahçeye açılan kapının dışında bir asker oturmuş, haçlar yapıyor, üstlerine boyayla bahçeye gömülenlerin adlarını, rütbelerini, birliklerini yazıyordu. Boş zamanında koğuşun bazı işlerine de koşuyordu. Bir keresinde boş bir Avusturya tüfek fişeğinden bana bir sigara çakmağı yapmıştı. Doktorlar nazik adamlardı ve yetenekli görünüyorlardı. Beni Milano'ya yollamaya da pek hevesliydiler. Orada röntgen tesisleri daha iyiydi ve ameliyat sonrasında mekano-terapi de alabilecektim. Ben de istiyordum Milano'ya gitmeyi. Bizi bir an önce oradan çıkarmaya can atıyorlardı, çünkü başlayacak olan saldırı için yatakların hepsine ihtiyaç olacaktı.

Sahra hastanesinden ayrılışımdan önceki gece Rinaldi beni görmeye geldi. Yanında bizim yemekhaneden sorumlu binbaşı da vardı. Milano'da yeni kurulan Amerikan hastanesine gideceğimi söylediler. Amerika'dan birtakım cankurtaran üniteleri gönderilmişti, o hastane onlara ve İtalya'da görevli Amerikalılara bakacaktı. Kızıl Haç'ta çalışan çok sayıda Amerikalı vardı. ABD artık Almanya'ya savaş ilan etmişti ama Avusturya'ya etmemişti.

İtalyanlar, Amerika'nın Avusturya'ya da savaş ilan edeceğinden emindiler. Amerikalıların gelmesi de onları pek heyecanlandırıyordu –Kızıl Haç bile olsa. Bana Başkan Wilson'un Avusturya'ya savaş ilan edip etmeyeceğini sordular, ben de, birkaç güne kalmaz, dedim. Avusturya'ya ne gibi bir düşmanlığımız olduğundan haberim yoktu ama Almanya'ya savaş ilan ettiğimize göre onlara da etmek mantıklı görünüyordu. Türkiye'ye de savaş ilan edip etmeyeceğimizi sordular. Orası kuşkulu, dedim. Hindi (Turkey) bizim ulusal kuşumuzdur dedim ama espri pek iyi çevrilemediğinden, şaşırdılar, Türkiye'ye de savaş ilan edeceğimizi söylemek zorunda kaldım. Ya Bulgaristan? O zamana kadar epey içki içmiştik, ben de, evet, tabii, Bulgaristan'a da, hatta Japonya'ya da, dedim. Ama Japonya, İngiltere'nin müttefiki, dediler. Güvenilmez bu lanet olası İngilizlere; Japonlar Havai'yi istiyor, dedim. Havai nerede? Büyük Okyanus'ta. Japonlar orayı niye istiyor? Aslında istedikleri yok, dedim. Söylenti işte. Japonlar çok şirin minik insanlardır, dans etmeyi ve hafif şarapları çok severler. Fransızlar gibi, dedi Binbaşı. Fransa'dan Nis'i ve Savoya'yı alacağız. Rinaldi de, Korsika'yla Adriyatik kıyısını alacağız, dedi. Binbaşı, İtalya artık Roma'nın görkemine kavuşacak, diye ekledi. Roma'dan hoşlanmam, dedim. Çok sıcak ve pire dolu. Roma'yı sevmez misin? Evet, Roma'yı severim. Roma ulusların anasıdır. Tiber nehrinin Romulus'u emzirdiğini hiç unutamam. Ne? Bir şey yok. Hadi, hep beraber Roma'ya gidelim.

Bu gece gidelim, bir daha da dönmeyelim. Binbaşı, Roma çok güzel bir şehir, dedi binbaşı. Ben, ulusların hem anası, hem babası, dedim. Roma dişildir, dedi Rinaldi. Baba olamaz. Baba kim o halde? Ruh-ül Kudüs mü? Günah işleme. Günah işlemiyorum, bilgi istiyorum. Sarhoşsun sen, bebek. Kim sarhoş etti beni? Ben ettim, dedi Binbaşı. Ben ettim, çünkü seni çok severim ve Amerika da savaş ilan etti. Sapına kadar, dedim. Rinaldi, sabaha git sen, bebek, dedi. Roma'ya mı? Hayır, Milano'ya. Milano'ya, dedi Binbaşı da. Kristal Saray'a, Cova'ya, Campari'ye, Biffi'ye, Galeria'ya. Şanslı çocuk seni. Gran İtalya'ya, dedim. Orada George'dan borç alacağım. Rinaldi, Scala'ya dedi. Scala'ya gideceksin. Her gece, dedim. Binbaşı, her geceye paran yetmez, dedi.

Biletler çok pahalıydı. Büyükbabamın hesabından çekmek için bloke çek isterim, dedim. Ne istersin? Bloke çek. Ya öder ya da ben hapsi boylarım. Bankada Bay Cunningham bilir. Ben o çeklerle yaşıyorum. Bir büyükbaba, sırf İtalya ölmesin diye orada ölmekte olan vatansever torununu hapse attırır mı? Rinaldi, yaşasın Amerikalı Garibaldi, dedi. Ben, yaşasın bloke çekler, dedim. Binbaşı, sessiz olmalıyız, diye uyardı. Kaç kere söylediler sessiz olun diye. Yarın gerçekten gidecek misin Federico? Rinaldi, Amerikan hastanesine gidiyor dedim ya, dedi. Güzel hemşirelere. Sahra hastanesindeki sakallı hemşirelere değil. Evet, evet, dedi Binbaşı, biliyorum Amerikan hastanesine gideceğini. Sakallar umurumda değil, dedim. Sakal bırakmak istiyorlarsa, bıraksınlar. Siz neden sakal bırakmıyorsunuz,

Signor Maggiore? Gaz maskesine sığmaz. Sığar aslında. Her şey sığar gaz maskesine. Ben kustum bile gaz maskesine. Kıs sesini, bebek, dedi Rinaldi. Cephedeydin, onu herkes biliyor. Ah, bebek, ne yapacağız sen gidince? Binbaşı, artık gitmemiz gerek, dedi. Fazla duygusallaştık. Dinle, sana bir sürprizim var. Şu İngiliz, biliyor musun? Her gece hastaneye ziyarete gittiğin İngiliz hani? O da gidiyor Milano'ya. Başka bir hemşireyle birlikte, ikisi Amerikan hastanesine gidiyor. Amerika'dan hemşireler henüz gelmemiş. *Riparto*'larının[58] başıyla daha bugün konuştum. Burada, cephede çok fazla kadın var. Bazılarını geri yolluyorlar. Nasıl buldun bu haberi, bebek? İyi, değil mi? Gidip büyük kentte yaşayacaksın, İngilizin de seni kucaklamak üzere yanında olacak. Ben niye yaralanmıyorum ki? Belki yaralanırsın, dedim. Binbaşı, gitmemiz gerek, dedi. İçip gürültü ediyoruz, Federico'yu rahatsız ediyoruz. Gitmeyin. Gitmemiz gerek. Hoşça kalın. İyi şanslar. Bol bereket. *Ciaou. Ciaou. Ciaou.* Çabuk dön, bebek. Rinaldi beni öptü. Ayaklarının ucuna basa basa gittiler. Çok sarhoş olduğumu fark ediyordum ama yine de uyudum.

Ertesi gün sabahtan Milano'ya doğru yola çıktık, kırk sekiz saat sonra vardık. Kötü bir yolculuktu. Mestre'nin bu yanında yan yola alınıp uzun süre bekledik, çocuklar gelip pencerelerden içeriye baktı. Küçük çocuklardan birini bir şişe konyak almaya yolladım ama geri döndü, ancak *grappa* alabilirim, dedi. Al dedim, getirdiğinde paranın üstünü ona verdim, yanımdaki adamla birlikte sarhoş olduk, Vicenza'yı geçene kadar uyuduk. Orada uyandım ve fena halde kustum. Önemi yoktu, çünkü o tarafımda yatan adam yere daha önce defalarca kusmuştu. Daha sonra, susuzluğa dayanamayacağımı hissettim, Verona dışında, trenin yanında bir aşağı, bir yukarı yürüyüp duran as-

58) Tümen. [ç.e.n.]

keri çağırdım, bana içecek su getirdi. Georgetti'yi, sarhoş olan öbür çocuğu uyandırdım, ona da su uzattım. Omuzuma dök dedi, dönüp yine uyudu. Asker verdiğim parayı almadı, bana posa gibi bir portakal uzattı. Onu emip posalarını tükürdüm, dışarda hâlâ gidip gelen askeri seyrettim, bir süre sonra da tren sarsıldı ve yeniden hareket ettik.

BÖLÜM İKİ

13

Milano'ya sabahın erken saatinde vardık ve marşandiz deposunun avlusuna indirildik. Bir cankurtaran geldi, beni Amerikan hastanesine götürdü. Cankurtaranın içinde sedyede yatarken kentin nerelerinden geçtiğimizi göremiyordum ama sedyeyi indirdiklerinde bir pazar yeri ve açık bir şarap dükkânı gördüm. Bir kız dükkânı süpürüyordu. Sokağı da sulamaktaydılar. Ortalıkta sabahın erken saatlerine özgü bir koku vardı. Sedyeyi yere koyup içeriye girdiler, yanlarında kapıcıyla döndüler. Bıyıkları kırlaşmıştı, başında da kapıcı kepi vardı ama gömlekle dolaşıyordu. Sedye asansöre sığmayınca tartışmaya başladılar. Beni kaldırıp asansörle çıkarmak mı daha iyiydi, yoksa sedyeyi merdivenlerden yukarı taşımak mı? Tartışmalarını dinledim. Sonunda asansöre karar verdiler ve beni sedyeden kaldırdılar. "Yavaş olun" dedim. "Yumuşak hareketlerle."

Asansörde kalabalıktık, bacaklarım bükülünce de fena halde ağrıyordu. "Düzleyin bacakları" dedim.

"Yapamayız, *Signor Tenente*. Yer yok." Bunu diyen adam kolunu bana dolamıştı, benim kolum da onun boynundaydı. Sarmısak ve kırmızı şarap kokan metalik nefesi yüzüme vurdu.

Öteki adam, "Dikkatli tut" dedi.

"İtoğlu, kim dikkatsiz tutuyor ki!"

"Dikkatli ol diyorum" diye tekrarladı ayaklarımı tutmuş olan.

Asansörün kapılarının kapandığını gördüm. Kapıcı dışardan demir kapıyı da kapadı ve düğmeye bastı. Kaygılı bir hali vardı. Asansör yavaş yavaş çıkmaya başladı.

"Ağır mıyım?" diye sordum sarmısak kokan adama.

"Tüy gibi" dedi. Yüzü ter içindeydi, homurdanıp duruyordu. Asansör düzgün şekilde yükseldi ve sonunda durdu. Kendimizi bir balkonda bulduk. Pirinç tokmaklı birkaç kapı vardı. Ayaklarımı taşıyan adam bir düğmeye bastı, zil sesi içerden duyuldu. Kimse gelmedi. Derken kapıcı merdivenlerde belirdi.

"Nerede bunlar?" diye sordu sedyeciler.

"Bilmiyorum. Alt katta uyurlar."

"Birini çağır."

Kapıcı zili çaldı, sonra kapıya vurdu, ardından da açıp girdi. Döndüğünde yanında yaşlıca, gözlüklü bir kadın vardı. Saçları dağınıktı, salkım saçaktı ama hemşire üniforması giymişti.

"Anlamıyorum" dedi. "İtalyanca bilmiyorum."

"Ben İngilizce biliyorum" dedim. "Beni bir yere yatırmak istiyorlar."

"Odaların hiçbiri hazır değil. Hasta beklemiyorduk." Saçlarını toplamaya çalışırken bana miyop miyop baktı.

"Beni yatırabilecekleri bir oda gösterin onlara."

"Bilemiyorum" dedi. "Beklenen hasta yoktu. Sizi rastgele bir yere yatıramam."

"Hangi oda olsa olur" dedim, sonra kapıcıya döndüm. "Boş bir oda bul."

"Hepsi boş" dedi. "İlk hasta sizsiniz." Kepi elinde, dönüp yaşlıca olan hemşireye baktı.

"Tanrı aşkına, bir odaya götürün beni." Bacaklarım bükük olduğu sürece ağrı devam ediyor, kemiğime girip girip çıkıyordu. Kapıcı peşinde kır saçlı kadınla birlikte koridora daldı, sonra hızla döndü. "İzleyin beni" dedi. Koridorda ilerleyip beni panjurları kapalı bir odaya soktular. Odada yeni mobilyaların kokusu vardı. Bir yatak, bir de kocaman, aynalı gardırop. Yatağın üstüne beni yatırdılar.

Kadın, "Çarşaf seremem" dedi. "Kilitli çarşaflar."

Onunla konuşmadım. Kapıcıya, "Cebimde para var" dedim. "Düğmeli cepte." Kapıcı parayı çıkardı. İki sedyeci, kepleri ellerinde, yatağın yanında bekliyorlardı. "Beşer liret ver onlara. Kendin de beş liret al. Belgelerim öbür cepte. Onları hemşireye verebilirsin."

Sedyeciler teşekkür edip selam çaktılar. "Güle güle" dedim. "Çok teşekkürler." Tekrar selam çakıp çıktılar.

Hemşireye, "O belgelerde sağlık durumum ve şimdiye kadar bana uygulanan tedaviler var" dedim.

Kadın aldı, gözlüklerini takıp baktı. Kâğıtlar üç sayfaydı ve katlanmıştı. "Ne yapacağımı bilemedim" dedi. "İtalyanca anlamam. Doktor talimat vermeden hiçbir şey yapamam." Ağlamaya başladı, kâğıtları önlüğünün cebine sokmaya çalıştı. "Amerikalı mısınız?" diye sordu.

"Evet. Lütfen kâğıtları yatağın yanındaki masaya bırakın."

Oda serin ve loştu. Yattığım yerden odanın öte tarafındaki aynayı görebiliyordum ama ne yansıttığını göremiyordum. Kapıcı yatağın yanındaydı. İyi bir yüzü vardı. Çok da nazikti.

"Gidebilirsin" dedim ona. Hemşireye, "Siz de gidebilirsiniz" dedim. "Adınız nedir?"

"Bayan Walker."

"Gidebilirsiniz, Bayan Walker. Sanırım uyuyacağım."

Odada yalnızdım. Serindi. Hastane gibi kokmuyordu. Şilte sert ve rahattı. Kıpırdamadan yattım. Neredeyse soluk bile almıyordum. Ağrının azalmaya başlamasından ötürü mutluydum. Bir süre sonra susadığımı hissettim, yatağın yanında, kablo ucunda sallanan bir düğme bulup bastım, zil çaldı ama kimse gelmedi. Uyudum.

Uyandığımda çevreme bakındım. Panjurlar arasından ışık giriyordu. Büyük gardırobu, çıplak duvarları, iki sandalyeyi gördüm. Kirli sargılar içindeki bacaklarım yatağın dışına uzanmış durumdaydı. Onları kıpırdatmamak için dikkat ediyordum. Susamıştım. Zile uzanıp bastım. Kapının sesini duydum, bakınca da gelenin bir hemşire olduğunu gördüm. Genç ve güzel görünüyordu.

"Günaydın" dedim.

"Günaydın" diyerek yaklaştı. "Doktora ulaşamadık. Como Gölü'ne gitmişti. Hasta geleceğini kimse bilmiyordu. Neyiniz var sizin?"

"Yaralandım. Bacaklarım, ayaklarım ve başım da."

"Adınız ne?"

"Henry. Frederic Henry."

"Sizi temizleyeceğim. Ama sargılar konusunda, doktor gelene kadar bir şey yapamayız."

"Bayan Barkley burada mı?"

"Hayır. Burada o isimde kimse yok."

"Geldiğimde ağlayan kadın kimdi?"

Hemşire güldü. "O Bayan Walker. Gece nöbetindeydi. Uyuyakalmış. Kimseyi beklemiyordu."

Konuşurken bir yandan beni soyuyordu. Sargılı bacaklarım dışında çıplak kaldığım zaman beni yıkamaya başladı. Yavaşça ve kollayarak. Yıkanmak çok iyi bir duygu veriyordu. Kafamda sargı vardı ama onun da kenarlarının dışında kalan kısımları yıkadı.

"Nerede yaralandınız?"

"Isonzo'da. Plava'nın kuzeyinde."

"Orası nerede?"

"Gorizia'nın kuzeyinde."

Bu yerlerin ona hiçbir şey ifade etmediğini görüyordum.

"Ağrınız çok mu?"

"Hayır. Artık o kadar değil."

Dereceyi ağzıma soktu.

"İtalyanlar koltuk altına koyuyor" dedim.

"Konuşmayın."

Çıkardığında okudu, salladı.

"Ateşim ne kadar?"

"Bilmeniz gerekmiyor."

"Söyleyin, kaçmış?"

"Hemen hemen normal."

"Ateşim hiç çıkmaz benim. Bacaklarım da hurda demirlerle dolu."

"Ne demek istiyorsunuz?"

"Siper bombasının parçacıklarıyla dolu; eski vidalar, şilte yayları falan, öyle şeyler."

Başını iki yana sallarken gülümsedi.

"Bacaklarınızda yabancı maddeler olsaydı iltihaplanır, ateşiniz çıkardı."

"Pekâlâ" dedim. "Ne çıkacağını göreceğiz."

Odadan çıktı, sabahki hemşireyle birlikte döndü. Birlikte, beni kaldırmadan yatağımı yaptılar. Bunu ilk defa görüyordum. Harika bir süreçti.

"Buradan kim sorumlu?"

"Bayan Van Campen."

"Kaç hemşire var?"

"Yalnız ikimiz."

"Başka kimse gelmeyecek mi?"

"Birkaç kişi daha gelecek."

"Ne zaman gelirler?"

"Bilmiyorum. Bir hasta olarak çok fazla soru soruyorsunuz."

"Hasta değilim ben" dedim. "Yaralıyım."

Yatak toplama işini bitirmişlerdi. Altımda temiz bir çarşaf, üstümde de ikinci bir çarşaf vardı artık. Bayan Walker odadan çıktı, elinde bir pijama ceketiyle döndü. Onu bana giydirdiler. Kendimi pek temiz ve giyimli hissetmeye başladım.

"Bana çok iyi bakıyorsunuz" dedim. Adı Bayan Gage olan hemşire kıkırdadı. "Biraz su içebilir miyim?" diye sordum.

"Elbette. Sonra da kahvaltınızı edersiniz."

"Kahvaltı istemiyorum. Panjurları açabilir misiniz, lütfen?"

Odadaki ışık pek loştu ama panjurlar açılır açılmaz içeriye pırıl pırıl bir güneş ışığı doldu. Balkona, onun ötesindeki evlerin damlarına, bacalarına baktım. Sonra damların da ötesindeki beyaz bulutları, gökyüzünün ne kadar mavi olduğunu gördüm.

"Diğer hemşirelerin ne zaman geleceğini bilmiyor musunuz?"

"Neden? Biz size iyi bakamıyor muyuz?"

"Yo, çok naziksiniz."

"Yatak sürgüsünü kullanmak ister misiniz?"

"Bir deneyebilirim."

Yardım edip beni yükselttiler ama işe yaramadı. Daha sonra yattığım yerden balkonun açık kapılarının ötesine, dışarıya baktım.

"Doktor ne zaman gelecek?"

"Geldiği zaman. Como Gölü'ne telefon açıp ona ulaşmaya çalıştık."

"Başka doktor yok mu?"

"Hastanenin doktoru o."

Bayan Gage bir sürahi suyla bardak getirdi. Üç bardak su içtim, sonra beni yalnız bıraktılar. Bir süre pencereden dışarıya baktım, sonra yine uykuya daldım. Öğlen biraz bir şeyler yedim, öğleden sonra da hastanenin amiri Bayan Van Campen beni görmeye geldi. Benden hoşlanmadı; ben de ondan hoşlanmadım. Ufak tefek, titiz, kuşkucu bir tipti ve kendini görevinden üstün gören biriydi. Bir yığın soru sordu. Görünüşe göre benim İtalyanlarla birlikte olmamı da ayıp sayıyordu.

"Yemeklerde şarap içebilir miyim?" diye sordum.

"Ancak doktor reçeteye yazarsa" dedi.

"O gelene kadar içemez miyim?"

"Kesinlikle hayır."

"Sonunda onu getirmeyi planlıyor musunuz?"

"Como Gölü'ne telefon açıp konuştuk onunla."

Çıktı gitti, odaya Bayan Gage girdi.

Becerileri sayesinde beni rahatlattıktan sonra, "Bayan Campen'e neden kaba davrandınız?" diye sordu.

"İsteyerek yapmadım. Ama çok kibirli biri."

"Sizin baskıcı ve kaba olduğunuzu söyledi."

"Öyle davranmadım. Ama doktorsuz bir hastane de ne biçim bir fikir?"

"Geliyor. Como Gölü'ne telefon edip konuştular onunla."

"Ne yapıyor orada? Yüzmeye mi gitti?"

"Hayır, bir kliniği var orada."

"Neden başka bir doktor tutmuyorlar?"

"Şşş. Şşş. Uslu durun siz. Gelecektir."

Kapıcıyı çağırttım, geldiğinde İtalyanca olarak ona şarap dükkânından bir şişe *Cinzano*[59] almasını söyledim. Bir şişe de *Chianti,*[60] ayrıca da akşam gazeteleri. Gitti, hepsini gazeteye

---

59) Bir İtalyan vermut markası. [ç.e.n.]

60) İtalya'nın Toskana bölgesinde üretilen sek kırmızı şarap. [ç.e.n.]

sarılmış olarak getirdi. Ben söyleyince paketi açtı, şarapla vermutun mantarlarını çıkardı ve ikisini de yatağın altına koydu. Yalnız kaldığımda bir süre gazeteleri okudum. Cepheden haberleri, ölen subayları, onlara verilmiş madalyaları falan. Sonra *Cinzano* şişesini çıkardım, karnımın üstüne koydum, soğuk cam bedenimi serinletirken ara sıra bir yudum alıyor, şişeyi karnımda dolaştırıyor, damların üzerine karanlığın inişini seyrediyordum. Fırıl fırıl dönen kırlangıçları, damların üzerinden uçan gece kuşlarını gözlerken *Cinzano*'mu içtim. Bayan Gage bir bardak şekerli süt getirdiğinde, vermut şişesini yatağın öbür tarafına sarkıttım.

"Bayan Campen bunun içine biraz da likör koydurttu" dedi. "Ona kabalık etmemeniz gerekir. Artık genç sayılmaz, üstelik bu hastane ona çok büyük sorumluluk yüklüyor. Bayan Walker çok yaşlı, ona fazla yardımcı olamıyor."

"Harika bir kadınmış" dedim. "Çok teşekkür edin ona."

"Akşam yemeğinizi hemen getiriyorum."

"Telaşa gerek yok" dedim. "Aç değilim."

Tepsiyi getirip önüme koyduğunda birazını yedim. Dışarda hava iyice kararınca, gökyüzünü tarayan projektör ışıklarını gördüm. Bir süre seyrettim, sonra da uyudum. Çok derin uyudum. Bir ara ter içinde, yüreğim korkularla dolu olarak uyandım, tekrar uyumaya çalışırken o rüyadan uzak durmak için çaba gösterdim. Şafak sökmeden çok önce uyandım, horozların ötüşünü dinledim, ortalık aydınlanana kadar uyanık kaldım. Yorgundum aslında. Adamakıllı gündüz olunca, bir kere daha uykuya daldım.

14

Uyandığımda odaya pırıl pırıl güneş dolmuştu. Cephede olduğumu sandım, yatağımda gerindim. Bacaklarım acıdı, hâlâ kirli sargılarda olan bacaklarıma baktım ve görünce nerede olduğumu anladım. Zil kordonuna uzanıp düğmeye bastım. Koridorun ötesinde öttüğünü ve sonra koridordan lastik ayakkabılı birinin geldiğini duydum. Bu Bayan Gage'di, parlak güneş ışığında biraz daha yaşlı görünüyordu ve pek de güzel değildi.

"Günaydın" dedi. "Geceyi iyi geçirdiniz mi?"

"Evet. Çok teşekkürler" dedim. "Bir berber çağırabilir miyiz?"

"Size bakmaya geldim, yatağınızda bununla uyuyordunuz."

Gardırobun kapağını açıp vermut şişesini kaldırdı. Neredeyse boştu. "Yatağın altındaki diğer şişeyi de oraya koydum" dedi. "Neden benden bardak istemediniz?"

"Belki içmeme izin vermezsiniz diye düşündüm."

"Ben de biraz içerdim sizinle."

"Çok iyi bir kadınsınız."

"Yalnız içmek size iyi gelmez" dedi. "Yapmamalısınız."

"Peki."

"Arkadaşınız Bayan Barkley geldi" dedi.

"Sahi mi?"

"Evet. Hoşlanmadım ondan."

"Hoşlanırsınız. Çok iyi insandır."

Başını iki yana sallıyordu. "Eminim iyidir. Biraz şu tarafa kayabilir misiniz? Tamam. Sizi kahvaltı için temizleyeyim." Bezle, sabunla, ılık suyla beni yıkadı. "Omzunuzu kaldırın" dedi. "Yeterli."

"Kahvaltıdan önce berber gelebilir mi?"

"Kapıcıyla çağırtırım." Dışarı çıkıp geri geldi. "Getirmeye gitti" diyerek elindeki bezi su dolu leğene daldırdı.

Berber, kapıcıyla birlikte geldi. Bıyığı yukarı kıvrık, elli yaşlarında bir adamdı. Bayan Gage'in benimle işi bitmişti ve çıktı, berber yüzümü köpükleyip tıraş etti. Çok ciddiydi ve konuşmaktan sakınıyordu.

"Ne oldu? Hiç haber yok mu?" diye sordum.

"Ne haberi?"

"Herhangi bir haber. Kasabada neler oldu?"

"Savaş zamanı" dedi. "Düşmanın kulağı her yerde."

Ona baktım. "Lütfen yüzünü sabit tut" dedi, tıraşı sürdürdü. "Hiçbir şey söylemem."

"Nedir derdin senin?" diye sordum.

"Ben İtalyanım. Düşmanla konuşmam."

Üstelemedim. Delinin biriyse usturanın altından ne kadar çabuk kurtulursam o kadar iyiydi. Bir kere yüzüne dikkatle bakmaya çalıştım. "Dikkat" dedi. "Ustura keskindir."

Bitince parasını ödedim, yarım lira da bahşiş verdim. Madeni paraları iade etti.

"Almam. Cephede değilim. Ama İtalyanım."

"Defol git."

"İzninizle" deyip usturalarını gazeteye sardı. Beş bakır parayı yatağın yanındaki masaya bırakarak çıktı. Zili çaldım. Bayan Gage geldi. "Lütfen kapıcıyı çağırır mısınız?"

"Peki."

Kapıcı odama girdi. Gülmemeye çalışıyordu.

"Deli mi o berber?"

"Değil, *signorino.*[61] Bir hata yaptı. Pek iyi anlamaz ve sizin Avusturya subayı olduğunuzu söyledim sanmış."

"Ya..." dedim.

"Ha ha ha" diye güldü kapıcı. "Çok komikti. Dedi ki bir hareket yapsanız sizi..." İşaretparmağını gırtlağına sürttü.

"Ha ha ha." Gülmemeye çalıştı. "Ona Avusturyalı olmadığınızı söylediğimde. Ha ha ha."

Acı acı, "Ha ha ha" dedim. "Gırtlağımı kesse amma da komik olurdu. Ha ha ha."

---

61) Küçük bey. [ç.e.n.]

"Yoo, *signorino*. Yo, yo. Avusturyalıdan öyle korktu ki. Ha ha ha."

"Ha ha ha" dedim. "Çek git burdan."

Çıktı, koridorda güldüğünü duydum. Koridordan birinin yaklaştığını işittim. Kapıya baktım. Catherine Barkley'ydi bu.

Odaya girip yatağın yanına geldi.

"Merhaba sevgilim" dedi. Dinç, genç ve çok güzel görünüyordu. Hiç bu kadar güzel birini görmediğimi düşündüm.

"Merhaba" dedim. Onu gördüğümde âşık olmuştum. Allak bullak oldum. Kapıya doğru baktı, kimse olmadığını gördü ardından yatağın kenarına oturdu, eğilip beni öptü. Onu kendime çekip öptüm, yüreğinin çarptığını hissettim.

"Tatlım" dedim. "Gelmekle ne harika iş yaptın!"

"O kadar zor değildi. Kalmak daha zor olabilir."

"Kalmalısın" dedim. "Ah, harikasın." Ona deli oluyordum. Gerçekten orada olduğuna inanamıyordum, sımsıkı sarıldım.

"Yapmamalısın" dedi. "Yeterince iyileşmedin."

"Evet, iyileştim. Hadi ama."

"Hayır. Yeterince güçlü değilsin."

"Evet. Güçlüyüm. Evet. Lütfen."

"Beni seviyor musun?"

"Seni gerçekten seviyorum. Deli oluyorum sana. Hadi gel, lütfen."

"Kalplerimizin atışını duyuyor musun?"

"Kalplerimiz umurumda değil. Ben seni istiyorum. Çıldırıyorum senin için."

"Gerçekten mi seviyorsun beni?"

"Bunu söyleyip durma. Hadi gel. Lütfen, lütfen, Catherine."

"Peki ama yalnız bir dakikalığına."

"Tamam" dedim. "Kapıyı kapa."

"Yapamazsın. Yapmamalısın."

"Hadi. Konuşma. Lütfen gel."

Catherine yatağın yanındaki bir sandalyede oturdu. Koridor kapısı açıktı. Çılgınlık dinmişti, hiç olmadığım kadar iyi hissediyordum.

"Şimdi inanıyor musun seni sevdiğime?" diye sordu.

"Ah, ne kadar tatlısın" dedim. "Kalmalısın. Seni yollayamazlar. Deli gibi âşığım sana."

"Çok dikkatli olmalıyız. Bu katıksız çılgınlıktı. Yapamayız bunu."

"Geceleyin yapabiliriz."

"Çok dikkatli olmalıyız. Başkalarının önünde dikkatli olmalısın."

"Olurum."

"Olmak zorundasın. Çok tatlısın. Beni seviyorsun, değil mi?"

"Bir daha söyleme bunu. Beni ne hale getirdiğini bilemezsin."

"Dikkatli olurum öyleyse. Sana bir zarar vermek istemem. Artık gitmeliyim, sevgilim, gerçekten."

"Çabuk gel."

"Gelebildiğim zaman geleceğim."

"Güle güle."

"Hoşça kal, tatlım."

Odadan çıktı. Tanrı biliyor ya, ona âşık olmayı istememiştim. Kimseye âşık olmayı istememiştim. Ama Tanrı biliyor ya olmuştum ve Milano'daki hastane odasında yatakta uzanıyordum, aklımdan bin türlü şey geçiyordu ama kendimi harika hissediyorum ve nihayet Bayan Gage geldi.

"Doktor geliyor" dedi. "Como Gölü'nden telefon etti."

"Ne zaman burada olur?"

"Bugün öğleden sonra."

15

Öğleden sonraya kadar hiçbir şey olmadı. Doktor, savaştan rahatsız görünen, ufak tefek, ince, sakin bir adamdı. Narin ve özenli hareketlerle oyluklarımdan birkaç küçük çelik kıymık çıkardı. Adı 'kar' olan ya da 'kar'a benzer bir şey olan bir lokal anestetik kullanıyordu. O madde dokuyu donduruyor, acıyı hissettirmiyordu –ama ancak neşter ya da forseps donmuş tabakanın altına girene kadar. Nerelerin uyuşmuş olduğu, hastanın tepkilerinden net biçimde belli oluyordu. Böyle olunca, doktorun o kırılgan hassasiyeti bir süre sonra tükendi, bu işi röntgen kullanarak yapmanın daha iyi olacağını söyledi. Yoklaya kurcalaya ilerlemenin iyi olmayacağı kanısına varmıştı.

Röntgenler Ospedale Maggiore'de[62] çekildi. Çeken doktor heyecanlı, işinin ehli, neşeli bir adamdı. Şarapnellerden iri olanları hasta da görebilsin diye beni omuzlarımdan kaldırıp doğrulttular, ekrana bakmamı sağladılar. Görüntülerin kaydedildiği plakalar daha sonra gönderilecekti. Doktor benden cep defterine adımı, birliğimi ve bazı düşüncelerimi yazmamı istedi. Bacaklarımdaki yabancı maddelerin çirkin, hain ve gaddar şeyler olduğunu söyledi. Bu Avusturyalılar orospu çocuğuydu. Kaç tanesini öldürdüğümü sordu. Hiç öldürmemiştim ama onu memnun etmeyi çok istiyordum –pek çok Avusturyalı öldürdüğümü söyledim. Bayan Gage de yanımdaydı. Doktor kolunu ona sardı, ona Kleopatra'dan daha güzel olduğunu söyledi. Anladın mı, diye sordu. Kleopatra eski Mısır kraliçesiydi. Evet, gerçekten ondan güzelsin, diyordu. Küçük hastaneye cankurtaranla döndük ve kaldırılıp taşınmaların ardından kendimi bir kere daha üst kattaki yatağımda buldum. Röntgen görüntüleri öğleden sonra geldi. Doktor öğleden sonraya yetiştireceğini söylemiş, gerçekten de

62) Büyük hastane. [ç.e.n.]

yetiştirmişti. Onları bana Catherine Barkley gösterdi. Her birini zarfından çıkarıp ışığa tutuyor, ikimiz birlikte bakıyorduk.

"Bu sağ bacağın" dedi, sonra onu zarfına soktu. "Bu da solun."

"Kaldır onları" dedim. "Ve yatağıma gel."

"Gelemem" dedi. "Bir saniyeliğine, göresin diye getirdim onları."

Odadan çıktı, ben yatağımda yatmayı sürdürdüm. Sıcak bir öğle sonrasıydı ve ben de yatakta yatıp durmaktan bıkmıştım. Kapıcıyı gazete almaya yolladım. Bulabildiği her gazeteyi.

Daha o dönemeden, odaya üç doktor girdi. Mesleğinde pek de iyi olmayan doktorların hep yanlarında birilerini aradıklarını, konsültasyonlara sığındıklarını fark etmiştim. Apandisinizi doğru dürüst alamayan bir doktor, bademciklerinizi doğru dürüst alamayacak bir başka doktora yolluyordu insanı. Bunlar da o tür üç doktordu.

Zarif elleri olan hastane doktoru, "Genç adam bu" dedi.

Uzun boylu, kara kuru ve sakallı olanı, "Nasılsınız?" dedi. Elinde röntgenlerin zarflarını taşıyan üçüncü doktor bir şey söylemedi.

Sakallı doktor, "Sargılar çıkacak mı?" diye sordu.

Hastane doktoru, Bayan Gage'e döndü, "Tabii ki! Hemşire, lütfen sargıları açın" dedi. Bayan Gage sargıları açtı. Doğrulup bacaklarıma baktım. Sahra hastanesindeyken baktığımda, çekilmiş ve bekletilmiş kıymaya benziyorlardı. Şimdi kabuk tutmuşlardı. Dizler şiş ve rengârenk, baldırlar çöküktü ama cerahat yoktu.

"Çok temiz" dedi hastanenin doktoru. "Çok temiz ve düzgün."

Sakallısı, "Hımm" dedi. Üçüncü doktor, hastane doktorunun omzunun üstünden bakıyordu.

Sakallı doktor, "Lütfen dizinizi oynatın" dedi.

"Oynatamıyorum."

"Eklemleri test edelim mi?" diye sordu sakallısı. Kolunda bir şerit ve üç yıldız vardı. Demek ki yüzbaşıydı.

Hastanenin doktoru, "Tabii" diye karşılık verdi. İkisi hemen sağ bacağıma sarılıp büktüler.

"Acıyor" dedim.

"Evet. Evet. Biraz daha, doktor."

"O kadar yeter" dedim. "Daha fazla bükülmüyor."

Yüzbaşı, "Kısmi artikülasyon" dedi. Doğruldu. "Röntgenleri tekrar görebilir miyim, lütfen doktor?" Üçüncü doktor görüntülerden birini ona uzattı. "Hayır. Sol bacak, lütfen."

"Hakkınız var. Ben farklı açıdan bakıyordum." Elindekini geri verdi. Öteki görüntüyü bir süre inceledi. "Görüyor musunuz, doktor?" Işıkta yusyuvarlak ve çok net gözüken bir parçacığı işaret ediyordu. Birlikte bir süre baktılar.

Sakallı yüzbaşı, "Bir tek şey söyleyebilirim" dedi. "Bu bir zaman meselesi. Üç ay. Belki de altı ay."

"Sinovyal sıvı kesinlikle yeniden oluşmalı."

"Tabii. Zaman meselesi. Parçacık ankiste olmadan bir dizi açamazdım."

"Sizinle aynı görüşteyim, doktor."

"Ne için altı ay?" diye sordum.

"Parçacığın ankiste olması ve dizin tehlikesizce açılabilmesi için."

"İnanmıyorum."

"Dizini istiyor musun, genç adam?"

"Hayır" dedim.

"Ne?"

"Kesilsin istiyorum. Ucuna kanca takmak için."

"Ne demek istiyorsun? Nasıl kanca?"

"Şaka yapıyor" dedi hastanenin doktoru. Omzumu yavaşça okşadı. "Dizini istiyor. Bu çok cesur bir genç. Gümüş madalyaya aday gösterildi."

"Tebrikler" dedi yüzbaşı. Elimi sıktı. "Tek diyebileceğim, ne olur ne olmaz diye en az altı ay bekleyip dizini ondan sonra açmalıyız. Başkasına danışmak istiyorsan, yapabilirsin tabii."

"Çok teşekkürler" dedim. "Görüşünüze değer veriyorum."

Yüzbaşı saatine baktı.

"Gitmeliyiz" dedi. "Size iyi dilekler."

"Benden de iyi dilekler ve çok teşekkürler" dedim. Üçüncü doktorla tokalaştık. "Capitano Varini –*Tenente* Enry." Sonra üçü birlikte odadan çıktılar.

"Bayan Gage" diye seslendim. İçeriye girdi. "Lütfen hastanenin doktorundan bir dakika gelmesini rica edin."

Adam elinde kepiyle geldi, yatağın yanında durdu. "Beni görmek mi istediniz?"

"Evet. Ameliyat olmak için altı ay bekleyemem. Sevgili doktor, siz hiç altı ay yatakta yattınız mı?"

"Hep yatakta kalacak değilsiniz. Önce yaralarınızı güneşe göstermeniz gerek. Daha sonra da koltuk değnekleriniz olacak."

"Altı ay boyunca. Ve sonra da ameliyat olacağım, öyle mi?"

"En tehlikesiz yolu bu. Yabancı parçacıkların ankiste olmasına, sinovyal sıvının yeniden oluşmasına izin verilmeli. O zaman dizi açmak güvenli olur."

"Siz şahsen o kadar beklemem gerektiği kanısında mısınız?"

"En güvenlisi o."

"O yüzbaşı kimdi?"

"Milano'nun çok saygın bir cerrahı."

"Evet ama yüzbaşı, değil mi?"

"Ama mükemmel bir cerrah."

"Ben bacağımı bir yüzbaşının ellemesini istemiyorum. Gerçekten iyi olsa, binbaşı yaparlardı onu. Yüzbaşı ne demek, bilirim, doktor."

"O mükemmel bir cerrah. Tanıdığım cerrahlar arasında en çok onun yargısına güvenirim."

"Ben başka bir cerrahla görüşebilir miyim?"

"Elbette –eğer isterseniz. Ama ben olsam Doktor Varella'nın görüşüne uyardım."

"Başka bir cerrahın gelip görmesini sağlayabilir misiniz?"

"Valentini'den rica ederim."

"O kim?"

"Ospedale Maggiore'nin cerrahlarından biri."

"İyi. Çok makbule geçecek. Anlamanız gerekir, doktor, altı ay yatakta kalamam."

"Yatakta kalmayacaksınız. Önce güneş kürüne çıkarılacaksınız. Sonra hafif egzersizler başlayacak. Ardından ankiste olunca da ameliyat edeceğiz."

"Ama ben altı ay bekleyemem."

Doktor, kepini tutan parmaklarını araladı. "Cepheye dönmeye o kadar mı heveslisiniz?"

"Neden olmasın?"

"Çok güzel" dedi. "Soylu bir gençsiniz." Eğilip beni nezaketle alnımdan öptü. "Valentini'yi yollayacağım. Kaygılanmayın ve kendinizi boşuna kurmayın. Uslu çocuk olun."

"Bir içki içer misiniz?" diye sordum.

"Hayır, teşekkür ederim. Ben hiç alkol almam."

"Bir tanecik için." Zili çalıp kapıcıyı çağırdım, iki bardak getirmesini söyledim.

"Hayır. Hayır, teşekkür ederim. Bekliyorlar beni."

"Güle güle" dedim.

"Hoşça kalın."

İki saat sonra Doktor Valentini odama girdi. Çok acelesi var gibiydi, bıyıklarının uçları da dimdik havadaydı. Binbaşıydı. Yüzü güneş yanığıydı ve sürekli gülüyordu.

"Nasıl becerdin bu berbat işi?" diye sordu. "Şu röntgenleri bir göreyim. Evet. Evet. Tamam. Tekeler gibi sağlam görünüyorsun. Güzel kız kim? Sevgilin mi? Tahmin etmiştim. Ne feci bir savaş, değil mi? Yaman çocuksun. Eskisinden sağlam yapacağım seni. Acıdı mı? Elbette acıdı. Nasıl da bayılıyorlar can acıtmaya bu doktor milleti! Neler yaptılar şimdiye kadar? Kız İtalyanca bilmiyor mu? Öğrenmesi gerekir. Ne güzel bir kız! Ben öğretebilirim ona. Ben de buraya yatarım hasta diye. Yo, hayır... Ama doğurduğunda bütün işi bedava üstlenirim. Anladı mı bu dediğimi? Sana yakışacak biri. Bu kadar güzel bir sarışın! Evet, tamam. Ziyanı yok. Ne güzel kız! Sor bakalım, benimle akşam yemeği yer miymiş? Yo, onu elinden alacak değilim. Teşekkür ederim. Çok teşekkürler, hanımefendi. Hepsi bu işte."

"Bilmek istediğim bu kadar" dedi, omzumu pat pat okşadı. "Sargıları sarmayın, açık bırakın."

"Bir içki içer misiniz, Doktor Valentini?"

"İçki mi? Tabii ki. On tane bile içerim. Nerede?"

"Gardıropta. Bayan Barkley şişeyi getirir."

"Şerefe. Sizin şerefinize, bayan. Ne güzel bir kız! Sana daha iyi bir şişe konyak getireyim." Bıyığını sildi.

"Ne zaman ameliyat olabilirim dersiniz?"

"Yarın sabah. Daha önce olmaz. Miden boşalmış olmalı. Yıkanmalısın. Aşağıda yaşlı kadını bulur, talimatları bırakırım. Hoşça kal. Yarın görüşmek üzere. Sana bundan iyi bir konyak da getireceğim. Burada rahatın yerinde. Hoşça kal. Yarına kadar. İyi uyu ve dinlen. Erkenden görüşürüz." Kapıdan çıkarken el salladı. Güneş yanığı yüzü gülümserken bıyıkları dimdik oldu. Kolunda çerçevelenmiş tek yıldız vardı, çünkü binbaşıydı.

16

O gece balkona açılan ve kentin çatıları üstünden geceyi izlediğimiz açık kapıdan içeri bir yarasa uçtu. Kente çökmüş gecenin cılız ışığı hariç karanlıktı odamız ama yarasa ürkmedi, sanki dışarıdaymışçasına odada avlandı. Uzanıp onu izledik ve bizi gördüğünü sanmıyorum çünkü hiç kıpırdamadık. O çıktıktan sonra bir projektörün yandığını görüp ışığın gökyüzünde dolaşışını izledik, ardından söndü ve etraf yine karardı. Gecenin içinde bir esinti geldi, uçaksavar top bataryası askerlerinin bitişik damdaki konuşmalarını duyduk. Hava serindi, pelerinlerini giyiyorlardı. Gece biri gelir diye kaygılandım ama Catherine hepsinin uyuduğunu söyledi. Geceleyin bir kere uyuduk ve uyandığımda yanımda değildi ama koridordan yaklaştığını duydum, kapı açıldı, yatağa döndü ve her şeyin yolunda olduğunu, aşağı indiğini ve herkesin uyuduğunu söyledi. Bayan Van Campen'ın kapısının önüne gitmiş, uykusunda nefes alıp verdiğini duymuştu. Kraker getirmişti, onları yiyip biraz vermut içtik. Çok açtık ama hepsinin sabah boşaltılması gerekeceğini söyledi. Sabah hava aydınlandığında tekrar uykuya daldım ve uyandığımda yine gitmiş olduğunu gördüm. Dinç ve hoş bir halde gelip yatağa oturdu, ağzımda termometre varken güneş yükseldi, çatılardaki çiy kokusunu sonra da bitişik damdaki batarya başındaki adamların kahve kokusunu aldık.

"Keşke yürüyüşe çıkabilseydik" dedi Catherine. "Tekerlekli sandalyemiz olsa, ben gezdirirdim seni."

"Sandalyeye nasıl otururdum?"

"Bir çaresine bakardık."

"Parka gider, açık havada kahvaltı ederdik." Açık kapıdan dışarıya baktım.

"Aslında yapacağımız şey" dedi, "seni arkadaşın Doktor Valentini'ye hazırlamak."

"Harika biri bence."

"Ben senin kadar sevmedim onu. Ama herhalde çok iyi bir doktor."

"Yatağa dön, Catherine. Lütfen" dedim.

"Olmaz. Ne güzel bir gece geçirdik, değil mi?"

"Bu gece de nöbeti alabilir misin?"

"Herhalde. Ama beni istemeyeceksin."

"Evet, isteyeceğim."

"Hayır, istemeyeceksin. Daha önce hiç ameliyat olmamışsın. Nasıl hissedeceğini bilmiyorsun."

"İyi hissedeceğim."

"Hasta hissedeceksin kendini, gözün bile görmeyecek beni."

"O halde şimdi gel."

"Hayır" dedi. "Günlük raporunu doldurmalıyım sevgilim ve seni hazırlamalıyım."

"Beni gerçekte sevmiyorsun yoksa tekrar gelirdin."

"Ne sersem bir çocuksun." Beni öptü. "Ölçümlerin tamam. Ateşin hep normal. Isın ne hoş."

"Senin her şeyin ne hoş."

"Yo, değil. Isısı hoş olan sensin. Pek gurur duyuyorum ısınla."

"Belki bütün çocuklarımızın ısısı iyi olur."

"Çocuklarımızın herhalde felaket ısısı olur."

"Beni Valentini'ye hazırlamak için ne yapman gerek?"

"Fazla bir şey değil. Ama hayli tatsız."

"Keşke sen yapmak zorunda olmasaydın."

"Katılmıyorum. Başkasının sana el sürmesini istemiyorum. Sürerlerse öfkeleniyorum."

"Ferguson olsa bile mi?"

"Özellikle Ferguson, Gage ve öteki, adı her neyse."

"Walker mı?"

"Evet o. Burada çok fazla hemşireleri var artık. Daha fazla hasta gelmeli yoksa bizi gönderecekler. Şimdi dört hemşireleri var."

"Herhalde gelir. O kadar hemşireye ihtiyaçları var. Burası oldukça büyük bir hastane."

"Umarım gelir. Beni yollarlarsa ne yaparım? Daha çok hasta olmazsa yollarlar."

"Ben de gelirim."

"Saçmalama. Henüz kıpırdayamazsın. Ama çabuk iyileş sevgilim de başka yere gidelim."

"Ya sonra?"

"Belki savaş biter. Sonsuza kadar sürecek değil ya."

"İyileşeceğim" dedim. "Valentini iyileştirecek beni."

"O bıyıklarla iyileştirmeli zaten. Bir de sevgilim, eterin etkisine girerken başka şey düşün... bizi değil. Çünkü insanlar anestezi altında pek boşboğazlık eder."

"Ne düşüneyim?"

"Başka bir şey. Bizden gayrı her şey. Aileni düşün. Hatta başka bir kızı."

"Olmaz."

"Dua et öyleyse. Olağanüstü intiba bırakır."

"Belki de ben konuşmam."

"Doğru. Çoğunlukla konuşmaz insanlar."

"Ben konuşmayacağım."

"Böbürlenme, sevgilim. Lütfen böbürlenme. Öyle tatlısın ki böbürlenmeye ihtiyacın yok."

"Tek kelime etmeyeceğim."

"Şimdi böbürleniyorsun işte, sevgilim. Böbürlenmene gerek yok biliyorsun. Derin soluk almanı söylediklerinde dua veya şiir okumaya ya da başka bir şeye başla yalnızca. O halinle pek şeker olacaksın, ben de seninle çok gurur duyacağım. Her hâlükârda gurur duyuyorum seninle zaten. Öyle hoş bir ısın var ki ve ben sanıp kolunu yastığa dolayarak küçük bir çocuk gibi uyuyorsun. Yoksa başka bir kız mı sanıyorsun? Güzel bir İtalyan kızı mesela?"

"Sen."

"Tabii ki ben. Ah, seni gerçekten seviyorum ve Valentini sana çok güzel bir bacak yapacak. Seyretmek zorunda olmadığıma memnunum."

"Ve bu gece nöbette sen olacaksın."

"Evet. Ama sen ilgilenmeyeceksin."

"Bekle de gör."

"İşte, tamam, sevgilim. Şimdi artık için dışın tertemiz. Söylesene, kaç kişiye âşık oldun?"

"Hiç kimseye."

"Bana bile mi?"

"Sana, evet."

"Gerçekte başka kaç kişiye?"

"Hiç kimseye."

"Peki, kaç kişiyle –nasıl denir– birlikte kaldın?"

"Hiç kimseyle."

"Yalan söylüyorsun bana."

"Evet."

"Ziyanı yok. Bana yalan söylemeye devam et. İstediğim o zaten. Güzel miydiler?"

"Asla kimseyle birlikte kalmadım."

"Tamam. Çok çekici miydiler?"

"Neden bahsettiğini bilmiyorum."

"Sen yalnızca benimsin. Bu doğru ve başka kimsenin olmadın asla. Ama oldunsa da umurumda değil. Korkmuyorum onlardan. Ama bana onlardan bahsetme. Bir erkek, bir kızla kaldığında, kız fiyatı ne zaman söyler?"

"Bilmiyorum."

"Tabii ki bilmezsin. Kız onu sevdiğini söyler mi? Onu söyle bana. Onu bilmek istiyorum."

"Evet. Eğer adam söylemesini isterse."

"O da kızı sevdiğini söyler mi? Lütfen söyle bana. Bu önemli."

"İsterse söyler."

"Ama sen hiç söylemedin mi? Gerçekten?"

"Hayır."

"Öyle değil. Bana doğruyu söyle."

"Hayır" diye yalan söyledim.

"Söylemezsin" dedi. "Biliyordum söylemeyeceğini. Ah, seni seviyorum, sevgilim."

Dışarıda güneş tepede, damların üzerindeydi, güneş ışığı üstlerine vururken katedralin kulelerini görebiliyordum. İçim dışım tertemiz, doktoru beklemekteydim.

"Hepsi o kadar mı?" dedi Catherine. "Kız sadece onun istediğini mi söyler?"

"Hep değil."

"Ama ben öyle yapacağım. Sadece dilediğini söyleyeceğim, dilediğini yapacağım ve sonra asla başka kızlar istemeyeceksin, değil mi?" Mutlulukla bana baktı. "İstediğini yapıp istediğini söyleyeceğim ve çok başarılı olacağım, değil mi?"

"Evet."

"Artık hazır olduğuna göre, ne yapmamı istersin?"

"Tekrar yatağa gel."

"Peki, geleyim."

"Ah, sevgilim, sevgilim, sevgilim" dedim.

"Gördün mü?" dedi. "Ne istersen yaparım."

"Öyle tatlısın ki."

"Korkarım henüz yeterince iyi değilim bu işte."

"Çok tatlısın."

"Sen ne istiyorsan ben de onu istiyorum. Artık ben diye bir şey yok. Yalnız senin istediklerin."

"Çok tatlısın."

"İyiyim. İyi değil miyim? Başka kızları istemiyorsun, değil mi?"

"Hayır."

"Gördün mü? İyiyim ben. İstediğini yapıyorum."

17

Ameliyattan sonra uyandığımda uzaklara gitmemiştim. Uzaklara gitmiyor insan. Yalnızca boğuyorlar. Ölmek gibi değil, hissetmeyesin diye kimyasalla boğuyorlar ve sonrasında kustuğunda safradan başka bir şey çıkmaması ve ardından kendini daha iyi hissetmemesi haricinde dünden kalma gibi oluyor insan. Yatağın ayakucunda kum torbaları gördüm. Alçıdan çıkan boruların üstüne konmuşlardı. Bir süre sonra Bayan Gage'i gördüm. "Şimdi nasılsınız?" diye sordu.

"Daha iyi" dedim.

"Dizinizde harika iş çıkardı."

"Ne kadar sürdü?"

"İki buçuk saat."

"Saçma bir şey söyledim mi?"

"Tek kelime etmediniz. Konuşmayın. Sessiz olun."

Kötü hissediyordum ve Catherine haklı çıkmıştı. Gece nöbetinde kim olduğunun hiç önemi yoktu.

Hastanede artık üç hasta daha vardı: Kızıl Haç'tan Georgialı sıtmalı sıska bir delikanlı, sıtma ve sarılık hastası, yine sıska, pek kibar New Yorklu bir delikanlı ile hatıra olsun diye şarapnel ve tahribat gücü yüksek patlayıcı tertibatlı bir kovanın fünye başlığını sökmeye çalışmış iyi bir delikanlı. Bu, Avusturyalılar tarafından dağlarda kullanılan ucundaki başlık patlamadan sonra sağlam kalıp temas halinde infilak eden bir şarapnel kovanıydı.

Bütün gece nöbetlerini o tuttuğu için Catherine Barkley, hemşireler tarafından pek seviliyordu. Sıtmalılarla işi çok değildi, başlığı söken çocuk arkadaşımızdı ve geceleri gerekmedikçe asla zili çalmazdı ama işlerinin arasında birlikteydik. Onu çok seviyordum, o da beni seviyordu. Gündüzleri uyuyordum, uyanık olduğumuzda gün içinde notlar yazıyor, Ferguson'la yolluyorduk. İyi kızdı Ferguson. Bir kardeşinin Elli İkinci Tümen'de, bir kardeşinin Mezopotamya'da olduğundan gayrı hiçbir şey öğrenmedim hakkında, ayrıca Catherine Barkley'ye çok iyi davranıyordu.

Bir keresinde ona, "Düğünümüze gelecek misin, Fergy?" dedim.

"Siz asla evlenmeyeceksiniz."

"Evleneceğiz."

"Hayır, evlenmeyeceksiniz."

"Neden o?"

"Evlenmeden önce kavga edeceksiniz."

"Asla kavga etmeyiz."

"Daha zamanınız var."

"Kavga etmeyiz."

"Öyleyse öleceksin. Ya kavga et ya öl. İnsanlar öyle yapar. Evlenmezler."

Eline doğru uzandım. "Dokunma bana" dedi. "Ağlamıyorum. Belki de siz ikinize bir şey olmaz. Ama dikkat et de onun başını derde sokma. Sokarsan öldürürüm seni."

"Başını derde sokmam."

"Dikkat et öyleyse. Umarım size bir şey olmaz. İyi vakit geçiriyorsunuz."

"Hoş vakit geçiriyoruz."

"Kavga etmeyin öyleyse, başını derde de sokma onun."

"Sokmam."

"Dikkat et. Kucağında şu savaş bebeklerinden biriyle kalmasını istemiyorum."

"İyi kızsın, Fergy."

"Değilim. Beni pohpohlamaya kalkma. Bacağın nasıl?"

"İyi."

"Kafan nasıl?" Parmaklarıyla tepeme dokundu. Uyuşmuş bacak gibi duyarsızdı kafam. "Beni hiç rahatsız etmedi."

"Öylesi bir şişlik insanı delirtebilir. Seni hiç rahatsız etmiyor mu?"

"Hayır."

"Şanslı delikanlısın. Mektubun bitti mi? Aşağıya iniyorum."

"İşte burada" dedim.

"Bir süre gece nöbeti tutmamasını istemelisin. Çok yoruluyor."

"Peki. İsterim."

"Ben yapmak istiyorum ama izin vermiyor. Ötekiler ona yüklemekten memnun. Azıcık dinlenmesine müsaade edebilirsin."

"Pekâlâ."

"Bayan Van Campen senin hep sabah boyu uyuduğundan söz etti."

"Eder."

"Bir süre gece izinli olmasına izin versen iyi olur."

"İzinli olsun istiyorum."

"İstemiyorsun. Ama ona bunu yaptırırsan sana saygı duyarım."

"Yaptıracağım."

"İnanmıyorum." Notu alıp odadan çıktı. Zili çaldım, kısa süre sonra Bayan Gage geldi.

"Sorun ne?"

"Yalnızca seninle konuşmak istedim. Bayan Barkley bir süre gece nöbeti tutmasa daha iyi olmaz mı sence de? Çok yorgun görünüyor. Neden bu kadar uzun çalışıyor?"

Bayan Gage bana baktı.

"Ben arkadaşınım senin" dedi. "Benimle böyle konuşman gerekmez."

"Ne demek istiyorsun?"

"Saçmalama. Bir tek bu muydu söyleyeceğin?"

"Bir vermut ister misin?"

"Peki. Sonra gitmem gerek." Şişeyi gardıroptan çıkardı, bir de bardak getirdi.

"Bardağı sen al" dedim. "Ben şişeden içerim."

"Şerefine" dedi Bayan Gage.

"Bayan Van Campen sabahları geç saate kadar uyumam konusunda ne dedi?"

"Sadece dırdır etti. Senin için imtiyazlı hastamız diyor."

"Canı cehenneme."

"Kötü biri değil o" dedi Bayan Gage. "Yaşlı ve huysuz, o kadar. Seni hiç sevmedi."

"Sevmedi."

"Eh, ben seviyorum. Ve dostunum. Bunu unutma."

"Son derece feci iyisin."

"Yok. Kimin iyi olduğunu düşündüğünü biliyorum. Ama dostunum. Bacağın nasıl?"

"İyi."

"Üstüne dökmek için biraz soğuk maden suyu getireyim. Alçının içinde kaşınıyordur. Dışarısı sıcak."

"Son derece iyisin."

"Çok kaşınıyor mu?"

"Yo, iyi."

"Şu kum torbalarını daha düzgün yerleştireyim." Eğildi. "Dostunum."

"Öylesin biliyorum."

"Hayır, bilmiyorsun. Ama günün birinde anlayacaksın."

Catherine Barkley üç gece gece nöbetinde izinliydi sonra yine döndü. Sanki ikimiz de uzun bir yolculuğa çıktıktan sonra tekrar kavuşmuşuz gibiydi.

18

O yaz çok iyi vakit geçirdik. Dışarıya çıkabildiğimde, parkta faytonla gezerdik. Hatırlıyorum faytonu, ağır ağır giden atı, önümüzde cilalı silindir şapkasıyla arabacının sırtını ve yanımda oturan Catherine Barkley'yi. Ellerimiz birbirine değse –yalnızca elimin köşesi onunkine dokunsa– heyecanlanıyorduk. Daha sonra, ben koltuk değnekleriyle dolaşabilir olunca, Biffi'nin yerine ya da Gran Italia'ya akşam yemeğine gidip galleria'da[63] dışarıdaki masalarda otururduk. Garsonlar girip çıkar, insanlar geçip gider, masa örtülerinin üzerinde abajurlu gaz lambaları olurdu ve en çok Gran Italia'yı beğendiğimize karar verdikten sonra George –şef garson– bize masa ayırmaya başladı. İyi bir garsondu ve insanları, alacakaranlıkta muazzam galleria'yı ve birbirimizi seyrederken yemeği onun seçmesine izin verirdik. Kovada buza yatırılmış sek beyaz *capri* içerdik; hoş pek çok başka şarap denemiştik: *Fresa*, *barbera* ve tatlı beyaz şaraplar. Savaş yüzünden şarap garsonları yoktu ve *fresa* gibi şarapları sorduğumda George utanarak gülümserdi.

"Tadı çileğe benziyor diye şarap yapan bir yöre düşünürseniz" dedi.

Catherine, "Niye olmasın?" diye sordu. "Kulağa çok hoş geliyor."

---

63) Victor Emmanuel Gallery. [ç.e.n.]

George, "Tadına bakın hanımefendi" dedi, "eğer isterseniz. Ama izninizle *Tenente* için küçük bir şişe *margaux*[64] getireyim."

"Ben de deneyeceğim George."

"Efendim, tavsiye edemem. Çileğe bile benzemiyor tadı."

Catherine, "Belki benziyordur" dedi. "Benziyorsa harika olur."

"Getireyim" dedi George, "hanımefendi tatmin olunca geri götürürüm."

Pek aman aman bir şarap değildi. Dediği gibi, çilek tadı bile yoktu. *Capri*'ye döndük. Bir akşam param çıkışmayınca George bana yüz liret borç verdi. "Ziyanı yok *Tenente*" dedi. "Bilirim bu durumları. İnsanın parası çıkışmaz bazen bilirim. Sizin ya da hanımefendinin paraya ihtiyacınız olursa, bende her zaman para var."

Yemekten sonra galleria'da dolaşır, diğer restoranlarla demir kepenkleri kapalı mağazaların önünden geçer, sandviç – mini minnacık kahverengi ekmeklerden yapılmış, ancak parmak boyunda jambonlu marullu, ançüezli sandviçler– satan küçük bir yerin önünde dururduk. Gece acıktığımızda yemek içindi. Sonra galleria'nın dışında, katedralin önünden üstü açık bir faytona binip hastaneye dönerdik. Hastanenin kapısında kapıcı, değneklerimle yürüyebileyim diye bana yardım etmek için dışarı çıkardı. Arabacının parasını verirdim, asansörle yukarıya çıkardık. Catherine hemşirelerin kaldığı aşağı katta iner, ben yukarı devam eder, değneklerimle koridordan odama yürürdüm; bazen soyunup yatağıma girer, bazen de ayağımı bir başka sandalyeye uzatarak balkonda oturur, damların üstündeki kırlangıçları seyrederek Catherine'i beklerdim. Yukarı geldiğinde sanki uzun bir yolculuğa gitmiş gibi olur, değneklerimle koridorda ona eşlik eder, leğenleri taşıyıp kapıların önünde

64) Chateau Margaux; Fransız şarabı. [ç.e.n.]

bekler ya da içeri girerdim –odadakinin arkadaşımız olup olmadığına bağlıydı– ve yapılacak her şeyi yaptığında odamın dışındaki balkonda otururduk. Daha sonra ben yatardım ve hepsi uyuyunca, kimsenin çağırmayacağından emin olunca gelirdi. Saçlarını çözmeye bayılırdım, yatakta oturup hiç kımıldamazdı, yalnız ben çözerken öpmek için aniden eğilmesi hariç, firketeleri çıkarır, çarşafın üstüne dizerdim ve saçları gevşerdi, kımıldamadan dururken onu izler sonra son iki firketeyi çıkarırdım, saçları dökülürdü ve başını eğerdi, ikimizde saçlarının arasında kalırdık, bir çadırın içinde ya da şelalenin ardında olmak gibi bir histi.

İnanılmaz güzel saçları vardı, bazen uzanır ve açık kapıdan giren ışıkta saçlarını sarıp toplayışını seyrederdim ve saçları geceleyin bile, suyun kimi zaman tam şafak sökmeden önce parıldadığı gibi parlardı. Hoş bir yüzü, bedeni ve de hoş, pürüzsüz teni vardı. Birlikte uzanırken parmaklarımın ucuyla yanaklarına, alnına, göz altlarına, çenesine, boynuna dokunur, "Piyano tuşları gibi pürüzsüz" derdim, o da parmağıyla çenemi okşar, "Zımpara gibi pürüzsüz ve piyano tuşlarını zedeliyor" derdi.

"Sert mi?"

"Değil sevgilim, şaka ediyordum."

Geceleri çok hoştu ve yalnız birbirimize dokunabilsek mutluyduk. Enikonu zamanlarımız dışında pek çok ufak tefek sevişme yöntemlerimiz vardı ve farklı odalardayken birbirimizin aklına düşünceler iletmeye çalışıyorduk. Bazen işe yarıyor gibiydi ama herhalde zaten aynı şeyi düşündüğümüz içindi.

Birbirimize Catherine'in hastaneye geldiği ilk gün evlendiğimizi söylüyor, düğün günümüzden sonraki ayları sayıyorduk. Gerçekten evlenmeyi istiyordum ben ama Catherine evlenirsek onu yollayacaklarını ve yalnızca muamelelere başlarsak onu izleyip bizi ayıracaklarını söyledi. İtalyan yasalarına göre evlenmek zorundaydık ve muameleler korkunçtu. Evlenmemizi istememin nedeni gerçekte düşünecek olursak çocuğumuz olmasından endişelenmemdi, ama kendi kendimize evliymiş gibi yapıyor, pek endişelenmiyorduk ve sanırım evli olmamaktan hoşlanıyordum gerçekten. Bunu konuştuğumuz bir geceyi anımsıyorum ve Catherine, "Ama sevgilim, beni yollarlar" demişti.

"Belki yollamazlar."

"Yollarlar. Ülkeme geri yollarlar, sonra savaş bitene kadar ayrı kalırız."

"İzin alıp gelirim."

"İzin süresinde İskoçya'ya gelip geri dönemezsin. Hem seni bırakmam. Şimdi evlenmenin ne yararı olur? Biz gerçekten evliyiz. Bundan daha fazla evli olamazdım."

"Senin için istemiştim sadece."

"Ben diye bir şey yok. Ben 'sen'im. Ayrı bir 'ben' yaratma."

"Kızlar hep evlenmek ister sanırdım."

"İsterler. Ama sevgilim, ben evliyim. Seninle evliyim. İyi bir eş değil miyim?"

"Enfes bir eşsin."

"Bak sevgilim, bir kere evlenmeyi bekleme deneyimini yaşadım."

"Duymak istemiyorum."

"Senden başkasını sevmediğimi biliyorsun. Başka biri beni sevdi diye kafana takmamalısın."

"Takıyorum."

"Her şeye sahipken ölmüş birini kıskanmamalısın."

"Kıskanmıyorum ama duymak istemiyorum."

"Zavallı sevgilim. Oysa ben senin her tür kızla birlikte olduğunu biliyorum ama benim için önemi yok."

"Bir yolunu bulup gizlice evlenemez miyiz? O zaman bana bir şey olursa ya da senin çocuğun olursa..."

"Kilise ya da devletten gayrı evlenmenin yolu yok. Gizlice evliyiz. Bak sevgilim, dindar olsaydım benim için çok anlamı olurdu. Ama dindar değilim."

"Ama bana Aziz Anthony'yi vermiştin."

"Şans içindi o. Bana da biri vermişti."

"Yani seni kaygılandıran hiçbir şey yok?"

"Yalnızca senden uzağa gönderilmek. Benim dinim sensin. Tek varlığım sensin."

"Pekâlâ. Ama istediğin gün evlenirim seninle."

"Beni namuslu bir kadın yapmak zorundaymışsın gibi konuşma, sevgilim. Ben çok namuslu bir kadınım. İnsan bir şeyden yalnızca mutlu olup gurur duyuyorsa bundan utanamaz. Mutlu değil misin?"

"Ama beni asla bir başkası için terk etmeyeceksin."

"Hayır, sevgilim. Seni asla başkası için terk etmeyeceğim. Bence başımıza bir sürü felaket gelecek. Ama o konuda kaygılanmana gerek yok."

"Kaygılanmıyorum. Ama seni çok seviyorum ve sen daha önce birini sevdin."

"Peki ne oldu ona?"

"Öldü."

"Evet ve ölmeseydi seninle tanışamazdım. Ben sadakatsiz değilim, sevgilim. Bir sürü kusurum var ama sadığım. Öyle sadığım ki, bıkacaksın benden."

"Çok yakında cepheye dönmem gerekecek."

"Gidene kadar onu düşünmeyelim. Bak, ben mutluyum sevgilim ve hoş zaman geçiriyoruz. Uzun zamandır mutlu değildim ve seninle tanıştığımda muhtemelen çıldırmak üzereydim. Muhtemelen de çıldırmıştım. Ama şimdi mutluyuz ve birbirimizi seviyoruz. Ne olur, yalnızca mutlu olalım. Mutlusun, değil mi? Hoşlanmadığın bir şey yapıyor muyum? Seni memnun etmek için yapabileceğim bir şey var mı? Saçlarımı açmamı ister misin? Oynamak ister misin?"

"Evet ve yatağa gel."

"Pekâlâ. Önce gidip hastalara bakayım."

19

Yaz öylece geçti. Günleri pek hatırlamıyorum. Bir tek, havanın çok sıcak olduğunu, bir de gazetelerde pek çok zafer haberleri okuduğumuzu hatırlıyorum. Sağlığım yerindeydi, bacaklarım da çabuk iyileşti. Koltuk değneklerini ele aldıktan kısa bir süre sonra onları atıp bastonla yürümeye başladım. Ondan sonra Ospedale Maggiore'de diz bükme tedavilerine, mekanik uygulamalara, mor ışıklı aynalar önünde ter dökmelere, masajlara, banyolara başladım. Oraya öğleden sonra gidiyor, dönüşte bir kafeye uğrayıp içki içiyor, gazeteleri okuyordum. Kentte pek dolaşmıyordum. Kafeden çıkınca dosdoğru hastaneye dönmek istiyordum. Tek istediğim Catherine'i görmekti. Geri kalan zamanı öldürmek zorundaydım. Sabahları genellikle uyuyordum. Bazen öğleden sonraları da. Ara sıra yarışlara gidiyordum. Geç saatte mekano-terapi seanslarına katılıyordum. Bazen Anglo-Amerikan Kulübüne uğruyor, pencere önündeki kocaman deri koltuklardan birine oturuyor, dergileri okuyordum. Koltuk değneklerini bıraktıktan sonra artık birlikte çıkmamıza izin vermiyorlardı, çünkü hemşirelerin, ihtiyacı olmayan bir hastayla birlikte baş başa çıkması yakışık almazdı. O yüzden genellikle öğleden sonraları birlikte olamıyorduk. Seyrek olarak, Ferguson da bize katılırsa, akşam yemeğine çıkabiliyorduk. Bayan Van Campen bu arkadaşlığımızı kabullenmişti çünkü Catherine deli gibi çalışan biriydi. Catherine'in iyi bir aileden geldiğine inanır olmuştu ve bu da sonunda ona karşı daha iyi davranmasını sağlıyordu. İyi aileler çok önemliydi

Bayan Van Campen için. Kendi de öyle bir aileden geliyordu. Hastanede çok iş vardı ve bu da onu yeterince meşgul ediyordu. Sıcak bir yazdı. Milano'da tanıdığım çoktu ama ben hep bir an önce hastaneye dönmek istiyordum. Cephede, Corso'da ilerleme kaydediyorlardı. Plava'nın karşısındaki Kuk'u almışlardı, şimdi de Bainsizza[65] yaylasını almaya çalışıyorlardı. Batı cephesinden gelen haberlerse o kadar parlak değildi. Savaş çok uzun süreceğe benziyordu. Şu anda savaş vardı ama bence bir yığın asker toplayıp eğitmeleri daha bir yıl alırdı. Önümüzdeki yıl kötü bir yıl olacaktı –ya da belki iyi bir yıl olurdu. İtalyanlar çok adam kaybediyorlardı. Bu böyle nasıl sürebilir, anlayamıyordum. Bainsizza'nın tümünü ve San Gabriele'i alsalar bile, onun ötesinde Avusturyalıların elinde daha pek çok dağ vardı. Gözümle görmüştüm. Yüksek dağların hepsi ötelerdeydi. Napolyon, Avusturyalıları ovalarda haklamıştı. Dağlarda asla çatışmazdı onlarla. İnmelerine izin verir, Verona'da pataklardı onları. Yine de batı cephesinde kimsenin kimseyi pataklадığı yoktu. Belki de artık savaş kazanmak mümkün değildi. Belki savaşlar artık sonsuza kadar sürecekti. Belki bu da bir "Yüzyıl Savaşı"ydı. Gazeteyi rafa bırakıp kulüpten çıktım. Basamakları dikkatle inip Via Manzoni'de yürüdüm. Gran Hotel'in dışında, yaşlı Meyers'le eşinin arabadan indiğini gördüm. Yarışlardan dönüyorlardı. Koca göğüslü karısı, siyah satenler içindeydi. Adam kısa boylu ve yaşlıydı. Beyaz bıyığı vardı ve bastonuyla yürürken sanki düztabanmış gibi adım atıyordu.

"Nasılsınız? Nasılsınız?" Tokalaştık. Meyers de "Merhaba" dedi.

"Nasıldı yarışlar?"

"İyi. Çok iyiydi. Üç kere kazandım."

Meyers'e, "Ya siz?" diye sordum.

---

65) Asıl ismi Banjšice olup savaş sırasında yanlış adlandırılmıştır. [ç.e.n.]

"İyidir. Ben de bir tane kazandım."

Bayan Meyers, "Nasıl yapıyor, anlamıyorum" dedi. "Hiç söylemez bana."

"Şansım iyi" dedi Meyers de. Nazik davranıyordu. "Bizimle gelmelisiniz." Siz bir şey anlatırken, sanki başka yere bakıyormuş ya da sizi başkası sanmış gibi bir izlenime kapılıyordunuz.

"Geleceğim" dedim.

Bayan Meyers, "Ben hastaneye, sizi görmeye geliyorum" dedi. "Çocuklar için bir şeylerim var. Hepiniz çocuklarımsınız. Evet, kesinlikle, sevgili çocuklarımsınız benim."

"Sizi gördüklerine sevinecekler."

"Sevgili çocuklar. Sen de. Çünkü sen de çocuklarımdan birisin."

"Benim dönmem gerek" dedim.

"Çocukların hepsine sevgilerimi söyle. Bir sürü şey getireceğim onlara. *Marsala*'larım,[66] keklerim var."

"Hoşça kalın" dedim. "Çok sevinecekler sizi gördüklerine."

Meyers, "Güle güle" dedi. "Galleria'ya uğra. Masam nerede, biliyorsun. Her öğleden sonra oradayız." Yola koyuldum. Cova'dan bir şey alıp Catherine'e götürmek istiyordum. Girip bir kutu çikolata aldım, kız paketi yaparken bara yürüdüm. İki İngilizle birkaç havacı vardı. Tek başıma bir martini içtim, parasını ödedim, paketimi alıp çıktım, hastaneye doğru yürüdüm. Scala'nın biraz yukarısındaki küçük barda tanıdığım birkaç kişi vardı. Bir konsolos yardımcısı, şan dersi almış iki genç ve Ettore Moretti. San Franciscolu bir İtalyandı Moretti. Şimdi İtalyan ordusundaydı. Onlarla bir içki içtim. Şarkıcılardan birinin adı Ralph Simmons'du ama Enrico Del Credo adıyla şarkı söylüyordu. İyi söyleyip söylemediğini bilmiyordum ama o her an büyük bir olayın eşiğindeydi. Şişmandı, ağzıyla burnunun çev-

---

66) Batı Sicilya'da yapılan amber renkli, sek, tatlı bir şarap. [ç.e.n.]

resi, saman nezlesi varmış gibi görünüyordu. Piacenza'da şarkı söylemiş, dönmüştü. Tosca'yı söylemişti. Harika söylemişti.

"Tabii sen benim şarkılarımı hiç dinlemedin" dedi.

"Burada ne zaman söyleyeceksin?"

"Sonbahara Scala'dayım."

Ettore, "Sana koltuklarını fırlatacaklar, bahse girerim" diye atıldı. "Modena'da koltukları ona nasıl fırlattılar, duydun mu?"

"Kuyruklu bir yalan bu."

"Koltukları fırlattılar" diye tekrarladı Ettore. "Ben oradaydım. Altı koltuk da ben attım."

"Sen, *Frisco*'lu[67] bir İtalyandan başka bir şey değilsin."

Ettore, "İtalyancayı telaffuz edemiyor bile" diye devam etti. "Nereye gitse koltuk fırlatıyorlar ona."

Öteki tenor, "Piacenza tüm kuzey İtalya'da en zor şarkı söylenen yerdir" diye açıkladı. "İnanın bana, çok zordur orası." Tenorun adı Edgar Saunders'dı ama o da Edouardo Giovanni adıyla söylüyordu.

Ettore, "Orada olup sana koltuk fırlatışlarını görmek isterdim" dedi. "İtalyanca söyleyemiyorsun."

Edgar Saunders, "Deli bu" dedi. "Tek bildiği koltuk fırlatmak."

Ettore, "Siz ikiniz söyleyince tek bildikleri o" diye karşılık verdi. "Sonra da Amerika'ya dönüp Scala'daki süksenizi anlatacaksınız. Tek nota söyletmezler size Scala'da."

Simmons, "Söyleyeceğim orada" dedi. "Ekimde Tosca'yı söyleyeceğim orada."

Ettore, konsolos yardımcısına döndü. "Gideriz, değil mi, Mac? Onları koruyacak birilerine ihtiyaçları olacak."

Konsolos yardımcısı, "Belki Amerikan ordusu korur onları" dedi. "Bir içki daha ister misin, Simmons? Ya sen, Saunders?"

---

67) Frisco: San Francisco (argo). [ç.e.n.]

"Pekâlâ" dedi Saunders.

Ettore bana, "Duyduğuma göre gümüş madalya alacakmışsın" dedi. "Ne mansiyon verecekler?"

"Bilmiyorum. Alacağımı bile bilmiyorum."

"Alacaksın. Ah, evlat, Cova'daki kızlar sana bayılacaklar o zaman. İki yüz Avusturyalı öldürdüğünü ya da tek başına bir siperi ele geçirdiğini falan sanacaklar. İnan bana, ben de çaba göstermeliyim madalya için."

Konsolos yardımcısı, "Kaç tane aldın, Ettore?" diye sordu.

Simmons, "Her şeyi aldı o" dedi. "Savaşı onun hatırı için sürdürüyorlar."

"İki bronz, üç de gümüş aldım" dedi Ettore. "Ama daha bir tanesinin kâğıdı geldi."

"Ötekiler nerede kalmış?" diye sordu Simmons.

"Saldırı başarılı olmamıştı. Saldırı başarılı olmazsa madalyaları dağıtmıyorlar."

"Kaç kere yaralandın, Ettore?"

"Üç kere ağır yaralandım. Üç gazi şeridim var. Bakın!" Ceketinin kolunu döndürdü. Omzunun yirmi santim kadar aşağısına, birbirine paralel üç gümüş şerit dikilmişti.

"Senin de var" dedi Ettore bana. "İnan bana, iyi bir şey bu. Madalya yerine bunları tercih ederim. İnan bana, bunlardan aldın mı, gerçekten bir şey aldın demektir. Hastanede en az üç ay yatmazsan vermiyorlar."

Konsolos yardımcısı, "Nerenden yaralanmıştın, Ettore?" dedi.

Ettore kolunu sıvadı.

"Buramdan." Parmağı kırmızı bir yara izini gösteriyordu. "Bir de şuramdan, bacağımdan. Onu gösteremem, çünkü dolak sarılı. Ayaklarımda da. Ayağımda bir de ölü kemik var. Kokuyor. Her sabah birkaç küçük parça çıkarıyorum ama hep kokuyor."

"Ne çarptı sana?" diye sordu Simmons.

"El bombasıydı. Şu patates ezicisi gibi olanlardan. Ayağımın yan tarafını aldı götürdü. Biliyor musun o bombaları?" Bana dönmüştü.

"Tabii."

"Onu atan itoğlunu gördüm" diye devam etti Ettore. "Beni yere yıktı. Öldüğümü sandım ama o patates ezicileri aslında kof. Tüfeğimle vurdum itoğlunu. Hep tüfek taşırım... subay olduğumu anlamasınlar diye."

"Herif neye benziyordu?" diye sordu Simmons.

"Yanında bir tek o bomba vardı. Niye attı, bilemiyorum. Herhalde ömrü boyunca hep el bombası atmak istemiş. Belki gerçek bir çatışmaya katılmamış bile. Vurdum itoğlunu işte."

Simmons, "Vurduğunda nasıl görünüyordu?" diye bir daha sordu.

"Ben ne bileyim" diye terslendi Ettore. "Karnından vurdum. Kafaya nişan alırsam ıskalarım diye korktum."

Bu sefer ben, "Ne zamandır subaysın, Ettore?" diye sordum.

"İki yıl. Yüzbaşı olacağım. Sen kaç yıldır teğmensin?"

"Üçüncü yılımdayım."

"Yüzbaşı olamazsın, çünkü İtalyancan iyi değil" dedi Ettore. "Konuşabiliyorsun ama okuyup yazman yeterli değil. Yüzbaşı olmak için eğitim şart. Sen neden Amerikan ordusuna girmiyorsun?"

"Belki girerim."

"Keşke ben de girebilsem. Ah, Tanrım, yüzbaşı maaşı ne kadar, Mac?"

"Tam bilemem. İki yüz elli dolar kadar sanırım."

"Ulu Tanrım, neler yapmazdım iki yüz elli dolarla! Sen Amerikan ordusuna çabuk geç, Fred. Bak bakalım beni de alırlar mı?"

"Bakarım."

"Bir bölüğe İtalyanca olarak komuta edebilirim. İngilizce nasıl yapılacağını da kolaylıkla öğrenirim."

Simmons, "General olursun" dedi.

"Hayır, general olacak kadar bilgim yok. Generalin çok daha fazla şey bilmesi gerek. Sizler savaşı fasarya sanıyorsunuz. Onbaşı olacak kadar bile aklınız yok."

Simmons, "Tanrı'ya şükür ki onbaşı olmak zorunda değilim" dedi.

"Sizin gibi miskinleri toplarlarsa belki olursun. Ah be, ne kadar isterdim ikinizin benim müfrezede olmanızı. Mac'in de. Seni yardımcım yapardım Mac."

Mac, "Sen harika bir delikanlısın Ettore" dedi. "Ama korkarım militaristsin."

"Savaş bitmeden albay olacağım."

"Seni öldürmezlerse."

"Öldürmezler." Parmaklarını yakasındaki yıldızlara değdirdi. "Ne yapıyorum, görüyor musunuz? Biri ölmekten söz etti mi, hemen yıldızlarımıza dokunuruz."

Saunders ayağa kalkarken, "Boş ver Sim" dedi.

"Pekâlâ."

"Hoşça kalın" dedim. "Gitmem gerek." Barın içindeki saat altıya çeyrek kaldığını gösteriyordu. "*Ciaou* Ettore."

"*Ciaou* Fred" dedi o da. "Gümüş madalya alacak olman çok iyi."

"Alacağımdan emin değilim."

"Alacaksın Fred. Ben duydum alacağını."

"Eh, hoşça kal" dedim. "Başını belaya sokma Ettore."

"Benim için kaygılanma. İçki içmem, haytalık etmem. Ne ayyaşım ne de zampara. Bana neyin iyi geleceğini bilirim."

"Görüşürüz" dedim. "Yüzbaşı olacağına sevindim."

"Çok sürmeyecek. Yararlı hizmetlerimden ötürü yüzbaşı olacağım. Üç yıldız, çapraz kılıçlar ve tepede bir taç. İşte ben."

"İyi şanslar."

"İyi şanslar. Cepheye ne zaman dönüyorsun?"

"Yakında."

"Eh, görüşmek üzere."

"Görüşürüz."

"Görüşürüz. Kimsenin seni kandırmasına izin verme."

Hastaneye çabuk varabilmek için kestirme yan yollardan birine saptım. Ettore yirmi üç yaşındaydı. Onu amcalarından biri San Francisco'da büyütmüştü. Savaş ilan edildiğinde, Torino'da annesiyle babasını ziyaret ediyordu. Onunla birlikte Amerika'ya bir kız kardeşi de gönderilmişti. Okulundan bu yıl mezun olacaktı. Tam bir kahramandı Ettore, tanıştığı herkesi sıkıntıdan öldürüyordu. Catherine hiç tahammül edemiyordu ona.

"Bizim de kahramanlarımız var" diyordu. "Ama genellikle, sevgilim, bizimkiler çok daha sessizdir."

"Ben sinir olmuyorum ona."

"O kadar kibirli, o kadar sıkıcı olmasa, ben de sinir olmazdım."

"Beni de sıkıyor."

"Çok tatlısın hayatım. Ama böyle şeyler söylemek zorunda değilsin. Sen onun cephedeki halini gözünde canlandırabiliyorsun, işe yarar buluyorsun onu; ama hoşlanmadığım gençleri öyle çok hatırlatıyor ki!"

"Biliyorum."

"Çok tatlısın dedim ya. Ben de ondan hoşlanmaya çalışacağım ama aslında felaket bir genç."

"Bugün bana yüzbaşı olacağını söyledi."

"Sevindim" dedi Catherine. "Hoşuna gidecektir."

"Benim de daha yüksek bir rütbem olsa hoşuna gitmez miydi?"

"Hayır sevgilim. İyi restoranlara girebileceğimiz kadar bir rütben olsun, yeter bana."

"Benim rütbem de tam o işte."

"Harika bir rütben var. Daha yükseğini istemiyorum. Şımartabilir seni. Ah, sevgilim, kibirli olmadığın için öyle memnunum ki! Kibirli olsan da evlenirdim seninle tabii ama kibirli olmayan bir koca çok daha rahattır."

Balkonda oturmuş, alçak sesle konuşuyorduk. Mehtap bekleniyordu ama kente sis indiği için göremiyorduk. Az sonra yağmur çiselemeye başlayınca içeriye girdik. Dışarda yağış yağmura dönüştü, biraz sonra da sağanak başladı. Sesini çatıdan duyuyorduk. Kalkıp balkon kapısına yürüdüm, sular içeriye giriyor mu diye baktım ama girmiyordu. Ben de kapıyı açık bıraktım.

"Başka kimlerle karşılaştın?" diye sordu Catherine.

"Bay ve Bayan Meyers'le."

"Garip insanlar."

"Ev hapsinde olması gerekiyormuş. Ölecek diye bırakmışlar."

"O zamandan beri de Milano'da mutlu mutlu yaşıyor."

"Ne kadar mutlu olduklarından emin değilim."

"Hapisten sonra, herhalde yeterince mutlu sayılırlar."

"Kadın buraya hediye taşıyıp duruyor."

"Harika şeyler getiriyor. Sen de sevgili çocuklarından mıydın onun?"

"Onlardan biriydim."

"Hepiniz onun sevgili çocuklarısınız" dedi Catherine. "Çok seviyor sevgili çocuklarını. Yağmuru dinlesene."

"Hızlı yağıyor."

"Ve sen de beni hep seveceksin, değil mi?"

"Evet."
"Yağmur yağsa da fark etmeyecek, değil mi?"
"Hayır."
"İyi. Çünkü yağmurdan korkarım ben."
"Neden o?" Uykum gelmişti. Dışarda yağmur sıkı yağıyordu.
"Bilemiyorum, sevgilim. Her zaman korkmuşumdur yağmurdan."
"Benim hoşuma gider."
"Yağmurda yürümeyi severim. Ama sevgi konusunda, fazla sert."
"Ben seni hep seveceğim."
"Ben seni yağmurda da karda da doluda da seveceğim... başka neler yağar?"
"Bilmem. Uykum geldi galiba."
"Uyu sen, sevgilim. Ben seni ne olursa olsun seveceğim."
"Aslında yağmurdan korkmuyorsun, değil mi?"
"Seninleyken, hayır."
"Neden korkuyorsun ondan?"
"Bilmiyorum."
"Söyle bana."
"Söyletme."
"Söyle."
"Hayır."
"Söyle."
"Peki. Kendimi bazen yağmurda ölmüş gördüğüm için korkuyorum."
"Olamaz."
"Bazen de seni ölmüş görüyorum."
"O daha büyük olasılık."
"Değil, sevgilim. Çünkü ben seni korurum. Bundan eminim. Ama hiç kimse kendi kendini koruyamaz."

"Lütfen sus. Bu gece İskoçlar gibi çıldırmanı istemiyorum. Birlikte fazla da zamanımız kalmadı."

"Kalmadı ama ben zaten İskoçum ve çılgınım da. Ama susacağım. Saçma zaten."

"Evet, çok saçma."

"Saçma. Baştan başa saçma. Korkmuyorum yağmurdan. Korkmuyorum yağmurdan. Ah, Tanrım, keşke korkmayabilsem." Ağlamaya başlamıştı. Onu avuttum, ağlamayı kesti. Ama dışarda yağmur yağmayı sürdürüyordu.

20

Bir gün öğleden sonra yarışlara gittik. Ferguson da bizimle geldi. Crowell Rodgers da –hani bombanın kapağını açmaya çalışırken gözlerinden yaralanan çocuk. Kızlar bu geziye hazırlanırken Crowell'le ikimiz onun odasındaki yatağa oturmuş, yarış gazetesinden bugünkü atların daha önceki performanslarını okumuştuk. Yapacak başka bir şey yoktu nasılsa, atlar üzerine fikir yürütüyorduk. O atların çok kötü olduğunu söylüyor ama eldekilerin bunlar olduğundan yakınıyordu. Yaşlı Meyers ondan hoşlanır, ona bazı tüyolar verirdi. Meyers neredeyse tüm yarışları kazanır ama kimseye tüyo vermekten hoşlanmaz, bu kazancını düşürecek diye kaygılanırdı. Hileliydi yarışlar. Dünyanın her yanındaki pistlerden sürülmüş insanlar, gelip İtalya'da yarışırlardı. Meyers'in edindiği bilgiler sağlamdı ama ben ona bir şey sormaktan nefret ederdim çünkü bazen cevap vermezdi. Verse de acı duyduğunu hissederdiniz. Ne hikmetse, yine de kendini cevap vermek zorunda hissederdi. Crowell'e tüyo verirken ise daha az acı duyardı. Meyers'ın kendi gözleri de sorunlu olduğundan, Crowell'i severdi. Ama hangi atlara oynadığını karısına hiçbir zaman söylemezdi, kadın da genellikle hep kaybeder, durmaksızın konuşurdu.

Dördümüz üstü açık bir arabayla San Siro'ya ulaştık. Hava çok güzeldi. Arabadan inmeden parkta tur attık, tramvay hattını izledik, kent dışına, yolların tozlu olduğu taraflara bile gittik. Çevrelerinde demir parmaklıklar bulunan villalar vardı. Bahçeleri geniş, ağaçları çok uluydu. İçinde suların aktığı hendekleri, yapraklarını toz bürümüş sebze bostanları da vardı. Ovaya doğru baktığımızda çiftlik evlerini, kendi sulama hendeklerine sahip koca koca yeşil çiftlikleri, kuzeye doğru da dağları görebiliyorduk. Yarış alanına doğru giden pek çok araba vardı. Kapıdaki adamlar üniformalarımızı görünce bizi içeriye kartsız aldılar. Arabadan indik, programları aldık, ilerleyip sık çimli alandan geçerek "padok"a geldik. Tribünler ahşaptı ve eskimişti. Bahis standları sıra sıra yarış pistine doğru uzanıyordu. Her tarafta çok sayıda asker vardı. Padok da kalabalıktı. Orada, tribünlerin arkasındaki ağaçların altında atları gezdiriyorlardı. Tanıdığımız insanlara rastladık, Ferguson'la Catherine için sandalyeler bulduk ve atları seyrettik.

Sırayla, daire bir rota üzerinde birbirini izleyerek, başları eğik, yürüyorlardı. Seyisleri yanlarındaydı. Crowell, rengi morumsu siyah olan bir atın boyanmış olduğuna yemin etmeye hazırdı. Baktık. Mümkün görünüyordu. "At bin" zilinin hemen öncesinde ortaya çıkarmışlardı onu. Seyisin kolundaki numaraya bakarak programda atı aradık. Orada Japalac adında siyah, kısırlaştırılmış at olarak geçiyordu. Yarışa katılan atlar, daha önce bin liret veya üstünde yarış kazanmamış olanlardı. Atın renginin değiştirildiği görüşüne Catherine de katılıyordu. Bana da biraz kuşkulu geliyordu zaten. O ata oynayıp aramızda yüz liret toplama konusunda anlaştık. Olasılık listelerinde atın bire otuz beş vereceği ifade edilmekteydi. Crowell gidip biletleri alırken, biz jokeylerin son bir kere atları dörtnala kaldırıp sonra start verilecek yere yönelişlerini seyrettik.

Yarışı seyretmek üzere tribünlere yürüdük. San Siro'da o sırada elastik bariyerler yoktu. Starter atları hizaya soktu. Uzaktan pek küçük görünüyorlardı. Sonra uzun kırbacını şaklatarak startı verdi. Önümüzden geçerlerken siyah at ötekilerin hayli önündeydi, dönemece vardıklarındaysa arayı daha da açmıştı. Karşı tarafta koşarlarken onlara dürbünle baktım, jokeyin hayvanı dizginlemeye çalıştığını ama başaramadığını gördüm. Bir sonraki dönemeçte siyah at arayı on beş at boyu açmıştı. Finiş çizgisini geçtikten sonra da koşmayı sürdürdü.

"Ne harika, değil mi?" dedi Catherine. "Üç bin liretten fazla paramız olacak. Harika bir hayvan bu."

Crowell, "Umarım paralar dağıtılmadan rengi atmaz" dedi.

Catherine, "Gerçekten çok güzel bir at" diye direndi. "Acaba Bay Meyers de ona oynadı mı?"

Meyers'e, "Kazanana mı oynamıştınız?" diye seslendim, başını evet der gibi sallayarak karşılık verdi.

"Ben ona oynamadım" dedi Bayan Meyers. "Siz çocuklar kime oynadınız?"

"Japalac'a."

"Sahi mi? Otuz beşe bir dediler!"

"Biz rengini beğenmiştik."

"Ben pek beğenmedim. Hasta gibi görünüyordu. Ona oynamamamı söylemişlerdi."

"Çok para vermez" dedi Meyers.

Ben, "Bire otuz beş diye yazıyor" dedim.

"Çok vermez" dedi Meyers. "Son anda çok kişi oynadı ona."

"Hayır."

"Kempton ve çocuklar. Görürsünüz. Bire iki ödemeyecek."

Catherine, "O zaman üç bin liret kazanamayız" dedi. "Sevmedim bu hileli yarışı!"

"İki yüz liret alırız."

"Neye yarar o? İşe yaramaz. Üç bin alacağız sanmıştım."

Ferguson, "Sahtekârlık iğrenç bir şey" dedi.

Catherine, "Hileli olmasa ona oynamazdık ki" dedi. "Ama üç bini kazansak hoşuma giderdi."

Crowell, "Gidip bir şeyler içelim, hem de kaç para vereceklermiş, görelim" dedi. Rakamları ilan ettikleri yere yürüdük, ödeme zili çaldı ve Japalac için 18.50 liret vereceklerini duyurdular. Yani on liret yatırdığınız bahise bir on liret kazanç bile vermiyorlardı.

Tribünün altındaki bara yöneldik, birer viski-soda aldık. Tanıdığımız birkaç İtalyana rastladık, konsolos yardımcısı McAdams'ı gördük, kızların yanına dönerken onlar da bize katıldı. İtalyanlar pek nazikti, McAdams da Catherine'le sohbete başlamıştı. Biz bir sonraki bahis için standa doğrulduk. Bay Meyers oradaydı.

Crowell'e, "Sor bakalım hangisine oynamış" dedim.

"Neye yatırdınız, Bay Meyers?" diye sordu Crowell. Meyers programını çıkardı, kurşunkaleminin ucuyla atın adını gösterdi.

Crowell, "Biz de ona oynasak bir itirazınız olur mu?" diye sordu.

"Oynayın. Oynayın. Ama karıma benden duyduğunuzu söylemeyin."

"Bir içki içer misiniz?" diye sordum.

"Hayır, teşekkürler. Ben hiç içmem."

Beş numaraya yüzer liret yatırdık, dönüşte birer viski soda daha içtik. Kendimi pek keyifli hissediyordum. Birkaç İtalyan daha bulduk, her biri bizimle birer içki içti, sonra kızların yanına döndük. Bu İtalyanlar da pek kibardı; daha önce rastladıklarımız gibiydiler. Bir süre sonra kimseye oturacak yer kalmadı. Ben biletleri Catherine'e verdim.

"Hangi at?"

"Bilmiyorum. Bay Meyers'in seçimi."

"Adını bile bilmiyor musun?"

"Hayır. Programda bulabilirsin. Beş numaraydı galiba."

"İnancın çok dokunaklı" dedi. Beş numara kazandı ama para vermedi. Bay Meyers kızgındı.

"Yüz yatırıp yirmi kazanıyorsun" dedi. "Yani on lirete karşılık on iki. Değmez. Karım da yirmi kaybetti."

Catherine, "Hoşuna gidiyor mu burası?" diye sordu.

"Herhalde gidiyor."

"Fena sayılmaz herhalde. Ama sevgilim, bu kadar kalabalığa dayanamıyorum ben."

"Çok kalabalık değil."

"Değil. Ama bir yandan Bay Meyers, bir yandan şu bankacı adam, karısı, kızları..."

"Benim bloke çekleri o bozuyor."

"Evet ama o bozmasa başka biri bozacak. Şu son gelen dört genç birer felaket."

"Burada kalıp yarışı çitin berisinden seyredebiliriz."

"Çok iyi olur. Hem sevgilim, bu sefer adını hiç duymadığımız, Bay Meyers'in de oynamadığı bir at seçelim."

"Peki."

Light For Me adında bir ata para yatırdık, beş at arasında dördüncü geldi. Çite yaslanmış, atların geçişine bakıyorduk. Nalları takırdıyordu geçerken. Uzaklardaki dağlara, ağaçlarla tarlaların berisindeki Milano'ya baktık.

"Kendimi çok daha temiz hissediyorum" dedi Catherine. Atlar geri geliyordu. Terden sırılsıklamdılar. Cokeyleri onları sakinleştirmeye çalışarak sürüp ağaçların altına varınca indiler.

"Bir şey içmek istemez misin? Buraya getirir, atlara bakarak içeriz."

"Gidip alayım" dedim.

"Garson çocuk getirir." Catherine elini havaya kaldırdı, çocuk ahırların yanındaki Pagoda barından kopup geldi. Demir masalardan birine oturduk.

"Yalnız olduğumuzda daha iyi değil mi sence de?"

"Evet" dedim.

"Herkes burada olduğu zaman bir yalnızlık hissediyorum."

"Burası harika."

"Evet, gerçekten güzel bir yarış pisti."

"Güzel, evet."

"Senin keyfini bozmayayım, sevgilim. İstediğin zaman gideriz yanlarına."

"Yo" dedim. "Burada kalıp içkilerimizi içelim. Sonra aşağıya yürür, engelli yarışının su bariyerinde oyalanırız."

"Bana karşı çok anlayışlısın" dedi.

Bir süre yalnız kaldıktan sonra ötekileri bulunca hoşumuza gitti. İyi zaman geçirdik.

21

Eylülde akşamlar serin olmaya başladı, ardından günler de serinledi, yaprakların rengi dönmeye başlayınca yazın bittiğini anladık. Cephede çatışmalar pek kötü gidiyordu. San Gabriele'i alamamışlardı. Bainsizza yaylasındaki savaş ayın ortalarında bitti, San Gabriele harekâtının da biteceği belli oldu. Alamıyorlardı. Ettore cepheye dönmüştü. Atlar Roma'ya götürülmüş, yarışlar da sona ermişti. Crowell de Amerika'ya dönmek üzere Roma'ya doğru yola çıkmıştı. Kasabada iki kere savaş karşıtı gösteriler yer aldı, Torino'da gösterilerin daha beter olduğunu duyduk. Kulüpte bir İngiliz binbaşı bana, İtalyanların Bainsizza yaylasında yüz elli bin adam kaybettiklerini söylüyordu. Corso'da da ayrıca kırk bin. İçkimizi içiyor, çene çalıyorduk. Artık buralarda savaşın bu yıl için bittiğini, İtalyanların çiğneyebileceklerinden büyük lokma ısırdığını söyledi. Flanders'deki saldırının da kötü gittiğini anlattı. Bu sonbahardaki kadar can kaybetmeyi sürdürürlerse müttefikler gelecek yılı çıkaramaz, diyordu. Hepimizin işi bitik ama kendimiz bilmediğimiz sürece mesele yok, diyordu. İşin anahtarı, kabullenmemekti. İşinin bittiğini fark eden son ülke, savaşı kazanan ülke olacaktı. Birer içki daha içtik. Bana herhangi bir kurmay heyetinde olup olmadığımı sordu. Değildim. Onun görevi ise kurmay heyetindeydi. Kulüpte yalnızdık. Kocaman deri kanepelerden birine oturmuştuk. Çizmeleri tertemiz mat deridendi. Çok güzel çizmelerdi. Her şey çok saçma, diyordu. Tek konuşulan konu birliklerdi, insan sayısıydı. Yeterince adam bulunca da öldürüyorlardı onları. Almanlarsa zaferler kazanıyorlardı. Yaman askerdi Almanlar. "Hunlar" yaman, diyordu. Ama onların da işi bitikti. Hepimizin işi bitikti. Ona Rusları sordum. Onlar çoktan bitik, dedi. Yakında benim de göreceğimi söyledi. Avusturyalılar için de aynıydı durum. Yanlarında birkaç Hun birliği varken bir şeyler başarıyorlardı. Bu sonbahar saldırırlar mı, diye sordum. Tabii saldırırlar, dedi. İtalyanlar hapı yutmuştu. Herkes biliyordu bunu. Hunlar Trentino'dan inecek, Vicenza'da demiryolunu kesecekti; o zaman ne halt edecekti İtalyanlar? Bunu 1916'da da denediler, dedi. Almanlarla birlikte değil ama. Evet, dedim. Ama herhalde aynı şeyi bir daha yapmazlar, fazla basit olur, dedi. Daha karmaşık bir şey denerler, başlarını büyük belaya sokarlar, dedi. Ona hastaneye dönmek zorunda olduğumu söyledim. "Güle güle" dedi. "Her tür şans dilerim sana!" Adamın dünyayla ilgili karamsarlığıyla kişisel neşesi arasında öyle büyük bir çelişki vardı ki.

Berber dükkânına uğrayıp tıraş oldum, hastaneye döndüm. Bacağım olabileceği kadar iyileşmişti. Muayeneye üç gün önce gitmiştim. Ospedale'dekinden önce hâlâ almam gereken bazı tedaviler vardı.

Maggiore bitmişti, yolda yürürken topallamamaya çalışıyordum. Yoldaki ağaçların altında yaşlı bir adam durmuş, siluet portreler kesiyordu. Onu seyretmek üzere durdum. İki kızın portrelerini kesmekteydi. Bir onlara bakıyor, bir başını eğip elindeki siyah kâğıdı hızlı hareketlerle kesiyordu. Çok hızlı. Başını yana eğerek bakıyordu kızlara. Kızlar kıkırdaşıyorlardı. Resimler bitince, onları beyaz kâğıda yapıştırmadan önce bana gösterdi, sonra kızlara verdi.

"Güzel kızlar" dedi. "Siz de ister misiniz, *Tenente*?"

Kızlar siluetlerine bakıp gülerek uzaklaştılar. Gerçekten güzeldiler. Bir tanesi hastanenin oradaki şarap dükkânında çalışıyordu.

"Peki" dedim.

"Kepinizi çıkarın."

"Hayır. Kepli olsun."

"Güzel olmaz" dedi yaşlı adam. Sonra yüz ifadesi parladı: "Ama daha askerce olur."

Siyah kâğıdı kesmeye koyuldu. Sonra kestiği iki kartı birbirinden ayırıp beyaz karta yapıştırdı, bana uzattı.

"Kaç para?"

Elini salladı. "Bedava. Sizin için yaptım."

"Lütfen" deyip birkaç bakır bozukluk çıkardım. "Keyifli hale getirir."

"Hayır. Zaten keyifle yaptım. Sevgilinize verin."

"Çok teşekkürler. Yine görüşürüz."

"Görüşmek üzere."

Hastaneye doğru yürümeyi sürdürdüm. Bana birkaç mektup gelmişti. Biri resmi not, birkaç da başka zarf. Görünüşe göre üç hafta dinlenme izni alıyor, sonra cepheye dönüyordum. Dikkatle okudum. Eh, bu kadardı işte. Dinlenme izni 4 Ekimde, son tedaviler bittiğinde başlayacaktı. Demek 25 Ekimde bitecekti. Onlara akşam döneceğimi söyleyip biraz ilerdeki restorana, yemek yemeye gittim, masamda mektuplarımla *Corriere Della Sera* gazetesini okudum. Büyükbabamdan gelen bir mektup vardı. Aileden haberler veriyordu. Biraz da vatansever yorumlar, heveslendirecek sözler, iki yüz dolarlık bir çek, birkaç kupür. Yemekhanedeki papazdan sıkıcı bir mektup. Fransız hava kuvvetlerinde uçan bir tanıdığım, kendini çılgın bir grup içinde bulmuş, onu anlatıyordu. Rinaldi'den de bir not gelmişti. Daha ne kadar Milano'da oyalanacağımı merak ediyor, haber soruyordu. Kendisine gramofonu için plaklar getirmemi istiyor, bir de liste veriyordu. Yemeğimle küçük bir şişe *chianti*, üstüne kahvemle bir konyak içtim, gazeteyi okumayı bitirdim, mektupları cebime sokup gazeteyi masada bahşişin yanına bırakarak çıktım. Hastanedeki odamda soyunup pijamalarımı, robdöşambrımı giydim, balkon kapısının perdesini kapattım, yatağıma girip Bayan Meyers'ın hastanedeki 'çocukları' için bıraktığı Boston gazetelerini okudum. Chicago White Sox, Amerika ligi şampiyonluğuna doğru ilerlerken New York Giants da Ulusal Lig'in lideri durumundaydı. Şu ara Boston takımının atıcısı Babe Ruth'du. Gazeteler sıkıcı, haberler ise yerel ve yavandı. Amerika haberlerinin hepsi antrenman kamplarıyla ilgiliydi. İyi ki ben de antrenman kampında değilim, diye düşündüm. Zaten beyzboldan başka haber okuduğum yoktu, onun da hepsini okumuştum. Birkaç gazete bir arada gelince, insan ilgi duyamıyordu. İlgi duymaksızın bir süre okudum. Acaba Amerika gerçekten savaşa girecek mi, diye merak ediyordum. Önemli ligleri kapatacaklar mıydı? Herhalde kapatmazlardı. Milano'da yarışlar devam ediyordu örneğin – hem savaşın durumu bundan beter olamazken! Fransa'da durdurmuşlardı yarışları. Bizim Japalac da oradan gelmişti. Catherine'in nöbeti gece dokuzda başlayacaktı. Geldiğinde koridorda ayak seslerini duydum, bir kere de geçerken gördüm onu. Birkaç hasta odasına girip çıktı, sonunda bana geldi.

"Geç kaldım, sevgilim" dedi. "Çok iş vardı. Nasılsın?"

Ona gazetelerde okuduklarımı ve izin meselesini anlattım.

"Çok iyi!" dedi. "Nereye gitmek istiyorsun?"

"Hiçbir yere. Burada kalmak istiyorum."

"Saçma. Sen gideceğin yeri seç, sonra ben de gelirim."

"Nasıl başaracaksın bunu?"

"Bilmiyorum ama bir çaresini bulurum."

"Harika birisin sen!"

"Değilim. Ama insanın kaybedeceği bir şey olmayınca hayat çok zor değil."

"Ne demek istiyorsun?"

"Hiçbir şey. Bir zamanlar büyük engel diye gördüğümüz şeylerin aslında ne kadar küçük olduğunu düşünüyordum."

"Bence o dediğini yapmak kolay olmayabilir."

"Olmayacak, sevgilim. Gerekirse çeker çıkarım. Ama gerekmeyecektir."

"Nereye gidelim?"

"Umurumda değil. Sen nereye istiyorsan oraya. Tanıdıklarımızın olmadığı bir yere."

"Nereye gideceğimize aldırmıyor musun?"

"Aldırmıyorum. Neresi olsa güzel olacak."

Canı sıkkın gibi, gergin gibi görünüyordu.

"Neyin var, Catherine?"

"Bir şeyim yok."

"Var aslında."

"Hayır, yok. Gerçekten yok."

"Var olduğunu biliyorum. Söyle bana sevgilim. Söyleyebilirsin bana her şeyi."

"Bir şey değil."

"Söyle bana."

"Söylemek istemiyorum. Seni mutsuz ederim ya da canını sıkarım diye korkuyorum."

"Sıkılmam."

"Emin misin? Benim canımı sıkmıyor ama seni sıkmaktan korkuyorum."

"Seni sıkmazsa beni de sıkmaz."

"Söylemek istemiyorum."

"Söyle."

"Mecbur muyum?"

"Evet."

"Bebeğim olacak sevgilim. Üç aylık neredeyse. Kaygılanmadın, değil mi? Ne olur, kaygılanma. Sakın kaygılanma."

"Peki."

"İyi misin?"

"Tabii."

"Emin misin?"

"Tabii."

"Her şeyi yaptım aslında. Her önlemi aldım ama fark etmedi."

"Kaygılı değilim."

"Engelleyemedim sevgilim. Kaygılanmadım da. Sen de kaygılanmamalısın. Kendini kötü hissetmemelisin."

"Ben yalnız senin için kaygılanırım."

"Tamam işte. Onu yapma asıl. Herkesin habire bebeği oluyor. Herkesin bebeği var. Bu çok doğal bir şey."

"Sen harika birisin."

"Değilim. Ama üzülmemelisin sevgilim. Sana sorun yaratmamak için elimden ne gelirse yapacağım. Şu anda bile sorun yarattım, farkındayım. Ama şu âna kadar iyi bir kız gibi davranmadım mı? Hiç anlamamıştın, değil mi?"

"Hayır."

"Hep öyle olacak. Kaygılanmamalısın. Hissediyorum kaygılandığını. Kes bunu. Hemen kes. Bir içki ister misin, sevgilim? İçmek seni neşelendiriyor, biliyorum."

"Yo, neşeliyim zaten. Sen de bir harikasın."

"Değilim. Ama sen gideceğimiz yeri seçersen, birlikte olabilmemiz için her şeyi yapacağım. Ekimde çok güzel olabilir. Çok iyi vakit geçiririz sevgilim. Cepheye gittiğinde de her gün yazarım sana."

"Sen nerede olacaksın?"

"Henüz bilmiyorum. Ama çok hoş bir yerde olacağım. Ayarlayacağım hepsini."

Bir süre sessiz kaldık. Catherine yatağın kenarına oturmuştu, ben ona bakıyordum ama birbirimize dokunmuyorduk. Hani odaya biri girer de insanlar utanır ya, öyle davranıyorduk. Uzanıp elimi tuttu.

"Kızmadın, değil mi sevgilim?"

"Hayır."

"Kendini tuzağa düşmüş gibi hissetmiyorsun, değil mi?"

"Belki biraz. Ama tuzağı kuran sen değilsin."

"Ben kurdum demedim zaten. Saçmalama. Ben genel anlamda bir tuzak demek istedim."

"İnsan kendini her zaman biyolojik bir tuzağa düşmüş gibi hisseder."

Catherine uzunca bir süre kıpırdamadı, elini de çekmedi.

"'Her zaman' sözü hoş bir söz değil."

"Üzgünüm."

"Ziyanı yok. Ama bak, benim daha önce hiç bebeğim olmadı, hatta hiç kimseyi de sevmedim. Ayrıca hep senin istediğin gibi olmaya çalıştım, sen de kalkıp 'her zaman' diyorsun."

"Keşke dilimi kesseymişim" dedim.

"Ah, sevgilim!" Dalıp gittiği yerlerden geri döndü. "Aldırma bana." Yine bir araya gelivermiştik. Aramızdaki o tutukluk yok olmuştu. "Biz aslında biriz ikimiz. Bile bile birbirimizi yanlış anlamayalım."

"Yanlış anlamayacağız."

"Ama insanlar öyle yapıyorlar. Birbirlerini seviyorlar ama bile bile yanlış anlıyorlar, kavga ediyorlar, sonra da birdenbire... artık 'bir' olamıyorlar."

"Biz kavga etmeyeceğiz."

"Etmemeliyiz. Çünkü bu dünyada yalnızca ikimiz varız. İkimiz ve bir de ötekiler. Aramıza bir şey girerse, o zaman 'biz' diye bir şey kalmaz, ötekiler de hakkımızdan gelir."

"Hakkımızdan gelemezler" dedim. "Çünkü sen çok cesursun. Cesurlara hiçbir zaman bir şey olmaz."

"Ölürler sonunda tabii."

"Ama bir tek kere."

"Bilemiyorum. Kim söylemişti onu?"

"'Korkaklar bin kere ölür ama cesurlar bir kere' sözünü mü?"

"Tabii onu. Kim söylemişti?"

"Bilmiyorum."

"Korkaktı herhalde söyleyen" dedi. "Korkakları çok iyi tanıyor ama cesurları hiç tanımıyor. Cesur kişi, eğer zekiyse, iki bin kere ölür. Bunlardan bahsetmez yalnızca."

"Bilemem. Cesurların kafasının içini görmek zor."

"Evet. O sayede koruyorlar durumlarını."

"Uzman sensin o konuda."

"Hakkın var sevgilim. Hak ettim bu lafı."

"Sen cesursun."

"Değilim" dedi. "Ama olmak isterdim."

"Ben değilim" dedim. "Yerimi bilirim. Bunca zamandır, öğrendim. 230 vuruş yapan ve daha fazlasını yapamayacağını bilen bir beyzbolcu gibiyim."

"230 vuruş ne anlama gelir? Etkileyici herhalde."

"Değil. Beyzbol sporunda bu vasat düzeydir."

"Ama yine de 'vurucu' en azından."

"İkimiz de kibirliyiz herhalde" dedim. "Ama sen cesursun."

"Hayır. Ama olabileceğimi umuyorum."

"İkimiz de cesuruz" dedim. "Ben bir kadeh içince çok cesur oluyorum."

"Harika insanlarız" dedi Catherine. Dolaba yürüdü, konyak şişesiyle bardağı bana getirdi. "İç bir tane, sevgilim" dedi. "Çok anlayışlı davrandın."

"Aslında canım içki istemiyor."

"Yine de iç."

"Pekâlâ." Bardağın üçte birine konyak koydum ve içtim.

"Müthişsin. Biliyorum, brendi kahramanların içkisidir ama sen çok abartmamalısın."

"Savaştan sonra nerede yaşayacağız?"

"İhtiyarlar evinde herhalde" dedi. "Üç yıl boyunca savaşın Noel'de bitmesini çocuklar gibi bekledim. Ama şimdi artık oğlumuzun kıdemli yüzbaşı olmasını bekliyorum."

"Belki general olur."

"Savaş yüz yıl sürerse, belki ikisini de olur."

"Sen bir içki istemiyor musun?"

"Hayır. Seni her seferinde mutlu ediyor sevgilim ama benim ancak başımı döndürüyor."

"Hiç brendi içmez miydin?"

"Hayır sevgilim. Ben eski tip eşlerdenim."

Eğilip yerde duran şişeyi aldım, bardağa biraz daha boşalttım.

Catherine, "Gidip senin vatandaşlara baksam iyi olacak" dedi. "Ben gelene kadar belki sen de gazeteleri okursun."

"Şart mı gitmen?"

"Ya şimdi ya da daha sonra."

"Pekâlâ. Şimdi git."

"Birazdan dönerim."

"Gazeteleri bitirmiş olurum" dedim.

22

Gece hava çok serinledi, ertesi sabah ise yağmur yağdı. Ospedale Maggiori'den dönerken sağanak hızlandı, sonunda içeriye girdiğimde sırılsıklamdım. Odama çıktığım zaman yağmurun balkonu da dövdüğünü gördüm. Rüzgâr yağmuru cam kapılara vurduruyordu. Üstümü değiştirip biraz brendi içtim ama tadı iyi gelmedi. Gece midem bulandı, sabah da kahvaltıdan sonra kusmama ramak kaldı.

Hastanenin doktoru, "Hiç kuşku yok" dedi. "Gözlerinin aklarına baksanıza, hemşire."

Bayan Gage baktı. Benden aynaya bakmamı istediler. Gözlerimin akı sararmıştı; evet, sarılık olmuştum. İki hafta yatağımdan kalkamadım. O yüzden de iyileşme iznimi birlikte geçiremedik. Pallanza'ya, Lago Maggiore'ye gitmeyi planlamıştık. Sonbaharda, yaprakların rengi değişirken orası çok güzel oluyordu. Yürüyüş yapabiliyor, gölde balık avlayabiliyordunuz. Stresa'ya gitmekten iyiydi, çünkü Pallanza o kadar kalabalık olmuyordu. Milano'dan Stresa'ya geçmek öyle kolaydı ki, insan orada hep tanıdıklara rastlıyordu. Pallanza'da şirin bir köy vardı. Kayıkla balıkçıların yaşadığı adalara gidebiliyordunuz. Adaların en büyüğünde bir de restoran vardı. Ama biz gitmedik.

Ben sarılıktan yatağa serilmişken bir gün Bayan Van Campen odaya girdi, gardırobu açtı ve oradaki boş şişeleri gördü. Bir sürü boş şişeyi kapıcıya verip attırmıştım daha önce. Herhalde onları giderken görmüş, odama o yüzden, daha başka şişe var mı diye bakmaya gelmişti. Çoğu vermut şişesi, *marsala* şişesi, kapri şişesi, boşalmış *chianti* şişeleri ve birkaç da konyak şişesiydi. Kapıcı büyük şişeleri götürmüştü. Vermut şişeleriyle hasır kaplı *chianti* şişelerini falan. Brendi şişelerini de sonraya bırakmıştı. Şimdi orada brendi şişeleriyle ayı biçimindeki şişe vardı. Eskiden *kümmel*[68] vardı içinde. Bayan Van Campen'in buldukları bunlardı. Onu en çok kızdıran, ayı biçimli şişe oldu. Onu alıp havaya kaldırdı. Ayı oturmuş pozdaydı, patilerini havaya kaldırmıştı. Cam kafasında bir mantar, dibinde birkaç yapışkan kristal kalmıştı. Ben güldüm.

"*Kümmel*'di o" dedim. "En iyi *kümmel* bu ayı biçimli şişelerdeki. Rusya'dan geliyor."

Bayan Van Campen, "Bunların hepsi brendi şişesi, değil mi?" diye sordu.

"Tam göremiyorum" dedim. "Ama herhalde öyledir."

"Bu durum ne zamandır böyle devam ediyor?"

"Onları ben satın aldım, buraya kendim getirdim. İtalyan subayları sık sık bana ziyarete geliyor. Onlara ikram etmek için saklıyordum."

"Kendiniz içmiyor muydunuz?" diye sordu.

"Evet, biraz ben de içtim."

"Brendi" dedi. "On bir boş brendi şişesi ve o ayıdaki sıvı."

"*Kümmel.*"

"Birini yollayıp aldıracağım. Boş şişeleriniz bu kadar mı?"

"Şimdilik."

"Ben de sarılık oldunuz diye acımıştım size. Oysa size acımak boşuna."

"Teşekkür ederim."

"Herhalde cepheye dönmekten kaçınmakla suçlayamazlar sizi. Ama bence alkolizmle sarılık çıkarmaktan daha zekice bir yolunu bulabilirdiniz."

"Neyle?"

---

68) Anason ve kimyonla tatlandırılmış bir çeşit likör. [ç.e.n.]

"Alkolizmle. Duydunuz ne dediğimi." Sessiz kaldım. "Başka bir yolunu bulamazsanız, herhalde sarılık geçince sizi cepheye yollayacaklardır. Bence bilerek sarılık olmak, iyileşme izni gibi bir şeyi hak etmiyor."

"Öyle mi?"

"Öyle."

"Siz hiç sarılık geçirdiniz mi, Bayan Van Campen?"

"Hayır ama çok örnek gördüm."

"Hastalar ne kadar zevkini çıkarıyor, fark ettiniz mi?

"Herhalde cepheye gitmekten iyidir."

"Bayan Van Campen" dedim. "Kendi kıçına tekme atarak kendini sakatlamaya çalışan kimseyi gördünüz mü hiç?"

Bayan Van Campen sorduğum soruya aldırmadı. Zaten ya aldırmayacak ya da odadan çıkacaktı, başka çaresi yoktu. Çıkmayı istemiyordu çünkü o kadar uzun süredir bana karşı tatsız duygular beslemişti ki şimdi sırası gelmişken hıncını çıkarmak niyetindeydi.

"Cepheye gitmemek için kendini yaralayan çok insan gördüm" dedi.

"Sorum o değildi. Kendini yaralayanları ben de gördüm. Ama benim sorduğum, sakatlanmak için kendi kıçına tekme atan birini gördünüz mü? Çünkü sarılığa en benzeyen duygu budur ve bence bu duyguyu hissetmiş kadın sayısı da azdır. Sarılık geçirdiniz mi diye o yüzden sordum size, Bayan Van Campen, çünkü..." Bayan Van Campen odadan çıktı. Az sonra kapıdan Bayan Gage girdi.

"Ne dedin Bayan Van Campen'e? Küplere binmişti."

"Duyguları karşılaştırıyorduk. Ona hiç çocuk doğurmamış olduğunu söylemeye çalışıyordum..."

"Budala seni" dedi Gage. "Kellene dikti gözünü."

"Kellemi ele geçirdi bile" dedim. "İznimi yaktı, üstelik beni savaş divanına da yollamaya çalışabilir. O zalimlik var onda."

"Hiç sevmedi seni" dedi Gage. "Neydi mesele?"

"Cepheden kaçmak için içki içerek sarılık olduğumu söylüyor."

"Püf" dedi Gage. "Ağzına tek damla koymadığına yemin edebilirim. Herkes de yemin eder."

"Şişeleri buldu."

"Yüz kere söyledim sana şişelerden kurtul diye. Nerede şimdi şişeler?"

"Dolapta."

"Bir bavulun var mı?"

"Yok. Şu hurcun içine koy onları."

Bayan Gage şişeleri topladı, hurca tıktı. "Kapıcıya vereyim" diyerek kapıya doğru yürüdü.

"Bir dakika!" Bayan Van Campen'in sesiydi duyduğumuz. "Ben alıyorum o şişeleri." Kapıcı da yanındaydı. "Şunları taşıyın lütfen" dedi ona. "Raporumu verirken doktora göstermek istiyorum."

Koridorda uzaklaştı. Hurcu kapıcı taşıyordu. İçindekilerin ne olduğunu da biliyordu.

Başka bir şey olmadı. İznimi kaybetmekle kaldım.

23

Cepheye döneceğim gece kapıcıyı, Torino'dan gelecek trende bana yer tutması için istasyona yolladım. Kalkış tam gece yarısıydı. Tren Torino'dan kalkıp 22.30'da Milano'ya varacak, bir buçuk saat orada bekleyecekti. Yer bulmak için tek çare, tren geldiğinde orada olmaktı. Kapıcı yanına bir arkadaşını da aldı. Makineli tüfek görevlisi. İzindeydi ve bir terzide çalışıyordu. İkisi birlikte, mutlaka bir kişilik yer tutabileceklerinden emindiler. Peron biletleri için yanlarına para verdim, bavullarımı da onlara teslim ettim. Kocaman bir hurçla iki de valiz.

Saat beş dolaylarında hastaneye veda edip çıktım. Kapıcı benim bagajları kendi odasına koymuştu. Ona gece yarısından hemen önce istasyonda olacağımı söyledim. Karısı bana "*Signorino*" dedi, ağlamaya başladı. Gözlerini sildi, elimi sıktı, sonra yine ağladı. Sırtını tıpışladım, yine ağladı. Giysilerimin yamalarını o yapardı. Kısacık, tombul, mutlu suratlı, ak saçlı bir kadındı. Ağladığında yüzü yamuluyor, sanki parçalanıyordu. Şarap dükkânının olduğu köşeye yürüdüm, içeriye girdim, camdan bakarak beklemeye koyuldum. Dışarısı karanlık, soğuk ve sisliydi. Kahvemle *grappa*'mın parasını ödedim, dükkânın dışarı taşan ışığı altında gelip geçenleri seyrettim. Catherine'i görünce camı tıkırdattım. Baktı, beni gördü ve gülümsedi. Kapıdan çıktım. Lacivert bir pelerin ve yumuşak fötr bir şapka giymişti. Kaldırımda birlikte yürüyerek şarapçıların önünden geçtik, meydana vardık, ara yoldan ilerleyip kemerin altından geçerek katedral meydanına ulaştık. Önümüzde tramvay rayları, onların gerisinde de katedral vardı. Sisler içinde beyaz ve ıslak görünüyordu. Tramvay raylarını geçtik. Solumuzda vitrinleri ışıklı dükkânlar ve galerinin girişi görünüyordu. Meydan sisler içindeydi. Katedralin önüne vardığımızda, bina gözümüze kocaman gözüktü. Taşları ıslaktı.

"İçeriye girmek ister misin?"

"Hayır" dedi Catherine. Yürümeyi sürdürdük. İlerdeki taş sütunlardan birinin gölgesinde bir askerle sevgilisi vardı. Sütuna yaslanmışlardı. Asker pelerinini sevgilisinin omuzlarına sarmıştı.

"Bizim gibi" dedim.

"Kimse bizim gibi olamaz" dedi Catherine. Pek de mutlu bir sesle söylememişti bunu.

"Keşke gidebilecekleri bir yerleri olsaydı."

"Yaralarına derman olmazdı."

"Bilemiyorum. Herkesin gidebilecek bir yeri olmalı."

"Katedralleri var" dedi Catherine. Binanın ilerisindeydik artık. Meydanın ucunda durup döndük, katedrale tekrar baktık. Sisli havada güzel görünüyordu. Deri giysiler satan dükkânın önündeydik. Vitrinde süvari çizmeleri, sırt çantası, kayak botları vardı. Sergideymiş gibi ayrık koymuşlardı her birini. Sırt çantası ortada, binici çizmeleri bir, kayak botları öbür yanda. Kullanılmış bir eyeri andıran deri koyu renk ve yağlıydı. Elektrik ışıkları yağlı deriyi parıldatıyordu.

"Bir ara kayak yapalım."

Catherine, "Mürren'de kayak iki aya kadar başlar" dedi.

"Oraya gidelim."

"Olur" dedi. Diğer vitrinlerin önünden geçip yan sokağa saptık.

"Daha önce bu yoldan hiç gitmedim."

"Benim hastaneye gittiğim yol bu" dedim. Dar bir sokaktı. Sağdan yürüyorduk. Sislerin içinde bir sürü insan geçiyordu yanımızdan. Vitrinlerin hepsi de ışıklıydı. Bir tanesinde üst üste yığılmış peynirler gördük. Ben silah satan dükkânın önünde durdum.

"Gel içeri bir dakika. Bir tabanca almam gerek."

"Nasıl bir tabanca?"

"Pistol." Girdik. Kemerimi açtım, asılı boş kılıfıyla birlikte tezgâhın üstüne koydum. Satıcı kadın birkaç tabanca çıkarıp gösterdi.

Kılıfın çıtçıtını açıp, "Buna sığmalı" dedim. Gri deri bir kılıftı. Kentte taşımak üzere elden düşme almıştım.

Catherine, "İyi tabancalar mı bunlar?" diye sordu.

"Hepsi birbiri gibi. Şunu deneyebilir miyim?" diye sordum kadına.

"Atış yapacak yerim yok" dedi. "Ama çok iyidir. Hata yaptırmaz."

Tetiği düşürüp sürgüyü çektim. Yayı biraz fazla sertti ama iyi işliyordu. Nişan alıp tetiği tekrar çektim.

"Kullanılmıştır" dedi kadın. "Yaman nişancı bir subaya aitti."

"Ona siz mi satmıştınız?"

"Evet."

"Nasıl geri geldi?"

"Emir eri getirdi."

"Belki de benim tabancam bu" dedim. "Kaça?"

"Elli liret. Çok ucuz aslında."

"Peki. İki ekstra şarjörle bir kutu da kartuş istiyorum."

Kadın onları tezgâhın altından çıkardı.

"Kılıca ihtiyacınız yok mu?" diye sordu. "Kullanılmış birkaç kılıcım var. Çok ucuz."

"Ben cepheye gidiyorum" dedim.

"Ha, evet, o zaman kılıç gerekmez" dedi.

Pistolun ve kartuşların parasını verdim, hazneyi doldurdum, pistolu boş kılıfa soktum, ek kartuşlarla şarjörü kılıfın ceplerine tıkıp kemerimi tokaladım. Ağır geliyordu pistol belime. Ama yine de nizami bir pistol almak daha iyi, dedim kendi kendime. En azından, fişek bulunabiliyordu her zaman.

"Artık silahlı ve hazırız" dedim. "Bunu unutmak olmazdı. Benimkini hastaneye götürüldüğüm sırada biri almıştı."

Catherine, "Umarım iyi bir pistoldur" dedi.

Kadın, "Başka bir şey?" diye sordu.

"Sanmıyorum."

"Pistolun askı ipi var" diye ekledi.

"Farkındayım."

Bir şey daha satmak istiyordu bize.

"Bir düdük istemez miydiniz?"

"Sanmıyorum."

Kadınla vedalaştık ve kaldırıma çıktık. Catherine vitrine doğru baktı, kadın da bize bakıp eğilerek selam verdi.

"Şu ahşap çerçeveli aynalar neye yarıyor?"

"Kuşları çekmek için. Tarlalara bırakıyorlar, tarla kuşları görünce yaklaşıyor, İtalyanlar da onları vuruyor."

"Kurnaz adamlar" dedi Catherine. "Siz Amerika'da tarla kuşu vurmazsınız, değil mi sevgilim?"

"Pek vurmayız."

Karşı kaldırıma geçip yürümeyi sürdürdük.

"Kendimi biraz daha iyi hissediyorum" dedi Catherine. "Demin berbat hissediyordum."

"Birlikteyken her zaman iyi hissediyoruz."

"Her zaman birlikte olacağız."

"Evet ama gece yarısı ben gidiyorum."

"Düşünme onu sevgilim."

Yokuş yukarı yürüyorduk. Sis ışıkları sarartıyordu.

"Yorulmadın mı?" diye sordu Catherine.

"Ya sen?"

"Ben iyiyim. Yürümeyi severim."

"Ama fazla uzatmayalım."

"Doğru."

Işıksız bir yan sokağa saptık, ilerledik. Bir ara durup Catherine'i öptüm. Öpüşürken onun elini omzumda hissettim. Pelerinimi çekmiş, ikimize birden sarmaktaydı. Yüksek bir duvara dayanmış, duruyorduk.

"Bir yere gidelim" dedim.

"İyi olur." Dar sokağın ucu, kanalın yanındaki daha geniş bir sokağa açılıyordu. Kanalın öbür yanında tuğla bir duvar, birkaç da bina vardı. İlerde bir tramvayın köprüden geçtiğini gördüm.

"Köprüde araba bulabiliriz" dedim. Köprü başına varınca sisler içinde durup araba bekledik. Birkaç tramvay geçti. İnsanlar evlerine dönüyorlardı. Derken bir araba belirdi ama içinde biri oturuyordu. Sis de yağmura dönüşmeye başlıyordu.

Catherine, "Ya yürüyeceğiz ya da tramvaya bineceğiz" dedi. "Gelir şimdi. Hep buradan geçerler."

"İşte, geliyor."

Arabacı atı durdurdu, sayacındaki metal plakayı çevirdi. Arabanın tentesi kapalıydı, arabacının gocuğu da su damlalarıyla kaplıydı. Cilalı şapkası ıslak ıslak parlıyordu. Arka koltuğa birlikte oturduk, arabanın tentesi ortamı karartıyordu.

"Adres verdin mi ona?"

"İstasyona, dedim. İstasyonun karşısında bir otel var; oraya gidebiliriz."

"Böyle, olduğumuz gibi gidebilir miyiz? Bavulsuz falan?"

"Evet" dedim.

Yağmurda yan yollardan istasyona varmamız epey uzun sürdü.

Catherine, "Akşam yemeği yemeyecek miyiz?" diye sordu. "Acıkırım sanırım."

"Odamızda yeriz."

"Giyecek bir şeyim yok. Geceliğim bile yok."

"Alırız" deyip arabacıya seslendim.

"Via Manzoni'den geçelim." Başını salladı, bir sonraki köşeden sola döndü. Geniş sokakta ilerlerken Catherine'in gözleri uygun bir dükkân arıyordu.

"İşte, burada var" dedi. Arabacıyı durdurdum, Catherine indi, dükkâna girdi. Arabada arkama yaslanıp onu bekledim. Yağmur hâlâ indiriyordu. Sokağın nemini, atın terini koklayabiliyordum. Elinde bir paketle dönüp bindi, yola koyulduk.

"Pek iddialıydı sevgilim; ama iyi bir gecelik" dedi.

Otele vardığımızda Catherine'e arabada beklemesini söyledim, girip otel müdürüyle konuştum. Bir sürü boş oda vardı. Çıkıp arabacının parasını verdim, Catherine'le birlikte içeriye girdik. Paketi taşıyan, ceketi düğmelerle dolu bir çocuktu.

Müdür eğilip selam verirken asansörü işaret etti. Her taraf kırmızı mobilyalarla, bol bol pirinç süslemelerle doluydu. Müdür de asansörde bizimleydi.

"Mösyö ve Madam yemeği odalarına mı isterler?"

"Evet. Mönüyü yollar mısınız?" dedim.

"Yemekte özel bir şey arzu eder misiniz? Av eti ya da sufle?"

Asansör her katta tıkırdayarak üç katı çıktı, sonunda durdu.

"Av eti olarak neniz var?"

"Sülün ya da çulluk olabilir."

"Çulluk" dedim. Koridorda ilerledik. Halı eskimişti. Bir sürü kapı vardı. Müdür birinin önünde durdu, anahtarla açtı, girdik.

"Buyurun. Çok güzel bir oda."

Düğmeli çocuk, paketi odanın ortasındaki masaya koyarken müdür de perdeleri açtı.

"Hava çok sisli" dedi. Oda kırmızı renkte döşenmişti. Çok sayıda ayna, iki koltuk, saten örtülü kocaman bir yatak. Köşede banyonun kapısı görünüyordu.

Müdür, "Mönüyü gönderirim" dedi, selam verip çıktı.

Pencereye yürüyüp dışarı baktım, sonra kalın perdeleri kapatmak üzere ipi çektim. Catherine yatağa oturmuş, tavandaki kesme kristal avizeye bakıyordu. Şapkasını çıkarmıştı. Saçları ışığın altında parıldıyordu. Aynaların birinde kendini görünce eli saçına doğru yükseldi. Ben onu üç aynada birden görüyordum. Pek mutlu değil gibiydi. Pelerininin yatağın üzerine düşmesine izin verdi.

"Neyin var, sevgilim?"

"Daha önce kendimi hiç fahişe gibi hissetmemiştim" dedi. Pencereye yürüyüp perdeyi çektim, dışarıya baktım. Bunun böyle olacağını düşünememiştim.

"Sen fahişe değilsin."

"Biliyorum sevgilim. Ama öyleymiş gibi hissetmek hoş değil." Sesi kupkuru ve yamyassıydı.

"Bulabileceğimiz en iyi otel burasıydı" dedim. Pencereden baktım. İstasyonun ışıkları meydana dökülüyordu. Gelip geçen arabalar vardı, parkın ağaçları da belli oluyordu. Otelin ışıkları ıslak kaldırımda parıldamaktaydı. Aksiliğe bak, diye geçirdim aklımdan. Tartışmanın sırası mıydı şimdi?

"Gel yanıma lütfen" dedi Catherine. Sesindeki kuruluk yok olmuştu. "Gel, lütfen. Uslu kız oldum yine." Yatağa doğru baktım. Gülümsüyordu.

Yaklaşıp yanına oturdum, onu öptüm.

"Uslu kızım benim."

"Senin olduğum kesin" dedi.

Yemeği yiyince kendimizi daha iyi hissettik. Mutluyduk. Kısa sürede, bu oda bizim yuvamız olmuştu. Hastanedeki odam da yuvamızdı. Burası da aynı şekilde yuvamız olmuştu.

Catherine yemek yerken ceketimi omuzlarına aldı. Çok acıkmıştık. Yemek de pek güzeldi. Yanında bir şişe kapri ile bir şişe *St. Estephe*[69] içtik. Çoğunu ben içtim ama Catherine de biraz içti. Bu kendini harika hissetmesini sağladı. Çulluk, patates sufle ve *purée de marron*[70] yemeğimiz. Yanında salata, tatlı olarak da *zabaione.*[71]

"Güzel oda" dedi Catherine. "Çok sevimli oda. Milano'da olduğumuz sürece burada kalmalıymışız."

"Komik bir oda. Ama şirin."

---

69) Bir çeşit şarap. [ç.e.n]
70) Kestane püresi. [ç.e.n.]
71) Yumurta, şeker ve şarap çırpılarak yapılan İtalyanlara özgü bir çeşit sos ya da tatlı. [ç.e.n.]

"Ahlaksızlık harika bir şey" dedi. "Ahlaksızca davranan insanlar da zevk sahibi herhalde. Kırmızı döşemelik kumaşlar kaliteli. Aynalar da çok çekici."

"Çok tatlı bir kızsın."

"Sabahları böyle bir odada uyanmak nasıl olur, bilemiyorum. Ama çok güzel bir oda." Kadehe biraz daha *St. Estephe* koydum.

"Keşke gerçek bir günah işleyebilseydik" dedi. "Yaptığımız her şey öyle masum ve basit görünüyor ki. Yanlış bir şey yaptığımıza inanamıyorum."

"Harikasın."

"Yalnızca karnım aç. Çok acıkıyorum."

"Tatlı ve sade bir kızsın" dedim.

"Sade bir kızım. Senden başka hiç kimse anlayamadı bunu."

"Seni ilk tanıdığımda bir gün boyunca birlikte Otel Cavour'a gitsek nasıl olur diye düşünmüştüm."

"Amma da atakmışsın. Burası Cavour değil ama değil mi?"

"Değil. Orası bizi almazdı."

"Gün gelir, alırlar. Ama aramızdaki fark da bu, sevgilim. Ben hiç düşünmem böyle şeyleri."

"Hiç mi?"

"Eh, birazcık" dedi.

"Ah, ne tatlısın."

Bir bardak daha şarap doldurdum.

"Çok sade bir kızım" dedi Catherine.

"Başlangıçta öyle düşünmemiştim. Seni çılgın bir kız sanmıştım."

"Biraz çılgındım. Ama karmaşık bir çılgınlık değildi. Kafanı karıştırmadım, değil mi sevgilim?"

"Şarap enfes bir şey. Bütün kötü şeyleri unutturuyor."

"Çok lezzetli" dedi Catherine. "Ama babamın gut olmasına neden oldu."

"Baban mı var?"

"Evet. Gutu var. Onunla tanışman gerekmeyecek. Senin baban yok mu?"

"Yok" dedim. "Üvey babam var."

"Ondan hoşlanacak mıyım?"

"Tanımak zorunda kalmayacaksın."

"Ne güzel vakit geçiriyoruz" dedi Catherine. "Artık beni hiçbir şey ilgilendirmiyor. Seninle evli olduğum için öyle mutluyum ki."

Garson geldi, tepsileri toplayıp götürdü. Bir süre sonra çok sessizleşmiştik. Yağmurun sesini dinliyorduk. Sokakta bir araba korna çaldı.

"Ama arkamdan gelen bir ses her an, zamanın kanatlı arabasının hızla yaklaştığını söylüyor" dedim.

"Biliyorum o şiiri" dedi. "Marvell'den.[72] Ama konusu, bir erkekle birlikte yaşamaya razı olmayan bir kız."

Kafam netleşti, serinledi, içimden gerçekleri konuşmak geldi.

"Bebeği nerede doğuracaksın?"

"Bilmiyorum. Bulabildiğim en iyi yerde."

"Nasıl ayarlayacaksın?"

"Elimden gelen en iyi şekilde. Kaygılanma, sevgilim. Savaş bitene kadar daha bir sürü bebeğimiz olabilir."

"Gitme vakti yaklaşıyor."

"Biliyorum. İstediğin zaman hadi diyebilirsin."

"Hayır."

"O halde kaygılanma, sevgilim. Demin iyiydin ama şimdi kaygılısın."

"Kaygılanmıyorum. Ne kadar sık yazacaksın?"

"Her gün. Sana gelen mektupları okuyorlar mı?"

72) Andrew Marvell, İngiliz şair. [ç.e.n.]

"Zarar verecek kadar İngilizce bilmiyorlar."
"Ben de karmaşık yazmaya çalışırım" dedi.
"Ama fazla karışık olmasın."
"Azıcık karışık yazarım."
"Korkarım gitme zamanı."
"Peki sevgilim."
"Güzel evimizden ayrılmaktan nefret ediyorum."
"Ben de öyle."
"Ama gitmek zorundayız."
"Peki. Ama evimizde hiç uzun süre kalamıyoruz."
"Kalacağız."
"Sen döndüğünde çok güzel bir ev hazırlamış olacağım."
"Belki hemen dönerim."
"Belki ayağından çok hafif bir yara alırsın."
"Ya da kulağımın memesinden."
"Yo, kulakların olduğu yerde kalsın isterim."
"Ya ayaklarım?"
"Ayakların zaten yaralandı."
"Gitmeliyiz sevgilim. Gerçekten."
"Tamam. Önce sen."

24

Asansöre binmeyip merdivenlerden indik. Merdivenin halıları da eskimişti. Yemeğin parasını odaya getirdiklerinde ödemiştim; şimdi de aynı garson kapının yanındaki sandalyede oturuyordu. Ayağa fırlayıp eğildi, onunla birlikte yan odaya geçtik, odanın parasını ödedim. Müdür beni bir dost olarak hatırlamış, peşin para almamıştı ama odasına çekilirken de garsonu kapıya dikmeyi unutmamıştı. Ödemeden kaçmayayım diye. Herhalde başına gelmemiş bir şey değildi –dostları bile yapmıştı belki. Savaşta insan öyle çok dost ediniyordu ki.

Garsondan araba çağırmasını istedim. Catherine'in paketini elinden aldı, şemsiyesini de kapıp çıktı. Yağmurda karşı kaldırıma geçtiğini pencereden görüyorduk. Yan odada beklerken gözümüz sokaktaydı.

"Nasıl hissediyorsun, Cat?"

"Uykulu."

"Ben içim boşalmış ve acıkmışım gibi hissediyorum."

"Yiyecek bir şeylerin var mı?"

"Evet. Valizde."

Arabanın yaklaştığını gördüm. Gelip durdu. At yağmurun altında başını öne eğmişti. İçinden garson indi, şemsiyesini açıp otele doğru yürüdü. Yolun iki yanından sular akıyordu.

"Paketiniz arabada" dedi. Biz binene kadar şemsiyeyle bekledi, bahşişini verdim.

"Çok teşekkürler. İyi yolculuklar" dedi. Arabacı dizginleri salladı, at yürümeye başladı. Garson dönmüş, şemsiyeyle korunarak otele yürüyordu. Araba ilerleyip sola döndü, istasyonun tam önüne ulaşınca durdu. Işığın altında ama yağmurun ulaşmadığı bir yerde iki *carabinieri* bekliyordu. Işık şapkalarını aydınlatmaktaydı. İstasyonun ışıkları yağmuru saydamlaştırmıştı. Bina saçağının altından bir hamal belirdi, yağmura karşı omuzlarını kaldırarak yaklaştı.

"Hayır" dedim. "Teşekkür ederim. Sana ihtiyacım yok."

Sığındığı yere geri döndü. Catherine'e baktım. Arabanın tentesi altında, yüzü gölgedeydi.

"Veda etme zamanı" dedim.

"Ben içeriye giremez miyim?"

"Hayır. Hoşça kal Cat."

"Ona hastanenin adresini verecek misin?"

"Tabii."

Arabacıya adresi söyledim, kafasını salladı.

"Hoşça kal" dedim. "Kendine iyi bak Catherine."

"Güle güle sevgilim."

"Hoşça kal" dedim. Bir adım geriledim, araba hareket etti. Catherine dışarıya eğilmişti. Aydınlıkta yüzünü gördüm. Gülümsedi, el salladı. Sonra parmağıyla kemeri işaret etti. Baktım. Orada iki *carabinieri*'den başka bir şey yoktu. Oraya sığınmamı, yağmurdan kurtulmamı istiyordu. Dediğini yaptım, arabayı köşeye varıncaya kadar gözlerimle izledim, sonra istasyona girdim, perona doğru yürüdüm.

Kapıcı peronda, beni arıyordu. Onun peşi sıra trene bindim, kalabalığın arasında, koridorda ilerledim, bir kompartımana girdik. İçerisi doluydu, kapıya en yakın yerde de makineli tüfek taşıyan bir asker oturuyordu. Benim hurcumla valizlerim, askerin başı üstündeki file raftaydı. Koridorda pek çok yolcu ayaktaydı, içerisi de doluydu. Trende yeterince yer yoktu. Biz girince oturanlar dönüp baktılar. Düşmanca bakışlarla baktılar. Makineli taşıyan asker kalkıp yerini bana verdi. O sırada biri omzuma dokundu. Dönüp baktım. İnce uzun bir topçuydu. Yüzbaşıydı. Çenesinde kıpkırmızı bir yara izi vardı. Bizi kapının camından izlemiş, sonra da içeri girmişti.

"Ne diyorsun?" diye sordum. Dönmüş, karşısına dikilmiştim. Benden uzundu, kepinin altında yüzü çok zayıf görünüyordu, çenesindeki yara da pek yeniydi. Kompartımandaki herkes bana bakmaktaydı.

"Bunu yapamazsın" dedi yüzbaşı. "Asker yollayıp yer tutamazsın."

"Yaptım ama."

Yutkundu. Boğazındaki yumrunun bir yükselip bir alçaldığını gördüm. Asker de koltuğun önünde, ayaktaydı. Koridordan başkaları da camdan içeriye bakıyorlardı. Kompartımanda kimse bir şey söylemedi.

"Bunu yapmaya hakkın yok. Ben senden iki saat önce geldim buraya."

"Ne istiyorsunuz?"

"Koltuğu."

"Ben de istiyorum."

Yüzüne bakıyordum ama kompartımandaki herkesin bana karşı olduğunu da hissediyordum. Hakkı vardı aslında. Ama koltuğu istiyordum. Kimseden hâlâ ses çıkmıyordu.

Lanet olsun, diye geçirdim içimden.

"Siz oturun, *Signor Capitano*" dedim. Asker yana çekildi, uzun yüzbaşı oturdu. Yüzüme baktı. İfadesi incinmiş gibiydi. Ama koltuğu kapmıştı. "Eşyalarımı getir" dedim askere. Koridora çıktık. Tren tıklım tıklımdı. Hiç yer kalmadığı besbelliydi. Kapıcıyla askere onar liret verdim. Koridorda dururken kapı camlarından kompartımanlara bakıyorlardı ama hiç yer yoktu.

"Belki Brescia'da inen olur" dedi kapıcı.

Makineli tüfekçi, " Brescia'da inenden çok binen olur" dedi. Vedalaştık, el sıkıştık, gittiler. İkisi de kendini pek kötü hissediyordu. Tren kalktığında hepimiz koridorda ayaktaydık. Yola koyulduk, istasyonun ışıkları kayboldu. Yağmur hâlâ yağıyordu. Çok geçmeden camları damlalar doldurdu, dışarısı görünmez oldu. Daha sonra koridorda yere yatıp uyudum. Ama daha önce paramı, belgelerimi gömleğimin içine tıkmıştım. Sabaha kadar uyudum. Brescia ve Verona'da uyandım, trene daha çok insan bindi, ben hemen yine uyudum. Bir valize kafamı dayamış, ötekini elimle kucaklamıştım. Hurca da sırtım dayanıyordu. İsterlerse üstümden geçsinlerdi –tabii basmadan. Koridorun her yanı yerde uyuyanlarla doluydu. Ayaktakiler de ya pencere pervazlarına ya da kapılara tutunmuş durumdaydılar. Her zaman kalabalık oluyordu bu tren.

BÖLÜM ÜÇ

25

Sonbaharın bu döneminde artık ağaçlar çırılçıplak, yollar da çamur içinde kalmıştı. Udine'de bir kamyon bulup bindim, Gorizia'ya öyle gittim. Yolda başka kamyonları geçerek ilerlerken ülkeyi seyretmekteydim. Dut ağaçları çıplaktı, tarlalar kahverengiydi. Çıplak kalan ağaçların dökülmüş yaprakları yolları örtmekteydi. Çalışan yol işçileri yolun iki yanında, ağaçların arasından taş kırıklarını topluyor, sıkıştırmaya çalışıyorlardı. Vardığımızda Gorizia sis altındaydı. Çevredeki dağlar görünmüyordu. Nehri geçerken, suların yükselmiş olduğunu gördüm. Dağlarda yağmur vardı. Önce fabrikaları, sonra evlerle villaları geçip kente girdiğimizde, daha başka evlerin de isabet almış olduğunu gördüm. Dar bir sokakta, İngilizlerin Kızıl Haç cankurtaranını gördüm. Şoförün kafasında kasket vardı, yüzü çok zayıf ve güneş yanığıydı. Tanımadığım biriydi. Belediye Başkanının evinin de bulunduğu meydanda kamyondan indim, şoför hurcumu verdi, onu sırtlayıp valizleri iki elime alarak bizim villaya yürüdüm. Yuvaya dönüş gibi bir duygu doğmadı içimde.

Islanmış çakıllı bahçe yoluna saptığımda, ağaçların arasından villaya bakıyordum. Pencerelerin hepsi kapalıydı ama kapı açık duruyordu. İçeriye girdim ve binbaşıyı bomboş odada, masasında otururken buldum. Duvarlara haritalar ve daktiloyla yazılmış sayfalar asılmıştı.

"Merhaba" dedi. "Nasılsın?" Yaşlanmış gibi, kurumuş gibi görünüyordu.

"İyiyim" dedim. "Durumlar nasıl?"

"Bitti her şey" dedi. "Çantanı indir de otur." Hurcumla iki valizi yere koydum, kepi de üzerine bıraktım. Duvarın dibinden öbür sandalyeyi çekip masanın yan tarafına oturdum.

"Kötü bir yazdı" dedi binbaşı. "Sen gücünü yeniden kazandın mı?"

"Evet."

"Madalya falan verdiler mi?"

"Evet. Verdiler. Çok teşekkürler."

"Göster hadi."

Pelerinimi açıp iki kurdeleyi gösterdim.

"Kutular içinde madalyalar da geldi mi?"

"Hayır. Yalnız kâğıtlar."

"Kutular daha geç gelir. Daha çok zaman gerektiriyor."

"Ne yapmamı istiyorsunuz?"

"Araçların hepsi uzaklarda. Altı tanesi kuzeyde, Caporetto'da. Bilir misin Caporetto'yu?"

"Evet" dedim. Vadi içinde, çan kulesi olan küçük bir kasabaydı. Temiz bir yerdi. Meydanında bir de güzel çeşmesi vardı.

"Oradan çalışıyorlar. Hastalar çoğaldı. Çatışmalar da bitti."

"Ötekiler nerede?"

"İki tanesi dağlarda, dördü de hâlâ Bainsizza'da. Diğer cankurtaran istasyonları üçüncü orduyla birlikte Carso'da."

"Benim ne yapmamı istiyorsunuz?"

"İstersen gidip Bainsizza'daki dört aracın sorumluluğunu alabilirsin. Gino çok uzun süredir orada. Oranın halini görmedin, değil mi?"

"Hayır."

"Çok kötü. Üç araç kaybettik."

"Duymuştum."

"Evet, Rinaldi yazmıştı sana."

"Nerede Rinaldi?"

"Burada, hastanede. Bütün yaz ve sonbahar boyunca ter döktü."

"İnanırım."

"Berbattı" dedi binbaşı. "İnanamazsın ne kadar kötü olduğuna. Bazen düşünüyorum da iyi zamanda yaralanmışsın."

"Farkındayım."

"Önümüzdeki yıl daha da kötü olacak" dedi. "Belki de şimdi saldırırlar. Saldıracakları söyleniyor ama ben inanmıyorum. Çok geç kaldılar. Nehri gördün mü?"

"Evet. Sular şimdiden çok yüksek."

"Yağmurlar başladıktan sonra saldıracaklarını sanmıyorum. Yakında kar da yağar. Senin vatandaşlar ne âlemde? Senden başka Amerikalılar da gelecek mi?"

"On milyonluk bir ordu eğitiyorlar."

"Birazını bize yollarlar umarım. Ama Fransızlar el koyar hepsine. Buraya yollayacak kimse kalmaz. Neyse. Sen bu gece burada kal, yarın sabah küçük aracı alıp yola çık, Gino'yu buraya yolla. Yanına yolları bilen birini veririm. Gino sana her şeyi anlatır. Hâlâ atışlar yapıyorlar ama aslında bitti artık. Bainsizza'yı görmek hoşuna gidecek."

"Göreceğime seviniyorum. Yanınıza döndüğüme de çok memnunum, *Signor Maggiore.*"

Gülümsedi. "Çok naziksin. Usandım ben bu savaştan. Beni bir yere yollasalar, sanırım geri dönmezdim."

"O kadar mı kötü?"

"Evet. Kötüden beter. Git yıkan, temizlen, sonra da arkadaşın Rinaldi'yi bul."

Oradan çıkıp eşyalarımı yukarıya taşıdım. Rinaldi odada değildi ama eşyaları oradaydı. Yatağa oturup dolaklarımı çözdüm, sağ pabucumu çıkardım. Sonra yatağa sırtüstü uzandım.

Yorgundum, sağ ayağım da ağrıyordu. Tek pabuçla yatakta yatmak saçma geldi, doğruldum, diğer pabucun bağlarını çözüp onu yere attım, battaniyenin üzerine tekrar uzandım. Pencere kapanınca oda havasız oluyordu ama şimdi kalkıp açamayacak kadar yorgundum. Eşyalarım odanın köşesinde, üst üste yığılmış duruyordu. Dışarda hava kararmaktaydı. Yattığım yerde Catherine'i düşünerek Rinaldi'yi bekledim. Catherine'i düşünmemeye çalışacaktım. En azından gece uykuya dalmadan öncesine kadar. Ama şimdi hem yorgundum, hem de yapacak hiçbir şeyim yoktu, o yüzden onu düşünüyordum. Rinaldi geldiğinde de hâlâ onu düşünüyordum. Rinaldi değişmemişti. Belki biraz zayıflamıştı, o kadar.

"Eee, bebek" dedi. Doğrulup oturdum. Gelip yanıma oturdu, kolunu omzuma sardı. "Eski dostum bebek" dedi. Sırtıma vurmaya başladığında iki kolunu yakaladım.

"Eski dostum. Göreyim şu dizini."

"Pantolonumu çıkarmam gerekir."

"Çıkar pantolonunu, bebek. Arkadaşız burada. Nasıl bir iş çıkarmışlar, görmek istiyorum." Ayağa kalktım, pantolonu çıkarıp diz sargımı çözdüm. Rinaldi yere oturdu, dizimi yavaşça öne arkaya büktü. Parmağını kesik izinin üstünden kaydırdı, iki parmağıyla dizkapağımı yokladı, yavaşça oynatır gibi yaptı.

"Bu kadar mı hareket ettirebiliyorsun?"

"Evet."

"Seni geri yollamakla suç işliyorlar. Doğru dürüst hareket sağlamalıydılar."

"Eski halinden çok daha iyi. Tahta gibiydi o bacak."

Rinaldi dizimi biraz daha büktü. Gözüm ellerindeydi. Tam cerrah elleri. Kafasına, saçlarına baktım. Pırıl pırıl saçlarını düzgünce ayırmış, taramıştı. Dizi biraz fazla büktü.

"Ayy!" dedim.

"O makinelerle daha uzun süre egzersiz yapman gerekirdi" dedi.

"Eskisinden iyi durumda."

"Onu görebiliyorum bebek. Ama bu konuyu senden iyi bilirim." Ayağa kalktı, yatağa oturdu. "Dizi iyi başarmışlar." İşi bitmişti artık o dizle. "Şimdi her şeyi anlat bana."

"Anlatacak bir şey yok" dedim. "Sakin bir hayat sürdüm."

"Evli erkekler gibi davranıyorsun. Neyin var senin?"

"Hiç" dedim. "Senin neyin var asıl?"

"Bu savaş beni öldürüyor" dedi. "Depresyona soktu beni." Ellerini dizine kapattı.

"Ya" dedim.

"Ne oldu ki? İnsanca duygular beslemeye hakkım yok mu?"

"Yok. İyi vakit geçirmişsin, onu görebiliyorum. Anlat bana."

"Bütün yaz ve bütün sonbahar hep ameliyatlar yaptım. Her dakika çalışıyordum. Herkesin işini ben yapıyordum. Zor vakaların hepsini bana bırakıyorlardı. İnan bana, bebek, harika bir cerrah oldum."

"Bu kulağa daha iyi geliyor işte."

"Düşünmeye bile vaktim yoktu. Yoktu! Düşünmüyordum. Yalnızca ameliyat ediyordum."

"Anladım."

"Ama şimdi bebek, hepsi bitti artık. Ameliyat yapmıyorum ve tüm keyfim kaçık. Korkunç bir savaş bu, bebek. İnan bana. Şimdi sen eğlendir beni. Gramofona plaklar getirdin mi?"

"Evet."

Hurcun içinde, karton bir kutudaydılar. Çıkaramayacak kadar yorgundum.

"Sen de mi kendini iyi hissetmiyorsun bebek?"

"Berbat hissediyorum."

"Bu korkunç bir savaş" dedi. "Hadi gel, sarhoş olalım, neşelenelim. Sonra gidip âlem yapar, kendimizi daha iyi hissederiz."

"Sarılık geçirdim. İçki içemem ben."

"Ahh bebek, ne halde döndün bana! Ciddi biri olmuşsun, üstelik karaciğerin bela. Savaş kötü şey diyorum sana. Niye başlamıştı ki?"

"Bir içki içelim. Sarhoş olmak istemiyorum ama bir içki içelim."

Rinaldi musluğun oraya yürüdü, elinde iki bardak ve konyak şişesiyle döndü.

"Avusturya konyağı bu" dedi. "Yedi yıldızlı. San Gabriele'de bula bula bunu buldular."

"Sen de mi gittin?"

"Hayır. Ben hiçbir yere gitmedim. Hep burada ameliyat yaptım. Bak, bebek, bu senin eski diş fırçası bardağın. Hep sakladım, bana seni hatırlatıyor diye."

"Dişlerini fırçalamayı unutmayasın diye besbelli."

"Yo, benim de fırçam var. Sabahları o Villa Rosa tadını ağzından atmak için nasıl harıl harıl fırçaladığını, küfredip aspirin çiğnediğini, orospulara lanetler yağdırdığını hatırlamak için. O bardağı ne zaman görsem, vicdanını bir diş fırçasıyla nasıl temizlemeye çalıştığın geliyor aklıma." Yatağa yaklaştı. "Öp beni de ciddi olmadığını söyle."

"Seni hiç öpmem. Bir maymunsun sen."

"Biliyorum –ve sen de cici bir Anglo-Sakson çocuğusun. Biliyorum. Pişmanlıkların çocuğusun. Biliyorum. Beklerim ben. Anglo-Sakson çocuğu içini diş fırçasıyla temizleyene kadar beklerim."

"Biraz konyak koy şu bardağa."

Tokuşturduk. Rinaldi bana bakıp güldü.

"Seni sarhoş edeceğim, karaciğerini kesip çıkaracağım, yerine sağlam bir İtalyan ciğeri takıp seni yeniden sağlam bir erkek yapacağım."

Bardağımı biraz daha konyak koysun diye geri uzattım. Dışarda hava kararmıştı. Elimde konyakla yürüyüp pencereyi açtım. Yağmur dinmişti. Ama hava daha soğumuştu, ağaçlar da sislerle örtülüydü.

Rinaldi, "Konyağı pencereden dökeyim deme" dedi. "İçemeyeceksen, bana ver."

"Git kendin al" dedim. Rinaldi'yi yeniden gördüğüme memnundum. İki yıl boyunca hep bana takılmış, ben de bundan hoşlanmıştım. Birbirimizi çok iyi anlıyorduk.

"Evli misin?" diye sordu yattığı yerden. Ben pencerenin yanındaki duvara dayanmıştım.

"Henüz değilim."

"Âşık mısın?"

"Evet."

"O İngiliz kıza mı?"

"Evet."

"Zavallı bebek. Sana iyi davranıyor mu?"

"Tabii."

"Yani pratik olarak iyi davranıyor mu?"

"Kes sesini."

"Keserim. Nazik adamım ben, göreceksin. Peki o hiç..."

"Rinin" dedim. "Lütfen sus. Arkadaşım olmak istiyorsan, sus."

"Arkadaşın olmak istemiyorum. Arkadaşınım zaten."

"O halde sus."

"Peki."

Yatağa yürüyüp Rinaldi'nin yanına oturdum. Elinde bardağını tutuyor, gözlerini yere dikmiş, oturuyordu.

"Durumu anladın mı, Rinin?"

"Evet. Ömrüm boyunca kutsal konularla karşılaşırım. Ama sende pek azını görmüştüm. Herhalde senin de var öyle takınakların." Gözlerini yerden kaldırmıyordu.

"Sende hiç yok mu?"

"Yok."

"Hiç mi?"

"Hiç."

"Annen hakkında şunu, kız kardeşin hakkında bunu söylesem?"

"Kız kardeşim hakkında da bunu" dedi. Birlikte güldük.

"Bildiğimiz Süpermen" dedim.

"Belki de kıskanıyorumdur" dedi Rinaldi.

"Kıskanmıyorsun."

"O anlamda söylemedim. Başka bir şey demek istedim. Hiç evli arkadaşın var mı?"

"Evet" dedim.

"Benim yok" dedi Rinaldi. "Birbirlerini sevenler yok."

"Neden o?"

"Onlar beni sevmez."

"Neden?"

"Yılanım ben. Mantık timsali bir yılan."

"Karıştırıyorsun. Elma değil miydi oradaki sorun?"

"Hayır, yılandı."

Neşesi yerine gelmeye başlamıştı.

"O kadar derin düşünmediğin zamanlar daha iyi oluyorsun" dedim.

"Seni seviyorum bebek" dedi. "Büyük İtalyan düşünürü kesildiğim zaman balonumu patlatıyorsun. Ama söyleyemediğim öyle çok şey biliyorum ki! Senin bildiklerinden çok daha fazla."

"Evet. Biliyorsun."

“Ama sen daha iyi bir hayat süreceksin. Üzgünken bile daha iyi zaman geçireceksin.”

“Sanmıyorum.”

“Evet, öyle. Doğruyu söylüyorum. Daha şimdi bile çalışırken daha mutluyum.” Gözlerini yine yere indirdi.

“Atlatırsın bunu da.”

“Hayır. Sevdiğim yalnızca iki şey var, birinin işime zararı var, öbürü de yarım saatte bitiyor –on beş dakikada. Bazen daha da önce.”

“Bazen çok daha önce.”

“Belki de iyiye gidiyorum bebek. Bilinmez ki! Ama yalnız o iki şey, bir de işim var.”

“Başka şeyler de olacak.”

“Hayır. Benim gibilere bir şey gelmez. Doğduğumuzda nemiz varsa o. Hiç öğrenmeyiz. Yeni bir şey olmaz. Tamamlanmış olarak doğarız. Latin olmadığına sevinmelisin.”

“Latin diye bir şey yok. Bu dediklerin Latin düşünüşü. Kusurlarınızdan öyle gurur duyuyorsunuz ki!” Rinaldi başını kaldırdı, güldü.

“Keselim bebek. Bu kadar çok düşünmekten yoruldum.” Geldiğinde de yorgun görünüyordu zaten. “Yemek zamanı yaklaşıyor. Döndüğüne sevindim. Sen benim en iyi dostumsun. Savaş kardeşimsin.”

“Savaş kardeşleri ne zaman yemek yer?” diye sordum.

“Hemen yer. Ama önce bir tane daha içelim karaciğerinin şerefine.”

“Aziz Paul gibi.”

“Yanılıyorsun. O dediğin şarap ve mide. Midenin hatırına biraz şarap iç.”

“Şişede neyin varsa onu içelim” dedim. “Neyin şerefine dersen, o olsun.”

"Senin kızın şerefine" deyip kadehini uzattı.

"Peki."

"Onunla ilgili hiç kötü bir şey söylemeyeceğim."

"Kendini zorlama."

Konyağını dikip bitirdi. "Ben tertemizim" dedi. "Senin gibiyim, bebek. Kendime ben de bir İngiliz kızı bulacağım. Aslında senin kızı ben daha önce tanımıştım ama boyu bana göre biraz fazla uzundu. Uzun boylu bir kız kardeş" diye bir alıntı yaptı.

"Tertemiz bir zihnin var" dedim.

"Değil mi ama! O yüzden bana Rinaldo Purissimo[73] diyorlar."

"Rinaldo Sporchissimo."[74]

"Hadi gel bebek, zihnim hâlâ temizken gidip yemeğimizi yiyelim."

Yıkanıp saçımı taradım, aşağıya indik. Rinaldi biraz sarhoştu. Yemekhanede de yemekler tam hazır değildi.

"Şişeyi getireyim" dedi Rinaldi. Merdivenleri çıktı. Ben masaya oturdum, az sonra o da elinde şişeyle geldi, yarımşar bardak konyağı servis yaptı.

"Çok fazla" deyip bardağı kaldırdım, ışığa tutup baktım.

"Aç olana fazla gelmez. Harika bir içkidir. Mideni yakıp kavurur. İnsana bundan daha zararlı bir şey bulamazsın."

"Pekâlâ."

"Günbegün intihar" dedi Rinaldi. "Mideyi mahveder, elleri titretir. Tam cerrahlara göre."

"Tavsiye mi ediyorsun?"

"İçtenlikle. Başka hiçbir şey içmem. Dik bakalım, bebek ve kusmayı bekle."

---

73) Tertemiz. [ç.e.n.]

74) Son derece kirli. [ç.e.n.]

Yarım bardağı yuvarladım. Holden hademenin sesi geliyordu. "Çorba! Çorba hazır!"

Binbaşı kapıdan girdi, bizi başıyla selamlayıp oturdu. Oturunca öyle ufak tefek duruyordu ki!

"Bu kadar mıyız?" diye sordu. Hademe çanağı masaya koydu, binbaşı tabağına bir kepçe dolusu aldı.

"Bu kadarız" dedi Rinaldi. "Meğerki papaz gelsin. Federico'nun geldiğini bilse, hemen gelirdi."

"Nerede o?" diye sordum.

Binbaşı, "307'de" dedi. Bir yandan çorbasını içiyordu. Ağzını sildi, ucu kalkık bıyıklarına özen göstermeye çalıştı. "Gelecektir bence. Orayı aradım, senin geldiğine dair haber bıraktım."

"Yemekhanenin gürültüsünü özlemiştim" dedim.

"Evet, çok sessiz" diye karşılık verdi.

Rinaldi, "Ben gürültü ederim" deyiverdi.

Binbaşı, "Biraz şarap iç Enrico" diyerek bardağımı doldurdu. Spagettiler geldi, hepimiz yumulduk. Papaz geldiğinde biz spagettiyi neredeyse bitiriyorduk. Hiç değişmemişti papaz. Ufak tefek, kavruk ve tıknazca. Kalktım, el sıkıştık. Elini omzuma koydu.

"Duyar duymaz geldim" dedi.

"Oturun" dedi binbaşı. "Geç kaldınız."

Rinaldi, "İyi akşamlar, *priest*" derken İngilizce kelimeyi kullanıyordu. Bunu papaza hep takılan yüzbaşıdan kapmışlardı. Papaz da "İyi akşamlar, Rinaldo" diye cevapladı. Hademe ona çorbayı getirdi ama o spagettiyle başlayacağını söyledi.

"Nasılsınız?" diye sordu bana.

"İyiyim. Ne var ne yok?"

Rinaldi, "Biraz şarap iç *priest*" dedi. "Miden uğruna biraz şarap. Aziz Paul'dan bu, bilirsin."

"Evet, biliyorum" dedi papaz terbiyeli terbiyeli. Rinaldi onun bardağını doldurdu.

"Şu Aziz Paul var ya" dedi Rinaldi. "Her şey onun başının altından çıkıyor." Papaz bana baktı, gülümsedi. Takılmalara artık o kadar aldırış etmediğini anladım.

"Şu Aziz Paul" diye üsteledi Rinaldi. "Hovardanın, zamparanın tekiymiş. Ateşi sönünce de, bu iyi bir şey değil diye tutturmuş. Kendi işi bitti diye, biz ateşlilere kurallar koymaya kalkmış. Doğru değil mi, Federico?"

Binbaşı da gülümsedi. O anda et yahnisi yiyorduk.

"Ben güneş battıktan sonra hiç azizlerden söz etmem" dedim. Papaz yahniden başını kaldırıp bana gülümsedi.

"Bak bak, papazdan tarafa geçti" dedi Rinaldi. "Nerde papaza takılanlar? Cavalcanti nerde? Brundi nerde? Cesare nerde? Papaza tek başıma, desteksiz mi takılacağım?"

Binbaşı, "O iyi bir papaz" dedi.

"İyi papaz ama yine de papaz. Ben yemekhaneyi eski günlere döndürmek istiyorum. Federico mutlu olsun istiyorum. Cehennemin dibine git, *priest*!"

Binbaşının ona baktığını, sarhoş olduğunu anladığını fark ettim. İncecik yüzü bembeyazdı. Alnının saç çizgisi de hayli gerilemişti.

"Ziyanı yok Rinaldo" dedi papaz. "Ziyanı yok."

"Cehennem ol" dedi Rinaldi. "Bütün o hikâye cehennem olsun." Sandalyesinde arkasına yaslandı.

Binbaşı bana, "Çok stres altındaydı, üstelik de yorgun" diye izah etti. Etini bitirdi, tabağını bir ekmek lokmasıyla sildi.

Rinaldi bütün masaya, "Vız gelir bana" diye duyuruda bulundu. "Tüm o hikâye cehennemin dibine." Hepimize meydan okur gibi bakıyordu. Bakışları donuk, yüzü solgundu.

"Tamam" dedim. "Tüm her şey cehennemin dibine!"

"Yo, hayır" dedi Rinaldi. "Sen diyemezsin. Diyemezsin bunu. Sana söylüyorum, sen diyemezsin. Sen kupkurusun, bomboşsun, başka da hiçbir şey yok. Sana söyleyebileceğim başka hiçbir şey yok. Tek bir lanet olası şey bile. Biliyorum ben. Çalışmayı kestim mi bilirim."

Papaz başını iki yana sallıyordu. Hademe yahni tenceresini alıp götürdü.

"Ne diye et yiyorsun?" Rinaldi papaza dönmüştü. "Bugünün cuma olduğunu bilmiyor musun?"

"Bugün perşembe" dedi papaz.

"Yalan bu. Cuma bal gibi. Tanrı'nın bedenini yiyorsun. İlahi eti. Bilirim ben. Ölü bir Avusturyalı o. Yediğin o."

"Beyaz et subaylara" diyerek eski tekerlemeyi tamamladım.

Rinaldi güldü. Yeniden bardağını doldurdu.

"Aldırmayın bana" dedi. "Biraz kaçığım ben."

Papaz, "İzne çıkmalısın" dedi.

Binbaşı papaza dönüp başını iki yana salladı.

Rinaldi papaza baktı.

"İzne mi çıkmalıyım sence?"

Binbaşı yine papaza bakıp başını salladı. Rinaldi hâlâ papaza bakıyordu.

Papaz, "Ne istersen onu yap" dedi. "İstemiyorsan çıkmazsın."

"Cehennemin dibine git" dedi Rinaldi. "Benden kurtulmaya çalışıyorlar. Her akşam kurtulmaya çalışıyorlar benden. Ben de mücadele veriyorum. Hastalığı kapmışsam ne olurmuş? Bütün dünya kapmış zaten." Ders veren öğretmen havasında devam etti. "İlkönce ufacık bir sivilce. Sonra omuzlarının arasında bir kaşıntı. Ondan sonra hiçbir şey hissetmezsin. Kaderini cıvaya teslim edersin."

"Ya da salvarsan'a" dedi binbaşı alçak sesle.

"O da cıva ürünü" dedi Rinaldi. Mest olmuş gibi bir havaya girmişti. "Ben onun iki katı kadar önemli bir şey biliyorum. Bak masum papaz. Sen hiç kapmayacaksın onu. Bebek kapacak. Bir sanayi kazası. Basit bir sanayi kazası, o kadar."

Hademe tatlıyla kahveyi getirdi. Tatlı bu akşam kara ekmeğe dökülmüş, tadı keskin bir tatlı sostu. Masanın üstündeki lambadan dumanlar tütmeye başlamıştı. Yükselen kara duman bacaya doğrulup gözden kayboluyordu.

Binbaşı, "İki mum getir de şu lambayı kaldır" dedi. Hademe mumları bir tabağa dikip yaktı, lambayı söndürmek için üfleye üfleye uzaklaştı. Rinaldi sessizleşmişti. Toparlanmış görünüyordu. Biraz daha çene çaldık, kahveden sonra da hole çıktık.

"Sen papazla konuşmak istersin" dedi Rinaldi. "Ben kasabaya iniyorum. İyi geceler, *priest*."

Papaz da, "İyi geceler Rinaldo" dedi.

"Görüşürüz Fredi."

"Tamam" dedim. "Geç kalma." Tuhaf bir mimik yapıp kapıdan çıktı. Binbaşı bizimle birlikte, ayaktaydı. "Çok yorgun ve çok fazla çalıştı" diye izah etmeye çalıştı. "Ayrıca, frengi kaptığını sanıyor. Ben inanmıyorum ama kapmış da olabilir. Kendi tedavisini kendi yapıyor. İyi geceler. Gün doğmadan mı gidiyorsun, Enrico?"

"Evet."

"Güle güle o halde" dedi. "İyi şanslar. Peduzzi seni uyandırır ve yolculuğa seninle gelir."

"Hoşça kalın *Signor Maggiore*."

"Siz de. Bir Avusturya saldırısından söz ediliyor ama ben inanmıyorum. Umarım olmaz. Ama olsa da, burada olmaz zaten. Gino sana her şeyi anlatır. Telefonlar iyi çalışıyor artık."

"Sık sık ararım."

"Lütfen arayın. İyi geceler. Rinaldi'nin bu kadar çok brendi içmesine izin vermeyin."

"Denerim."

"İyi geceler peder."

"İyi geceler *Signor Maggiore*."

Dönüp çalışma odasına girdi.

26

Kapıya yürüyüp dışarıya baktım. Yağmur kesilmişti ama sis vardı.

"Yukarıya çıkalım mı?" diye sordum papaza.

"Ben çok az kalabilirim."

"Hadi, gelin yukarı."

Merdivenleri çıkıp benim odaya girdik. Ben Rinaldi'nin yatağına uzandım, papaz da hademenin demin topladığı yatağıma oturdu. Karanlıktı odanın içi.

"Eee" dedi. "Nasılsınız bakalım?"

"İyiyim. Bu gece biraz yorgunum."

"Ben de yorgunum ama bir nedeni yok."

"Savaş yetmez mi?"

"Bence yakında bitecek. Nedenini bilmiyorum ama öyle hissediyorum."

"Nasıl oluyor da hissediyorsunuz bunu?"

"Sizin binbaşıyı görüyorsunuz, değil mi? Yumuşadı, değil mi? Herkes öyle şu ara."

"Onu ben de hissediyorum."

"Korkunç bir yaz geçti" dedi papaz. Kendine güveni, ben gitmeden öncekine göre hayli artmıştı. "İnanamazsınız nasıl bir şeydi! Ama tabii siz de içindeydiniz, nasıl olabileceğini bilirsiniz. Savaşın nasıl bir şey olduğunu pek çok kişi anladı bu yaz. Asla anlamaz sandığım subaylar bile anlıyorlar artık."

"Ne olacak peki?" derken elimi battaniyenin üstüne sürüyordum.

"Bilmiyorum ama daha fazla sürebileceğini sanmıyorum."

"Ne olacak peki?"

"Çatışmayı kesecekler."

"Kim kesecek?"

"Her iki taraf."

"Umarım öyle olur" dedim.

"İnanmıyor musunuz?"

"Aynı anda iki tarafın birden çatışmayı keseceğine inanmıyorum."

"Herhalde olamaz. Gerçekleşemeyecek kadar büyük bir umut. Ama insanlardaki değişikliği gözlemlediğimde, bunun böyle süremeyeceğini düşünüyorum."

"Bu yaz kim kazandı çatışmalarda?"

"Hiç kimse."

"Avusturyalılar kazandı" dedim. "San Gabriele'i vermediler. Kazandılar. Onlar kesmez çatışmayı."

"Onlar da bizim gibi hissediyorlarsa, kesebilirler. Onlar da aynı çileleri çekti."

"Kimse kazanıyorken vazgeçmez."

"Cesaretimi kırıyorsunuz."

"Ben ancak kendi düşündüğümü söyleyebilirim."

"Yani sizce bu sürecek mi hep? Hiçbir değişiklik olmayacak mı?"

"Bilemiyorum. Tek bildiğim, Avusturyalıların zafer kazanmışken geri basmayacakları. Ancak yenilgi gelirse Hıristiyanlığımıza döneriz."

"Avusturyalılar da Hıristiyan. Bosnalılar hariç."

"Teknik olarak Hıristiyan demek istemedim. Tanrısallığımızı ifade etmek istedim."

Hiçbir şey söylemedi.

"Şu ara hepimiz daha ılımlıyız çünkü yenildik. Petrus o gece İsa'yı bahçede kurtarsaydı, İsa nasıl hissederdi?"

"Her zamanki gibi."

"Katılmıyorum" dedim.

"Cesaretimi kırıyorsunuz. Ben bir şeyler olacağına inanıyorum ve bunun için dua ediyorum. Bunu çok yakından hissettim."

"Bir şeyler olabilir" dedim. "Ama yalnızca bize olur. Onlar da bizim gibi hissetse, mesele yoktu. Ama onlar bizi yendi. Başka türlü hissediyorlardır."

"Bir sürü asker de her zaman böyle hissetmiştir. Yenildikleri için de değil."

"Daha baştan yenilmişlerdi. Çiftliklerinden alınıp orduya sokuldukları zaman. Köylü o yüzden bilgedir, çünkü baştan yeniktir. Eline güç verin de görün ne kadar bilgeymiş."

Sessiz kaldı. Düşünüyordu.

"Şimdi de ben karamsarlığa kapıldım" dedim. "Bu yüzden düşünmüyorum böyle şeyleri. Düşünmüyorum ama yine de ağzımı açtığımda, kafamda hiç düşünmeden beliren şeyleri söylemeye başlıyorum."

"Bir şeyler umut ediyordum."

"Yenilgi mi?"

"Yo, daha fazla bir şey."

"Fazlası yok. Bir tek zafer var. O da daha beter olabilir."

"Ben uzun süreli bir zafer umuyordum."

"Ben de."

"Şimdi, pek emin değilim."

"Ya biri olacak ya da öbürü."

"Ben artık zafere inanmıyorum."

"Ben de inanmıyorum. Ama yenilgiye de inanmıyorum. Her ne kadar daha iyi olabilirse de."

"Neye inanıyorsunuz?"

"Uykuya" dedim. Ayağa kalktı.

"Bu kadar uzun kaldığım için çok üzgünüm. Ama sizinle konuşmak öyle hoş ki."

"Yeniden konuşmamız güzel oldu. Uyku konusunda söylediğimi öylesine söylemiştim."

Kalktık, karanlıkta el sıkıştık.

"Ben artık 307'de yatıp kalkıyorum" dedi.

"Ben de sabah erkenden göreve gidiyorum."

"Dönüşünüzde görüşürüz."

"Birlikte yürüyüşe çıkar, sohbet ederiz." Onu kapıya kadar geçirdim.

"İnmeyin aşağıya" dedi. "Döndüğünüze çok sevindim. Tabii sizin açınızdan pek hoş değil."

"Bana göre hava hoş" dedim. "İyi geceler."

"İyi geceler. *Ciaou*!"

"*Ciaou*!" dedim. Uyku fena bastırmıştı.

27

Rinaldi geldiğinde uyandım ama konuşmadık, dönüp yine uyudum. Sabah olduğunda giyindim ve şafak sökmeden kahvaltıya indim. O arada Rinaldi uyanmadı.

Bainsizza'yı daha önce hiç görmemiştim. Nehrin kıyısından, yaralandığım yerden yokuşu tırmanıp daha önce Avusturyalıların bulunduğu yere yaklaşmak bir garip geldi. Dimdik yeni bir yol vardı artık. Kamyonlarla doluydu. Daha sonra yol düzleşince ormanları, sisli tepeleri gördüm. Çabucak alınmış, harap edilmemiş ormanlar vardı burada. Tepede, yükseltilerin korumadığı yerlerde yolun iki yanına hasırlar dikilmişti. Yol harap olmuş bir köyde bitti. Hatlar biraz ilerdeydi. Etrafta çok sayıda toplar vardı. Evler tümüyle yıkılmıştı ama burası iyi düzenlenmiş, her tarafa levhalar yerleştirilmişti. Gino'yu bulduk, bize kahve getirdi, daha sonra da onunla ikimiz ileri hatlara yürüdük, birkaç kişiyle tanıştım. Gino İngiliz cankurtaranlarının daha ilerde, Ravne'de çalıştığını söyledi. Büyük hayranlık besliyordu İngilizlere. Hâlâ bazı atışların yapıldığını söyledi ama fazla yaralanan olmuyordu. Yağışlar başladığına göre, bundan sonra hastalananların sayısı yükselebilirdi. Avusturyalıların saldıracağı söyleniyordu ama kendisi buna pek inanmıyordu. Bizim de saldıracağımız söylenmişti ama buraya yeni askerler sevk edilmediğine göre, ondan da vazgeçilmiş olmalıydı. Yiyecek azdı. Gorizia'da doğru dürüst bir yemek yemeyi hasretle beklediğini söyledi. Ben ne mi yemiştim dün akşam? Ona söyledim, harika, dedi. Özellikle *dolce*'den[75] pek etkilenmişti. Tatlıyı pek ayrıntılı tarif etmedim, yalnızca *dolce* demekle yetindim. Sanıyorum ekmek tatlısından daha iyi bir şey hayal ediyordu.

Nereye gideceğimi biliyor musun, diye sordu. Bilmediğimi ama diğer araçların Caporetto'da olduğunu duyduğumu söyledim. O da o tarafa gitmeyi umuyordu. Küçük, şirin bir yerdi, hemen ilerisinde yükselen dağ da pek güzeldi. İyi çocuktu Gino. Herkes onu seviyor gibi görünüyordu. Asıl cehennemi San Gabriele'de ve Lom'un ötesindeki saldırıda yaşadığını söyledi. Avusturyalıların Temova sırtında, daha yükseklerde çok sayıda topları olduğunu, geceleri yolları fena taradıklarını söylüyordu. Gino'nun, özellikle sinirine dokunan bir deniz bataryası vardı. Mermi yolu yamyassı, oradan tanıyabilirsin, diyordu. Uyarı gelir gelmez kıyamet kopmaya başlıyordu. Genelde iki topla birden ateş açıyorlardı, peş peşe. Patlamanın saçtığı şarapneller de korkunçtu. Bir tane bulup bana gösterdi. Otuz santimden uzun, kenarı tırtırlanmış bir metal parçası. Basit metale benziyordu.

75) Tatlı. [ç.e.n.]

"O kadar da fazla etkili olduklarını sanmıyorum ama beni korkutuyorlar" diyordu. "Çıkardıkları ses sanki tam üstüne geliyormuş gibi. İlk patlama sesi, o çığlık gibi ses ve ardından bum. İnsanın ödünü koparıyorsa yaralanmamış olmak neye yarar?"

Karşımızdaki hatlara artık Hırvatlarla Macarların yerleştirildiğini anlattı. Bizim askerler hâlâ saldırı mevzilerindeydi. Görünürlerde tel çit falan yoktu; Avusturyalılar saldırırsa geri çekilecek yer de yoktu. Yaylalardaki savunma mevzileri için iyi sayılırdı ama bunları savunmaya göre düzenlememişlerdi. "Bainsizza'yı nasıl buluyorsun?" diye sordu.

Ben burayı daha çok bir düzlük gibi, yayla gibi sandığımı söyledim. Bu kadar sert engebeli olacağını sanmamıştım.

"Alto piano"[76] dedi Gino. "Ama *piano*[77] değil."

Gino'nun yerleştiği evin bodrumuna döndük. Tepesi düzleşen bir doruğu savunmanın, bir dizi küçük dağı savunmaktan daha pratik olması gerektiğini söyledim. "Yokuş yukarı saldırmak da, düz zeminde saldırmaktan daha zor değil" diye iddia ettim. "Dağına göre" dedi. "San Gabriele'e baksana."

"Evet" dedim. "Ama sorun tepedeki düzlüğe vardıklarında başladı. Yoksa oraya ulaşmaları yeterince kolaydı."

"O kadar da kolay değildi" dedi.

"Evet ama o özel bir durumdu; çünkü orası dağdan çok bir kaleye benziyor. Avusturyalılar orayı yıllardır tahkim ediyor" dedim. Taktik olarak, bir dizi tepeyi tutmak daha zor olurdu, çünkü bunlardan vazgeçmek kolaydı, mobilite gerekirdi ama dağlar pek mobil sayılmazdı. Ayrıca insanlar genellikle dağdan aşağı ateş ederken yüksek nişan alma eğilimindeydi. İşler ters giderse, hep en iyi adamlar bırakılırdı yüksek doruklarda. Aslında dağ savaşlarına inanmıyordum. Bunu çok düşünmüştüm. Sen bir tepeyi alırsın, onlar ötekini. Ama işler hızlanınca herkes dağlardan inmek zorunda.

---

76) Yayla. [ç.e.n.]
77) Ova. [ç.e.n.]

"Cephen bir dağdaysa ne yapardın?" diye sordu.

"Ona henüz karar vermedim" dedim, ikimiz de güldük. "Ama eskiden Avusturyalılar hep Verona'da tepelenmişti" dedim. "Doruktan inmelerine izin verilmiş, o zaman canlarına okunmuştu."

Gino, "Evet ama onlar Fransızdı" dedi. "İnsan başkalarının ülkesinde savaşırken sorunları çok daha net görebiliyor."

"Doğru" dedim. "Kendi vatanın olursa, orayı pek de bilimsel kullanamazsın."

"Ruslar yaptı ama. Napolyon'u tuzağa düşürmek için."

"Tamam ama onların toprağı çok geniş. Napolyon'u İtalya'da o tür tuzağa düşürmeye kalksan kendini Brindisi'de bulursun."

"Korkunç bir yer" dedi Gino. "Hiç gittin mi oraya?"

"Kalmaya gitmedim."

"Ben bir vatanseverim" dedi. "Ama Brindisi gibi, Taranto gibi yerleri sevemiyorum."

"Bainsizza'yı seviyor musun?" diye sordum.

"Toprak kutsaldır" dedi. "Ama keşke daha çok patates yetişse. Biliyor musun, buraya ilk geldiğimizde, Avusturyalıların ektiği patates tarlaları vardı."

"Gerçekten besin kıtlığı mı vardı?"

"Benim karnım hiç doymadı ama ben çok yerim ve aç kaldığımı da söyleyemem. Yemekhane şöyle böyle. Ön hattakilere iyi yemek gidiyor ama geridekilere o kadar çok kalmıyor. Bir yerlerde bir şeyler yanlış. Yiyecek bol olmalı."

"İtoğulları başka yerlere satıyorlar."

"Tabii. Öndekilere bol bol veriyorlar ama arkadakilere kalmıyor. Avusturyalıların bütün patateslerini, ormanların bütün kestanelerini yediler. Daha iyi beslenmesi gerekir insanların. Biz kolay doymayız. Eminim ellerindeki besinler yeterlidir. Askerlerin karnını doyuramaması çok kötü bir şey. İnsanın düşünüş biçimini nasıl etkiliyor, hiç farkına vardın mı?"

"Evet" dedim. "Belki savaşı kazandıramaz ama kaybettirebileceği kesin."

"Kaybetmekten söz etmeyelim. Yeterince konuşuluyor zaten. Bu yaz yapılanlar boşuna yapılmış olamaz."

Bir şey söylemedim. Kutsal, harikulade, fedakârlık ve bir de boşuna kelimeleri bana hep bir utanç duygusu verirdi. Bunları bazen yağmur altında, belli belirsiz duyardık... ancak haykırmaların duyulabileceği ortamlarda. Ya da sokak panolarında, üst üste yapıştırılan afişlerde okurduk. Son zamanlarda da çok sık okuyorduk. Oysa ben hiçbir kutsallık göremediğim gibi, harikuladeliklerde hiçbir harikuladelik bulamıyordum, fedakârlıklar da ancak Chicago ambarlarında çürüyüp gömülmeyi bekleyen etlere benzer şeylerdi. Nice kelime vardı işitmeye dayanamaz hale geldiğiniz. Sonunda yalnızca bazı yer isimlerinde birazcık onur kalıyordu. Bazı rakamlar da öyleydi. Bazı tarihler de. Ancak bunları yer isimleriyle birlikte kullandığınızda bir anlam ifade edebiliyordu. Şeref, onur, cesaret gibi soyut kelimelere gelince, köylerin isimleriyle, yolların numaralarıyla, nehirlerin isimleri, birliklerin numarası ve tarihlerle yan yana gelince sanki ayıp oluyordu. Gino bir vatanseverdi, bu yüzden bazen bizim gibileri uzaklaştıran sözler söyleyebiliyordu ama yine de iyi çocuktu ve ben de onun iyi vatansever olmasını anlayabiliyordum. Öyle doğmuştu. Gorizia'ya dönmek üzere yanında Peduzzi'yle birlikte arabaya bindi.

Fırtına bütün gün dinmedi. Rüzgâr yağmuru yönlendiriyor, her taraf suyla, çamurla doluyordu. Yıkık evlerin sıvaları gri ve ıslaktı. Akşama doğru yağmur kesildi, iki numaralı istasyondan baktığımda sırılsıklam sonbahar kırsalını, tepelerin üzerindeki bulutları görebildim, yolları gizleyen hasırların gıcırdamasını duyabildim. Güneş batmadan önce bir ara yüzünü gösterdi, ilerdeki tepeleri aydınlattı. O tepelerde çok sayıda Avusturya topları vardı ama pek azı ateş açıyordu. Hatta yakın yerdeki bir evin üzerinde bir patlamayla şarapnel dumanını gördüm. Puf puf bir duman bulutu, ortasında da sarımsı beyaz parıltı. Önce ışığı görüp sonra çatırtıyı duyuyordunuz. Çıkan duman topunun rüzgârla biçim değiştirerek incelmesi bunların ardından geliyordu. Evlerin yıkıntıları arasında ve yandan geçen yolda pek çok demir şarapnel vardı ama o gün bize yakın yerlere ateş etmediler. İki aracı yükledik, ıslak hasırlarla korunan yoldan ilerlemeye koyulduk. Hasırların ek yerlerinden geçerken güneş bir parlayıp bir yok oluyordu. Biz tepenin arkasında kalan hasırsız yola çıktığımızda güneş de batmıştı. Virajı alıp kare kemerli hasır tüneline yeniden girdiğimizde yağmur da tekrar başladı.

Gece rüzgâr hızını artırdı, saat üç dolaylarında bombardıman başladı, Hırvatlar dağdaki çayırları aşıp ormandan geçerek cepheye ilerlediler. Karanlıkta, yağmur altında savaştılar, ikinci hattaki korku içinde bekleyen adamlar onları geri çekilmeye zorladı. Yağmur altında pek çok bomba ve pek çok füze atıldı, makineli ve tüfek sesleri dinmek bilmedi. Bir daha gelmediler. Ortalık sessizleşti ama rüzgârın salvoları ve yağmurun gürültüsü arasında, kuzeydeki uzak bir yerden ciddi bombardıman seslerini hâlâ duyabiliyorduk.

İstasyona yaralılar geliyordu. Bazıları sedyelerdeydi, bazısı yürüyerek geliyor, bazısı da arkadaşlarının sırtında taşınıyordu. İliklerine kadar ıslanmışlardı ve hepsi korku içindeydi. Sedyelileri yükleyerek iki aracı doldurduk, ben ikincisinin kapısını kapatırken de yüzüme çarpan yağmurun kara dönüştüğünü fark ettim. Yağmurla karışıktı ama kar taneleri hızla artıyordu.

Gün aydınlandığında fırtına hâlâ dinmemişti ama kar durmuştu. Zaten ıslak zemine düşünce hemen eriyip gitmişti. Şimdi de yine yağmur yağıyordu. Şafaktan hemen sonra bir saldırı daha başladı ama başarısız oldu. Gün boyu saldırı bekledik ama günbatımına kadar başlamadı. Bombardıman güneye, Avusturya toplarının bol olduğu ormanlık yamaca yönelikti. Bir bombardıman bekledik ama olmadı. Ortalık kararıyordu. Toplar köyün arkasında bir yerdeydi. Uzağa yönelen atışların sesi rahatlatıcıydı.

Güneye saldırımızın başarısız olduğu haberi geldi. O gece saldırmadılar ama kuzeyde hattı yardıklarını öğrendik. Gece bir ara, geri çekilme hazırlıklarına başlamamız bildirildi. İstasyondaki yüzbaşı bildirmişti bunu bana. Tugaydan öğrenmişti. Az sonra telefonu kapatıp döndü, "Yalanmış" dedi. Tugaya Bainsizza hattının ne pahasına olursa olsun tutulacağı emri verilmişti. Hattın yarılması konusunu sordum, tugaydan duyduğuna göre Avusturyalıların Caporetto yönündeki yirmi yedinci birliği yardığını söyledi. Gün boyu kuzeyde büyük çatışmalar yaşanmıştı.

"O piçler düşmana geçit verdilerse işimiz bitik" diyordu yüzbaşı.

Sıhhiye subaylarından biri, "Almandı saldıranlar" dedi. Alman sözü korkulacak bir sözdü. Almanlarla bir ilişkimiz olsun istemiyorduk.

"On beş tümen Alman vardı" dedi. "Hattı yardılar, bizim bağlantımız kesilecek."

"Tugayda bu hat tutulacak diyorlar. Fazla yarmamışlar, biz savunma hattını Monte Maggiore'ye çekebiliriz diyorlar."

"Nereden duymuşlar bunu?"

"Tümenden."

"Geri çekilme haberi zaten tümenden gelmişti."

"Biz kolorduya çalışıyoruz" dedim. "Ama burada, sizin emrinizdeyim. Siz git deyince giderim tabii. Ama emri tam alın."

"Emirler orada kalın diyor. Siz yaralıları buradan alıp ara istasyona götüreceksiniz."

"Bazen de ara istasyondan alıp sahra hastanelerine götürüyoruz" dedim. "Söyleyin bana –ben hiç geri çekilme durumu görmedim. Çekileceksek tüm yaralılar nasıl götürülecek?"

"Götürülemez. Alabildiklerini alırlar, gerisi kalır."

"Arabalara ne yükleyeceğim?"

"Hastane malzemelerini."

"Peki" dedim.

Ertesi gece geri çekilme başladı. Almanlarla Avusturyalıların kuzey hattını yardığını, şimdi vadilerden Cividale ve Udine'ye doğru geldiklerini duyduk. Çekiliş düzenliydi, ıslak ve kasvetliydi. Gece boyunca kalabalık yollarda ilerlerken yağmur altında yürüyen birliklerin, topların, at arabalarının, katırların, kamyonların yanından geçiyorduk. Hepsi cepheden uzaklaşma peşindeydi. Ama ilerleme durumlarındakinden daha düzensiz sayılmazdı.

O gece, yaylanın en az hasar almış kesimlerindeki sahra hastanelerinin boşaltılmasına yardım ettik, yaralıları nehir kıyısındaki Plava'ya taşıdık; ertesi gün de yağmur altında Plava'daki hastaneleri ve ara istasyonlarını boşalttık. Yağmur hiç ara vermiyordu. Bainsizza ordusu ekim yağmuru altında yayladan iniyor, yaz başında zaferlerin kazanıldığı yere, nehrin bu tarafına geçiyordu. Bir gün sonra, öğlen civarında Gorizia'ya vardık. Yağmur durmuştu, kasaba da neredeyse bomboştu. Yedi kız gördük. Şapkalarını, paltolarını giymiş, ellerinde bavullarıyla bekliyorlardı. İçlerinden ikisi ağlıyordu. Ötekilerden biri bize gülümsedi, dilini çıkarıp yukarı aşağı oynattı. Kalın dudaklı, kara gözlü bir kızdı.

Aracı durdurup yönetici kadına yürüdüm. Subaylar evindeki kızlar sabah erkenden yola çıktılar, diyordu. Nereye gidiyorsunuz? Conegliano'ya, dedi. Kamyon hareket etti. Kalın dudaklı kız bize yine dilini çıkardı. Yönetici kadın el salladı. Kızların ikisi hâlâ ağlıyordu. Ötekiler kasabayı ilgi duyuyormuş gibi seyretmekteydi. Dönüp araca bindim.

"Onlarla gitseydik" dedi Bonello. "İyi bir yolculuk olurdu."

"Bizimki de iyi bir yolculuk" dedim.

"Berbat bir yolculuk olacak."

"Ben de onu demek istedim." Villanın bahçe yolu sapağına gelmiştik.

"O yaman kızlar buradayken gelmek isterdim. Araca binmeye çalışırlarken."

"Çalışırlar mıydı sence?"

"Tabii. İkinci Ordu'daki herkes tanır o yönetici kadını."

Villanın dışındaydık.

"Ona Baş Rahibe diyorlar" dedi Bonello. "Kızlar yeni ama onu herkes tanır. Herhalde çekilme emrinden hemen önce getirilmişlerdi buraya."

"Başları dertte."

"Hem de nasıl. Şöyle bedavadan bir de ben denemek isterdim. O evde çok para alıyorlar zaten. Soyuyor bizi devlet."

"Aracı götürün, teknisyenler baksın" dedim. "Yağını değiştirin, diferansiyeli kontrol ettirin. Depoyu doldurun, sonra da biraz uyuyun."

"Baş üstüne, *Signor Tenente*."

Villa boştu. Rinaldi de hastaneyle birlikte gitmişti. Binbaşı, hastane personelini de alıp kurmay arabasıyla ayrılmıştı. Pencereye benim için bir not yapıştırılmış olduğunu gördüm. Hole getirip yığdıkları eşyaları araçlara yükleyip Pordenone'ye gelmemi söylüyordu. Teknisyenler çoktan gitmişlerdi. İnip garaja yürüdüm. Ben oradayken diğer iki araç geldi, şoförleri indi. Yağmur yine başlıyordu.

Piani esneyerek, "Öyle uykum var ki, Plava'dan buraya yolda üç kere uyumuşum" dedi. "Ne yapacağız, *Tenente*?"

"Yağ değiştireceğiz, depoları dolduracağız, sonra ön kapıya yanaşıp geride bıraktıkları eşyaları yükleyeceğiz."

"Sonra da yola mı?"

"Hayır, önce üç saat uyuyacağız."

Bonello, "Tanrım, uyuyacağımıza sevindim" dedi. "Araba sürerken kendimi uyanık tutamıyorum."

"Senin araç nasıl Aymo?" diye sordum.

"İyidir."

"Bana bir tulum bul da yağ işine yardım edeyim."

"Yapmayın *Tenente*" dedi Aymo. "Zaten çare yok artık. Siz gidip kendi eşyalarınızı toplayın."

"Benim eşyalarım hazır" dedim. "Bize bıraktıklarını taşımaya gidiyorum. Arabalar hazır olur olmaz getirin."

Arabaları villanın önüne getirdiler, holdeki hastane malzemelerini yükledik. Hepsi yüklenince, üç araç ağaçların altında bahçe yoluna sıralandı. Yağmur altındaydılar. Binaya girdik.

"Ateşi yakıp giysilerinizi kurutun" dedim.

Piani, "Vız gelir ıslak giysi bana" dedi. "Ben uyumak istiyorum."

Bonello, "Ben binbaşının yatağında uyuyacağım" diye araya girdi. "İhtiyarın boşaldığı yerde."

Piani, "Nerede uyuduğum da umurumda değil" dedi.

Bonello, "O odayı hiç görmedim ben" diye karşılık verdi. "Orası balık suratın odasıydı."

"Siz ikiniz orada yatın" dedim. "Ben sizi uyandırırım."

"Uzun uyursan bizi Avusturyalılar uyandırır, *Tenente*."

"Uzun uyumam" dedim. "Aymo nerede?"

"Mutfağa gitti."

"Siz biraz uyuyun" dedim onlara.

"Ben uyuyacağım. Gün boyu oturur durumda uyudum zaten. Kafatasım gözlerimin üstüne çöktü sanki."

Bonello, "Çizmeleri çıkar" dedi ona. "Balık suratın yatağı bu."

"Balık surat da vız gelir." Piani yatağın üstüne yatıp çizmeli ayaklarını uzattı. Kafasını koluna yaslamıştı. Ben mutfağa yürüdüm. Aymo ateşi yakmış, tencereyi de üstüne koymuştu.

"Önce biraz makarna, diye düşündüm" dedi. "Uyandığımda acıkmış olurum."

"Uykun yok mu Bartolomeo?"

"Fazla yok. Su kaynasın, bırakırım. Ateş sönecektir zaten."

"Biraz uyusan iyi edersin. Peynirden ve o etlerden de yeriz."

"Bu daha iyi aslında" dedi. "Sıcak bir şey, o iki anarşiste iyi gelir. Siz gidip uyuyun *Tenente*."

"Binbaşının odasında bir yatak var."

"Siz yatın oraya."

"Yo, ben eski odama çıkacağım. Bir içki ister misin Bartolomeo?"

"Giderken *Tenente*. Şimdi içtiğim yaramaz."

"Üç saat sonra uyanırsan, ben de hâlâ görünmemişsem, uyandır beni, olur mu?"

"Benim saatim yok *Tenente*."

"Binbaşının odasında bir duvar saati var."

"Peki."

Yemekhaneyi ve holü geçip mermer merdivenlerden yukarı çıktım, Rinaldi'yle paylaştığımız odaya yöneldim. Dışarda yağmur yağıyordu. Pencereye yürüyüp baktım. Ortalık kararmaya başlamıştı. Ağaçların altında üç araç bekliyordu. Dallardan üstlerine damlalar inmekteydi. Çok soğuk olduğu için damlalar bazen dallara asılı kalıyordu. Rinaldi'nin yatağına yatıp kendimi uykuya teslim ettim.

Yola çıkmadan önce mutfakta yemek yedik. Aymo soğanlı makarnayı hazırlamış, konserve eti de içine doğramıştı. Masanın etrafına yerleştik, villanın mahzeninde kalmış iki şişe şarabı içtik. Dışarısı karanlıktı artık, yağmur da hâlâ yağıyordu. Piani masanın başında otururken pek uykuluydu.

Bonello, "Ben geri çekilmeyi ilerlemekten daha çok severim" dedi. "Daha doğrusu geri çekilip barbera içmeyi."

"Biz şimdi içiyoruz işte" dedi Aymo. "Yarın belki yağmur suyu içeceğiz."

"Yarın Udine'de olacağız. Şampanya içeriz. Miskinler orada yaşıyor. Uyan artık, Piani! Yarın Udine'de şampanya içeceğiz!"

"Uyanığım ben." Piani tabağını etli makarnayla doldurdu. "Domates salçası bulamadın mı Barto?"

"Yoktu" dedi Aymo.

Bornello, "Udine'de şampanya içeceğiz" deyip bardağına kırmızı barbera aldı.

Piani, "Belki Udine'den önce içeriz" dedi.

Aymo, "Yeterince yediniz mi *Tenente*?" diye sordu bana.

"Bol bol yedim. Şu şişeyi uzat, Bartolomeo."

Aymo, "Arabaya her birimiz için bir şişe koydum" dedi.

"Sen hiç uyudun mu?"

"Benim fazla uykuya ihtiyacım olmaz. Biraz uyudum."

Bonello, "Yarın kralın yatağında uyuyacağız" dedi. Kendini pek iyi hissediyordu.

Piani uykulu uykulu, "Sen ...'de uyuyacaksın" dedi.

"Kraliçeyle yatacağım" diye karşı çıktı Bonello. Sonra espriyi ben nasıl karşıladım diye yan gözle baktı.

Piani yine yarı uyur gibi, "...'le yatacaksın" dedi.

Bonello, "Bu ihanet *Tenente*" dedi. "İhanet sayılmıyor mu?"

"Kes sesini" dedim. "Birazcık şarap içince tuhaflaşıyorsun." Dışarda yağmur bardaklardan boşalıyordu. Saatime baktım. Dokuz buçuk olmuştu.

"Gitme zamanı" deyip ayağa kalktım.

Bonello, "Kimin aracına biniyorsunuz *Tenente*?" diye sordu.

"Aymo'nun. Sonra sen gel, arkandan da Piani. Cormons yolundan gidelim."

Piani, "Uyurum diye korkuyorum" dedi.

"Tamam, peki, senin yanına binerim" dedim. "İkinci Bonello, arkada da Aymo."

"En iyisi bu" dedi Piani. "Çok uykum var çünkü."

"Bir süre ben kullanayım, sen biraz uyu."

"Yo, uyuyakalırsam beni uyandıracak biri oldukça, kullanabilirim."

"Ben uyandırırım seni. Işıkları söndür Barto."

Bonello, "Yanık da bıraksanız olur" dedi. "Buraya artık ihtiyacımız olmayacak."

"Odamda küçük bir sandığım var" dedim. "Getirir misin Piani?

"Alırız" dedi Piani. "Yürü Aldo." Bonello'yla birlikte hole çıktı. Merdivenlerden çıkışlarını duydum.

Bartolomeo Aymo, "Güzel bir yerdi burası" dedi. Heybesine iki şişe şarapla yarım teker peynir koydu. "Bir daha böyle bir yer bulamayacağız. Nereye çekiliyoruz *Tenente*?"

"Tagliamento'nun gerisine diyorlar. Hastane ve ekip Pordenone'de olacak."

"Burası Pordenone'den daha iyi bir kasaba."

"Pordenone'yi bilmiyorum" dedim. "Yalnızca içinden geçtim."

"Pek matah bir yer değil" dedi Aymo.

28

Harekete geçip kasabanın içinden geçerken yağmur altında her taraf bomboştu, yalnızca anacaddeden ilerleyen askeri taburlar ve toplar vardı. Kamyon da çoktu. Ara sokaklarda da anacaddeye çıkmaya çalışan at arabaları görüyorduk. Deri tabaklama tesislerinin önünden geçerken artık askerler, kamyonlar, atlı arabalar ve toplar, yavaş ilerleyen geniş bir sütun oluşturmuştu. Yağmurda ağır ama düzenli şekilde ilerliyorduk. Bizim aracın radyatörü neredeyse öndeki kamyonun ıslak tenteyle örtülü yüküne değecek durumdaydı. Derken kamyon durdu. Sütunun tümü durmuştu. Tekrar hareketlendik, biraz ilerleyip yine durduk. İnip ileri yürüdüm. Kamyonların, atlı arabaların, atların ıslak burunlarının arasından geçiyordum. Tıkanıklık daha ilerden kaynaklanıyordu. Yoldan ayrıldım, hendeği oraya atılmış bir tahtaya basarak aştım, hendek boyunca yürüdüm. Ağaçlar arasından görebildiğim kadarıyla, yolda araçlar dizisi bir mil kadar uzuyordu. Hiç kıpırdamıyorlardı. Ama taşıtların yanında yaya askerlerin ilerlediği görülüyordu. Bizim araçlara döndüm. Bu tıkanıklık Udine'ye kadar böyle sürebilirdi. Piani direksiyon simidine yaslanmış, uyuyordu. Yanına bindim, ben de uyudum. Birkaç saat sonra önümüzdeki kamyonun şanzıman sesini duydum. Piani'yi uyandırdım, hareket edip birkaç metre gittik, sonra durduk, ardından biraz daha gittik. Yağmur hâlâ yağıyordu.

Tek sıra halinde ilerleyen araçlar gece bir ara yine durdu, bir daha da hareket etmedi. İnip arkaya, Aymo ile Bonello'ya bakmaya gittim. Bonello'nun yanına iki istihkâm çavuşu binmişti. Ben gelince kazık kesildiler.

"Köprüye bir müdahalede bulunsunlar diye geride bırakmışlar bunları" dedi Bonello. "Birliklerini bulamıyorlar, ben de binin dedim."

"Teğmenin izniyle."

"Tamam, izin verdim" dedim.

Bonello, "Teğmen Amerikalıdır" dedi. "Kime olsa yardım eder."

Çavuşlardan biri gülümsedi. Öteki, Bonello'ya benim Kuzey Amerikalı İtalyan mı, yoksa Güney Amerikalı İtalyan mı olduğumu sordu. "İtalyan değil o. Kuzey Amerikalı bir İngiliz."

Çavuşlar terbiyeli davranıyorlardı ama pek inanmamışlardı. Onları bırakıp Aymo'ya yöneldim. Onun da yanında iki kız vardı. Köşeye sinmiş, sigara içiyorlardı.

"Barto, Barto" dedim. Güldü.

"Konuşun onlarla, *Tenente*" dedi. "Ben anlamıyorum ne dediklerini. Hey!" Elini kızın bacağına atıp dostça sıktı. Kız şalına sımsıkı sarıldı, onun elini itti. "Hey!" dedi Barto yine. "*Tenente*'ye adınızı ve burada ne işiniz olduğunu söyleyin."

Kız bana ateş saçan gözlerle bakıyor, yanındaki arkadaşı ise gözlerini yere indirmiş, oturuyordu. Birinci kız bana hiç anlamadığım bir lehçeyle bir şeyler söyledi. Tombul ve esmerdi. On altı yaşlarında var gibiydi.

İkinci kızı işaret ederek, *"Sorella?"*[78] diye sordum. İlk kız başıyla evetlerken gülümsedi.

"Pekâlâ" deyip dizini okşadım. Elim değdiği anda kasıldığını hissettim. Kardeşi hiç başını kaldırmıyordu. Belki ablasından bir yaş daha küçüktü. Aymo elini yine büyük kızın bacağına dayadı, kız yine itti. Aymo ona güldü.

Parmağıyla kendini işaret edip, "İyi adam" dedi. Sonra beni gösterdi. "İyi adam. Korkmayın." Kız ona öfkeyle bakıyordu. Sanki birer yaban kuşuydu kızlar.

Aymo, "Benden hoşlanmıyorsa ne diye yanıma biniyor?" diye sordu. "İşaret ettiğim anda hemen gelip bindiler." Kıza döndü. "Korkmayın" dedi. "... tehlikesi yok." Çirkin bir kelime kullanmıştı. "... Yok." O kelimeyi kız anlamıştı, görüyordum. Gözlerinde büyük bir korku belirdi. Şalına yine sarındı. Aymo, "Araba dolu" dedi. "... için yer yok." O kelimeyi her tekrarlayışında kız biraz daha katılaşıyordu. Korkulu gözleri, kaskatı bedeniyle, birden ağlamaya başladı. Dudakları bükülmüş, gözlerinden yaşlar boşalıyordu. Hep yere bakan kardeşi onun eli-

78) Kız kardeş. [ç.e.n.]

ni tuttu, öylece oturmayı sürdürdüler. Gözlerinden ateş saçan, büyük kız hıçkırıklara boğuldu.

"Herhalde korkuttum onu" dedi Aymo. "Korkutmak istememiştim."

Bartolomeo torbasını çıkardı, peynirden iki parça kesti. "Alın" dedi. "Ağlamayı kesin."

Büyük kız başını iki yana salladı ama ağlamayı sürdürdü. Küçüğü uzanıp peyniri aldı, yemeye başladı. Bir süre sonra elindeki ikinci peyniri ablasına verdi, o da yemeye başladı. Büyüğü hâlâ biraz hıçkırıyordu.

"Birazdan bir şeyi kalmaz" dedi Aymo.

Birden aklına geldi, yanındaki kıza, "Bakire misin?" diye sordu. Kız başını hızla indirip kaldırarak evet demeye çalıştı. "O da mı bakire?" Kız kardeşini gösteriyordu. Bu sefer ikisi birden kafa salladılar, büyüğü kendi dilinde bir şeyler söyledi.

"Ziyanı yok" dedi Bartolomeo. "Ziyanı yok."

Kızların ikisi de sevinmiş göründüler.

Onları Aymo'nun aracında, sinmiş oturur durumda bırakıp Piani'nin yanına döndüm. Araç sütunu hiç kıpırdamıyordu ama yaya askerler yandan geçip ilerliyordu. Yağmur hâlâ çok hızlı yağıyordu. Belki de bazı araçların kabloları ıslanmıştır, ondan duruyoruz, diye düşündüm. Ama daha çok, at arabalarından ya da adamların uyumuş olmasından ötürü olabilirdi. Zaten herkes uyanık olsa bile, trafik kasabalara yakın yerlerde yine tıkanabilirdi. Hem atlar, hem motorlu araçlar bir aradaydı. İyi bir durum olamazdı bu. Köylülerin arabaları da herhalde işi daha beter ederdi. Barto'nun yanında iki namuslu kız vardı. Ordunun geri çekiliyor olması, bakireler için uygun ortam değildi. Gerçek bakireler. Büyük olasılıkla çok da dindardılar. Savaş olmasa, şu anda hepimiz yataklarımızda olurduk. Yatağımda olsam, başımı yastığa koymuş olurdum. Yemek ve yatak.

Sert bir yatak. Tahta gibi. Catherine şu anda yatakta olmalıydı. Bir çarşaf üstünde, bir çarşaf altında. Hangi yanına döner de uyurdu acaba? Belki de uyumuyordu. Belki yattığı yerde beni düşünüyordu. Es, es, batı rüzgârı! Eh, esiyordu işte. Ama getirdiği, incecik bir yağmur değil, koskoca bir sağanaktı. Bütün gece yağdı. Her an. Şu hale bakın! Tanrım, sevgilim şu anda yatağımda, kollarımda olsaydı. Sevgili Catherine'im. Tatlı Catherine'im olsa, varsın yağsındı yağmur. Onu bana geri getir, rüzgâr. Gelen gelmişti başımıza. Hepimizin başına. Birazcık yağmur, çare olacak değildi. "İyi geceler, Catherine" dedim sesli sesli. "Umarım rahat uyursun. Eğer rahat değilsen, öbür yanına dön. Sana biraz soğuk su getireyim. Birazdan sabah olur, durum biraz düzelir. Seni bu kadar rahatsız ettiği için üzgünüm. Uyumaya çalış, tatlım."

Ben zaten uyuyordum, dedi. Uykunda konuşuyordun. İyi misin?

Gerçekten orada mısın?

Elbette buradayım. Hiçbir yere gitmem. Bu durum aramızdaki bağı değiştirmez.

Öyle tatlısın ki. Gece bir yere gitmezdin, değil mi?

Tabii gitmem. Her zaman buradayım. Ne zaman istersen gelirim yanına.

"...." deyiverdi Piani. "Yine başladılar."

"Uyuklamışım" dedim. Saatime baktım. Gecenin üçüydü. Elimi koltuğun arkasına atıp barbera şişesini aradım.

"Sesli konuştunuz" dedi Piani.

"İngilizce rüya görüyordum" dedim.

Yağmur yavaşlıyor, biz yine harekete geçiyorduk. Gün doğmadan bir daha durduk. Ortalık biraz aydınlandığı sırada biz bir yokuşun tepesindeydik. Öne doğru baktığımda, göz alabildiğince hareketsiz araçları, yandan yürümeye çalışan piyadeleri gördüm. Az sonra kıpırdadık. Ama ilerleme hızımızı gündüz gözüyle görünce, er geç bu anayoldan ayrılmak zorunda olduğumuzu anlamıştım. Eğer Udine'ye ulaşmak niyetindeysek, kesinlikle kırsaldan gitmek zorundaydık.

Gece boyunca konvoya köylerden bir sürü katılan olmuştu. Ev eşyalarının yüklendiği at arabaları görünüyor, yorganların arasına sokulmuş aynaların uçları parıldıyordu. Ayaklarından bağlanmış tavuklarla ördekler de vardı bazı arabalarda. Tam önümüzdekinde bir dikiş makinesi gördüm. En değerli eşyalarını almışlardı yanlarına. Bazı arabalarda kadınlar birbirine sokularak oturuyor, bazıları ise inmiş, arabanın yanında yürüyor, fazla uzak kalmamaya çalışıyorlardı. Köpekler de vardı artık konvoyda. Arabaların altına giriyor, saklanıyorlardı. Yol çamurluydu. Yanlardaki hendeklerde sular akıyor, sıralanmış ağaçların ardındaki tarlalar da geçit vermeyecek kadar ıslak görünüyordu. Araçtan inip biraz yürüdüm, ilerde sapabileceğimiz bir köy yolu var mı diye baktım. Öyle yolların sayısı çoktu ama yanlış bir yol seçip geri dönmek zorunda kalmayı istemiyordum. Hangisini seçmek gerektiğini bilemiyordum, çünkü buradan hep hızla gelip geçmiştik ve yollar da hep birbirine benziyordu. Mutlaka bir tane bulmak zorundaydık. Avusturyalıların nerelerde olduğunu bilen yoktu ama yağmur gelirse uçaklarını yollayıp bu yolu tarayacaklarından emindim. O zaman her şey biterdi. Birkaç kişi kamyonlarından inse ya da birkaç at ölse, yolu tümüyle tıkamaya yeterdi.

Yağmur eskisi kadar hızlı yağmıyordu. Hava açabilir, diye düşündüm. Yolun kenarından ilerliyordum. Az ilerde, iki tarla arasından kuzeye sapan, yanlarına ağaçlar dikilmiş bir yol gördüm. Oraya sapsak iyi olacak diye düşünüp hızla bizim araçlara döndüm. Piani'ye döneceğimizi söyledikten sonra Bonello ve Aymo'ya da söylemek üzere öbür araçlara doğruldum.

"O yol çıkmazsa, geri döner, yine konvoya katılırız" dedim.

"Ya bunlar?" diye sordu Bonello. İki çavuş hâlâ yanındaydı. Tıraş olamamışlardı ama yine de asker görünümlerini kaybetmiş değillerdi.

"Gerekirse aracı itmeye yardım ederler" dedim. Aymo'ya da gidip, köy yollarını deneyeceğimizi söyledim.

"Ya benim bakire ailem?" dedi. Kızlar uyumuşlardı.

"Onlar işe yaramaz" dedim. "Yanında aracı itebilecek biri olmalıydı."

"Yine de arabada kalabilir, arkaya geçerler" dedi Aymo. "Yer var arabada."

"İstiyorsan, öyle olsun" dedim. "Ama güçlü kuvvetli birini bul da al."

"*Bersaglieri*" diye gülümsedi Aymo. "Onlar yapılıdır. Siz nasılsınız *Tenente*?"

"İyiyim. Sen?"

"İyiyim ama çok açım."

"Şu yolun ilerisinde bir şeyler olmalı, durup yemek yeriz."

"Bacağınız nasıl *Tenente*?"

"İyi." Basamakta ayakta dururken ilerde Piani'nin sıradan ayrılıp yan yola saptığını gördüm. Ağaçların arasından görünüyordu cankurtaran. Bonello da onu izleyip saptı, biz de ikisini izledik. Yol bir çiftlik evine gidiyordu. Tek katlı bir evdi, kapının üstünü asma sarmıştı. Bahçede bir kuyu vardı. Piani radyatörü doldurmak için su almak amacıyla aracından iniyordu. Düşük viteste o kadar beklemek suyu kaynatmıştı. Çiftlik evi boştu. Yola doğru baktım. Ev anayola göre biraz daha yüksek yerdeydi. Kırsalı görebiliyordum buradan. Yolları, hendekleri, yolun iki yanındaki ağaçları ve tabii geri çekilenlerin konvoyunu. Kızlar uyanmış, bahçeye, kuyuya, peş peşe durmuş cankurtaranlara, kuyunun başında duran üç şoföre bakıyorlardı. Çavuşlardan biri elinde bir saatle evin kapısından çıktı.

"Bırak onu yerine" dedim. Yüzüme baktı, eve girdi. Tekrar çıktığında, elinde saat yoktu.

"Arkadaşın nerede?" diye sordum.

"Tuvalete gitti." Cankurtarandaki koltuğa oturdu. Onu bırakıp gideriz diye korkuyordu.

Bonello, "Kahvaltıdan ne haber *Tenente*?" diye sordu. "Bir şeyler yesek? Uzun sürmez."

"Sence bu yolun ucu bir yere çıkar mı?"

"Tabii."

"Peki. Yiyelim." Piani ile Bonello eve girdiler.

"Gelin" diye seslendi Aymo kızlara. Araçtan inmelerine yardım etmek için elini uzattı. Büyük kız başını iki yana salladı. Terk edilmiş bir eve girmek niyetinde değildiler. Biz eve girerken arkamızdan baktılar.

Aymo, "Huysuzlar" dedi. Birlikte çiftlik evine girdik. Büyük, karanlık bir evdi. Gerçekten terk edilmiş havası vardı. Bonello ile Piani mutfaktaydılar.

Piani, "Yiyecek fazla bir şey yok" dedi. "Temizlemişler burayı." Bonello mutfak masasının üzerinde koskoca bir kalıp beyaz peyniri kesmekteydi.

"Neredeydi peynir?"

"Mahzende. Piani şarap da buldu. Elma da."

"İyi bir kahvaltı sayılır."

Piani kocaman, hasır kaplı bir şarap şişesinin tahta tıpasını çıkarıyordu. Eğdi, bakır bir kaba şarap boşalttı.

"Kokusu iyi" dedi. "Birkaç bardak bul Barto."

İki çavuş da geldi.

Bonello, "Peynir yiyin çavuşlar" dedi.

Bir tanesi peynirini çiğnerken, "Bizim gitmemiz gerek" dedi, şaraptan da bir yudum içti.

Bonello, "Biz de gideceğiz, kaygılanmayın" dedi.

Ben de, "Ordu dediğin midesiyle ilerler" dedim.

"Ne?" diye sordu çavuşların biri.

"Bir şey yemek daha iyidir."

"Evet. Ama vakit nakittir."

Piani, "Bence bu itler daha önce yemişler" dedi. Çavuşlar dönüp ona baktılar. Hepimizden nefret ediyorlardı.

İçlerinden biri bana, "Yolu biliyor musunuz?" diye sordu.

"Hayır" dedim. Birbirlerine baktılar.

Birincisi, "Biz hemen gitsek daha iyi" dedi.

"Biz de yola çıkıyoruz" dedim. Biraz daha şarap içtim. Peynirle elmanın üstüne tadı pek güzel geliyordu.

"Peyniri getirin" diyerek mutfaktan çıktım. Bonello elinde koca şarap damacanasıyla çıktı.

"O fazla büyük" dedim. Damacanaya üzgün gözlerle baktı.

"Herhalde" dedi. "Mataraları verin de doldurayım." Hepsini doldurdu ama bu arada şarabın birazı avlunun taşlarına dökülüp aktı. Bonello damacanayı kapının hemen içine bıraktı.

"Avusturyalılar kapıyı bile kırmadan bulacaklar onu" dedi.

"Haydi, gidelim" dedim. "Piani ile ben önde olalım." İstihkâmcılar yerlerine binmişlerdi bile. Kızlar da peynir ve elma yemekteydi. Aymo sigara içiyordu. Dar yolda ilerlemeye başladık. Arkama peşimizdeki cankurtaranlara ve geride bıraktığımız çiftlik evine baktım. Güzel, sağlam bir evdi. Taştandı. Demirleri de iyi cinsti. Önümüzde yol dar ve çamurluydu. İki yanımızda yüksek çitler vardı. Arkadaki arabalar bizi çok yakından izlemekteydi.

29

Öğlen çamurlu bir yola saplandık. Tahminimize göre Udine'ye on kilometrelik bir yolumuz kalmıştı. Öğle öncesinde yağmur durmuştu. Üç kere, yaklaşan uçakların sesini duymuş, başımızın üzerinden geçip batıda kalan anayolu bombaladıklarını görmüştük. Biz bir sürü ara yoldan geçmiş, çıkmaz yollara girip çıkıp geri dönmüş ama her seferinde bir başka yol bulmuş, Udine'ye biraz daha yaklaşmıştık. Şu ara yine bir çıkmazdan geri dönmeye çalışırken Aymo'nun aracı yandaki yumuşak toprağa kaymış, tekeri boşta dönmeye başlamıştı. Oyduğu iz giderek derinleşti, araç diferansiyeli üzerine yaslandı. Yapılacak şey, tekerin önünü kazmak, oraya tampon yerleştirip arkadan iterek aracı yola çıkarmaya çalışmaktı. Hepimiz araçlardan inmiş, o aracın çevresine toplanmıştık. İki çavuş lastikleri incelediler, sonra da tek kelime etmeden yola koyulup uzaklaşmaya başladılar. Ben peşlerinden koştum.

"Gelsenize" diye seslendim. "Biraz çalı çırpı toplayın."

"Gitmemiz gerek" dedi biri.

"Çabuk olun" dedim. "Tampon oluşturmak için çalı çırpı kesin."

"Gitmemiz gerek" dedi aynı adam. Öteki hiç sesini çıkarmıyordu. Aceleleri var gibiydi. Yüzüme de bakmıyorlardı.

"Size araca dönmenizi ve çalı çırpı kesmenizi emrediyorum" dedim. Konuşan çavuş döndü. "Bizim gitmemiz gerek. Az sonra yolları keserler. Bize emir veremezsiniz. Bizim subayımız değilsiniz."

"Çalı çırpı kesmenizi emrediyorum" dedim. Onlar arkalarını dönüp yürümeyi sürdürdüler.

"Durun" dedim. İki adam çalı dolu çamurlu yolda yürümeye devam ettiler. "Size durmanızı emrediyorum" diye seslendim. Hızlarını biraz artırmışlardı. Kemerimdeki kılıfın çıtçıtını açıp pistolu çıkardım, deminden beri sorularıma cevap verene nişan alıp tetiği çektim. Iskalamıştım. İkisi birlikte koşmaya başladılar. Üç el daha ateş edip birini devirdim. Öteki, çalıların öbür yanına geçip görünmez oldu. Tarlada koşuyordu. Çalılar arasından ona yine ateş ettim. Şarjör boşalınca yenisini taktım. Artık ikinci çavuş vuramayacağım kadar uzaklaşmıştı. Tarlanın öbür ucunda, kafasını eğmiş, koşuyordu. Boş şarjörü doldurmaya başladım. Bonello yanıma yaklaştı.

"Ben gidip bitireyim işini" dedi. Pistolu ona verdim, istihkâm çavuşunun yol üstünde yüzükoyun yattığı yere döndüm. Bonello eğildi, namluyu adamın kafasına dayayıp tetiği çekti. Silah ateş almadı.

"Horozu çeksene" dedim.

Yaptı, iki el ateş etti. Sonra adamı ayaklarından tutup yolun kenarına, çalıların dibine çekti. Yanıma gelip pistolu bana verdi.

"Orospu çocuğu" dedi çavuşa bakarak. "Ona nasıl ateş ettiğimi gördünüz mü *Tenente*?"

"Son hızla çalı toplamalıyız" dedim. "Ötekine hiç isabet ettirebildim mi dersin?"

Aymo, "Sanmıyorum" dedi. "Pistolla vurulamayacak kadar uzaktaydı."

Piani, "Pislik herif" dedi. Hepimiz birlikte çalı kesmeye koyulmuştuk. Araca döndük, Aymo motoru çalıştırıp aracı vitese taktı. Tekerler döndü ama çalılarla çamurları çevreye saçmaktan öteye gidemedi. Bonello'yla ikimiz, eklemlerimiz çatırdayana kadar itiyorduk. Hiç kıpırdamıyordu araç.

"Öne arkaya salla onu Barto" diye seslendim.

Geri vitese, sonra ileri vitese taktı. Tekerler daha da derine gömülüyordu. Sonunda araç yine diferansiyel üzerine oturdu, tekerler daha serbest dönmeye koyuldu. Doğruldum.

"İple deneyelim" dedim.

"Bence işe yaramaz *Tenente*. Düz hizada çekemeyiz."

"Denemek zorundayız" dedim. "Başka türlü çıkmayacak."

Piani'yle Bonello'nun araçları dar yolda ancak düz ileri gidebilirdi. İki aracı iple bağlayıp çektik. Tekerler yana doğru kayıp çukurun kenarına yaslandı.

"Olmuyor, bırakın" diye bağırdım.

Piani'yle Bonello araçlarından inip geldiler. Aymo da indi. Kızlar yolun kırk metre kadar ilerisinde, taş duvara oturmuş, bekliyorlardı.

Bonello, "Ne diyorsunuz *Tenente*?" diye sordu.

"Çukurları temizleyip yeni çalı keselim" dedim. Yolun ucuna doğru baktım. Suç bendeydi. Ben getirmiştim onları buraya. Güneş bulutların ardından çıkmak üzereydi, çavuşun cesedi de çalıların dibinde yatıyordu.

"Şunun ceketiyle pelerinini serelim" dedim. Bonello getirmeye gitti. Ben yeni çalı keserken, Piani'yle Bonello çukurlardaki çalıları temizliyorlardı. Pelerini kesip ikiye böldüm, tekerlerin altındaki çamura serdik, sonra üstüne çalı yerleştirdik. Artık hazırdık. Aymo direksiyona geçti, motoru çalıştırdı. Tekerler dönüyor, biz itiyorduk ama hiç işe yaramıyordu.

"Yeter" dedim. "Araçtan almak istediğin bir şey var mı Barto?"

Aymo ile Bonello baktılar, peyniri, iki şişe şarabı ve Aymo'nun pelerinini getirdiler. Bonello direksiyon yerine geçti, çavuşun ceketinin ceplerini yokladı.

"Ceketi atsan iyi edersin" dedim. "Barto'nun bakireleri ne olacak?"

Piani, "Arkaya binerler" dedi. "Fazla yol gideceğimizi sanmam."

Cankurtaranın arka kapısını açtım.

"Hadi, gelin" dedim. "Binin." İki kız binip köşeye oturdular. Silah seslerini hiç fark etmemiş gibi bir halleri vardı. Tekrar yola baktım. Çavuş kirli iç çamaşırlarıyla yatıyordu. Piani'yle ikimiz hareket ettik. Tarlayı geçmeye çalışacaktık. Yol tarlaya girince ben indim, araçların önünde yürümeye başladım. Geçebilsek, öbür yanda yine bir yol vardı. Ama geçemeyecektik. Araçlar için fazla yumuşak, fazla çamurluydu. Sonunda araçlar hareketsiz kalınca tekerler iyice battı. Onları oldukları yerde bıraktık. Yaya olarak Udine'ye doğru yürümeye koyulduk.

Tekrar anayola giden köy yoluna vardığımızda, parmağımla iki kıza işaret ettim.

"Oraya gidin" dedim. "İnsanlara rastlarsınız." Yüzüme baktılar. Cüzdanımı çıkarıp her birine on liret verdim. "O tarafa gidin" diye işaret ettim. "Dostlar! Aile!"

Anlamadılar ama paraları sımsıkı kavrayıp yürümeye başladılar. İkide bir arkalarına bakıyor, sanki parayı geri almamdan korkuyorlardı. Şallarına sarınmış durumda uzaklaşmalarına baktım. Üç şoför gülüyorlardı.

Bonello, "O yana gitmem için bana kaç liret verirsiniz, *Tenente*?" diye sordu.

"Yakalanırlarsa tek başlarına olmalarındansa bir grup insan içinde olmaları daha iyidir" dedim.

"Bana iki yüz liret verin, gerisingeri Avusturya'ya kadar yürürüm" dedi Bonello.

"Elinden alırlar" dedi Piani.

Aymo, "Belki savaş biter" dedi. Yolda elimizden geldiği kadar hızlı yürüyorduk. Güneş bize yüzünü gösterme çabasındaydı. Yolun kenarında dut ağaçları vardı. Onların arasından, tarlaya saplanıp kalmış iki büyük aracımızı gördüm. Piani de arkasına baktı.

"Onları çıkarmak için yeni yol yapmaları gerekecek" dedi.

Bonello, "Keşke bisikletlerimiz olsaydı" deyiverdi.

Aymo, "Amerika'da bisiklete binerler mi?" diye sordu.

"Eskiden binerlerdi."

"Burada harika bir şeydir. Bisikletler harikadır burada" dedi Aymo.

Bonello, "Ah, nasıl isterdim bisikletimiz olmasını" dedi. "Yürüyüş sevmem ben."

"Ateş sesi mi o?" diye sordum. Uzaklarda ateş açılmış gibi sesler duyuyordum.

Aymo, "Bilemiyorum" dedi, dinledi.

"Sanıyorum" dedim.

Piani, "İlk önce süvarileri göreceğiz" dedi.

"Süvarileri olduğunu sanmıyorum."

Bonello, "Umarım yoktur" dedi. "Bir süvarinin mızrağına saplanmak istemem."

Piani, "O çavuşu bal gibi vurdunuz *Tenente*" dedi. Hızlı yürüyorduk.

Bonello, "Ben öldürdüm onu" diye atıldı. "Savaşın başından beri kimseyi öldürmemiştim ama hep bir çavuş öldürmek istemiştim."

"Koşarken vurmadın ama" dedi Piani. "Öldürdüğünde hiç de hızlı koşmuyordu."

"Boş ver. Ben bunu hiç unutmayacağım. Öldürdüm ... çavuşu."

Aymo, "Günah çıkarırken ne diyeceksin?" diye sordu.

"'Kutsa beni peder, bir çavuş öldürdüm' diyeceğim." Hepsi birlikte güldüler.

"Anarşist bu" dedi Piani. "Kiliseye gitmez."

Bonello, "Piani de anarşist" dedi.

"Gerçekten anarşist misiniz siz?" diye sordum.

"Değiliz *Tenente*. Sosyalistiz. İmolalıyız biz."

"Hiç gitmediniz mi oraya?"

"Hayır."

"Ah, çok güzel yerdir *Tenente*. Savaştan sonra gelin de size gösterelim."

"Hepiniz mi sosyalistsiniz?"

"Herkes."

"Güzel bir kasaba mıdır?"

"Harikadır. Hiç öyle kasaba görmemişsinizdir."

"Nasıl sosyalist oldunuz?"

"Biz hep sosyalistiz. Herkes sosyalist. Her zaman sosyalist olduk."

"Gelin *Tenente*. Sizi de sosyalist yapalım."

İlerde yol hafif sola dönüyordu. Küçük bir tepe vardı. Bir taş duvarın gerisinde de bir elmalık. Yokuşu çıkarken konuşmayı kestiler. Hep birlikte, hızlı adımlarla ilerliyor, zamanla yarışıyorduk.

30

Az sonra kendimizi nehre doğru giden bir yolda bulduk. İlerde köprüye doğru sıralanmış kamyonları görüyorduk. Terk edilmişlerdi. Görünürlerde kimseler yoktu. Nehrin suları yükselmiş, köprünün de orta kısmı yıkılmıştı. Taş kemer sulara yuvarlanmış, kahverengi sular onun üzerinden akmaya başlamıştı. Kıyıya yaklaşıp karşıya geçecek bir yer aradık. İlerde bir demiryolu köprüsü olduğunu biliyor, oradan geçebilmeyi umuyordum. Patika ıslak ve çamurluydu. Asker falan görmedik. Yalnızca terk edilmiş kamyonlar ve yükleri. Nehrin kıyısında da kimse yoktu. Hep ıslak sazlar, çalılar ve çamurlu topraklar. Kıyıdan yürüdük ve sonunda demiryolu köprüsünü gördük.

"Ne güzel bir köprü" dedi Aymo. Aslında uzun bir demir köprüydü, altından akan çay da çoğu zaman kururdu.

"Çabuk olalım da onlar köprüyü patlatmadan geçelim" dedim.

Piani, "Patlatacak kimse yok" dedi. "Herkes gitmiş."

Bonello, "Herhalde dinamitlenmiştir" dedi. "İlk siz geçin *Tenente*."

Aymo, "Anarşiste bakın, ne diyor!" dedi. "İlk onu yollayın önden."

"Ben giderim" dedim. "Dinamitlemişlerse bile, tek kişi uğruna patlatmazlar."

Piani, "Gördün mü?" dedi. "Akıl diye buna derim. Sende niye akıl yok, anarşist?"

"Aklım olsa burada olmazdım" dedi Bonello.

Aymo, "Bu oldukça iyi *Tenente*" dedi.

"Bu oldukça iyi" dedim. Köprüye yaklaşmıştık artık. Gök yine bulutlanmış, yağmur atıştırmaya başlamıştı. Köprü uzun ve sağlam görünüyordu. Rampayı çıktık.

"Birer birer gelin" deyip köprüde yürümeye başladım. Demirlere, bağlantılara bakıyor, patlayıcı izi arıyordum ama öyle bir şey yoktu. Zeminin birleşim aralıklarından, aşağıda suyun çamurlu ve hızlı aktığı görünüyordu. İlerde, ıslak kırsalın ötesinde, yağmur altındaki Udine'yi gördüm. Köprüyü geçince durup baktım. Nehrin daha yukarısında bir köprü daha vardı. Ben bakarken, oradan sarı, çamurlu bir otomobil geçti. Köprünün yanları yüksekti. Araba başta bir kere göründükten sonra görünmez olmuştu. Ama sürücünün, yanındakinin ve arkada oturan iki kişinin kafalarını görebiliyordum. Alman kaskları giymişlerdi. Sonra araba köprünün öbür ucuna vardı, ağaçların, yolda terk edilmiş taşıtların arasına dalıp yok oldu. Elimi sallayıp Aymo'ya ve onu izleyen diğerlerine gelmeleri için işaret ettim. Rampadan indim, rayların yan tarafına çömeldim. Aymo yanıma ulaşmıştı.

"Otomobili gördün mü?" diye sordum.

"Hayır. Biz size bakıyorduk."

"Alman kurmay arabasıydı. Oradaki köprüden geçti."

"Kurmay mı?"

"Evet."

"Ulu Tanrım."

Ötekiler de geldi, hep birlikte rampanın aşağısındaki çamurlu yere çömeldik, köprünün raylarına, sıra ağaçlara, hendeğe ve yola baktık.

"Bağlantılarımız kesildi mi öyleyse *Tenente*?"

"Bilmiyorum. Tek bildiğim, bir Alman kurmay arabasının o yola girdiği."

"İyi misiniz *Tenente*? Kafanızda bir tuhaflık falan yok ya?"

"Saçmalama Bonello."

"Bir yudum içmek ister misiniz?" diye sordu Piani. "Çakılkıp kalacaksak, bari bir yudum içelim." Matarasını çekip kapağını açtı.

"Bakın! Bakın!" Aymo yolu gösteriyordu. Taş köprünün tepesinde Alman kasklarının hareket ettiği görülüyordu. Öne eğilmiş, süzülerek ilerlemeye çalışıyorlardı. Köprüden inerlerken gördük onları. Bisiklet birlikleriydi. İlk ikisinin yüzünü de gördüm. Kanlı canlı, pek sağlıklıydılar. Kasklar alınlarını, kulaklarını bile örtüyordu. Karabinaları[79] bisikletlere asılıydı. Kemerlerinden dinamit çubukları sarkıyordu. Kaskları da, gri üniformaları da ıslaktı. Rahatça ilerliyorlar, sağa sola bakarak gidiyorlardı. Önde iki kişi, arkalarında dört, yine iki, sonra neredeyse bir düzine, bir düzine daha, sonra bir tek kişi. Konuşmuyorlardı ama zaten konuşsalar da ne dediklerini duyamazdık. Suyun akışı hayli gürültülüydü. Yolun ilerisinde gözden kayboldular.

"Ulu Tanrım" dedi Aymo yine.

---

79) Süvariler için tasarlanmış kısa namlulu, hafif tüfek. [ç.e.n.]

Piani, "Almandı bunlar" dedi. "Avusturyalı değillerdi."

Ben, "Neden burada onları durduracak kimse yok?" diye mırıldandım. "Neden köprüyü patlatmadılar? Bu yakada neden makineliler yok?"

"Sen söyle *Tenente*" dedi Bonello.

Çok öfkelenmiştim.

"Baştan sona çılgınlık bu. Şu aşağıda ufacık köprüyü patlatıyorlar, sonra burada ana yol köprüsü sapasağlam. Nerede herkes? Bunları durdurmaya çalışmıyorlar mı hiç?"

"Sen söyle *Tenente*" dedi Bonello yine. Sustum. Bana düşmezdi. Benim tek işim, üç cankurtaranı Pordenone'ye götürmekti. Onu yapamamıştım. Şimdi yapabileceğim, Pordenone'ye ulaşmaktı artık. Ama herhalde Udine'ye bile ulaşamayacaktım. Bok ulaşamazmışım! En iyisi sakin olmak, vurulmamak ve yakalanmamak.

Piani'ye, "Sende açık matara yok muydu?" dedim, hemen uzattı. Koca bir yudum aldım. "Yola çıksak fena olmaz" dedim. "Acele etmeyelim ama. Bir şeyler yemek istiyor musunuz?"

Bonello, "Burası oyalanacak yer değil" dedi.

"Tamam. Gidelim o zaman."

"Bu tarafta mı kalalım –gözden uzakta?"

"Tepede daha güvende oluruz. Bu köprüden de gelebilirler. Biz onları göremeden tepemize binmelerini istemeyiz."

Rayların üzerinden yürümeye başladık. İki yanımız ıslak ovaydı. İlerde, ovanın ötesinde, Udine'nin tepesi görünüyordu. Doruktaki kalenin altında damlar vardı. Çan kulesiyle saat kulesini gördük. Ovada pek çok dut ağacı görünüyordu. İlerde bir yerde rayların çıkarılmış olduğunu gördüm. Onları alıp yamaçtan aşağıya atmışlardı.

"Aşağı! Aşağı!" dedi Aymo. Yamacın dibinden aşağı indik. Anayoldan bir grup bisikletli daha geçti. Kenardan baktım, uzaklaştıklarını gördüm.

Aymo, "Bizi gördüler ama yine de yollarına devam ettiler" dedi.

Bonello, "Yukarıda öldürürler bizi *Tenente*" dedi.

"Bizim peşimizde değil onlar" dedim. "Başka bir şeyin peşindeler. Birden üstümüze gelirlerse daha büyük tehlike demektir."

Bonello, "Burada görünmeden yürürsek içim daha rahat edecek" dedi.

"Pekâlâ, raylardan gidelim."

Aymo, "Geçebilir miyiz diyorsunuz?" diye sordu.

"Tabii. Kalabalık değiller. Karanlıkta geçeriz."

"Kurmay arabasının ne işi vardı?"

"Tanrı bilir" dedim. Raylardan ilerledik. Bonello da çamurdan yürümekten usandı, o da gelip bize katıldı. İlerde bir kanalın üzerindeki köprüyü patlatmışlardı ama kalan parçaya tırmanıp sürünerek geçmeyi başardık. Önümüzde bir yerden silah sesleri geldi.

Kanalın öbür yanında rayları bulduk. Düz ovalardan dosdoğru kente gidiyorduk. Önümüzde öbür demiryolu hattının raylarını gördük. Kuzey taraf, bisikletlileri gördüğümüz anayoldu. Güneydeyse tarlalar arasından giden bir dar yol vardı. İki yanı sık ağaçlıydı. Oradan gidip kentin çevresinden dolansak, Campoformio'dan geçip anayola Tagliamento'dan çıksak daha iyi olur, diye düşünüyordum. Udine'den sonra da yan yollardan gider, geri çekilen ordunun yolundan uzak dururduk. Ovada pek çok ara yol olduğunu biliyordum. Yan tarafa inmeye başladım.

"Gelin" dedim. Yan yoldan gidip kente güneyinden girebilirdik. Hepsi inmeye koyuldular. Yan yoldan bize ateş edildi. Kurşun yamacın çamuruna saplandı.

"Geri dönün!" diye bağırdım, çamurlu yamacı kaya kaya tırmanmaya çalıştım. Şoförler önümdeydi. Elimden geldiği kadar hızla tırmandım. Ağaçların arasından iki kurşun sesi daha duyuldu ve Aymo, tam raylara ayak basacakken büküldü, sendeledi ve yüzükoyun devrildi. Onu öbür tarafa çekip sırtüstü çevirdik. "Kafası yüksek tarafta olsun" dedim. Piani onu döndürdü. Yamaçta, çamurun içinde yatıyordu. Ayakları aşağıya doğruydu. Düzensiz soluyor, ağzından kan geliyordu. Üçümüz yağmur altında çevresine çömeldik. Ensesinin biraz altından vurulmuş, kurşun ilerleyip sağ gözünün altından çıkmıştı. Ben iki deliğe pansuman bastırırken öldü. Piani başı elinden bıraktı, yüzünü gazlı bez parçasıyla sildi, çekildi.

"..." diye küfretti.

"Alman değildi onlar" dedim. "Burada Almanlar olamaz."

"İtalyanlar" dedi Piani. Bunu hakaret gibi söylüyordu. "İtaliani!" Bonello hiçbir şey söylemedi. Aymo'nun yanında oturuyor ama ona bakmıyordu. Piani, Aymo'nun kepini yuvarlandığı yerden aldı, yüzüne örttü. Sonra kendi matarasını çıkardı.

"Bir içki istiyor musun?" deyip matarayı Bonello'ya uzattı.

Bonello, "Hayır" deyip bana döndü. "Raylarda bu bizim de başımıza gelebilir."

"Hayır" dedim. "Ovaya doğrulduğumuz içindi."

Bonello başını iki yana sallıyordu. "Aymo öldü" dedi. "Sıra kimde *Tenente*? Nereye gideceğiz şimdi?"

"Ateş edenler İtalyandı" dedim. "Alman değildi."

Bonello, "Eğer Alman olsalar, hepimizi öldürürlerdi herhalde" dedi.

"Almanlardan çok İtalyanlar tehlike" dedim. "Arkadaki muhafızlar her şeyden korkuyor. Almanlar ise ne peşinde olduklarını biliyorlar."

Bonello, "Siz akıl yürütün *Tenente*" dedi.

Piani ise, "Nereye şimdi?" diye sordu.

"Karanlık basana kadar bir yere sığınsak iyi olur. Güneye geçebilirsek rahat oluruz."

Bonello, "İlk seferinde haklı olduklarını kanıtlamak için şimdi hepimizi öldürmek zorundalar" dedi. "Ben denemek istemiyorum."

"Udine'ye mümkün olduğu kadar yakın bir yerde saklanalım. Karanlık olunca yine ilerleriz."

"Hadi öyleyse" dedi Bonello. Yamacın kuzeyi boyunca ilerledik. Arkama baktım. Aymo çamurun içinde yatıyordu. Ufacık görünüyordu. Kolları iki yanında, dolakları bacaklarında, çamurlu çizmeleri bitişik, kepi de yüzünde. Çok ölü görünüyordu. Yağmur yağıyordu. Onu tanıdığım herkes kadar çok sevmiştim. Belgeleri cebimdeydi. Ailesine yazacaktım. Tarlaların ilerisinde bir çiftlik evi görünüyordu. Çevresinde ağaçlar, karşısında diğer çiftlik yapıları vardı. İkinci kat balkonu sütunlar üzerine basmıştı.

"Seyrek gitsek daha iyi" dedim. "Ben önden gideyim." Çiftlik evine doğruldum. Tarladaki patikadan yürüyordum.

O tarlayı geçerken, biri üstümüze ağaçların arasından mı ateş eder, yoksa evden mi ateş eder, bilmiyordum. Karşımda o evi net şekilde görerek yürüyordum. İkinci katın balkonuyla birleşik bir ambar ve samanlık vardı. Oradan samanlar taşmaktaydı. Avlu taş döşeliydi, ağaçlardan oraya yağmur damlaları dökülüyordu. Kocaman, boş bir çekçek arabası. Avluya girdim, ilerledim, balkonun altına varıp durdum. Evin kapısı açıktı. İçeriye girdim. Bonello ile Piani da arkamdan girdiler. İçerisi karanlıktı. Arkaya, mutfağa yürüdüm. Koskoca bir ocak ve sönmüş bir ateşin külleri. Küllerin üstünde asılı kaplar. Ama boştu hepsi. Çevreme bakındım, yiyecek bir şey bulamadım.

"Ambarda yatmalıyız" dedim. "Acaba yiyecek bir şeyler bulup oraya getirebilir misin, Piani?"

"Ararım" dedi.

Bonello, "Ben de ararım" diye ona katıldı.

"Peki" dedim. "Ben ambara bir bakayım." Taş bir merdiven buldum. Alttaki ahırdan çıkıyordu yukarıya. Ahır bu yağmurda bile kuruydu ve güzel kokuyordu. Sığırlar gitmişti. Herhalde ev halkı giderken salmışlardı onları. Ambarın yarısı saman doluydu. Çatıda iki pencere vardı, birine tahtalar çakılmıştı. Öteki dar pencere kuzeye bakıyordu. Samanı aşağıya, sığırlara indirmek için bir boru vardı. Gelen samanı yukarıya almak için yapılmış kapak yerinde yoktu ama deliğe kütükler konmuştu. Çatıdaki yağmur sesini dinledim, saman kokusunu içime çektim. Aşağıya indiğimde, ahırdaki kurumuş tezek kokularını aldım. Güneye bakan çatı penceresindeki tahtalardan birini söksek, avluyu görebilirdik. Öteki pencere kuzeye, tarlalara bakıyordu. Merdivenler güvenli olmazsa, her iki pencereden çıkabilir, çatıdan atlayabilir ya da saman bacasından inebilirdik. Büyük bir ambardı aslında. Birinin geldiğini duyarsak samanların arasına da saklanabilirdik. İyi bir yerdi burası. Bize ateş eden olmazsa, güneye varabileceğimizden emindim. Buralarda Almanların olması mümkün değildi. Onlar kuzeyden geliyor, Cividale yolundan iniyorlardı. Güneyden geliyor olamazlardı. İtalyanlar çok daha tehlikeliydi. Ne görseler korkuyor, ateş açıyorlardı. Dün gece geri çekilme sırasında duyduğumuza göre, bir sürü Alman da İtalyan üniforması giyip aramıza karışmıştı. Ben inanmıyordum buna. Savaşlarda hep duyardınız böyle şeyleri. Düşman hep böyle söylentiler yayardı. Ama Alman üniforması giyip akıllarını karıştırmak için onların arasına karışmış kimse yoktu ortalıkta. Yapıyor olabilirlerdi ama kulağa biraz zor geliyordu. Almanların da böyle bir şey yaptığına inanmıyordum. Yapmaya ihtiyaçları olduğunu da sanmıyordum. Biz geri çekilirken aklımızı karıştırmak neye yarardı? Zaten ordunun kalabalığı ve yolların azlığı yeterdi bizi çuvallatmaya. Almanlar bir yana, zaten kimsenin bir emir verdiği de yoktu. Hepimizi vururlardı. Aymo'yu vurmuşlardı işte. Saman iyi kokuyordu, o ambarda samanlar arasında yatmak da aradaki yılları silip süpürüyordu. Bir zamanlar samanlar arasında yatıp çene çalar, ambarın üçgenle biten duvarına konan serçelere havalı tüfekle ateş ederdik. O ambarı yıkmışlardı sonradan. Bir ara da baldıran ağaçlarının hepsini kesmişlerdi. Kala kala kökler, kurumuş devrik ağaç tepeleri ve kuru çalı haline gelmiş, ateş yakmak için toplanabilecek dallar kalmıştı koca ormandan. Geri gidemiyordu insan. İleri de gidemezse, ne olacaktı o zaman? Milano'ya geri dönülemezdi. Dönülse bile, ne olacaktı ki! Kuzeyden, Udine'ye yakın taraftan gelen silah seslerini dinledim. Makineli tüfek sesiydi. Tabanca değildi. O da bir şeydi. Yola askerler bırakmış olmalıydılar. Samanlığın loş ışığında aşağıya baktım, Piani'nin orada durduğunu gördüm. Elinde uzun bir sucuk, bir kavanoz, kolunun altında da iki şişe şarap vardı.

"Yukarı gel" dedim. "Merdiven şurada." Sonra elindekileri taşımak için yardıma ihtiyacı olacağını hatırladım, aşağıya indim. Samanlıkta yatmaktan kafam sersemlemişti. Neredeyse uyuklayacaktım.

"Bonello nerede?" diye sordum.

"Anlatacağım" dedi Piani. Merdiveni çıktık. Samanların arasında, getirdiklerini yere koyduk. Piani çakısını ve tirbuşonu çıkardı, şarap şişesinin tıpasını açtı.

"Üstünü mumlamışlar" dedi. "İyi cins şarap olmalı." Gülümsedi.

"Bonello nerede?" diye sordum yine.

Piani yüzüme baktı.

"O gitti *Tenente*" dedi. "Esir düşmek istedi."

Sessiz kaldım.

"Öldürüleceğinden korktu."

Elimde şarap, öylece bekliyordum.

"Biliyorsunuz, biz savaşa inanmıyoruz zaten *Tenente*."

"Sen neden gitmedin?" diye sordum.

"Sizi bırakmak istemedim."

"Nereye gitti?"

"Bilmiyorum *Tenente*. Ayrılıp gitti."

"Peki" dedim. "Sucuğu kesecek misin?"

Piani loş ışıkta yüzüme baktı.

"Demin konuşurken kestim onu ben" dedi. Samanlar arasında oturup sucuk yiyerek şarap içtik. Bir düğün için saklamışlardı besbelli bu şarabı. Öyle eskimişti ki rengi kaçmaya başlamıştı.

"Sen şu pencereden bak Luigi" dedim. "Ben de öbüründen bakayım."

İkimiz de ayrı şişelerden içmekteydik. Ben şişemi aldım, gidip samanların üstüne yattım, dar pencereden ıslak kırsala baktım. Ne görmeyi bekliyordum, onu bilemiyorum ama tek görebildiğim, tarlalar, dut ağaçları ve yağan yağmurdu. Şaraptan içtim, kendimi iyi hissetmemi sağlayamadı. O kadar uzun süre saklamışlardı ki bozulmaya başlamıştı. Hem kaliteden, hem de renkten kaybetmişti. Dışarının kararmasını seyrettim. Uzun sürmedi. Kapkara, yağmurlu bir gece olacaktı. Karanlıkta artık bakmaya da gerek yoktu. Piani'nin yanına gittim. Uyumuştu. Onu uyandırmadım. Bir süre yanına uzandım. İrikıyım bir adamdı ve pek derin uyuyordu. Bir süre sonra onu uyandırdım ve yola koyulduk.

Çok acayip bir geceydi. Ne bekliyordum, emin değilim –belki ölüm, belki karanlıkta silah patlaması, belki koşmak– ama hiçbiri olmadı. Anayoldan bir Alman tümeni geçerken biz yolun yanındaki hendeğin gerisinde yüzükoyun yatıyorduk. Onlar gidince yolu aştık, kuzeye doğrulduk. Yağmur altında iki kere Almanlara fazla yaklaştık ama bizi görmediler. İtalyanlara rastlamadan kentin yanından kuzeye ilerledik, az sonra da geri çekilen askerlerin yoluna çıkıp gece boyunca Tagliamento'ya doğru yürüdük. Bu çekilme işinin ne kadar büyük bir iş olduğunu daha önce fark etmemiştim. Tüm ülke hareket halindeydi, ordu da hareket halindeydi. Bütün gece yürüdük ama araçlardan daha hızlıydık. Bacağım ağrıyordu, yorulmuştum ama iyi hız yapıyor sayılırdık. Bonello'nun esir düşmeyi seçmesi öyle saçma görünüyordu ki! Tehlike yoktu bir kere. Hiç olaysız, iki ayrı birliğin yanından geçtik. Aymo ölmemiş olsa, başına hiçbir şey gelmezdi. Demiryolunun yanında cascavlak ortadayken de bizi rahatsız eden olmamıştı. O ölüm birdenbire ve mantıksız bir şekilde gelmişti. Acaba Bonello nerededir diye merak ettim.

"Kendinizi nasıl hissediyorsunuz *Tenente*?" diye sordu Piani. Araçlarla, askerlerle dolu bir yolun yanında yürüyorduk.

"İyiyim."

"Ben yoruldum yürümekten."

"Eh, yürümekten başka çaremiz yok artık. Kaygılanmamaya çalışalım."

"Bonello budalalık etti."

"Budala olduğu doğru."

"O konuda ne yapacaksınız *Tenente*?"

"Bilmiyorum."

"Esir düştü diye yazabilir misiniz?"

"Bilmiyorum."

"Yani –eğer savaş sürerse, ailesine dert çıkarabilirler."

Yakınımızdaki bir asker, "Savaş sürmeyecek" dedi. "Evimize gidiyoruz. Savaş bitti."

"Herkes eve gidiyor."

"Hepimiz eve gidiyoruz."

"Hadi *Tenente*" dedi Piani. Onlardan uzaklaşmak istiyordu.

"*Tenente* mi? Kimmiş *Tenente*? *A basso gli ufficiali*! Subaylara ölüm!"

Piani beni kolumdan yakaladı. "Size adınızla hitap etsem daha iyi" dedi. "Sorun çıkarabilirler. Birkaç subayı vurdular." Hızlanıp o gruptan uzaklaştık.

"Ailesine sorun yaratacak bir rapor yazmam" diye deminki konuşmamızı sürdürdüm.

"Savaş bittiyse, fark etmez zaten" dedi Piani. "Ama ben bittiğine inanmıyorum. Fazla iyimserlik olur."

"Yakında öğreniriz" dedim.

"Bittiğine inanmıyorum. Herkes bitti diyor ama ben inanmıyorum."

"Viva la Pace!"[80] diye bağırdı bir asker. "Evlerimize gidiyoruz!"

Piani, "İyi olurdu eve gitmek" dedi. "Siz istemez miydiniz eve gitmeyi?"

"İsterdim."

"Asla gidemeyeceğiz. Bence bitmedi."

Bir başka asker, "*Andiamo a casa*!"[81] diye haykırdı.

"Tüfeklerini fırlatıp atıyorlar" dedi Piani. "Yürürken tüfekleri çıkarıp atıyorlar. Sonra da bağırıyorlar."

"Tüfeklerini atmamalılar."

"Tüfekleri atarlarsa, kimsenin onları savaşmaya zorlayamayacağını sanıyorlar."

---

80) Çok yaşa barış! [ç.e.n.]

81) Haydi eve gidelim! [ç.e.n.]

Karanlıkta, yağmur altında yolun kenarından yürürken, askerlerin çoğunun tüfeklerini atmamış olduklarını gördüm. Pelerinlerinin altından namluları belli oluyordu.

Bir subay, "Hangi birliktensiniz?" diye seslendi.

Askerlerden biri, "Brigata di Pace" diye bağırdı. "Barış Ordusu!" Subay bir şey söylemedi.

"Ne diyor? Subay ne dedi?"

"Subaya ölüm. *Viva la Pace*!"

"Gelin" dedi Piani. İki İngiliz cankurtaranının yanından geçtik. Terk edilmişti ikisi de.

"Gorizia'dan bunlar" dedi Piani. "Araçları tanıyorum."

"Bizden hızlı gelmişler."

"Onlar daha erken çıktılar."

"Şoförleri nerede acaba?"

"İlerde herhalde."

"Almanlar Udine dışında durmuş" dedim. "Bu insanların hepsi nehri geçecek."

"Evet" dedi Piani. "O yüzden savaş bitmeyecek diyorum."

"Almanlar üstümüze gelebilirler" dedim. "Acaba neden gelmiyorlar, merak ediyorum."

"Bilmiyorum. Bu çeşit savaştan anlamam ben."

"Herhalde ulaşım araçlarını bekliyorlardır."

"Bilemem" dedi Piani. Yalnız kalınca daha bir yumuşamıştı. Yanında başkaları varken konuşmaları çok daha sert oluyordu.

"Evli misin, Luigi?"

"Evli olduğumu biliyorsunuz."

"O yüzden mi esir düşmek istemedin?"

"O da bir neden. Siz evli misiniz *Tenente*?"

"Hayır."

"Bonello da evli değil."

"Aslında evli olup olmamak önemli değil. Ama herhalde evli biri, karısının yanına dönmeyi isteyecektir" dedim. Eşlerden söz etmek hoşuma gidiyordu.

"Evet."

"Ayakların nasıl?"

"Kabardı."

Gün doğmadan Tagliamento kıyısına vardık, coşup taşan nehrin yanı sıra bütün trafiğin geçtiği köprüye doğru ilerledik.

"Bu nehri tutabilmeliler" dedi Piani. Karanlıkta sular çok yüksek görünüyordu. Anaforlar yaratıyordu. Genişlemişti nehir. Ahşap köprünün boyu üç çeyrek mil kadardı. Genelde ta aşağıdaki iki duvarın arasından akan nehrin suları, şimdi neredeyse köprüye değecek gibiydi. Yandan ilerledik. Sonra köprüyü geçen kalabalığın arasına katıldık. Kuduran suların azıcık üstünde, yağmur altında, kalabalığın baskısıyla yavaş yavaş ilerlerken, ilerdeki top arabasını gördüm. Yana, sulara baktım. Kendi tempomuzda yürüyemeyince, kendimi daha yorgun hissetmeye başlamıştım. Köprüyü geçmek de pek keyifli olmayacaktı. Gündüz vakti bir uçak bomba atarsa ne olur acaba, diye düşünüyordum.

"Piani" dedim.

"Buradayım *Tenente*." Biraz ilerde, kalabalığın arasındaydı. Kimse konuşmuyordu. Herkes bir an önce geçme derdindeydi. Kafalarını ona takmışlardı. Neredeyse geçmiş sayılırdık. Köprünün öbür ucunda, iki yanda, ellerinde fenerleriyle subaylar ve *carabinieri*'ler vardı. Gökyüzüne karşı siluetlerini görüyordum. Biz yaklaşırken, subaylardan birinin, kalabalığın arasındaki bir askeri işaret ettiğini gördüm. *Carabinieri*'lerden biri harekete geçti, gidip adamı kolundan yakaladı, getirdi. Onu yolun kenarına götürdüler. Subaylar her askere dikkatle bakıyorlar, bazen aralarında konuşuyorlardı. Bize sıra gelmek üzereyken birini daha dışarıya çektiler. Görüyordum adamı. Yarbaydı. Feneri tuttuklarında kolundaki yıldızları görmüştüm. Saçları kırlaşmıştı. Kısa boylu ve şişmandı. *Carabinieri*'ler onu subay grubunun gerisine götürdüler. Tam karşılarına gelmek üzereyken, bir-iki subayın bana baktığını gördüm. Sonra bir başkası beni işaret etti, *carabinieri*'ye bir şeyler söyledi, o da bana doğru yöneldi. Gelip beni yakamdan yakaladı.

"Ne oluyor sana?" deyip suratına bir yumruk attım. Şapkasının altındaki yüzünü, yukarıya dönük bıyıklarını, kanayan yanağını görüyordum. İkinci biri bize doğru dalış yaptı.

"Ne oluyor size?" dedim. Cevap vermedi. Beni yakalamak için fırsat arıyordu. Pistolu gevşetmek üzere elimi arkama attım.

"Bir subaya dokunulmayacağını bilmiyor musunuz?"

Öteki beni arkamdan yakaladı, kolumu büktü, onunla birlikte, olduğum yerde dönerken arkadaşı boynuma dolandı. Baldırına bir tekme patlatıp sol dizimi kasığına savurdum.

Birinin, "Karşı koyarsa vur onu" dediğini duydum.

"Nedir bunun anlamı?" Bağırmaya çalışıyordum ama sesim fazla çıkmıyordu. Beni yolun kenarına çektiler.

"Direnirse vur" dedi subaylardan biri. "Arkaya götür onu."

"Kimsiniz siz?"

"Öğrenirsin."

"Kimsiniz?"

"Askeri inzibat" dedi bir başka subay.

"Neden bu ayıları üstüme salıyorsunuz da bana 'yana geç' demiyorsunuz?"

İlk subay, "Arkaya, ötekilerin yanına götür" dedi. "Baksana, İtalyancayı aksanlı konuşuyor."

"Sen de öyle ..." dedim.

"Diğerleriyle arkaya götürün" dedi ilk subay. Subayların arkasına, nehir kıyısındaki bir grubun yanına götürülüyordum.

Biz yürürken silahlar patladı. Tüfeklerin alevini gördüm, verilen raporları kulağımla duydum. Grubun yanına vardık. Dört subay vardı orada. Bir adam önlerinde, iki *carabinieri*'nin kıskacında durmaktaydı. Dört *carabinieri* de sorgulanmayı bekleyen grubu kontrol etmekteydi. Şapkaları geniş kenarlıydı *carabinieri*'lerin. Subayların sorgulamakta olduğu adama baktım. Demin sıradan çıkardıkları yarbaydı. Sorgucular kendilerinden pek emin, pek soğuk bir tutum içindeydiler. İtalyanlar gibi, ateş altında değil de, ateş eden askerler gibiydiler.

"Birliğin?"

Adam söyledi.

"Hangi ordu?"

Söyledi.

"Neden birliğinde değilsin?"

Anlattı.

"Bir subay, askerleriyle birlikte olmalı; bunu bilmiyor musun?" Biliyordu.

Hepsi bu kadardı. Bir başka subay konuştu.

"Sen ve senin gibiler yüzünden barbarlar girdi kutsal vatanımıza."

"Pardon?" dedi yarbay.

"Sizin ihanetiniz yüzünden zaferin meyvelerini kaçırdık."

"Daha önce hiç bir geri çekilmede bulundunuz mu?" diye sordu yarbay.

"İtalya asla geri çekilmemelidir."

Yağmurun altında durmuş, bunları dinliyorduk. Subaylar karşımızda, sorgulanan adam biraz yan taraftaydı.

Yarbay bu sefer, "Eğer beni vuracaksanız, soru sormadan hemen vurun" dedi. "Bu sorgulama aptalca." Istavroz çıkardı. Subaylar aralarında konuştular. Biri kâğıda bir şeyler yazdı.

"Askerlerini terk etmiş, kurşuna dizilecek" dedi.

Carabinieri'ler yarbayı nehrin kıyısına götürdüler. Yağmur altında, şapkasız bir adam. İki yanında birer *carabinieri*. Onu vurmalarını seyretmedim ama silah seslerini duydum. Şimdi bir başkasını sorguluyorlardı. O subay da askerlerinden ayrılmıştı. Açıklamasına fırsat vermediler. Hükmü kâğıttan okuduklarında ağladı. Sonra o vurulurken, subaylar bir başkasını sorguluyorlardı. Biri kurşuna dizilirken başkasını sorguluyor olmaya özen gösteriyorlardı. Yani meşguldüler ve yapabilecekleri bir şey yoktu. Acaba sorgulanmayı mı beklesem, yoksa şimdi mi harekete geçsem, diye düşünüyordum. Beni besbelli İtalyan üniforması giymiş bir Alman olarak göreceklerdi. Akıllarının nasıl çalıştığını anlayabiliyordum –eğer akılları varsa ve çalışabiliyorsa. Genç adamlardı; vatanlarını kurtarıyorlardı. İkinci Ordu, Tagliamento dışında reformdan geçiriliyordu. Askerlerini terk etmiş ve rütbesi binbaşının üstünde olanları vuruyorlardı. Bu arada, İtalyan üniforması giymiş Alman provokatörlerin de hakkından gelmiş oluyorlardı. Çelik kasklar giymişlerdi. Bizim aramızda yalnız iki kişinin çelik kaskı vardı. *Carabinieri*'lerin bazıları kasklı, bazıları şapkalıydı. "Uçaklar" diyorduk şapkalılara aramızda. Yağmur altında bekliyor, birer birer sorgulanıyor, kurşuna diziliyorduk. Şimdiye kadar sorguladıkları herkesi vurmuşlardı. Ölüm hükmü veren ama kendileri tehlikede olmayan insanların mesafeli tutumuna bürünmüşlerdi. Şu anda bir albayı sorgulamaktaydılar. Aramıza üç subay daha getirmişlerdi.

"Neredeymiş birliği?"

Carabinieri'lere baktım. Onlar da yeni gelenlere bakıyorlardı. Ötekilerin gözü albaydaydı. Öne eğildim, iki adamın arasından fırladım ve kafamı eğip nehre doğru atıldım. Tam kenarda ayağım takıldı, şakırt diye suya düştüm. Su çok soğuktu. Kalabildiğim kadar suyun altında kaldım. Çıktığım anda derin bir soluk alıp yine alta indim. Bunca giysi ve çizmelerle su altında kalmak daha kolaydı. İkinci kez çıktığımda, önümde yüzen bir tahta parçası görüp tek elle ona tutundum. Kafamı tahtanın arkasında tutuyor, uzanıp bakmıyordum bile. Ben koşarken de, ilk su yüzüne çıktığımda da silah sesleri duymuştum. Şimdi öyle bir ses yoktu. Tahtam akıntıda savruluyor, ben ona tek elle tutunuyordum. Kıyıya baktım. Çok hızlı gidiyorduk. Nehirde bir sürü tahta vardı. Su çok soğuktu. Suyun yüzüne çıkabilmiş bir adacığın çalılarına süründük. Tahtama iki elle sarındım, beni rastgele sürüklemesine izin verdim. Kıyı artık görünmez olmuştu.

31

Akıntı hızlı olduğunda insan ne zamandır nehirde olduğunu fark edemiyor. Uzun bir süre geçmiş de olabilirdi ama kısa da olabilirdi. Su buz gibiydi, yüzen şeylerin çoğu da su yükseldiği zaman kıyılardan topladığı şeylerdi. Tutunacak ağır bir tahtam olduğu için çok şanslıydım. Suyun içinde yatıyor, çenemi tahtaya dayıyordum. İki elimle mümkün olduğu kadar rahat şekilde tutunmaktaydım. Kramp girmesinden korkuyor, keşke kıyıya yakın olsak, diye düşünüyordum. Nehrin uzun bir kıvrımından geçmekteydik. Hava aydınlanmaya başlamıştı, artık kıyıdaki çayırları da, kıyı çizgisini de fark edebiliyordum. İlerde fundalıklı bir adacık daha vardı. Akıntı beni kıyıya doğru itmekteydi. Acaba üstümü ve çizmelerimi çıkarıp kıyıya yüzmeye çalışsam mı, diye düşündüm ama yapmamaya karar verdim. Nasılsa kıyıya çıkarım diye düşünmüş, çıkınca ne yapacağımı hiç düşünmemiştim. Çıplak ayak kalırsam durum kötü olurdu. Bir şekilde Mestre'ye ulaşmak zorundaydım.

Kıyı bana yaklaşıyor gibi oldu, sonra yine uzaklaştı, ardından bir daha yaklaştı. Akıntının hızı biraz düşmüştü. Şimdi kıyıya çok yakındım. Salkımsöğüdün minik dallarını bile görebiliyordum. Kalasım yavaşça döndü, kıyı arkamda kaldı; anafora kapıldığımızı anladım. Yavaş yavaş döndük. Kıyıyı tekrar yakınımda görünce tek elimle tutunup öbür elim ve ayağımla kalasımı kıyıya daha yaklaştırmaya çalıştım, işe yaramadı. Anafordan kurtulunca yine kıyıdan uzaklaşırız diye korkuyordum. Bacaklarımı büktüm, kalasa tabanlarımı dayayıp olanca gücümle kıyıya doğru atıldım. Dalları görebiliyordum ama tüm çabama ve hızlı yüzmeye çalışmama rağmen akıntı beni götürüyordu. Çizmeler yüzünden boğulacağım, diye geçirdim aklımdan. Yine de, o paniğin içinde, tüm ağırlıklarımla çabaladım ve sonunda ulaştım. Söğüdün dalını yakalamıştım ama kendimi yukarı çekecek gücüm kalmamıştı. Dallara asılıp bekledim. İçimin bulantısı geçince dalları kendime çektim, yine durup dinlendim. Kollarım çalılara sarılmış, ellerim dallara asılmıştı. Sonra kendimi sürükleyip dalların arasında yükseldim ve kıyıyı buldum. Gün aydınlanıyor gibiydi. Etrafta kimseyi görmedim. Kıyıda serilmiş yatıyor, nehrin ve yağmurun sesini dinliyordum.

Bir süre sonra ayağa kalkıp kıyı boyunca yürümeye koyuldum. Latisana'ya kadar başka köprü olmadığını biliyordum. Herhalde San Vito'nun karşısındayım, diye düşündüm. Ne yapmak gerektiğini bulmaya çalıştım. İlerde nehre inen bir hendek vardı. Oraya yöneldim. Şu âna kadar kimseyi görmüş değildim. Hendeğin köşesinde bir çalı kümesinin yanına oturdum, çizmeleri çıkarıp içlerindeki suyu boşalttım. Ceketi çıkardım, iç cebimden sırılsıklam cüzdanı, içindeki kâğıtlarla paraları boşalttım, ceketi büküp sıkarak suyunu akıttım. Pantolonu çıkarıp onu da sıktım. Ardından gömleği ve iç çamaşırlarımı. Onları bedenime vura vura kendimi silip kurutmaya çalıştım, yine giyindim. Kasketim kaybolmuştu.

Ceketi giymeden önce kollarımdaki şeritleri, yıldızları söktüm, paralarla birlikte iç cebime yerleştirdim. Paralar ıslanmıştı ama eksik yoktu. Saydım onları. Üç bin liret ve biraz küsurat. Giysilerim ıslak ve yapış yapıştı. Kan dolaşımım yavaşlamasın diye kollarımı sallıyordum. Çamaşırlarım trikoydu. Hareket ettiğim sürece, hasta olacağımı sanmıyordum. Yolda pistolumu almışlardı, ben de kılıfı ceketin içine, koynuma sokmuştum. Kasketim olmayınca, yağmurda kafam üşüyordu. Kanalın kıyısı boyunca yürümek üzere yola koyuldum. Gündüz olmuştu, her taraf ıslak ve kasvetliydi. Tarlalar çıplak ve sırılsıklamdı. Çok uzakta, çan kulesinin ovada bir yerde yükseldiğini gördüm. Derken bir yola vardım. Uzaktan bir grup asker yaklaşıyordu. Topallayarak yandan ilerledim, bana aldırmadan geçip gittiler. Nehre doğru ilerleyen bir makineli tüfek birliğiydi. Yoldan aşağı yürümeyi sürdürdüm.

O gün Venedik ovasını geçtim. Alçak bir düzlüktü ve yağmurda daha da düzleşirdi. Denize doğru orada tuzlalar vardı ve yollar azdı. Yolların hepsi nehirler boyunca denize doğru giderdi. Ovayı geçmek için kanalların yanındaki patikalardan yürümek zorundaydım. Kuzeyden güneye doğru gitmek zorundaydım. İki demiryolunu ve bir sürü yolu geçmiştim. Derken patikam, bataklığın yanından geçen bir demiryolunda son buldu. Venedik-Trieste hattıydı. Yükseltilmiş zemindeydi ve çift ray vardı. Rayların biraz ilerisinde bir istasyon ve muhafız askerler görüyordum. Yukarı tarafta, bataklığa akan bir derenin üzerindeki köprü vardı. Orada da bir asker nöbetteydi. Kuzeye doğru tarlalardan giderken bu demiryolundan bir trenin geçtiğini görmüştüm. Dümdüz arazide, ta uzaktan görülebiliyordu. Belki Portogruaro'dan bir tren gelir, diye geçti aklımdan. Yüzükoyun uzanmış, nöbetçileri gözlüyordum. Hem gidiş, hem dönüş raylarını görebilen bir yerdeydim. Köprüdeki nöbetçi benden yana birkaç adım yürüdü, sonra dönüp yine köprüye yöneldi. Öylece yatmış, aç açına, treni bekliyordum. Son gördüğüm tren çok uzundu; lokomotif onu ancak düşük hızda çekebiliyordu. Binebileceğimden emindim. Tam umudu kesecekken, bir trenin gelmekte olduğunu gördüm. Lokomotif önce minicik, sonra daha büyük görünmeye başladı. Köprüdeki nöbetçiye baktım. Köprünün benden tarafındaydı ama rayların öbür yanında yürüyordu. Demek tren geçerken beni göremeyecekti. Lokomotifin yaklaşmasını gözledim. Yavaş geliyordu. Bir sürü vagon vardı arkasında. Trende de muhafızlar olacağının farkındaydım. Nerede olduklarını görmeye çalıştım ama saklanmak zorunda olduğum için yapamadım. Lokomotif neredeyse benim yattığım yerin hizasına varmıştı. Önümden geçerken ayağa kalktım, makinisti görevinin başında gördüm, ilerleyip vagonlara yaklaştım. Nöbetçiler bakıyorsa, kenarda duran, pek kuşku çekmeyen biri gibiydim. Birkaç kapalı vagon geçti. Derken açık bir tane gördüm. Gondol diyorlardı bunlara. Üstü brandayla örtülüydü. Geçmesini bekledim, son anda fırlayıp arkasındaki tutamaklara asılarak kendimi yukarı çektim. Gondolla arkasındaki kapalı vagonun arasındaydım. Beni kimsenin gördüğünü sanmıyordum. Çömelmiş, tutamaklara asılmıştım. Neredeyse köprünün önündeydik. Nöbetçiyi hatırladım. Tam geçerken bana baktı. Çocuktu daha. Kaskı kafasına fazla büyüktü. Ona nefretle baktığımda gözlerini kaçırdı. Trende bir görevim olduğunu sanmıştı.

Geçmiştik. Nöbetçinin hâlâ tedirgin olduğunu görüyordum. Öteki vagonlara bakıyordu. Eğilip brandanın nasıl bağlandığını yokladım. Zımba delikleri vardı, bir iple kenardan aşağıya bağlanıyordu. Çakımı çıkardım, ipi kesip kolumu içeriye soktum. Brandanın altında sert çıkıntılar vardı. Başımı kaldırıp ileriye baktım. Kapalı yük vagonlarından birinin üstünde bir muhafız vardı ama o da ileriye bakıyordu. Tutamakları bırakıp brandanın altına süzüldüm. Kafam bir yere sert biçimde çarptı, kanı hissettim ama sürünüp brandanın altına yamyassı uzandım. Sonra dönüp brandayı tekrar ilikledim.

Topların yüklendiği bir vagondaydım. Burnuma temiz yağ kokusu geliyordu. Yatıp brandaya vuran yağmurun sesini, vagonların tıkırtısını dinledim. Çok az ışık sızıyordu içeri. Toplara baktım. Kılıfları geçirilmişti üstlerine. Herhalde üçüncü ordudan gönderiliyorlar, diye düşündüm. Alnımda kanayan yer şişmişti. Sırtüstü, kıpırdamadan yatıp kanın pıhtılaşmasını bekledim, sonra yaranın uzağındaki kanları sildim. Mendilim yoktu ama parmaklarımla yoklayarak yüzümdeki kanları brandadan damlayan yağmur sularıyla temizledim, sonra da ceketimin koluyla kuruladım. Dikkat çekmek istemiyordum. Mestre'ye varmadan inmek zorunda olduğumun farkındaydım, çünkü orada toplara bakacaklardı. Onları kaybedecek ya da unutacak halleri yoktu. Karnım çok açtı.

32

Vagonun tabanında, topların yanında yatarken ıslaktım, üşüyordum ve açtım. Sonunda yuvarlanıp yüzüstü döndüm, başımı kollarıma dayadım. Dizim kaskatı kesilmişti ama iyi dayanmıştı doğrusu. Valentini işini iyi yapmıştı. Bu dizle, koskoca geri çekilme operasyonunun yarısını yaya yapmış, Tagliamento'nun da bir bölümünü yüzerek geçmiştim. Valentini'nin diziyle. Öteki diz benim, kendimindi. Doktorlar müdahale ettikten sonra artık vücudunuz tam sizin olmuyordu. Kafa benimdi, karnımın içi de benimdi. Acıkmıştı orası. Kendi kendini yemeye hazırlandığını hissediyordum. Kafa benimdi ama kullanmak, düşünmek için değil, yalnızca hatırlamak için, çok da fazla hatırlamamak kaydıyla.

Catherine'i hatırlıyordum ama onu tekrar görüp göremeyeceğimi bilmeden fazla düşünürsem delireceğimden korkuyordum. Düşünmeyecektim onu, birazcık düşünecektim yalnızca. Arabada gidişini. Brandadan giren azıcık ışık ve ben Catherine'le yan yana vagonun dibinde yatıyorum. Altımdaki sert taban, düşünmeye uygun değil, yalnız hissetmeye uygundu. Çoktandır ayrıydık. Giysilerim ıslaktı. Taban çok az hareket ediyordu. Yalnızdım. Islak giysilerimle, karımın yerine sert zeminin üstünde.

İnsan vagonun sert tabanını, kılıflı topları, kenarlarından yağmur giren vazelinlenmiş brandayı sevemiyordu. Gerçi rahattı burası ama siz aslında burada hayal bile edilemeyecek birini sevince, görme yetisi keskinleşiyor, soğuklaşıyor, boş bir hale geliyordu. Yüzükoyun yatarken, etrafta bir ordu çekilip öbür ordu ilerlerken, arabalarını da, adamlarını da kaybetmiş biri olarak, insan kendini mağazanın tüm mallarını yangında kaybetmiş bir gece bekçisi gibi hissediyordu. Ama sigorta da yoktu. Bitmişti her şey. Hiçbir mecburiyet kalmamıştı. Eğer mağazanın gece bekçisini yangın sonrasında sırf farklı bir şiveyle konuşuyor diye vuruyorlarsa, herhalde o bekçinin artık işine geri dönmesi beklenemezdi. Başka iş arardı belki –eğer başka iş varsa ve polis onu yakalamamışsa.

Öfke de tıpkı sorumluluklarım gibi o nehirde yıkanıp gitmişti. Aslında *carabinieri* yakama sarıldığı anda bile bitmişti. Herhalde üstümdeki üniformadan kurtulmayı özlemem gerekirdi ama artık dış görünüşe aldırış etmiyordum. Yıldızları çıkarmıştım ama bu sırf kolaylık sağlamak içindi. Şeref konusuyla bir ilgisi yoktu. Onlara karşı falan değildim. Bitirmiştim bu işi ben. Hepsine iyi şanslar diliyordum. İyiler vardı içlerinde, cesurlar vardı, sakinler, mantıklılar vardı, hak ediyorlardı bunu. Ama artık benim gösterim değildi o iş. Keşke tren Mestre'ye varsa da yemek yesem, düşünmeyi kessem, diyordum. Düşünmeyi kesmek zorundaydım.

Piani beni vurduklarını söylerdi. Vurduktan sonra insanların ceplerini arıyorlar, kâğıtlarını alıyorlardı. Benim kâğıtlarım çıkmayacaktı. Boğulduğumu yazabilirlerdi. Acaba Amerika'ya ne haber gider, diye merak ettim. Aldığı yaralardan ve başka nedenlerden öldü. Tanrım, ne kadar açtım. Acaba yemekhanedeki papaz ne oldu, diye geçirdim aklımdan. Ya Rinaldi? O herhalde Pordenone'deydi. Eğer daha da geriye çekilmedilerse. Eh, bir daha onu görebilecek değildim. Hiçbirini görmeyecektim bir daha. Bitmişti o hayat. Bence frengi kapmamıştı. Zamanında tanılanırsa, ciddi bir hastalık da sayılmıyordu. Ama kaygılanıyordu buna. Bende de olsa, ben de kaygılanırdım. Kim olsa kaygılanırdı.

Düşünmek üzere yaratılmamıştım. Yemek yemek üzere yaratılmıştım. Ah, Tanrım, evet. Yemek, içmek ve Catherine'le yatmak üzere. Bu gece belki. Yo, buna olanak yoktu. Ama yarın, iyi bir yemek, temiz çarşaflar, bir daha da birlikte olmadıkça hiçbir yere gitmemek. Çabucak gitmek şarttı aslında. O da benimle gelirdi. Biliyordum geleceğini. Nereye gidecektik? Düşünmek gerekirdi. Ortalık kararıyordu. Yattığım yerde, nereye gideceğimizi düşündüm. Birçok yer vardı.

BÖLÜM DÖRT

33

Sabah daha ortalık ışımadan, tren Milano istasyonuna girmek üzere yavaşlarken, ben trenden atladım. Rayları geçip iki bina arasına daldım ve sokağa girdim. Açık bir şarap dükkânı vardı, bir kahve içmek üzere oraya yöneldim. Sabah kokusu vardı içerde. Yeni süpürülmüş toz, kahve fincanlarında kaşıklar, masalarda ıslak bardaklardan kalma yuvarlak izler. Dükkânın sahibi barın arkasındaydı. Masalardan birinde iki asker oturuyordu. Barın önünde durdum, bir fincan kahve içtim, biraz ekmek yedim. Kahveye süt ekleyince rengi grileşmişti. Bir lokma ekmekle yüzünde biriken süt kaymağını sıyırdım. Dükkân sahibi bana baktı.

"Bir kadeh *grappa* ister misin?"

"Hayır, teşekkürler."

"Benden" diyerek kadehi doldurup önüme doğru itti. "Neler oluyor cephede?"

"Bilemem."

"Sarhoş hepsi" diyerek eliyle masadaki askerleri gösterdi. İnanıyordum ona. Adamlar gerçekten sarhoş gibi görünüyorlardı.

"Söylesene" dedi. "Neler oluyor cephede?"

"Cepheyi nereden bileyim?"

"Duvardan atladığını gördüm. O trenden inmiş olmalısın."

"Büyük bir geri çekilme var."

"Gazeteleri okudum. Ama ne oluyor? Bitti mi artık?"

"Sanmıyorum."

Kendi kadehine de *grappa* aldı. "Başın dertteyse, burada kalabilirsin" dedi.

"Başım dertte değil."

"Girerse burada benimle kal."

"Nerede kalınıyor burada?"

"Binada. Çok kişi kalır burada. Başı derde giren herkes buraya gelir."

"Çok kişinin mi başı derde giriyor?"

"Derdin türüne göre. Sen Güney Amerikalı mısın?"

"Hayır."

"İspanyolca bilir misin?"

"Pek az."

Tezgâhın üstünü sildi.

"Şu ara ülkeden çıkış zor ama imkânsız değil."

"Benim gitmeye niyetim yok."

"Burada istediğin kadar kalabilirsin. Nasıl bir adam olduğumu görürsün."

"Bu sabah gitmek zorundayım ama adresi unutmam, yine gelirim."

Başını iki yana salladı. "Böyle konuşuyorsan, gelmeyeceksin demektir. Ben senin başın büyük dertte sanmıştım."

"Başım dertte değil. Ama bir dostun adresine kıymet veririm."

Tezgâhın üstüne kahvenin parası olarak on liret bıraktım.

"Benimle bir *grappa* iç" dedi.

"Gerekli değil."

"İç bir tane."

İki kadehi doldurdu.

"Unutma" dedi. "Gel buraya. Başkalarının seni kandırmasına izin verme. Burada güvende olursun."

"Bundan eminim."

"Emin misin?"

"Evet."

Ciddiydi. "O halde bir şey söyleyeyim sana. O ceketle dolaşma."

"Neden o?"

"Kollarında yıldızları çıkardığın yerler belli oluyor. Alttan çıkan renk farklı."

Bir şey söylemedim.

"Belgelerin yoksa belge bulabilirim sana."

"Ne belgesi?"

"İzin belgesi."

"Belgeye ihtiyacım yok. Var benim belgelerim."

"Pekâlâ" dedi. "Ama gerek duyarsan, istediğin belgeyi bulurum."

"Kaça o belgeler?"

"Nasıl belge olduklarına göre değişiyor. Fazla pahalı değil."

"Şu anda gerekmiyor."

Omuz silkti.

"Başım dertte değil" dedim.

Kapıya çıktığımızda, "Dostunum, unutma" dedi.

"Unutmam."

"Yine görüşürüz" dedi.

"İyi" diye karşılık verdim.

Dışarı çıkınca, istasyondan uzak durmaya çalıştım. Orada askeri inzibatlar vardı. Köşede, parkın ucundan bir taksi bulup bindim, şoföre hastanenin adresini verdim. Kapıcının dairesine yöneldim. Karısı beni kucakladı. Adam da elimi sıktı.

"Döndünüz. Sağ salim."

"Evet."

"Kahvaltı ettiniz mi?"

"Evet."

"Nasılsınız *Tenente*? Nasılsınız?" diye sordu karısı.

"İyiyim."

"Bizimle kahvaltı etmez misiniz?"

"Hayır, teşekkürler. Söylesenize, Bayan Barkley burada, hastanede mi?"

"Bayan Barkley mi?"

"İngiliz hemşire."

"Sevgilisi" dedi karısı. Omzumu tıpışlayıp bana gülümsedi.

"Değil" dedi kapıcı. "Gitti o."

Yüreğim yerinden kayar gibi oldu. "Emin misiniz? Uzun boylu İngiliz kızı soruyorum."

"Eminim. Stresa'ya gitti."

"Ne zaman gitti?"

"İki gün önce. Öbür İngiliz kızla birlikte gitti."

"İyi" dedim. "Bana bir iyilik yapmanızı rica edeceğim. Beni gördüğünüzü kimseye söylemeyin. Bu çok önemli."

"Kimseye söylemem" dedi kapıcı. On liret vermeye çalıştım, elimi itti.

"Söz veriyorum size, kimseye söylemem" dedi. "Para istemiyorum."

Karısı, "Sizin için ne yapabiliriz *Signor Tenente*?" diye sordu.

"Bir tek bu" dedim.

"Ağzımız dikili" dedi adam. "Bir şeye ihtiyacınız olursa bana söyleyin."

"Tamam" dedim. "Hoşça kalın. Yine görüşeceğiz."

Kapıda durmuş, arkamdan bakıyorlardı.

Taksiye binip şöfore Simmons'ın adresini verdim. Şan eğitimi aldığını bildiğim adamlardan biriydi.

Simmons'un evi kentin öbür ucunda, Porta Magenta'ya doğru bir yerdeydi. Oraya vardığımda, onu hâlâ yatakta buldum.

"Ne kadar erken kalkıyorsun, Henry" dedi.

"Erken gelen trenden indim."

"Nedir bu geri çekilme işi? Sen cephede miydin? Bir sigara ister misin? Kutu şurada, masada." Büyük bir odaydı, yatak da duvara dayalı bir yerdeydi. Öbür uçta bir piyano, bir çekmeceli dolap, bir de masa vardı. Yatağın yanındaki sandalyeye oturdum, Simmons da yatağında, yastıklara dayanarak sigarasını yaktı.

"Başım dertte Sim" dedim.

"Benim de" dedi. "Hep derttedir başım. Sigara istemiyor musun?"

"Hayır" dedim. "İsviçre'ye geçmekle ilgili uygulamalar nasıl?"

"Senin için mi? İtalyanlar seni ülkeden dışarı bırakmaz."

"Evet, onu biliyorum. Ama ya İsviçreliler? Onlar ne yapar?"

"Gözaltına alırlar."

"Biliyorum. Ama mekanizması nasıl?"

"Yok öyle bir şey. Çok basit. Nereye istersen gidebilirsin. Sanırım belli zamanlarda bir yerlere haber vermen gerek. Neden soruyorsun? Polisten mi kaçıyorsun?"

"Henüz kesin değil."

"İstemiyorsan anlatma. Ama dinlemek ilginç olurdu. Buralarda hiçbir şey olmuyor. Piacenza'da her şeyi yüzüme gözüme bulaştırdım."

"Çok üzüldüm."

"Ah evet. Çok kötü gitti. Üstelik iyi de söylüyordum. Bu sefer burada, Lyrico'da deneyeceğim."

"Dinlemek isterdim."

"Çok naziksin. Senin başına gelen bu bela –kötü bir şey değil, değil mi?"

"Bilemiyorum."

"İstemiyorsan anlatma. Nasıl oluyor da cepheden uzaktasın?"

"Sanıyorum bitti benim için o konu."

"Aferin sana. Akıllı biri olduğunu hep bilmiştim. Benim bir yardımım olabilir mi?"

"Çok meşgulsün."

"Hiç de değil, dostum Henry. Hiç de değil. Ne gerekiyorsa seve seve yaparım."

"Boyumuz bosumuz aşağı yukarı aynı. Sokağa çıkıp bana sivil giysisi alabilir misin? Kıyafetlerim var ama hepsi Roma'da."

"Orada yaşıyordun, değil mi? Berbat bir yer. Nasıl yaşayabildin orada?"

"Mimar olmak istiyordum."

"Orası onun yeri değil. Giysi de alma. Sana istediğin kadar giyecek veririm. Öyle giydiririm ki, pırıl pırıl olursun. Geç giyinme odasına. Bir dolap var. Ne istiyorsan al. Ah sevgili dostum, giysi almayı neden isteyesin ki!"

"Alsam daha iyi olur Sim."

"Sevgili dostum, sana bunları vermek, çıkıp senin için alışveriş yapmaktan çok daha kolay. Pasaportun var mı? Pasaportsuz fazla uzağa gidemezsin."

"Evet, pasaportum hâlâ bende."

"Git giyin o halde, dostum. Sonra da ver elini Helvetia."

"O kadar basit değil. Önce Stresa'ya gitmem gerek."

"İdeal bir durum, arkadaş. Oradan bir sandalla geçiverirsin. Şarkı söyleyecek olmasam, gelirdim seninle. Ama sonunda gideceğim ben de."

"'Yodıl' yapmayı öğren öyleyse."

"Onun da zamanı gelir sevgili dostum. Ama iyi şarkı söylüyorum. Garip olan da o."

"Eminim iyi söylediğinden."

Sırtüstü uzanıp sigarasını tüttürdü.

"O kadar da emin olma. Ama hiç fena söylemiyorum. Komik ama gerçekten öyle. Seviyorum şarkı söylemeyi. Bak, dinle." *Africana*'yı söylemeye başladı. Boynundaki damarlar şişiyordu söylerken. "Söyleyebiliyorum" dedi. "Beğenseler de beğenmeseler de." Pencereye doğru baktım. "Aşağıya inip taksiciyi defedeyim" dedim.

"Sonra yukarı gel, dostum. Birlikte bir kahvaltı edelim." Yataktan kalktı, dimdik durup derin bir soluk aldı, egzersiz yapmaya başladı. Ben aşağıya indim, taksicinin parasını verdim.

34

Sivil giysiler içinde kendimi kılık değiştirmiş gibi hissediyordum. O kadar uzun süredir üniformalıydım ki giysilerin beni kavramasıyla ilgili o duyguyu özlüyordum. Pantolon çok bolmuş gibi geliyordu. Milano'dan Stresa trenine bilet alırken bir de yeni şapka almıştım. Sim'in şapkasını giyemezdim. Ama elbiseleri iyi uymuştu üstüme. Kompartımanda oturmuş, pencereden bakarken yeni şapka pek yeniymiş gibi geliyor, üstümden başımdan tütün kokuları yükseliyordu. Kendimi dışardaki ıslak Lombardiya manzarası kadar hüzünlü hissediyordum. Kompartımandaki birkaç havacı, beni pek beğenmemiş gibiydiler. Bana bakmaktan kaçınır gibi halleri vardı. Benim yaşımda birinin sivil olması da beni aşağılamalarına neden oluyordu. Bunu hakaret gibi algılamadım. Eski günlerim olsa, onlara hakaret eder, kavga çıkarmaya çalışırdım. Gallarate'de indiler, ben de yalnız kaldığıma sevindim. Gazete almıştım ama okumuyordum çünkü savaş haberlerini okumak istemiyordum. Unutacaktım artık savaşı. Ayrı bir barış yapmıştım ben. Büyük bir yalnızlık duygusu içindeydim. Tren Stresa'ya varınca sevindim.

İstasyonda otellerden gelen valeleri görmeyi bekliyordum ama kimse yoktu. Sezon çoktan bitmişti, treni karşılamanın önemi kalmamıştı. Trenden bavulumla indim. Sim'in bavuluydu, çok hafifti. İçinde iki gömlekten başka bir şey yoktu çünkü. Tren hareket ederken ben saçak altına sığındım. Orada rastladığım bir adama otellerden hangilerinin açık olduğunu sordum. Grand-Hôtel & des Isles Borromées açıktı. Küçük otellerin bazıları da zaten yıl boyu hiç kapanmıyordu. Elimde bavulumla Isles Borromées'ye doğru yola koyuldum. Sokakta bir at arabası görünce arabacıya işaret ettim. Otele arabayla gelmek daha iyi olurdu. Büyük otelin araba kapısından girdik, kapıcı elinde şemsiyeyle ve tüm nezaketiyle yaklaştı.

İyi bir oda tuttum. Çok genişti ve pencereleri göle bakıyordu. Bulutlar hayli alçaktı ama güneş çıktığında göl çok güzel görünecekti. Eşimi bekliyorum, demiştim. Odada kocaman iki kişilik bir yatak vardı, saten örtülü bir *letto matrimoniale.*[82] Gerçekten de odada kocaman bir yatak vardı. Saten örtülü bir "aile" yatağı. Çok lüks bir oteldi burası. Koridordan yürüyüp gösterişli merdivenlerden indim, barın salonlarından geçtim. Barmeni tanıyordum. Büyük bir tabureye oturdum, tuzlu badem ve cips patateslerden atıştırdım. Martini serin ve temiz bir duygu veriyordu.

Barmen ikinci martiniyi karıştırdıktan sonra, "*Borghese*'yle[83] ne işiniz var?" diye sordu.

"İzindeyim. İyileşme izni."

"Kimseler yok buralarda. Oteli neden açık tutuyorlar, anlamıyorum."

"Balığa çıkıyor musun?"

---

82) Düz çevirisi karı koca yatağı anlamına gelmektedir; çift kişilik yatak. [ç.e.n.]

83) Sivil kıyafet. [ç.e.n.]

"Çok güzel balıklar tuttum. Bu mevsimde trolle nefis şeyler tutuluyor."

"Yolladığım tütün ulaştı mı sana?"

"Ulaştı. Kartımı almadınız mı?"

Güldüm. Tütünü alamamıştım aslında. Amerikan pipo tütünü istemişti ama ya ailem yollamayı kesmişti ya da el koymuşlardı. Her nedense hiç gelmemişti.

"Bir yerlerden bulurum" dedim. "Söylesene, kentte iki İngiliz kız gördün mü? Evvelsi gün gelmiş olmalılar."

"Bu otelde değiller."

"Hemşire bunlar."

"İki hemşire gördüm aslında. Durun bir dakika, nerede kaldıklarını öğreneyim."

"Biri benim eşim" dedim. "Buraya onunla buluşmaya geldim."

"Öteki de benim karım."

"Ben şaka yapmıyorum."

"Saçma şakama aldırmayın" dedi. "Anlayamamıştım." Uzaklaştı. Uzunca bir süre dönmedi. Ben zeytinleri, tuzlu bademleri ve cips patatesleri yemeyi sürdürdüm, barın arkasındaki aynada kendimi sivil kıyafette seyrettim. Barmen sonunda geldi. "İstasyonun yanındaki küçük oteldeler" dedi.

"Sandviç var mı burada?"

"Getirtirim. Anlarsınız, kimse yok diye, pek bir şey bulunmuyor burada."

"Kimse yok mu gerçekten?"

"Yo, birkaç kişi var."

Sandviçler geldi, üç tanesini yedim, birkaç martini daha içtim. Ömrümde bu kadar serin ve temiz bir şey içmemişim gibi geliyordu. Kendimi uygar hissetmemi sağladı. Uzun süredir gereğinden fazla şarap içmiş, ekmek, peynir yemiş, kahve ve *grappa*'yla yetinmiştim. Maun tezgâhın önünde, aynaların karşısında oturuyor, hiçbir şey düşünmemeye çalışıyordum. Barmen birkaç soru sordu.

"Savaştan söz etme" dedim. Savaş çok uzaktaydı artık. Belki de hiç yoktu savaş. Buralarda olmadığı kesindi. Sonunda anladım, benim için bitmişti savaş aslında. Ama içimde gerçekten bittiğine dair bir duygu yoktu. Okulu astığı gün sınıftaki olayları düşünen bir öğrenci gibi hissediyordum kendimi.

Küçük otele girdiğimde, Catherine'le Helen Ferguson akşam yemeği yiyorlardı. Holde dururken onları cam kapıdan, masalarında otururken görüyordum. Catherine'in arkası bana dönüktü. Saçlarını, yanağını, o güzel boynuyla sırtını gördüm. Ferguson konuşuyordu. Benim girdiğimi görünce sustu.

"Ulu Tanrım" dedi.

"Merhaba" dedim.

"Sensin!" diye patladı Catherine. Yüzü aydınlanıvermişti. Öyle sevinmişti ki inanmakta güçlük çekiyordu. Onu öptüm. Kızardı. Masaya ben de oturdum.

Ferguson, "Berbat haldesin" dedi. "Ne yapıyorsun burada? Yemek yedin mi?"

"Hayır." Servis yapan kız geldiğinde, bana da bir tabak getirmesini söyledim. Catherine gözlerini benden ayıramıyordu. Mutluydu gözleri.

"Neden sivilsin?" diye sordu Ferguson.

"Kabine üyesi oldum."

"Başın dertte senin."

"Neşelen Fergy. Birazcık neşelen bari."

"Seni gördüm diye neşelenemem. Bu kızın başını nasıl bir belaya soktuğunu biliyorum. Neşeli bir manzara oluşturmuyorsun bana."

Catherine gülümsedi, masanın altında ayağını bana dokundurdu.

"Benim başımı kimse belaya falan sokmadı Fergy" dedi. "Ben kendi belamı kendim bulurum."

"Tahammül edemiyorum ona" dedi Ferguson. "O sinsi İtalyan hileleriyle mahvetti seni. Amerikalılar İtalyanlardan da beter."

Catherine, "İskoçlar çok ahlakçı bir halk" dedi.

"Onu demek istemedim. Ben onun İtalyan hilekârlığından söz ediyorum."

"Ben sinsi miyim Fergy?"

"Sinsisin. Sinsiden de betersin. Yılan gibisin. İtalyan üniforması giymiş, pelerin kuşanmış bir yılan."

"Şu anda İtalyan üniforması giymiyorum."

"O da sinsiliğinin ek bir kanıtı. Yaz boyu bir aşk yaşadın, bu kızı hamile bıraktın, şimdi de herhalde sıvışmak isteyeceksin."

Catherine'e gülümsedim, o da bana gülümsedi.

"Birlikte sıvışacağız" dedi.

"Siz ikiniz de birbiriniz gibisiniz. Utanıyorum senden, Catherine Barkley. Sende ne utanma ne de onur var, üstelik sen de onun kadar sinsisin."

Catherine, "Yapma Fergy" diyerek onun elini okşadı. "Reddetme beni. Biliyorsun, biz birbirimizi seviyoruz."

"Çek elini" dedi Ferguson. Yüzü kıpkırmızıydı. "Birazcık utanma duygun olsa, farklı olurdu. Ama Tanrı bilir kaç aylık hamilesin, bunu şaka sanıyorsun ve seni ayartan adam geldi diye yüzünde gülücükler açıyor. Sende ne utanç ne de duygu var." Ağlamaya başladı. Catherine yaklaşıp kollarıyla onu kucakladı. Ferguson'u avutmaya çalışırken baktığımda, vücudunda herhangi bir değişiklik görmedim.

"Vız gelir" diye hıçkırdı Ferguson. "Bence korkunç bir şey."

"Tamam, tamam Fergy" diye avuttu onu Catherine. "Utanacağım. Ağlama Fergy. Ağlama ne olursun."

"Ağlamıyorum" diye hıçkırdı Ferguson. "Ağlamıyorum. Bir tek, şu düştüğün korkunç durum." Bana doğru baktı. "Nefret ediyorum senden" dedi. "Nefret etmemi engelleyemezsin. Seni pis, sinsi Amerikan İtalyanı." Gözleri de burnu da kızarmıştı ağlamaktan.

Catherine bana gülümsedi.

"Bana sarılmışken gülümseme ona."

"Mantıksız davranıyorsun Fergy."

"Farkındayım" diye hıçkırdı o yine. "Aldırmayın bana... ikiniz de. Öyle kızgınım ki mantığım uçtu gitti. Biliyorum. İkinizin de çok mutlu olmanızı istiyorum."

"Mutluyuz" dedi Catherine. "Çok tatlısın Fergy."

Ferguson yine ağladı. "Bu tür mutluluk değil benim dediğim. Niye evlenmiyorsunuz? Bir başka karın yoktur umarım."

"Yok" dedim. Catherine güldü.

"Gülecek bir şey yok" dedi Ferguson. "Pek çoğunun başka karıları var."

Catherine, "Evleniriz Fergy" dedi. "Sen istersen, evleniriz."

"Ben istiyorum diye değil. Kendiniz istemelisiniz evlenmeyi."

"Çok meşguldük."

"Evet. Biliyorum. Bebek yapmakla meşguldünüz." Yine ağlayacak sandım ama o sitemlerini sürdürdü. "Herhalde bu akşam onunla gideceksin şimdi."

"Evet" dedi Catherine. "Eğer o isterse."

"Ya ben?"

"Burada yalnız kalmaktan korkuyor musun?"

"Tabii korkuyorum."

"O zaman seninle kalırım."

"Yo, git onunla. Hemen git onunla. Usandım size bakmaktan."

"Yemeğimizi bitirsek daha iyi olur."

"Hayır. Hemen gidin."

"Fergy, mantıklı ol."

"Hemen defolup gidin diyorum size. İkiniz de defolun."

"Gidelim bari" dedim. Ben de Fergy'den usanmıştım.

"Gitmeyi gerçekten istiyorsun. Sofrada bile yalnız bırakmak istiyorsun beni. İtalya'nın göllerini görmeyi hep istemiştim. Ama böyle oldu. Ahh, ahh" diye hıçkırıyordu. Catherine'e baktı, boğulur gibi oldu.

"Yemek bitene kadar kalırız" dedi Catherine. "Kalmamı istiyorsan, yalnız bırakmam seni, Fergy. Hiç yalnız bırakmam seni."

"Yo, hayır, gitmeni istiyorum. Gitmeni istiyorum." Gözlerini sildi. "Öyle mantıksızım ki! Lütfen aldırış etmeyin bana."

Servis yapan kız bütün bu ağlamalardan tedirgin olmuştu. Yeni tabakları getirirken işlerin biraz yatıştığını görünce rahatladığı belliydi.

O gece otelde, uzun koridorun ucundaki odamızda, pabuçlarımız kapının dışında, yerde puf bir halı, pencerenin dışında yağmur, odanın içinde ışıklar ve neşe, daha sonra ütülü çarşaflar arasında heyecan, kendimizi yuvaya dönmüş hissetme, yalnız olmadığımızı hissetme, gece uyanıp ötekini yanında bulma, gitmemiş olduğunu anlama... bunların dışındaki her şey gerçek dışıydı. Yorgun olduğumuzda uyuduk ve eğer birimiz uyanırsa diğerimiz de uyandı, böylece birimiz yalnız kalmadık. Genellikle adam yalnız kalmayı diler, kız da yalnız kalmayı diler ve eğer birbirlerini seviyorlarsa birbirlerini bundan kıskanırlar, fakat bunu asla duyumsamadığımızı söyleyebilirim içtenlikle. Birlikteyken yalnız –başkalarına karşı yalnız– hissedebiliyorduk. Bu bana yalnız bir kere oldu. Pek çok kadınla birlikteyken yalnız oldum ve ancak en çok bu şekilde yalnız olabilirsiniz. Ama biz birlikteyken asla yalnız değildik ve hiçbir şeyden korkmuyorduk. Gecenin gündüz gibi olmadığını biliyorum: Her şeyin farklı olduğunu, gece yaşananların gündüz açıklanamayacağını çünkü o vakit var olmadıklarını ve gecenin yalnızlıkları başladı mı yalnız insanlar için ürkünç olduğunu biliyorum. Ama Catherine'leyken geceleyin yalnızca daha bile iyi bir vakit olması hariç neredeyse hiç fark yoktu. Eğer insanlar bu dünyaya çok fazla cesaret getirirse, dünya onları ezip geçmek için öldürmeli ki tabii öldürür. Dünya herkesi ezip geçer ve ardından çoğu ezilen yerlerinden güçlenir. Ama ezilmeyenleri öldürür. Çok iyi, çok nazik, çok cesur olanları ayırt etmeksizin öldürür. Eğer bunların hiçbiri değilseniz bile sizi öldüreceğinden emin olabilirsiniz, yalnız hususi bir acelesi olmayacaktır.

Sabah uyanışımızı hatırlıyorum. Catherine henüz uyuyor, güneş pencereden odaya giriyordu. Yağmur kesilmişti. Yataktan kalkıp pencereye yürüdüm. Aşağıdaki bahçeler bu mevsimde çıplaktı ama yine de çok güzel bir düzen içindeydiler. Çakıllı yolları, ağaçları, göl kenarındaki taş duvarı, sularda parıldayan güneş... karşıdaki dağlar bile güneş içindeydi. Öylece durup baktım dışarıya. Sonunda döndüğümde, Catherine'in uyanmış, bana bakmakta olduğunu gördüm.

"Nasılsın sevgilim?" dedi. "Ne güzel bir gün, değil mi?"

"Kendini nasıl hissediyorsun?"

"Çok iyi. Harika bir gece geçirdik."

"Kahvaltı istiyor musun?"

İstiyordu. Ben de istiyordum. Kahvaltımızı yatağımızda ettik. Kasım güneşi pencereden içeri doluyor, tepsi benim kucağımda duruyordu.

"Gazete ister misin? Hastanedeyken hep isterdin."

"Hayır" dedim. "Şimdi gazete istemiyorum."

"O kadar mı kötüydü? Okumaya bile dayanamayacağın kadar mı?"

"Canım okumak istemiyor."

"Keşke yanında olsaydım da ben de bilseydim."

"Kafamda bir toparlayabilirsem, sana da anlatırım."

"Ama seni üniformasız bulurlarsa tutuklamazlar mı?"

"Herhalde kurşuna dizerler."

"O halde burada oyalanmayalım. Ülkeden çıkalım."

"Benim de aklımdan geçti."

"Çıkarız. Sevgilim, saçma tehlikelere girme. Anlat bana Mestre'den Milano'ya nasıl geldiğini."

"Trenle. O sıra üniformalıydım."

"Tehlikede değil miydin henüz?"

"O kadar fazla değil. Önceki nakil emri yanımdaydı. Mestre'ye vardığımda tarihleri değiştirmiştim."

"Sevgilim, burada seni her an tutuklayabilirler. Buna izin veremem. Saçmalık olur. Seni alıp götürürlerse nereye götürürler?"

"Onu düşünmeyelim. Bıktım onu düşünmekten."

"Tutuklamaya gelirlerse ne yapacaksın?"

"Vururum onları."

"Gördün mü ne kadar saçmaladığını? Buradan gidene kadar otelden çıkmana izin vermeyeceğim."

"Nereye gideceğiz?"

"Yapma lütfen sevgilim. Nereye dersen oraya gideriz. Ama hemen bul gideceğimiz yeri lütfen."

"İsviçre gölün şu tarafında. Oraya gidebiliriz."

"Çok güzel olur."

Dışarda bulutlar toplanıyor, gölün rengi kararıyordu.

"Keşke hep böyle suçlular gibi yaşamak zorunda olmasaydık" dedim.

"Sevgilim, öyle düşünme. Uzun zamandır suçlular gibi yaşıyor değilsin. Hem biz suçluları hiç sevmiyoruz. Çok güzel yaşayacağız biz."

"Suçluymuşum gibi hissediyorum. Ordudan kaçtım."

"Sevgilim, lütfen makul ol. Ordudan kaçmak değil bu. Yalnızca İtalyan ordusuydu o."

Güldüm. "Çok tatlısın. Yatağa girelim yine. Yatakta çok daha iyi hissediyorum."

Bir süre sonra Catherine, "Suçlu gibi hissetmiyorsun, değil mi?" diye sordu.

"Hayır" dedim. "Seninleyken suçlu gibi hissetmiyorum."

"Ne tuhaf bir çocuksun sen" dedi. "Ama yine de seni koruyup kollayacağım. Sabahları mide bulantımın olmaması ne harika, değil mi sevgilim?"

"Çok harika."

"Ne kadar iyi bir karın olduğunun farkında değilsin. Ama ben aldırmıyorum. Seni tutuklayamayacakları, güzel güzel yaşayacağımız bir yere götüreceğim."

"Hemen gidelim oraya."

"Gideceğiz sevgilim. Nereye istersen, ne zaman istersen giderim."

"Hiçbir şey düşünmeyelim artık."

"Peki."

35

Catherine göl kıyısından yürüyerek küçük otele Ferguson'u görmeye gitti, ben de barda oturup gazeteleri okudum. Rahat, deri koltuklar vardı barda; birine oturup barmen gelene kadar gazete okudum. Ordu Tagliamento'da da durmamıştı.

Piave'ye doğru çekiliyorlardı. Hatırlıyordum Piave'yi. Demiryolu cepheye giderken San Dona yakınında üstünden geçerdi. Derin, durgun ve oldukça dardı. Altında sivrisinekli bataklıklar ve kanallar vardı. Birkaç hoş villa vardı. Bir keresinde, savaştan önce, Cortina D'Ampezzo'ya giderken tepelerde birkaç saat kıyısı boyunca yolculuk etmiştim. Oralarda, kayaların gölgesinde sığ bölgeleri ve göletleriyle hızla akan bir alabalık deresi gibi görünüyordu. Cadore'de yol aksi yönüne sapıyordu. Yukarıda olan ordunun nasıl aşağı ineceğini merak ettim. Barmen geldi.

"Kont Greffi sizi arıyordu" dedi.

"Kim?"

"Kont Greffi. Önceki gelişinizde burada olan yaşlı adamı anımsarsınız."

"Burada mı o?"

"Evet, yeğeniyle geldi. Burada olduğunuzu söyledim ona. Sizinle bilardo oynamak istiyor."

"Nerede şimdi?"

"Yürüyüş yapıyor."

"Nasıl?"

"Hiç olmadığı kadar dinç. Dün akşam yemekten önce üç kadeh şampanya kokteyli içti."

"Bilardoda nasıl?"

"İyi. Beni yendi. Sizin burada olduğunuzu söylediğimde çok memnun oldu. Burada bilardo oynayabileceği kimse yok."

Kont Greffi doksan dört yaşındaydı. Metternich'in döneminde yaşamıştı, beyaz saçlı ve sakallı, zarif tutumlu yaşlı bir adamdı. Hem Avusturya'da hem de İtalya'da diplomat olarak hizmet etmişti ve doğum günü her yıl Milano'da özel bir sosyal gün sayılıyordu. Yüz yıl yaşayacak biriydi ve bilardoyu da yaşından beklenmeyecek kadar iyi oynuyordu. Onunla Stresa'da bir kere daha, yine mevsim sonrası bir zamanda karşılaşmıştım. Bilardo oynayıp şampanya içmiştik. Bana on beş sayı avans vermiş, yine de yenmişti beni.

"Onun burada olduğunu neden söylemedin bana?"

"Unutmuştum."

"Başka kimler var otelde?"

"Tanıdığınız kimse yok. Toplamı altı kişi zaten."

"Şu ara ne yapıyorsun?"

"Hiçbir şey."

"Gel, balığa çıkalım."

"Bir saatliğine gelebilirim."

"Hadi. Trolü de getir."

Barmen gocuğunu giydi, çıktık. Kıyıya inip sandalı bulduk. Kürekleri ben çekerken barmen de dümende oturuyor, makaralı ve ağırlıklı oltayı alabalık yakalamak üzere suya bırakıyordu. Kıyı kıyı ilerliyorduk. Barmen oltayı tutmuş, ikide bir öne doğru dürter gibi sarsıyordu. Gölden bakınca Stresa tümüyle terk edilmiş gibi görünmekteydi. Uzun sıralar halinde yapraksız ağaçlar, büyük oteller ve kapatılmış villalar... Isola Bella'nın önünden geçtik, surlara yaklaştık. Orada su birden derinleşiyor, surun ucu duru suya dalıyor, sonra balıkçılar adasında tekrar ortaya çıkıyordu. Güneş bir bulutun arkasına girdiğinden su çok koyu renk, dümdüz ve aşırı soğuktu. Bir şey yakalamadık ama yükselen balıkların yol açtığı halkaları suyun yüzeyinde görebiliyorduk.

Kürekleri balıkçılar adasına doğru çektim. Kıyıya çekilmiş sandallar vardı orada. Balıkçılar oturmuş, ağlarını tamir ediyorlardı.

"Bir şey içsek mi?"

"Peki."

Sandalı taş iskeleye yanaştırdım, barmen de oltayı çekti, sarıp sandalın dibine koydu, makarayı da kancaladı. Ben çıkıp sandalı bağladım. Küçük kafeye yürüdük, ahşap masaya oturduk ve vermut ısmarladık.

"Kürek çekmekten yoruldun mu?"

"Dönüşte ben çekerim" dedi.

"Ben seviyorum kürek çekmeyi."

"Belki ağı siz tutarsanız şansımız değişir."

"Pekâlâ."

"Anlatsanıza, savaş nasıl gidiyor."

"Berbat."

"Ben gitmek zorunda değilim. Yaşım geçti. Kont Greffi gibi."

"Belki yine de gitmek zorunda kalırsın."

"Bizim sınıfı gelecek yıl çağıracaklar. Ama ben gitmeyeceğim."

"Ne yapacaksın?"

"Ülkeden gideceğim. Savaşa gitmem. Bir ara Habeşistan'da savaştaydım. Öff. Siz niye katıldınız?"

"Bilmem. Budalaydım."

"Birer vermut daha içer miyiz?"

"Olur."

Dönüşte kürekleri barmen çekti. Stresa'yı geçip biraz daha ilerledik ama kıyıdan fazla açılmadık. Oltayı tutarken makaranın dönüşünü nabız gibi hissediyor, karanlık kasım sularını, terk edilmiş kenti seyrediyordum. Barmen kürekleri uzun daldırmalarla çekiyordu. Bir ara bir şey yakaladım. Olta birdenbire gerildi, zıplar gibi oldu, çektim, alabalığın canlı ağırlığını hissettim, sonra bir sarsılma daha. Kaçırmıştım.

"Büyük gibi miydi?"

"Oldukça büyüktü."

"Bir keresinde yalnız başıma kürek çekerken oltayı dişlerimin arasında tutuyordum, bir vuruş hissettim, neredeyse dişlerim dökülüyordu."

"En iyisi bacağına kıstırmak" dedim. "O zaman hem hissediyorsun hem de dişlerin korunmuş oluyor."

Elimi suya soktum. Çok soğuktu. Neredeyse otelin karşısındaydık.

"Benim dönmem gerek" dedi barmen. "Saat on birde orada olmalıyım. *L'heure du cocktail.*[84]"

"Tamam."

Oltayı çekip sardım, ucunu kancaladım. Barmen tekneyi taş duvarın bir oyuğuna soktu, zincirleyip ucuna asma kilit taktı.

"Ne zaman isterseniz" dedi. "Anahtarı veririm."

"Teşekkürler."

Otele yürüyüp bara girdik. Bu kadar erken saatte bir daha içmek istemediğim için odaya çıktım. Kat görevlisi odayı temizlemeyi yeni bitirmişti, Catherine de henüz dönmemişti. Yatağın üstüne uzandım, düşünmemeye çalıştım.

Catherine geldiğinde dünya yine güzelleşti. "Ferguson aşağıda" dedi bana. Öğle yemeğini birlikte yiyecektik.

"İtiraz etmeyeceğini biliyordum" dedi Catherine.

"Tabii" dedim.

"Neyin var tatlım?"

"Bilemiyorum."

"Ben biliyorum. Boş kaldın, yapacak bir şeyin yok. Bir tek ben varım, ben de çıkıp gittim."

"Doğru."

"Üzgünüm, sevgilim. Birdenbire bomboş kalmak çok kötü bir şey olmalı."

"Hayatım dopdoluydu" dedim. "Oysa şimdi, sen olmadın mı hiçbir şeyim kalmıyor bu dünyada."

"Ama ben seninle olacağım. Sadece iki saatliğine yoktum. Yapabileceğin bir şey yok muydu?"

84) Kokteyl saati. [ç.e.n.]

"Barmenle balığa çıktım."

"Eğlenceli oldu mu?"

"Evet."

"Ben burada yokken beni düşünme."

"Cephedeyken de öyle yapıyordum. Ama orada yapacak işlerim de vardı."

"Otello işsiz kaldı" diye takıldı bana.

"Otello zenciydi" dedim. "Hem ben kıskanç değilim. Sana öyle âşığım ki başka hiçbir şey kalmıyor."

"Ferguson'a iyi davranacak mısın?"

"Bana küfretmezse, ona hep iyi davranırım."

"Nazik davran ona. Bak bizim ne çok şeyimiz var ama onun hiçbir şeyi yok."

"Bizim sahip olduklarımızı onun isteyeceğini sanmıyorum."

"Bilmediğin çok şey var, sevgilim, çok akıllı olmana rağmen."

"Ona iyi davranacağım."

"Eminim. Çok tatlısın."

"Yemekten sonra gidecek, değil mi?"

"Gidecek. Ben kurtulurum ondan."

"Sonra da buraya döneriz."

"Elbette. Başka ne yapmak isterim sanıyorsun?"

Ferguson'la öğle yemeği yemek üzere aşağıya indik. Otelden de, yemek salonunun şatafatından da çok etkilenmişti. İyi bir yemek yedik, iki şişe beyaz kapri içtik. Kont Greffi yemek salonuna geldi, bizi eğilerek selamladı. Yeğeni olan kız biraz benim büyükanneme benziyordu. O da yanındaydı. Catherine'le Ferguson'a onu anlattığımda Ferguson çok etkilendi. Otel büyük, görkemli ve boştu ama yemekler iyiydi. Şarap da çok güzeldi. Hepimizin çok daha neşeli hissetmesini sağlamıştı. Catherine'in ihtiyacı yoktu daha iyi hissetmeye. Zaten son derece mutluydu. Ferguson ise, enikonu neşelenmişti. Ben de kendimi iyi hissediyordum. Yemekten sonra Ferguson oteline döndü. Biraz uzanmak istediğini söylemişti.

Öğleden sonra saatler ilerlediğinde, biri kapımızı vurdu.

"Kim o?"

"Kont Greffi, bilardo oynamak ister misiniz diye soruyor."

Saatime baktım ama kolumdan çıkarmıştım. Yastığımın altında buldum.

Catherine, "Gitmek zorunda mısın, sevgilim?" diye fısıldadı.

"Daha iyi olur gibi geliyor" dedim. Saat dördü çeyrek geçiyordu. Yüksek sesle, "Konta söyleyin, beşte bilardo salonunda olurum" dedim.

Beşe çeyrek kala Catherine'i öptüm, giyinmek üzere banyoya girdim. Kravatımı bağlayıp aynaya baktığımda, sivil kılıkta pek bir garip göründüğümü fark ettim. Unutmayıp kendime birkaç gömlek ve çorap daha almalıydım.

"Uzun sürer mi?" diye seslendi Catherine. Yatakta uzanmış haliyle çok hoş görünüyordu. "Bana fırçayı verir misin?"

Saçlarını fırçalayışını seyrettim. Başını yana eğiyor, tüm saçının ağırlığı bir yana sarkıyordu. Dışarda hava kararmıştı. Tepeden gelen ışık, saçında, boynunda, omuzlarında parıldıyordu. Yaklaşıp onu öptüm, fırçayı kavrayan elini tuttum, başı yastığa düştü. Boynunu, omuzlarını öptüm. Ona duyduğum büyük sevgi başımı döndürüyordu.

"Gitmeyi hiç istemiyorum."

"Ben de istemiyorum gitmeni."

"Gitmem o zaman."

"Yo, git. Kısa bir süre zaten. Sonra buraya döneceksin."

"Yemeği burada, yukarda yiyelim."

"Çabuk ol da geri dön."

Kont Greffi'yi bilardo salonunda buldum. Vuruşlarına çalışıyordu. Bilardo masasının tepesindeki ışıkta pek de nahif ve kırılgan görünmekteydi. Işığın aydınlattığı yerin biraz berisindeki çay masasında da bir buz kovasındaki iki şampanya şişesinin boyunları ve tıpaları görünüyordu. Ben masaya yaklaşırken Kont Greffi doğruldu, bana doğru yürüdü. Elini uzatmıştı. "Burada olmanız ne büyük zevk. Oynamaya gelmeniz de büyük nezaket."

"Beni çağırmak asıl sizin nezaketiniz."

"İyi misiniz? Isonzo'da yaralandığınızı söylemişlerdi. Umarım iyileşmişsinizdir."

"Çok iyiyim. Siz de iyi misiniz?"

"Oo, ben her zaman iyiyim. Ama yaşlanıyorum. Yaşlılık belirtilerini fark etmeye başladım artık."

"İnanmıyorum."

"Evet. Bir tanesi nasıl, bilmek ister misiniz? İtalyanca konuşmak daha kolay gelmeye başladı. Kendime disiplin uygulamaya çalışıyorum ama yorgun olduğum zamanlarda İtalyanca konuşmak o kadar daha kolay ki! Oradan anlıyorum ki artık yaşlanıyorum."

"İtalyanca da konuşabiliriz. Ben de biraz yorgunum."

"Öyle mi? Ama yorgunsanız, İngilizce konuşmak size daha kolay gelir."

"Amerikanca."

"Evet. Amerikanca. Siz Amerikanca konuşun lütfen. Çok hoş bir dil."

"Amerikalılara çok seyrek rastlıyorum."

"Özlüyor olmalısınız onları. İnsan özler vatandaşlarını, özellikle de vatandaşı olan kadınları. Onu kendimden bilirim. Oynayalım mı yoksa çok mu yorgunsunuz?"

"Yorgun sayılmam aslında. Onu şaka olsun diye söylemiştim. Bana ne kadar avans veriyorsunuz?"

"Arada sık sık oynadınız mı?"

"Hiç."

"Çok iyi oynuyorsunuz. Yüze karşı on puan iyi midir?"

"İltifat ediyorsunuz."

"On beş?"

"Olur. Ama yeneceksiniz beni."

"Bir şeyine oynayalım mı? Hep bir şeyine oynamak isterdiniz."

"Sanırım öylesi daha iyi."

"Tamam. Size on sekiz puan vereyim, puan başına bir franga oynayalım."

Çok keyifli bilardo oynadık. Elliye vardığımızda ben daha dört puan almıştım. Kont Greffi barmeni çağırmak için duvardaki bir zile bastı.

"Şişelerden birini açın lütfen" deyip bana döndü. "Bir yudum uyarıcı alalım." Şarap buz gibi, çok sek ve nefisti.

"İtalyanca konuşsak mı? Size çok mu zor gelir? O konu benim en büyük zaafım şu aralar."

Oyunu sürdürürken vuruşlar arasında şarap yudumluyor, İtalyanca konuşuyorduk ama az konuşuyorduk aslında. Daha çok, oyuna yoğunlaşmıştık. Kont Greffi yüz puana vardığında, ben, avansım da dahil, doksan dört puandaydım. Gülümsedi, omzumu tıpışladı.

"Şimdi de öbür şişeyi içelim, o arada siz bana savaşı anlatın." Oturmamı bekliyordu.

"Başka ne olsa anlatayım" dedim.

"O konuda konuşmak istemiyorsunuz, öyle mi? İyi. Neler okuyorsunuz?"

"Hiçbir şey" dedim. "Korkarım çok sönük bir hayat sürüyorum."

"Yo ama okumanız gerek."

"Savaş zamanında ne yazılıyor ki?"

"Barbusse adlı bir Fransızın yazdığı *'Le Feu'*[85] var. Sonra *'Mr. Britling Sees Through It'*[86] var."

"Bilmiyor."

"Efendim?"

"İşin aslını bilmiyor. O kitaplar hastanede de vardı."

"Okuyormuşsunuz demek ki!"

"Evet ama pek iyi bir şey okumadım."

"Bana göre *Mr. Britling*, İngiliz orta sınıfının ruhunu çok iyi inceleyen bir kitaptı."

"Ben ruhtan anlamıyorum."

"Zavallı yavrucak. Hiçbirimiz anlamayız ruh denen şeyi. *Croyant*[87] mısınızdır?"

"Geceleri."

Kont Greffi gülümsedi, kadehini parmakları arasında döndürdü. "Yaşım ilerledikçe daha inançlı olmayı beklemiştim ama nedense olamadım" dedi. "Çok yazık tabii."

"Ölümden sonra yaşamak ister miydiniz?" Soru ağzımdan çıktığı anda, ölümden söz ettiğime pişman oldum. Ama o hiç gocunmamıştı.

"Nasıl bir hayat olacağına göre değişir" dedi. "Bu hayat pek hoş. Sonsuza kadar yaşamak isterim." Gülümsedi. "Neredeyse de başardım sayılır."

Kocaman deri koltuklarda oturuyorduk, şampanyamız buz kovasında, kadehlerimiz de aramızdaki sehpanın üstündeydi.

"Benim yaşıma kadar yaşarsanız, pek çok şey garip gelmeye başlayacaktır."

---

85) Henri Barbusse, *Ateş*. [ç.e.n.]
86) H.G. Wells, *Bay Britling İşin Aslını Biliyor.* [ç.e.n.]
87) İnançlı. [ç.e.n.]

"Siz hiç yaşlı görünmüyorsunuz."

"Yaşlı olan bedendir. Bazen parmaklarımdan biri, sanki tebeşir gibi kırılıverecekmiş gibi geliyor. Ruh ise hiç yaşlanmıyor, giderek bilgeleşmiyor da."

"Siz bilge bir insansınız."

"Değilim. O koskoca bir aldatmaca. Yaşlılar bilge olur diye tutturmuşlar. Oysa yalnızca daha dikkatli oluyorlar."

"Belki de bilgelik odur."

"Çok itici bir bilgelik. En çok değer verdiğiniz şey nedir?"

"Sevdiğim biri."

"Benim de öyle. O bilgelik değil ama. Hayata değer verir misiniz?"

"Evet."

"Ben de. Çünkü elimde bir tek o var. Bir de doğum günü davetleri vermek." Güldü. "Sanırım siz benden daha bilgesiniz. Doğum günü partisi vermiyorsunuz."

İkimiz de şaraplarımızı yudumladık.

"Savaş konusunda aslında ne düşünüyorsunuz?" diye sordum.

"Budalalık sayıyorum."

"Kim kazanacak?"

"İtalya."

"Neden?"

"Onlar daha genç bir ulus."

"Savaşları hep genç uluslar mı kazanır?"

"Bir süre, hep kazanırlar."

"Daha sonra ne olur?"

"Yaşlı ulus olurlar."

"Bilge değilim demiştiniz."

"Sevgili çocuğum, o bilgelik değil. Sinizm.[88]"

---

88) İyiliğe inanmamak. [ç.e.n.]

"Bana bilgelik gibi geliyor."

"Pek sayılmaz. Öbür dünya konusunda sana nice alıntı örnekleri sayabilirim. Ama kötü şeyler değil. Şampanyayı bitirdik mi?"

"Neredeyse."

"Biraz daha istesek mi? Ondan sonra da ben giyinmeye giderim."

"Belki artık içmesek daha iyi olur."

"İstemediğinizden emin misiniz?"

"Evet." Ayağa kalktı.

"Umarım şansınız çok iyi gider, çok mutlu ve çok da sağlıklı yaşarsınız."

"Teşekkür ederim. Ben de sizin sonsuza kadar yaşayacağınızı umarım."

"Teşekkür ederim. Yaptım bile. Günün birinde inançlı olursanız, benim için de bir dua edin –eğer ölmüşsem. Birçok arkadaşımdan rica ediyorum bunu. Kendim inanca kavuşmayı beklemiştim ama olmadı." Yüzünde hüzünlü bir gülümseme görür gibi oldum ama bundan pek emin olamadım. Öyle yaşlıydı, yüzü öyle kırış kırıştı ki gülümsemenin oluşturacağı çizgileri seçmek mümkün olmuyordu.

"İnanca ulaşabilirim" dedim. "Ama ne olursa olsun, sizin için dua edeceğim."

"Ben hep beklemiştim inancı. Bütün ailem çok dindar olarak öldü. Ama nedense benim için öyle olmadı."

"Henüz çok erken."

"Belki de çok geç. Belki de dini duyguların ötesine geçtim artık."

"Benimkiler hep geceleri geliyor."

"Ama siz âşıksınız. Unutmayın ki o da dini bir duygudur."

"İnanıyor musunuz buna?"

"Elbette." Masaya doğru bir adım attı. "Benimle oyun oynamanız büyük nezaket."

"Büyük bir zevkti."

"Merdivenleri birlikte çıkalım."

36

O gece fırtına çıktı. Bir ara uyandığımda, camlara çarpan yağmur damlalarının sesini dinledim. Açık pencereden içeriye de giriyordu sular. Biri kapıyı vurdu. Sessizce kapıya yürüdüm. Catherine'i rahatsız etmek istemiyordum. Kapıyı açtım. Karşımda barmen duruyordu. Yağmurluğunu giymiş, şapkasını elinde taşımaktaydı.

"Sizinle konuşabilir miyim *Tenente*?"

"Ne oldu?"

"Çok ciddi bir konu."

Çevreme bakındım. Oda karanlıktı. Pencereden giren suların yerde göllenmiş olduğunu gördüm. "İçeri gel" dedim. Onu kolundan yakalayıp banyoya soktum, kapıyı kilitleyip ışığı açtım. Küvetin kenarına oturdum.

"Ne oldu Emilio? Başın mı dertte?"

"Hayır, sizinki dertte *Tenente*."

"Öyle mi?"

"Sabaha sizi tutuklayacaklar."

"Öyle mi?"

"Haber vermeye geldim. Kente inmiştim, kafede konuşurlarken duydum."

"Anlıyorum."

Islak yağmurluğuyla, ıslak şapkası elinde, öylece duruyordu.

"Neden tutuklayacaklarmış beni?"

"Savaşla ilgili bir şey."

"Ne olduğunu biliyor musun?"

"Hayır. Ama daha önce buraya subay üniformasıyla geldiğinizi, şimdi ise sivil geldiğinizi biliyorlar. Bu geri çekilme olayından sonra herkesi tutukluyorlar artık."

Biraz düşündüm.

"Kaçta gelirler beni tutuklamaya?"

"Sabaha. Kaçta olacağını bilemem."

"Ne yapmalıyım sence?"

Şapkasını lavabonun içine koydu. Suları yerlere damlıyordu çünkü.

"Korkacak bir şeyiniz yoksa, tutuklanmak mesele değil. Ama tabii tutuklanmak her zaman kötüdür –özellikle şu ara."

"İstemem tutuklanmayı."

"O halde İsviçre'ye geçin."

"Nasıl?"

"Benim sandalla."

"Fırtına var" dedim.

"Fırtına dindi. Göl dalgalı ama tehlikeli değil."

"Ne zaman gitmemiz gerekir?"

"Hemen. Sabah çok erken de gelebilirler."

"Ya bavullarımız?"

"Bavulları toplayıp kapatın. Hanımınız da giyinsin. Ben gerisini idare ederim."

"Sen nerede olacaksın?"

"Burada bekleyeceğim. Koridorda kimsenin beni görmesini istemem."

Kapıyı açıp odaya döndüm, arkamdan kapadım. Catherine uyanıktı.

"Ne oldu sevgilim?"

"Bir şey yok Cat" dedim. "Hemen giyinip sandalla İsviçre'ye geçmek ister misin?"

"Sen ister misin?"

"Hayır" dedim. "Ben yatıp uyumak isterim."

"Neymiş konu?"

"Barmen sabaha beni tutuklamaya geleceklerini söylüyor."

"Barmen delirmiş mi?"

"Hayır."

"O halde çabuk ol sevgilim, hemen giyin ki yola çıkalım." Doğrulup yatakta oturdu. Hâlâ pek uykuluydu. "Barmen banyoda mı?"

"Evet."

"O halde yıkanmadan giyineyim. Lütfen başını öte tarafa çevir sevgilim, bir dakikada giyinirim."

Geceliğini çıkardığında bembeyaz sırtını gördüm, sonra hemen başımı öteye çevirdim, o öyle istedi diye. Karnı biraz büyümeye başlamıştı, o yüzden görmemi istemiyordu. Yağmurun camlardaki sesini dinleyerek giyindim. Valizime koyacak pek fazla bir şeyim kalmamıştı.

"Benim bavulda dünya kadar yer var Cat, eğer bir şey koymak istersen."

"Benim eşyam hazır neredeyse" dedi. "Sevgilim, çok aptalca ama barmen neden banyoda?"

"Şşş, bavulları aşağıya götürmek için bekliyor."

"Ne kadar nazik!"

"Eski bir dosttur" dedim. "Bir keresinde neredeyse ona pipo tütünü yolluyordum."

Açık pencereden karanlık geceye baktım. Göl görünmüyordu. Yalnızca karanlık ve yağmur. Ama rüzgâr biraz sessizleşmişti.

"Ben hazırım sevgilim" dedi Catherine.

"Tamam." Banyo kapısına yürüdüm. "Bavullar burada Emilio" dedim. Barmen ikisini de aldı.

Catherine, "Bize yardım etmeniz büyük incelik" dedi.

"Bir şey değil hanımefendi. Yardım edebildiğim için memnunum, yeter ki kendi başım derde girmesin. Siz yürüyüşe çıkıyormuş gibi çıkın otelin kapısından."

Catherine, "Tam yürüyüş havası" dedi.

"Kötü bir gece, o gerçek."

"İyi ki şemsiyem var" dedi Catherine.

Koridorda yürüdük, halı döşenmiş geniş merdivenden indik. Kapının dibinde otel kapıcısı masasında oturmaktaydı. Bize şaşkın bakışlarla baktı.

"Dışarı mı çıkıyorsunuz efendim?"

"Evet" dedim. "Göl kıyısından fırtınayı seyredeceğiz."

"Şemsiyeniz yok mu efendim?"

"Yok" dedim. "Bu palto yağmuru tutmaz."

Kuşkulu gözlerle paltoya baktı. "Ben size bir şemsiye bulayım efendim" dedi, gitti, elinde kocaman bir şemsiyeyle döndü. "Biraz büyük efendim" dedi. Eline on liret bahşiş sıkıştırdım. "Ah, çok naziksiniz efendim. Çok teşekkür ederim" dedi. Kapıyı açık tuttu, biz yağmurun altına çıktık. Kapıcı Catherine'e gülümsedi, o da ona gülümsedi. "Fırtınada fazla kalmayın" dedi adam. "Islanırsınız efendim." Aslında kapıcının yardımcısıydı. İngilizcesi biraz tuhaftı.

"Hemen döneriz" dedim. Dev şemsiyenin altında patikadan yürüdük, koyu yeşillikler arasından yola çıktık, göle doğru ilerledik. Rüzgâr artık gölün ortalarında esiyordu. Soğuk, ıslak bir kasım gecesiydi. Dağlarda kar yağmakta olduğunu adım gibi biliyordum. Kıyıda yürüyüp iskelelere, rıhtımlara zincirle bağlı teknelerin yanından geçerek barmenin teknesini bulduk. Taşlara çarpan sular kapkara görünüyordu. Barmen oradaki ağaçların arasından çıktı.

"Çantalar teknede" dedi.

"Sana sandalın parasını vermek istiyorum."

"Üstünüzde kaç para var?"

"Pek fazla değil."

"Sonra yollarsınız parayı. Ziyanı yok."

"Ne kadar?"

"Ne kadar isterseniz."

"Söyle kaç para olduğunu."

"Sınırı geçerseniz, bana beş yüz frank yollayın. Geçmişseniz, o kadar para can acıtmaz."

"Peki."

"Bunlar da sandviçler." Bir paket uzatıyordu. "Barda ne varsa o. Hepsini kullandım. Şunlar da bir şişe brendiyle bir şişe şarap." Onları da çantaya soktum. "Bunların parasını vereyim bari."

"Peki, elli liret verin."

Çıkarıp uzattım. "Brendi iyi cins" dedi. "Hanımefendiye vermekten korkmanıza gerek yok. Kendisi tekneye binse iyi olur." Sandalı tuttu, dalgalarla yükselip alçalmasını engellemeye çalıştı, Catherine'in binmesine yardım etti. Catherine oturup pelerinine sarındı.

"Nereye gideceğinizi biliyor musunuz?"

"Gölün yukarı tarafına."

"Ne kadar bir yol gideceğinizi?"

"Luino'yu geçeceğiz."

"Luino'yu, Cannero'yu, Cannobio ve Tranzano'yu geçin. Brissago'ya gelene kadar İsviçre'de değilsiniz. Monte Tamara'yı mutlaka geçmiş olmalısınız."

Catherine, "Saat kaç?" diye sordu.

"Daha on bir" dedim.

"Aralıksız kürek çekerseniz sabah yedide orada olmanız gerek."

"O kadar uzak mı?"

"Otuz beş kilometre."

"Nasıl gideceğiz? Bu yağmurda, pusula gerek bize."

"Değil. Isola Bella'ya doğru gidin. Sonra Isola Madre'yi geçince, rüzgârla ilerleyin. Rüzgâr sizi Pallanza'ya sürükleyecektir. Işıkları görürsünüz. Ondan sonra kıyıdan ilerleyin."

"Belki rüzgâr döner."

"Dönmez" dedi. "Bu rüzgâr üç gün böyle esecektir. Mattarone'den esiyor. Tekneden su boşaltmak için teneke bir kova da var."

"Lütfen sandalın parasını şimdi vereyim sana."

"Hayır, bir kumar oynamayı tercih ederim. Başarırsanız, bana yollayabildiğinizi yollarsınız."

"Pekâlâ."

"Boğulacağınızı sanmam."

"Bu iyi işte."

"Gölün yukarısına rüzgârla gidin."

"Tamam."

Tekneye bindim.

"Otelin parasını bıraktınız mı?"

"Evet. Zarf içinde, odada."

"Tamam. İyi şanslar, *Tenente*."

"Sana da iyi şanslar. Binlerce teşekkür."

"Boğulursanız bana teşekkür etmeyeceksiniz."

"Ne diyor?" diye sordu Catherine.

"İyi şanslar diliyor."

"İyi şanslar" dedi Catherine. "Çok teşekkür ederiz."

"Hazır mısınız?"

"Evet."

Eğildi, sandalı itti. Kürekleri suya daldırdım, sonra ona el salladım. O da el salladı. Otelin ışıklarına bir baktım, sonra kürek çekmeye koyuldum. Işıkların görünmez olduğu yere kadar, hep açığa doğru çekiyordum. Sular enikonu dalgalıydı ama rüzgâr da yardımcı oluyordu ilerleyişimize.

37

Karanlıkta kürek çekerken rüzgârı suratıma çarpar şekilde ayarlamıştım. Yağmur kesilmiş, ancak ara sıra, dalga dalga gelip geçiyordu. Ortalık çok karanlık, rüzgâr da çok soğuktu. Catherine'in dümende oturmakta olduğunu ancak görebiliyordum ama kürek uçlarının suya battığı yeri göremiyordum. Kürekler uzundu, onları kaymamaları için ıskarmoza bağlayan deri bağlar da yoktu. Çekiyor, kaldırıyor, öne eğiliyor, suyu bulup daldırıyor, yine çekiyordum. Kendimi yormamaya çalışıyordum –elimden geldiği kadar tabii. Küreklere fazla yüklenmeye gerek yoktu çünkü rüzgâr arkamızdan esiyordu. Ellerimin su toplayacağının farkındaydım. Bunu elden geldiğince geciktirmek istiyordum. Sandal hafifti, kolay ilerliyordu. Karanlıkta götürüyordum onu. Bir şey göremiyordum ama yakında Pallanza önlerine geleceğimizi umuyordum.

Pallanza'yı hiç göremedik. Rüzgâr hızını artırıyordu. Pallanza'yı saklayan burunu farkında olmadan geçtik, ışıklarını hiç görmedik. İlk ışık görebildiğimiz yer çok daha yukarda, kıyıya yakın yerde olan Intra'ydı. Uzun süre hiç ışık görmemiştik. Karanlıkta, dalgalara bine ine, düzenli biçimde ilerlemekteydik. Bazen karanlıkta, dalga sandalı kaldırdığında, küreklerin ucuyla suyu bulamıyordum. Dalgalar büyümüştü ama ben aldırmadan kürek çekmeyi sürdürdüm. Sonunda birdenbire kendimizi kıyıya yakın yerde bulduk. Kara, sulardan yükselen bir kaya yanı başımızdaydı. Dalgalar onu dövüp duruyordu. Sağ küreği kuvvetle çektim, ötekini siya yaparak yine açığa doğru yöneldim. Burun görünmez olmuştu. Biz yine gölün yukarısına doğru ilerlemekteydik.

"Gölün karşı kıyısına geçtik" dedim Catherine'e.

"Pallanza'yı görmeyecek miydik?"

"Kaçırdık onu."

"Nasılsın sevgilim?"

"İyiyim."

"Kürekleri bir süre için ben devralabilirim."

"Yo, iyiyim ben."

"Zavallı Ferguson" dedi Catherine. "Sabah otele geldiğinde bizi bulamayacak."

"Ona fazla kaygılanmıyorum" dedim. "Gün ağarıp İsviçre gümrükçüleri bizi görmeden önce sınırı geçme derdindeyim."

"Ne kadar uzak?"

"Buradan otuz kilometre kadar."

Bütün gece kürek çekmeyi sürdürdüm. Sonunda ellerim öyle şişti ki, kürekleri kavrayamayacağımdan korkmaya başladım. Birkaç kere kıyıya çarpmamıza ramak kaldı. Kıyıya oldukça yakın gidiyordum çünkü gölde kaybolup gecikmekten korkuyordum. Bazen öyle yaklaşıyorduk ki sıra ağaçları, kıyıdaki yolu, arkadaki dağları görebiliyorduk. Yağmur dindi, rüzgâr bulutları dağıttı, ay ortaya çıktı. Arkama baktığımda Castagnola'nın sipsivri karanlık doruğunu, gölün beyaz köpüklü dalgalarını, ilerde de dağların dorukları üzerindeki ayı görebildim. Hemen ardından bulutlar ayı yine örttü, dağlarla göl gözden kayboldu ama ortalık eskisine göre biraz daha aydınlık olduğundan kıyı şeridini görebilmeye başlamıştık. Fazla net görüyorduk besbelli. Kürekleri yeniden açığa doğru çekmeye başladım. Pallanza yolundaki gümrük görevlileri bizi görmemeliydi. Ay yeniden ortaya çıktığında yamaçtaki beyaz villaları, ağaçların ardından geçen yolu görebildik. Ben kürek çekmeyi hep sürdürdüm.

Göl genişledi, öbür taraftaki dağların eteklerinde birkaç ışık gördük. Orası Luino olabilirdi. Eğer öyleyse, hızlı geldik demekti. Kürekleri içeri alıp sırtüstü uzandım. Yorgunluktan tükenmiş durumdaydım. Kollarım, omuzlarım, sırtım ağrılar içindeydi, ellerim de fena halde acıyordu.

"Ben şemsiyeyi tutabilirim" dedi Catherine. "Onu yelken gibi kullanırız, rüzgâr bizi götürür."

"Dümeni kullanabilir misin?"

"Sanırım."

"Şu küreği al, koltuk altına kıstır, ucunu şu taraftan suya sok, dümen olarak kullan, ben de şemsiyeyi tutayım." Dümen tarafına yürüdüm, ona küreği nasıl tutacağını gösterdim. Sonra kapıcının verdiği koca şemsiyeyi aldım, yüzümü buruna dönüp oturdum, şemsiyeyi açtım. Bir klipsi vardı. Onu iki yanından tutup sapının üstüne oturdum, sapın kıvrımını da oturduğum yere taktım. Rüzgâr şemsiyenin içini dolduruyordu. Sandalın öne doğru atıldığını hissettim, şemsiyenin iki kenarına olanca gücümle asıldım. Büyük bir kuvvetle çekiyordu beni. Sandal hızla ilerlemeye başlamıştı.

"Ne güzel gidiyoruz" dedi Catherine. Benimse tek görebildiğim, şemsiyenin telleriydi. Şemsiye zorlanıyor, geriliyor, bizi de götürüyordu. Ayaklarımı sağlam yere dayadım, bir daha asıldım, bir anda büküldüğünü gördüm, tellerden biri kopup alnıma çarptı. Çöken tepe kısmını yakalamaya çalıştığımda şemsiye tersine döndü. Yırtık şemsiyenin kulpu üstüne ata biner gibi oturmuş durumdaydım. Yine de ilerlemeyi sürdürüyorduk. Kulpu oturduğum yerden çıkardım, şemsiyeyi burun tarafına, yere yatırdım, küreği geri almak üzere Catherine'in yanına yürüdüm. Gülüyordu. Elimi tuttu, gülmeyi sürdürdü.

"Ne oldu ki?" Küreği elinden aldım.

"Öyle komik görünüyordun ki... şemsiyeye öyle asılırken!"

"Herhalde."

"Kızma sevgilim. Gerçekten çok komikti. Yirmi metre enindeymiş gibiydin! Şemsiyenin kenarlarına sevgiyle sarılmıştın..." Boğulur gibi oldu.

"Kürek çekeceğim."

"Dinlen ve bir yudum içki iç. Harika bir gece ve çok iyi de yol aldık."

"Sandalı kaba dalgalardan geçerken kontrol etmem gerek."

"İçki bulayım sana. Sonra da biraz dinlen sevgilim."

Kürekleri dimdik tuttum, bir süre onu yelken yerine kullanmaya çalıştım. Catherine çantayı açıyordu. Brendi şişesini bana uzattı. Tıpasını çakımla açtım, koca bir yudum aldım. Sıcağı tüm vücuduma yayıldı, kendimi ısınmış ve neşeli hissettim. "Çok güzel bir brendi" dedim. Ay yine bulutların ardındaydı ama kıyıyı görebiliyordum. İlerde gölün ortasına doğru uzanan bir burun daha vardı.

"Üşümüyorsun ya, Cat?"

"Harikayım. Oram buram biraz tutuk yalnız."

"Şu dolan suları boşalt, ayaklarını yere bas biraz."

Küreğe oturdum, ıskarmozların ve kovanın dibe sürtünüşünün sesini dinledim.

"O kovayı bana versene" dedim. "Susadım."

"Çok pis ama."

"Ziyanı yok, çalkalarım."

Catherine'in kovayı suya sokup çalkaladığını duydum. Sonra doldurup bana uzattı. Brendi beni susatmıştı, su da buz gibi soğuktu. Dişlerimi donduracak kadar soğuktu hem de. Kıyıya doğru baktım. Uzun buruna epey yakındık. İlerdeki koyda ışıklar vardı.

"Teşekkürler" deyip teneke kovayı geri uzattım.

"Rica ederim. İstersen daha çok var burada."

"Bir şey yemek istemiyor musun?"

"Hayır. Birazdan acıkırım. O zamana kadar bekleyelim."

"Peki."

Uzaktan burun gibi görünen yer, gölün ta ortasına uzanan yüksek bir tepeydi. Onu geçebilmek için göle daha da açıldım. Göl daralmış, iki kıyı birbirine yaklaşmıştı artık. Ay da yine ortaya çıkmıştı. *Guardia di finanza*[89] eğer bakıyorlarsa, bizim sandalı kolaylıkla görebilirlerdi.

"Nasılsın Cat?" diye sordum.

"İyiyim. Neredeyiz?"

"Sekiz milden fazla yolumuz kalmamıştır sanırım."

"Kürek çekmek için epey uzun ama. Zavallı sen, ölmüş olmalısın."

"Yo, iyiyim. Ellerim su topladı, o kadar."

İlerlemeyi sürdürdük. Sağ yamaçta dağlar biraz ara veriyor, kıyı şeridi genişliyordu. Cannobio olabilir orası, diye düşündüm. Açıklardaydık çünkü görülme tehlikesi vardı. Yorulmuştum. Aslında kürek için o kadar da uzun bir yol değildi ama vücut hamlaşınca, uzun gelmişti işte. O dağı geçip en az beş mil daha gitmemiz gerekiyordu ki İsviçre topraklarına vardığımızdan emin olabilelim. Ay neredeyse batmak üzereydi artık. Ama o batmadan, bulutlar yine gökyüzünü kapladı, ortalık çok karanlık oldu. Açıklarda bir süre daha kürek çektim, sonra dinlenmek üzere oturdum. Kürekleri rüzgârın çarpacağı açıda tutuyordum.

"Biraz ben çekeyim" dedi Catherine.

"Yapmasan daha iyi olur gibi geliyor."

"Saçma. Yarar bana. Tutulmuş yerlerim açılır."

"Bence yapmamalısın Cat."

---

89) Gümrük görevlisi. [ç.e.n.]

"Saçma. Zorlanmadan kürek çekmek yarar hamile kadınlara."

"Pekâlâ, biraz sen çek ama yavaş yavaş. Ben arkaya geçeyim, sen buraya gel. Geçerken her iki kazığa sıkı sıkı tutun."

Paltoma sarınmış, yakam dik, dümen başında oturup Catherine'in kürek çekişini seyrettim. Çok iyi çekiyordu ama kürekler fazla uzun olduğu için zorluyordu onu. Çantayı açıp iki sandviç yedim. Brendiden biraz daha içince her şey gözüme daha iyi görünmeye başladı.

"Yorulunca haber ver" dedim. Biraz sonra da, "Dikkatli ol, kürek savrulup karnına çarpmasın" diye uyardım.

Catherine temposunu bozmadan, "Öyle bir şey olursa hayat çok daha kolaylaşır" dedi.

Brendiden bir yudum daha içtim.

"Nasıl gidiyor?"

"İyi."

"Bırakmak istediğinde haber ver."

"Tamam."

Bir yudum daha içtikten sonra kalktım, kazıklara tutunarak öne yürüdüm.

"Hayır, çok iyi çekiyorum."

"Sen dümene dön. Harika dinlendim ben."

Brendinin etkisiyle bir süre kürekleri kolaylıkla, tempolu olarak çektim. Ama sonra kürekler yine yalpalamaya başladı, midemden safra yükselir gibi oldu. Brendiden hemen sonra küreğe oturmanın etkisi.

"Biraz içecek su ver bana."

"Kolay" dedi Catherine.

Gün doğmadan yağmur çiselemeye başladı. Rüzgâr ya dinmişti ya da bizi şu dağlar koruyordu. Göl kıvrılmış gibiydi. Şafağın sökmekte olduğunu görünce yerime yerleşip kürekleri daha hızlı çekmeye koyuldum. Nerede olduğumuzu bilmiyordum ve İsviçre sularına ulaşmayı çok istiyordum. Ortalık aydınlanmaya başladığında, kıyıya bir hayli yakındık. Kayalık kıyıyı, ağaçları görebiliyordum.

"Nedir o?" diye sordu Catherine. Küreklere yaslanıp dinledim. Bir deniz motorunun sesi. Göle açılmakta olan bir tekne. Kürekleri kıyıya doğru çekip sessiz kaldım. Ses yaklaştı, sonra biraz arkamızda, yağmurda açılmakta olan motoru gördük. Dümende dört *guardia di finanza* vardı. Şapkalarını kulaklarına kadar çekmişlerdi, tüfekleri de sırtlarında sallanıyordu. Sabahın bu saatinde hepsi uykulu gibiydi. Şapkalarında ve pelerinlerinin yakalarında sarı rozetlerini gördüm. Motor yağmur altında görünmez oldu.

Göle doğru açıldım. Eğer sınıra bu kadar yakınsak, yoldaki bir nöbetçiye yakalanmak istemiyordum. Görülmeyecek kadar açılınca, yine ileri doğru, yağmur altında kırk beş dakika kadar kürek çektim. Bir kere daha motor sesi duyduk, ben o ses de uzaklaşana kadar sessiz bekledim.

"Sanırım İsviçre'deyiz Cat" dedim.

"Sahi mi?"

"İsviçre askerlerini görene kadar emin olamayız."

"Ya da İsviçre donanmasını."

"İsviçre donanması pek şaka sayılmaz. Son duyduğumuz motor herhalde İsviçre motoruydu."

"Eğer İsviçre'deysek, zengin bir kahvaltı edelim. İsviçre'de enfes kahvaltı ekmekleri, tereyağı ve reçel vardır."

Gün ağarmıştı artık. İnce bir yağmur yağıyordu. Açıklarda rüzgâr hâlâ güçlüydü. Dalgaların köpükleri bizden uzağa, gölün daha yukarısına doğru gidiyordu. Emindim İsviçre'ye gelmiş olduğumuzdan. Kıyıda, ağaçların gerisinde çok sayıda evler vardı. İlerde de kıyıda bir köy. Taş evleri, tepelerde birkaç villası, bir de kilisesi olan bir köy. Muhafızlar var mı diye kıyı yolunu kontrol ediyordum ama yok gibiydi. Yol sulara iyice yaklaşmıştı artık. Bir askerin oradaki kafeden çıktığını gördüm. Yeşilimsi gri üniforma giymiş, başına Almanlarınki gibi kask geçirmişti. Sağlıklı bir yüzü, diş fırçası gibi bıyığı vardı. Bize baktı.

"El salla ona" dedim Catherine'e. El salladı, asker de utanır gibi gülümsedi, elini selam verir gibi salladı. Kürekleri yavaşlattım. O sıra köyün rıhtımı önünden geçmekteydik.

"Sınırdan içeri epey girdik herhalde" dedim.

"Emin olmamız gerek, sevgilim. Bizi gerisingeri sınıra yollamalarını istemeyiz."

"Sınır çok geride kaldı. Sanırım bu gümrükçülerin köyü. Bence Brissago burası."

"İtalyanlar yok mu burada? Gümrük köylerinde hep iki taraftan da insanlar bulunur."

"Savaş zamanlarında bulunmaz. İtalyanların sınırı geçmesine izin vereceklerini sanmıyorum."

Şirin bir kasabaya benziyordu burası. Rıhtıma çok sayıda balıkçı teknesi bağlanmış, kayalara ağlar serilmişti. İnce bir kasım yağmuru yağıyordu ama bir neşe, bir temizlik duygusu vardı. Yağmura rağmen.

"Yanaşıp kahvaltı edelim mi?"

"Edelim."

Sol küreği kuvvetli çekip yaklaştım, tekneyi rıhtıma paralel olacak şekilde çevirdim, kürekleri içeri aldım, bir demir halkaya sarılıp ıslak taşlara adımımı attım. İsviçre'deydim. Sandalı bağladım, Catherine'e elimi uzattım.

"Haydi, gel Cat. Harika bir duygu bu."

"Ya bavullar?"

"Sandalda bırak onları."

Catherine çıktı, ikimiz de İsviçre'ye ayak basmış olduk.

"Ne güzel bir ülke" dedi.

"Harika, değil mi?"

"Haydi, gidip kahvaltı edelim!"

"Muhteşem bir ülke değil mi? Pabuçlarımın altından gelen duyguya bayıldım."

"Öyle tutulmuşum ki pek hissedemiyorum. Ama çok güzel bir ülkeye benziyor. Sevgilim, farkında mısın, artık buradayız ve o lanet olası yerden kurtulduk!"

"Farkındayım. Gerçekten farkındayım. Daha önce hiçbir şeyin bu kadar farkında olmadım."

"Şu evlere bak. Ne güzel bir meydan, değil mi? Kahvaltı edebileceğimiz bir yer de var."

"Yağmur da ne kadar güzel! İtalya'da hiç böyle yağmaz. Neşeli bir yağmur bu."

"Ve biz de buradayız, sevgilim! Farkında mısın burada olduğumuzun?"

Kafeye girdik, temiz bir ahşap masa seçip oturduk. Coşkunduk, heyecanlıydık. Tertemiz, önlük takmış bir kadın gelip ne istediğimizi sordu.

"Kahvaltı ekmekleri, reçel ve kahve" dedi Catherine.

"Üzgünüm, savaş zamanında kahvaltı ekmeğimiz yok."

"Ekmek öyleyse."

"Kızartabilirim isterseniz."

"Olur."

"Ben yağda yumurta da isterim."

"Beyefendi için kaç yumurta?"

"Üç."

"Dört tane ye sevgilim."

"Dört yumurta."

Kadın uzaklaştı. Catherine'i öptüm, elini sımsıkı tuttum. Birbirimize baktık, kafeyi gözden geçirdik.

"Sevgilim, sevgilim, ne güzel, değil mi?"

"Harika" dedim.

Catherine, "Kahvaltı ekmeği yoksa yok" dedi. "Bütün gece onu düşünmüştüm ama şimdi aldırmıyorum. Hiç aldırmıyorum hem de."

"Herhalde birazdan bizi tutuklarlar."

"Boş ver, sevgilim. Önce kahvaltımızı edelim. Kahvaltıdan sonra tutuklanmak vız gelir insana. Hem bize ne yapabilirler ki! Saygın İngiliz ve Amerikan vatandaşlarıyız."

"Pasaportun var, değil mi?"

"Tabii. Öff, konuşmayalım bunu. Mutlu olalım."

"Bundan mutlu olamazdım" dedim. Duman rengi tombul bir kedi, kuyruğunu dimdik kaldırıp masamıza yaklaştı, mırıldana mırıldana paçama süründü. Eğilip onu okşadım. Catherine bana mutlu mutlu gülümsedi. "İşte kahve geliyor" dedi.

Kahvaltıdan sonra bizi gerçekten tutukladılar. Kasabada biraz yürüyüş yapmış, sonra çantaları almak üzere rıhtıma inmiştik. Sandalın yanında bir asker duruyordu.

"Bu sandal sizin mi?"

"Evet."

"Nereden geldiniz?"

"Gölün yukarısından."

"O halde benimle gelmenizi rica edeceğim."

"Ya çantalarımız?"

"Onları siz kendiniz taşıyın."

Çantaları yüklendim, Catherine yanımda, asker de arkamızda, eskimiş gümrük binasına vardık. Kapıda bizi incecik ve pek militan bir teğmen sorguya çekti.

"Milliyetiniz?"

"Amerikalı ve İngiliz."

"Pasaportlarınızı göreyim."

Benimkini uzattım, Catherine de kendininkini çantasından çıkardı.

"İsviçre'ye neden böyle sandalla giriş yaptınız?"

"Sporcuyum ben" dedim. "Kürek çekmek en sevdiğim spordur. Her fırsatta küreklere sarılırım."

"Neden geldiniz buraya?"

"Kış sporları için. Biz turistiz, kış sporları yapmak istiyoruz."

"Burası kış sporlarının yeri değil."

"Biliyoruz. Kış sporları olan bir yere gideceğiz."

"İtalya'da ne işiniz vardı?"

"Mimarlık okuyordum. Kuzinim de resim eğitimi alıyor."

"Oradan niçin ayrıldınız?"

"Kış sporu yapmak istedik. Bir yanda savaş olurken kış sporu yapılamıyor."

"Lütfen burada bekleyin" dedi teğmen. Elinde pasaportlarımızla binaya girdi.

Catherine, "Harikaydın sevgilim" dedi. "Böyle sürdür bunu. Kış sporu yapmak istiyoruz."

"Resimden anlar mısın?"

"Rubens?" dedi Catherine.

"İri ve tombul" dedim.

"Titian."

"Didik saçlı" dedim. "Ya Montegna?"

"Zor şeyler sorma" dedi Catherine. "Onu tanıyorum ama –çok iç ezici."

"Çok hem de" dedim. "Çivi delikleriyle dolu."

"Görüyorsun ya, ne kadar iyi bir eş olacağım sana. Müşterilerinle sanat konularında konuşacağım."

"Geliyor" dedim. Teğmen uzun koridordan, elinde pasaportlarımızla yaklaşıyordu.

"Sizi Locarno'ya yollayacağım" dedi. "Araba tutabilirsiniz. Yanınızda bir de asker gelecek."

"Peki" dedim. "Ya sandal?"

"Sandala el kondu. O çantalarda ne var?"

İki çantayı da aradı, çeyrek şişe brendiyi çıkardı.

"Benimle bir içki içmek ister misiniz?" diye sordum.

"Hayır, teşekkür ederim." Dimdik doğruldu. "Kaç paranız var?"

"İki bin beş yüz liret."

Pek etkilenmiş gibiydi. "Ya kuzininizin?"

Catherine'de de bin iki yüz liretten biraz daha fazla para vardı. Memnun olmuştu teğmen. Bize karşı o kibirli tavrı biraz yumuşamıştı.

"Kış sporlarına gitmek istiyorsanız, Wengen tam yeri" dedi. "Babamın Wengen'de çok iyi bir oteli var."

"Bu çok iyi" dedim. "Bana otelin adını verebilir misiniz?"

"Bir karta yazarım." Yazıp kartı bana nezaketle uzattı.

"Asker sizi Locarno'ya götürecek. Pasaportlarınız da onda olacak. Üzgünüm ama bu şart. Locarno'da size vize ya da polis izni vereceklerini umarım."

Pasaportları askere verdi, çantaları yüklenip araba bulmak üzere kasabaya doğrulduk. "Hey!" Teğmen askere sesleniyordu. Alman şivesine çalan bir dilde bir şeyler söyledi. Asker tüfeğini sırtına doğru kaydırıp çantaları devraldı.

"Şahane bir ülke" dedim Catherine'e.

"Ne kadar pratik."

"Çok teşekkür ederim" dedim teğmene. Bize el salladı.

"Servis!" dedi. Askerin peşinden kasabaya yöneldik.

Locarno'ya bir at arabasıyla gittik. Asker önde, arabacının yanında oturuyordu. Locarno'da da zamanımız pek kötü geçmedi. Bizi sorguya çektiler ama pasaportlarımız ve paramız olduğu için saygılı davrandılar. Anlattığımız hikâyenin tek kelimesine bile inandıklarını sanmıyordum aslında. Zaten bana bile saçma geliyordu ama her şey mahkeme salonundaymışız gibi olup bitiyordu. İstenen mantıklı bir şey değil, teknik bir şeydi. İsteneni veriyor, fazla da açıklama yapmıyordunuz. Pasaportlarımız vardı, para harcamaya gelmiştik. Bu sayede bize geçici vize verdiler.

Bu vizeleri her an geri alabilirlerdi. Nereye gidersek gidelim, polise haber vermek zorundaydık.

Nereye istersek gidebilir miyiz? Evet. Nereye gitmek istiyorduk peki?

"Nereye gitmek istersin, Cat?"

"Montrö'ye."

"Çok güzel yerdir" dedi resmi görevli. "Bence hoşlanacaksınız oradan."

Bir başka görevli, "Burası da, Locarno da güzel" dedi. "Burayı da çok seversiniz bence. Locarno çok çekici bir yerdir."

"Kış sporları yapabileceğimiz bir yer istiyoruz."

"Montrö'de kış sporu yoktur ki!"

İlk görevli, "Özür dilerim ama ben Montrölüyüm" deyiverdi. "Montrö'de, Oberland ve Bernois demiryolunda pekâlâ vardır kış sporu. Bunu inkâr etmek gerçekçi olmaz."

"İnkâr etmiyorum" dedi öbürü. "Ben sadece, Montrö'de yoktur dedim."

"Buna katılmıyorum" dedi ilk görevli. "Bu açıklamaya hiç katılmıyorum."

"Ben sözümde ısrar ediyorum."

"Ben katılmıyorum. Ben kendim defalarca *luge*[90] yapmışımdır Montrö sokaklarında. Hem bir kere değil, çok kere. *Luge* elbette kış sporu sayılır."

Öbür görevli bana döndü.

---

90) Bir ya da iki kişi, sırtüstü yatarak binilen bir çeşit kızak. [ç.e.n.]

"Siz kış sporu derken *luge* gibi bir şey mi düşünüyordunuz, efendim? Sizi temin ederim, burada, Locarno'da çok rahat edersiniz. İklimi çok sağlıklıdır, çevresi çekicidir. Çok hoşunuza gidecektir."

"Beyefendi Montrö'ye gitmek istediğini ifade etti."

"*Luge* nedir?" diye sordum.

"Gördünüz mü? Duymamış bile '*luge*' diye bir şeyi!"

İkinci görevli bunu çok önemli bulmuştu. Memnuniyeti yüzünden okunuyordu.

İlk görevli, "*Luge* demek, *toboggan* demek" dedi.

İkincisi başını iki yana sallayarak, "İzninizle, aynı fikirde değilim" dedi. "*Toboggan, luge*'den çok farklıdır. *Toboggan* Kanada'nın yamyassı sazlarından yapılır, *luge* ise normal bir kızaktır. Doğru konuşmak da önemli."

"*Toboggan* yapamaz mıyız?" diye sordum.

İlk görevli, "Elbette yaparsınız" dedi. "Çok da iyi *toboggan* yaparsınız. Montrö'de mükemmel Kanada *toboggan*'ları satılır. Ochs Brothers mağazasında satarlar onları. Kendileri ithal ediyorlar."

İkinci görevli başını çevirdi. "*Toboggan* yapmak için özel pist gerekir" dedi. "Montreuz sokaklarında *toboggan* yapılmaz. Buradayken nerede kalıyorsunuz?"

"Bilmiyoruz" dedim. "Brissago'dan yeni geldik. Arabamız dışarda."

İlk görevli, "Montrö'ye giderseniz aldanmış olmazsınız" dedi. "İklimi çok güzeldir. Kış sporları da fazla uzakta değildir."

İkincisi, "Eğer niyetiniz kış sporu yapmaksa, Engadine'e ya da Mürren'e gitmelisiniz" diye ısrar etti. "Kış sporu için Montrö'nün tavsiye edilmesine itirazım var."

“Montrö’nün hemen yukarısında, Les Avants’da her tür kış sporu var!” Montrö taraftarı, arkadaşına ateş saçan gözlerle bakıyordu.

“Baylar” dedim. “Korkarım bizim gitmemiz gerek. Kuzinim çok yorgun. Şimdilik bir süre Montrö’ye gidelim.”

“Sizi kutlarım.” İlk görevli uzanıp elimi sıktı.

İkincisi, “Locarno’dan ayrıldığınıza pişman olacaksınız” dedi. “Her neyse, Montrö’ye varınca polis merkezine haber verin.”

Birincisi, “Polis tatsızlık çıkarmayacaktır” diye güvence verdi. “Orada herkesin çok nazik ve dost canlısı olduğunu göreceksiniz.”

“Her ikinize de çok teşekkürler” dedim. “Önerileriniz çok makbule geçti.”

“Hoşça kalın” dedi Catherine. “İkinize de çok teşekkürler.”

Eğilip bizi selamlayarak kapıya kadar geçirdiler ama Locarno taraftarı biraz buruk gibiydi. Basamaklardan inip arabaya yürüdük.

“Amma iş sevgilim, daha çabuk çıkamaz mıydık oradan?” dedi Catherine. Demin adamlardan birinin tavsiye ettiği otelin adını arabacıya söyledim, dizginleri eline aldı.

Catherine, “Orduyu unuttun” dedi. Asker arabanın yanında durmaktaydı. Eline on liret tutuşturdum. “Henüz İsviçre param yok” dedim. Teşekkür etti, selam verdi ve gitti. Araba hareket etti, otele doğrulduk.

Catherine’e, “Montrö’yü de nereden çıkardın?” dedim. “Gerçekten istiyor musun oraya gitmeyi?”

“Aklıma ilk gelen oydu” dedi. “Fena yer sayılmaz. Dağlarda kendimize bir yer bulabiliriz.”

“Uykun var mı?”

“Şu anda bile uyuyorum zaten.”

"Önce bir güzel uyuyalım. Zavallı Cat. Upuzun ve çok kötü bir gece geçirdin."

"Çok güzel zaman geçirdim" dedi Catherine. "Özellikle şemsiyeyle yelken açtığın zaman."

"İsviçre'de olduğumuza inanabiliyor musun?"

"Hayır. Uyanıp rüyaymış demekten korkuyorum."

"Ben de öyle."

"Doğru ama değil mi sevgilim? Milano istasyonuna, seni geçirmeye gidiyor değiliz."

"Umarım değilizdir."

"Öyle söyleme. Korkutuyorsun beni. Belki de oraya gidiyoruzdur."

"Öyle uykum var ki, bilemiyorum" dedim.

"Avuçlarına bakabilir miyim?"

Uzattım. Su toplamıştı iki avucum da.

"Ama yan tarafımda delik yok" dedim.

"Günaha girme."

Kendimi çok yorgun ve sersem gibi hissediyordum. O sevinç uçup gitmişti. Araba sokakta ilerliyordu.

"Zavallı ellerin" dedi Catherine.

"Dokunma onlara" dedim. "İnan bana, nerede olduğumuzu bilmiyorum. Nereye gidiyoruz, arabacı?" Sürücü arabayı durdurdu.

"Metropole oteline. Öyle dememiş miydiniz?"

"Evet" dedim. "İşler yolunda Cat."

"Yolunda sevgilim. Canını sıkma. Doya doya uyuruz, yarın uyanınca da bu halin geçer."

"Bazen böyle oluyorum" dedim. "Bugün sanki bir komik operaydı. Belki de karnım acıkmıştır."

"Yorgunsun yalnızca sevgilim. Geçecek." Araba otelin önünde durdu. İçerden biri çantalarımızı almaya geldi.

"İyiyim şimdi" dedim. Otelin kaldırımındaydık.

"Eminim geçeceğinden. Yorgunsun, o kadar. Çoktan beri dinlenmedin."

"Her neyse, geldik işte."

"Evet, gerçekten geldik."

Çantalarımızı taşıyan çocuğun arkasından otele girdik.

BÖLÜM BEŞ

38

O yıl sonbaharda kar çok geç geldi. Dağın yamacındaki çamlar arasında, kahverengi ahşap bir eve yerleşmiştik. Geceleri öyle soğuk oluyordu ki çekmeceli dolabın üstündeki iki testi suyun yüzeyinde ince buz tabakaları oluşuyordu. Bayan Guttingen sabahları erkenden odaya girip pencereleri kapıyor, yüksek porselen sobayı yakıyordu. Bir süre sonra, odunlar tutuşunca çamlar çıtırdamaya, parıldamaya başlıyor, Bayan Guttingen ikinci gelişinde yanında ateşe atacağı iri odun parçalarıyla birlikte bir kap içinde sıcak su da getiriyordu. Oda ısınınca da kahvaltıyı getiriyordu. Yatağımızda oturmuş kahvaltımızı ederken, gölü ve karşı kıyıda, Fransa tarafındaki dağları seyrediyorduk. Dağların tepeleri karlıydı, göl de gri çelik gibi, hafif mavimsi bir renk almış oluyordu.

Dışarda, dağ evimizin önünden geçen bir yol tepelere tırmanmaktaydı. Ormandan geçiyor, dağın çevresinden kavis çizerken çayırların, ambarların, kulübelerin bulunduğu yerlerden geçiyor, ormanın kenarından bakınca aşağıdaki vadi de gözler önüne seriliyordu. Derin bir vadiydi, dibinde akan dere sonunda göle dökülüyordu. Rüzgâr vadiden estiğinde, o suların kayalara çarparken çıkardığı sesi duyabiliyordunuz.

Bazen yoldan sapıp patikadan ormana dalıyorduk. Ormanda toprak yumuşaktı, kış burayı yol üstünde olduğu kadar donduramıyordu. Ama bizim yoldaki buza da aldırdığımız yoktu çünkü pabuçlarımızın tabanı ve topukları çiviliydi. Çiviler buza saplanıyor, yolda yürümeyi de kolay ve diriltici bir deneyime dönüştürüyordu. Yine de ne olursa olsun, ormanda yürümek bir başkaydı.

Oturduğumuz evin önünde başlayan dik bayır, göl kenarındaki küçük bir düzlüğe iniyordu. Bazen evin önünde, güneşte oturuyor, kıvrılarak aşağıya inen yolu, alt kesimlerdeki teraslanmış bağları, kasabalıların düzlükteki evlerini seyrediyorduk. Gölde iki ağacı olan bir adacık vardı. O ağaçlar, bir teknenin çifte yelkenini andırıyordu. Gölün karşı tarafındaki dağlar sarptı, dip tarafta, iki dağın arasından gelen Rhone vadisi görünüyordu. Dağların vadiyi kestiği yer, Dent du Midi idi. Yüksek ve karlı bir dağdı. Vadiye hâkimdi ama o kadar uzaktaydı ki gölge etmiyordu.

Güneşin pırıl pırıl parladığı günlerde öğle yemeğini evin önündeki terasta yiyorduk ama diğer günlerde yukarda, ahşap duvarlı, porselen sobalı küçük odamızda yemeyi daha hoş buluyorduk. Kentteki kitapçıdan kitaplar ve dergiler alıyorduk. Bir de "Hoyle" kitapçığı almış, oradan çok sayıda iki kişilik iskambil oyunları öğrenmiştik. O sobalı küçük oda bizim salonumuzdu. İki rahat koltuğumuz, dergi ve kitapları koyduğumuz bir masamız vardı. Kâğıt oyunlarını ise, sofra toplandıktan sonra, yemek masasında oynuyorduk. Bay ve Bayan Guttingen alt katta yaşamaktaydılar. Akşamları bazen aşağıda konuştuklarını duyuyorduk. Onlar da mutlu insanlardı. Adam eskiden başgarsonluk yapmış, eşi de aynı otelde kat hizmetlerinde çalışmıştı. Biriktirdikleri parayla bu evi satın almışlardı. Bir oğulları vardı, başgarson olmak üzere eğitim görmekteydi. Zürih'te bir oteldeydi. Alt katta, bira ve şarap servisi yaptıkları bir salon vardı. Bazen akşamları arabalar kapıda duruyor, inen beyler o salona şarap içmeye geliyorlardı.

Oturma odamızın bulunduğu holdeki büyük kutuda odunlar vardı. Ateş sönmesin diye ben oradan takviye yapıyordum. Ama fazla geç saatlere kadar oturmuyorduk. Işıkları söndürüp yatağımıza giriyorduk. Ben soyunduktan sonra pencereleri açıp gece manzarasına, soğuk yıldızlara, pencerenin altındaki çamlara bakıyor, sonra hızla yatağa dalıyordum. O soğuk havada, açık pencere ve dışardaki dupduru geceye karşı yatakta yatmak çok güzeldi. İyi uyuyorduk. Gece uyanırsam bunun bir tek nedenden ötürü olduğunu biliyor, Catherine'i rahatsız etmemek için yorganı yavaşça tersyüz ediyor, sonra taze bir hafifliğin içinde, sıcacık, yine uyuyordum. Savaş bize, başka bir üniversitenin futbol maçı kadar uzaktaydı. Ama dağlarda insanların hâlâ savaşmakta olduğunu gazetelerden biliyordum çünkü kar bir türlü yağmıyordu.

Bazen dağdan aşağı, Montrö'ye kadar yürüyorduk. Direkt inen bir patika vardı ama fazla dikti. O yüzden anayoldan iniyor, kıvrılarak tarlaların, bağların taş duvarlarının arasından geçerek uzun yoldan gitmeyi seçiyorduk. Üç köy vardı: Cherney, Fontanivent ve adını unuttuğum bir üçüncüsü. Yol üstünde, yamaca yapılmış eski bir taş şatonun önünden geçiyorduk. Şatonun da kendi bağları vardı. Asmalar dik dursunlar diye değneklere bağlanmıştı. Yaprakları kuru ve kahverengi, karın gelmesine hazır, bekleşiyorlardı. Aşağıdaki göl de dümdüz, çelik gibi griydi. Yol şatodan sonra sağa kıvrılıp çakıllı dik bir rampayla Montrö'ye iniyordu.

Montrö'de kimseyi tanımıyorduk. Göl kenarında yürüyüp kuğulara, martılara, yaklaştığınızda havalanan, gölün halini görünce çığlıklar atan denizkırlangıçlarına bakıyorduk. Gölün açıklarında sürüler halinde dalgıçkuşları vardı. Ufak ve koyu renktiler. Yüzerken arkalarındaki suda izler bırakıyorlardı.

Kentte anacaddede yürüyor, dükkânların vitrinlerine bakıyorduk. Otellerin pek çoğu kapalıydı ama dükkânlar açıktı ve sahipleri bizi görünce seviniyorlardı. Bir kuaför vardı. Catherine oraya saçlarını yaptırmaya gidiyordu. Orayı işleten kadın pek neşeli biriydi. Montrö'deki tanıdığımız tek insan da oydu. Catherine kuafördeyken ben yakındaki birahaneye gidiyor, siyah Münih birası içip gazeteleri okuyordum. *Corriere Della Sera*'yı, bir de Paris'ten gelen İngiliz ve Amerikan gazetelerini. Resimlerin hepsinin üstü kapatılmış, besbelli düşmanla bu şekilde kurulabilecek iletişimin önü kesilmek istenmişti. Gazete okumak keyif kaçırıcıydı. İşler her tarafta çok kötü gitmekteydi. Ben bir köşedeki deri koltuğa yerleşip önümdeki siyah birayı yudumlarken, bir yandan parıltılı *pretzel* paketini açıyor, tuzlu atıştırmalıklardan yiyip biranın tadını daha da zevkli hale getiriyordum. Catherine artık gelir sanıyordum ama gelmeyince kalkıp gazeteleri rafa koydum, biramın parasını ödeyip onu aramak üzere dükkâna yöneldim. Hava soğuk, karanlık, tam kış günüydü. Evlerin taş duvarları da soğuk görünüyordu. Catherine hâlâ kuafördeydi. Kadın onun saçlarını maşayla kıvırıyordu. Dükkândaki küçük locaya yerleşip seyrettim. Heyecan verici bir şeydi seyretmek. Catherine bana gülümsedi, konuştuğumuzda sesi heyecandan boğuk çıktı. Maşalar çıtırtılı sesler çıkarıyor, ben Catherine'i üç aynada birden görüyordum. Yerleştiğim loca sıcak ve hoştu. Sonunda kadın Catherine'in saçlarını topladı, Catherine aynaya bakıp saçının bazı yerlerini biraz değiştirdi, bir yerden bir firkete çıkarıp başka yere bir toka taktı ve ayağa kalktı. "Bu kadar uzun sürdüğü için özür dilerim" dedi.

Kadın, "Mösyö çok ilgi gösterdi, öyle değil mi, mösyö?" diyerek bana gülümsedi.

"Evet" dedim.

Sokağa çıkıp yürümeye başladık. Hava soğuktu, rüzgâr da vardı. "Ah sevgilim, seni öyle çok seviyorum ki" dedim.

"Ne güzel zaman geçiriyoruz, değil mi?" dedi Catherine. "Bak, bir yere gidelim, çay yerine bira içelim. Küçük Catherine'e çok iyi gelecektir. Onu fazla irileşmekten korur."

"Küçük Catherine" dedim. "Aylak asalak."

"Çok uslu ama" dedi Catherine. "Az sorun çıkarıyor. Doktor bira içmemin iyi olacağını, onu küçük tutacağını söyledi."

"Yeterince küçük olursa, bir de oğlan olursa, belki büyüyünce jokey olur."

"Eğer bu çocuk doğacaksa herhalde evlenmemiz gerekir" dedi Catherine. Birahanede, köşe masadaydık. Dışarda ortalık kararıyordu. Saat henüz erkendi ama karanlık bir gündü ve çabuk akşam oluyordu.

"Hadi şimdi evlenelim" dedim.

"Olmaz" dedi Catherine. "Çok utanç verici olur. Hamileliğim besbelli. Bu halde kimsenin önüne çıkıp evlenemem."

"Keşke önceden evlenmiş olsaydık."

"Herhalde daha iyi olurdu. Ama ne zaman evlenebilirdik ki sevgilim?"

"Bilmiyorum."

"Benim bildiğim bir tek şey var. Bu görkemli halimle evlenecek değilim."

"Öyle durmuyorsun."

"Duruyorum sevgilim. Kuaför bana, ilk çocuğunuz mu diye sordu."

"Ne zaman evleneceğiz peki?"

"Ben zayıfladıktan sonra, ne zaman istersen. Harika bir düğünümüz olsun, herkes 'Ne güzel genç bir çift' desin."

"Yani sen kaygılı değilsin, öyle mi?"

"Sevgilim, neden kaygılanayım? Kendimi kötü hissettiğim tek zaman, Milano'da orospu gibi hissettiğim zamandı, o da ancak yedi dakika sürdü. Tabii odanın döşeniş biçiminin de etkisi vardı. Sana iyi bir eş değil miyim?"

"Şahane bir eşsin."

"Öyleyse işin tekniğine girme sevgilim. Zayıflayınca evleneceğim seninle."

"Pekâlâ."

"Bir bira daha içsem mi dersin? Doktor kalçalarımın biraz dar olduğunu söylemişti. Küçük Catherine'i ne kadar ufak tutarsak o kadar iyi olur."

"Başka ne dedi?" Kaygılanmıştım.

"Hiç. Tansiyonum harika sevgilim. Bayıldı tansiyonuma."

"Kalçalarının dar olmasına başka ne dedi?"

"Hiçbir şey. İnan bana. Kayak yapma dedi."

"Haklı tabii."

"Daha önce hiç yapmamışsam, şimdi başlamak için çok geç, dedi. Ama düşmezsem kayabileceğimi söyledi."

"Dalga geçmiş besbelli."

"Gerçekten çok anlayışlıydı. Doğumu ona yaptıralım."

"Evleneyim mi diye sordun mu ona?"

"Hayır. Dört yıllık evli olduğumuzu söyledim. Bak, sevgilim, seninle evlendiğimizde ben de Amerikalı olmuş oluyorum. Amerikan yasalarına göre de çocuğumuz meşru oluyor."

"Onu da nereden öğrendin?"

"Kütüphanedeki *New York World Almanac*'tan."

"Yaman kızsın."

"Amerikalı olmak çok hoşuma gidecek, sonra da Amerika'ya gideceğiz, değil mi sevgilim? Niagara çavlanını görmek istiyorum."

"Yamansın."

"Bir şeyi daha görmek istiyordum ama şimdi hatırlayamıyorum."

"Antrepoları mı?"

"Hayır. Hatırlayamıyorum."

"Woolworth binasını mı?"

"Hayır."

"Büyük Kanyon'u mu?"

"Hayır. Ama onu da görmek isterim."

"Neydi peki?"

"Golden Gate köprüsü! Oydu görmek istediğim. Nerede Golden Gate?"

"San Francisco'da."

"Öyleyse oraya gidelim. Zaten San Francisco'yu da görmek istiyorum."

"Tamam, gideriz oraya."

"Şimdi artık dağa dönelim. Olur mu? M.O.B.'ye[91] yetişir miyiz?"

"Beşi geçe bir tren var."

"Ona binelim."

"Tamam. Ama önce bir bira daha içeyim."

Sokağa çıktık. İstasyonun merdivenlerine vardığımızda hava çok soğuktu. Rhone vadisinden buz gibi bir rüzgâr esiyordu. Dükkânların vitrinleri ışıklıydı. Merdivenleri çıktık, bir üst sokağa vardık, oradaki merdivenleri de çıktık, istasyona vardık. Elektrikli tren bekliyordu, bütün ışıklar da yanıktı. Kaçta kalkacağını belirten işaretler vardı. Beşi on geçe. Saate baktım. Beş geçiyordu. Biz binerken, makinistle kondüktörün istasyondaki şarapçı dükkânından çıktıklarını gördüm. Yerimize oturduk, ben pencereyi açtım. Tren elektrikle ısıtılıyordu, havası biraz boğucuydu ama pencere açılınca, temiz ve serin hava girmeye başlamıştı içeriye.

"Yorgun musun Cat?" diye sordum.

"Hayır, harika hissediyorum."

"Uzun bir yolculuk sayılmaz."

---

91) Montrö-Oberland Bernois tren yolu. [ç.e.n.]

"Yolculuk hoşuma gidiyor" dedi. "Benim için kaygılanma sevgilim, iyiyim ben."

Kar ancak Noel'den üç gün önce başlayabildi. Bir sabah uyandığımızda, dışarda kar yağıyordu. Sobadaki ateş coşana kadar yatağımızda kaldık, karın yağışını seyrettik. Bayan Guttingen kahvaltı tepsilerimizi alırken sobaya da yeni odunlar attı. Yaman bir kar fırtınası vardı dışarda. Kadın bize karın gece yarısı başladığını söyledi. Pencereye gidip baktım ama önümüzden geçen yolu bile göremedim. Rüzgâr esiyor, karları savurup duruyordu. Yatağa döndüm. Uzandık, konuştuk.

"Keşke kayak yapabilseydim" dedi Catherine. "Yapamamak çok kötü."

"Bir kızak satın alıp şu yola getiririz. Senin açından, otomobile binmekten daha sarsıcı olamaz."

"Olmaz mı?"

"Bakarız."

"Umarım olmaz."

"Biraz sonra karda yürüyüşe çıkarız."

"Öğle yemeğinden önce" dedi Catherine. "İştahımız da açılmış olur."

"Ben hep açımdır."

"Ben de öyle."

Dışarı, karlara çıktık ama öyle bir tipi vardı ki fazla uzağa yürüyemedik. Ben önden yürüyüp istasyona kadar bir iz oluşturmaya çalıştım ama oraya vardığımızda da fazla uzağa gidemeyeceğimizi gördük. Tipi ortalığı uçuruyor, göz gözü görmüyordu. İstasyona yakın küçük bir hana girdik, birbirimizin üzerinde biriken karları fırçalayıp döktük, bir kerevete oturup vermut içtik.

"Yaman fırtına" dedi barda servis yapan kadın.

"Öyle."

"Kar çok geç geldi bu kış."

"Evet."

Catherine, "Bir çikolata yiyebilir miyim?" diye sordu. "Yoksa öğle yemeği mi yaklaşıyor? Hep açım ben."

"Ye bir tane, fark etmez" dedim.

"Fındıklılardan istiyorum" dedi Catherine.

Bardaki kız, "En iyisi onlar" dedi. "Ben de en çok onları seviyorum."

"Ben bir vermut daha istiyorum" dedim.

Dönüş için kapıya çıktığımızda karlar izlerimizi yok etmişti. Deliklerin üzerinde belli belirsiz çöküntüler kalmıştı yalnızca. Rüzgâr yüzümüze çarpıyor, pek bir şey göremiyorduk. Üstümüzü temizleyip öğle yemeği için eve dönmeyi başardık. Yemeğin servisini Bay Guttingen yaptı.

"Yarın kayak başlar" dedi. "Kayak yapar mısınız Bay Henry?"

"Hayır ama öğrenmek istiyorum."

"Çok kolay öğrenirsiniz. Oğlum Noel için eve gelecek, o öğretir size."

"Güzel. Ne zaman geliyor?"

"Yarın akşam."

Öğleden sonra küçük odamızda, sobanın karşısında oturmuş, pencereden yağan kara bakıyorduk. Catherine, "Tek başına bir yere gitmek, erkekler arasında olmak, kayak öğrenmek istemez misin sevgilim?" diye sordu.

"Hayır. Neden isteyeyim ki?"

"Ara sıra benden başka insanlarla bir arada olmak istersin diye düşünmüştüm."

"Sen istiyor musun başka insanları görmeyi?"

"Hayır."

"Ben de istemiyorum."

"Biliyorum. Ama sen farklısın. Ben çocuk doğuracağım, o yüzden de başka hiçbir şeyi canım istemiyor. Biliyorum, çok saçma, üstelik çok fazla konuşuyorum. O yüzden, benden usanmayasın diye arada uzaklaşman iyi olur diye düşündüm."

"İstiyor musun uzaklaşmamı?"

"Hayır, kalmanı istiyorum."

"Ben de öyle yapacağım."

"Gel yanıma" dedi. "Kafandaki şişi yoklamak istiyorum. Kocaman bir şiş." Parmağını şişin üzerinden kaydırdı. "Sevgilim, sakal bırakmak istemez misin?"

"Sakal mı bırakayım istiyorsun?"

"Hoş olabilir. Seni sakallı görmek isterdim."

"Pekâlâ, bırakırım. Hemen, şu dakika başlıyorum. İyi fikir aslında. Benim için de uğraşacak bir iş."

"Yapacak işin yok diye kaygılanıyor musun?"

"Yo, hoşuma gidiyor. Güzel bir hayat. Ya sen?"

"Harika bir hayatım var. Ama korkuyorum. Bu kadar irileşince, senin canın sıkılır diye."

"Ah, Cat. Senin için nasıl deli olduğumu bilmiyorsun."

"Bu halimle mi?"

"Tam bu halinle. Çok iyi günler geçiriyorum. Sen geçirmiyor musun?"

"Geçiriyorum ama belki sen tedirginleşirsin diye düşündüm."

"Hayır. Zaman zaman cepheyi, orada tanıdığım insanları düşünüyorum ama aslında kaygılanmıyorum. Hiçbir şeyi fazla düşünmüyorum."

"Kimi merak ediyorsun?"

"Rinaldi'yi, papazı ve tanıdığım pek çok kişiyi. Ama onları çok düşünmüyorum. Savaş üzerine düşünmek istemiyorum. Onunla işim bitti."

"Şu anda ne düşünüyorsun?"

"Hiçbir şey."

"Yo, düşünüyorsun. Söyle bana."

"Rinaldi frengi kapmış mıdır diye düşünüyordum."

"Hepsi o kadar mı?"

"Evet."

"Kapmış mıydı?"

"Bilmiyorum."

"Senin kapmadığına memnunum. Hiç o tür bir şey geçti mi başından?"

"Belsoğukluğu olmuştum."

"Duymak istemiyorum. Çok acılı mıydı sevgilim?"

"Çok."

"Ben de olmak isterdim."

"Yo, istemezdin."

"İsterdim. Senin gibi olmayı isterdim. Keşke senin birlikte olduğun bütün kızlarla ben de birlikte olmuş olsaydım da sana onlarla ilgili espriler yapabilseydim."

"Amma ilginç bir tablo!"

"Senin belsoğukluğu olman hoş bir tablo değil."

"Farkındayım. Baksana şu anda kar nasıl yağıyor!"

"Sana bakmak daha iyi. Sevgilim, neden saçlarını uzatmıyorsun?"

"Nasıl yani?"

"Biraz daha uzun olsun."

"Şimdi yeterince uzun zaten."

"Yo, biraz daha uzat. Ben de benimkini keseyim, o zaman birbirimiz gibi oluruz. Birimiz sarışın, öbürümüz esmer."

"Saçını kesmene izin vermem."

"Hoş olabilir. Usandım bu saçlarımdan. Geceleri yatakta can sıkıyor."

"Ben beğeniyorum."

"Kısa olsun istemez miydin?"

"Belki o da hoşuma gidebilir. Ama bu halini seviyorum."

"Kısa olursa iyi olabilir. O zaman birbirimiz gibi oluruz. Ah, sevgilim, seni öyle çok istiyorum ki sen olmak istiyorum aslında."

"Öylesin zaten. İkimiz biriz."

"Biliyorum. Geceleri biriz."

"Gecelerimiz harika."

"İkimiz bir karışım olalım istiyorum. Uzaklaşmanı istemiyorum. Demin söylemiştim, değil mi? İstersen git tabii. Ama çabucak geri dön. Ah, sevgilim, sen olmadın mı yaşıyor sayılmam ben."

"Hiçbir zaman bir yere gidecek değilim" dedim. "Sen yanımda değilsen, işe yaramaz biriyim ben. Kendi hayatım diye bir şey yok artık."

"Hayatın olsun istiyorum. İyi bir hayatın olsun hem de. Ama o ikimizin hayatı olacak, değil mi?"

"Peki şimdi sakal bırakmaktan vazgeçmemi mi istiyorsun, yoksa bırakayım mı?"

"Bırak uzasın. Heyecanlı olur. Belki de yılbaşına tam karar olur."

"Şu anda satranç oynamak istiyor musun?"

"Seninle oynamayı tercih ederim."

"Hayır. Satranç oynayalım."

"Sonra da oynaşır mıyız?"

"Olur."

"Tamam öyleyse."

Satranç tahtasını çıkarıp piyonları dizmeye başladım. Dışarda kar hâlâ yağıyordu.

Gece bir ara uyandığımda, Catherine'in de uyanık olduğunu sezdim. Mehtap dışarda parlıyor, yatağın üzerine pencere doğramalarının gölgeleri düşüyordu.

"Uyanık mısın sevgilim?"

"Evet. Sen uyuyamadın mı?"

"Demin uyandım; o anda kafamda, seni ilk gördüğümde aklımı kaçırmama nasıl ramak kaldığı vardı. Hatırlıyor musun?"

"Birazcık deliydin."

"Artık değilim. Harikayım şimdi. Harika lafını ne güzel söylüyorsun. 'Harika' desene."

"Harika."

"Ah, ne kadar tatlısın. Ben de artık deli değilim. Yalnızca çok, çok, çok mutluyum."

"Uyu artık" dedim.

"Peki. Hadi ikimiz tam aynı anda uyuyalım."

"Tamam."

Ama öyle olmadı. Ben uzun süre uyanık kaldım, Catherine'in yüzüne düşen mehtap ışığında onu seyrettim. Sonra ben de uyudum.

39

Ocak ortalarında artık sakallıydım, kış da artık pırıl pırıl soğuk günlere, zorlu, buz gibi gecelere yerleşmişti. Yerlerdeki karlar sıkışmış, gelip geçen kızaklardan ve dağdan indirilen kütüklerden ötürü yüzeyi düzleşmişti. Her taraf, hatta Montrö'nün neredeyse içi bile karlıydı. Gölün karşı kıyısındaki dağlar bembeyazdı, Rhone vadisini bile kar kaplamıştı. Dağın öbür yamacında, Bains de l'Alliaz'a uzun yürüyüşler yapıyorduk. Catherine iri çivili botlar giyiyor, pelerinine sarınıyor, elinde de ucu sivri çelik başlıklı bir baston taşıyordu. Pelerin aslında karnını fazla belli etmiyordu. Hızlı yürümüyorduk, o yorulunca duraklıyor, yol kenarındaki kütüklere oturup dinleniyorduk.

Bains de l'Alliaz'da, ağaçlar arasında, odunucuların uğrayıp şarap içtiği bir han vardı. Sobayla ısıtılmış bir yerdi. Orada oturup baharatlı ve limonlu sıcak şarap içiyorduk. *Glühwein* diyorlardı o şaraba. İçinizi ısıtmaya yarıyor, ayrıca bir şey kutlarken de iyi gidiyordu. İçerisi karanlık ve dumanlıydı. Oradan çıkıp havayı soluyunca, soğuğu ciğerinizde hissediyordunuz, burun deliklerinizin kenarları donar gibi oluyordu. Dönüp pencerelerden içeriye bakıyor, o sırada oduncuların bağlı duran atlarının ayaklarını yere vururken kafalarını hızla sallayıp puflayarak ısınmaya çalışmalarını dinliyorduk. Burun deliklerinin içindeki kıllarda buz birikiyordu çünkü. Eve doğru yokuşu çıkarken zemin bir süre kaygandı. Kütükleri sürükleyerek indirenlerin saptığı yere kadar öyle devam ediyor, ardından zemini yine puf puf karlar örtüyordu. Eve dönüş yolunda iki kere tilki bile gördük.

Çok güzel bir yerdeydik. Ne zaman dışarıya çıksak çok eğleniyorduk.

"Harika bir sakalın var artık" dedi Catherine. "Tıpkı oduncularınki gibi. Minik altın küpeler takmış adamı fark ettin mi?"

"Dağkeçisi avcısı" dedim. "Onlar küpe takar. Sesleri daha iyi duyuyorlarmış, öyle diyorlar."

"Sahi mi? İnanmıyorum. Bence dağkeçisi avcısı oldukları belli olsun diye takıyorlardır. Buralarda dağkeçisi var mı?"

"Evet. Dent de Jaman'ın ötesinde."

"Tilki görmek ne hoştu, değil mi?"

"Uyurken kuyruklarını bedenlerine sarar onlar. Isınmak için."

"Hoş bir duygu olmalı."

"Hep istemişimdir öyle bir kuyruğum olmasını. Ne hoş olmaz mıydı kuyruklarımız olsa?"

"Giyinirken zorluk çıkarabilirdi."

"Ona göre kıyafetlerimiz olurdu ya da kırsalda yaşardık, o zaman fark etmezdi."

"Biz zaten kırsalda yaşıyoruz ve hiçbir şeyin önemi yok. Kimseye rastlamamak ne harika bir şey, değil mi? Sen kimseyi görmek istemiyorsun, değil mi sevgilim?"

"Hayır."

"Şurada bir süre otursak mı? Biraz yoruldum."

Kütüğün üzerine yan yana oturduk. İlerde yol ormandan aşağı iniyordu.

"Aramıza girmez değil mi? Yumurcak."

"İzin vermeyiz."

"Para durumumuz nasıl?"

"Bol bol var. Son gelen çeki de bozdular."

"Ailen İsviçre'de olduğunu öğrenince sana ulaşmaya çalışmaz mı?"

"Çalışırlar herhalde. Bir şeyler yazarım onlara."

"Hiç yazmadın mı?"

"Hayır. Yalnız makbuzu imzaladım."

"Tanrı'ya şükür ki ben senin ailen değilim."

"Bir telgraf çekerim onlara."

"Umursamıyor musun onları?"

"Eskiden umursuyordum ama öyle çok kavga ettik ki sonunda ilişkimiz hırpalandı."

"Onları severdim sanırım. Onları çok severdim."

"Bunu konuşmayalım, yoksa bir de onlara kaygılanmaya başlayacağım" dedi. Bir süre sonra, "Dinlendiysen yürüyelim" dedim.

"Dinlendim."

Yokuş aşağı yürümeye başladık. Ortalık kararmıştı. Karlar botlarımızın altında gıcırdıyordu. Kuru, soğuk, çok duru bir geceydi.

"Bayılıyorum sakalına" dedi Catherine. "Çok başarılı oldu. Görünüşü sert ve hırçın ama aslında çok yumuşak ve çok hoş."

"Yani sakalsızdan iyi sence, öyle mi?"

"Bence öyle. Biliyor musun sevgilim, ben saçımı küçük Catherine doğana kadar kesmeyeceğim. Artık fazla irileştim, anaçlaştım. Ama doğumdan sonra zayıflayınca keseceğim. O zaman yenilenmiş olacağım. Bambaşka bir kız olacağım senin için. Birlikte gidip kestiririz saçımı. Ya da ben yalnız gider, dönüp seni şaşırtırım."

Sessiz kaldım.

"Yapma demeyeceksin, değil mi?"

"Hayır. Bence heyecanlı olur."

"Ah, ne kadar tatlısın. Belki çok yakışır, güzel olurum, sevgilim. Hem öyle zayıf olacağım ki heyecanlanacaksın, bana yeni baştan âşık olacaksın."

"Zırva" dedim. "Şimdi âşığım zaten sana. Ne yapmaya çalışıyorsun, beni mahvetmek mi?"

"Evet. Seni mahvetmek istiyorum."

"İyi" dedim. "Benim de istediğim o zaten."

40

Çok keyifli bir hayat sürüyorduk. Ocak ve şubat ayları boyunca kış çok güzeldi, biz de çok mutluyduk. Rüzgâr sıcak estikçe karların erimeye yüz tuttuğu, bastığımız karın yumuşadığı, havada baharın hissedildiği dönemler oldu ama her seferinde katı soğuk geri döndü. Mart ayında kış ilk defa mola verdi, bir gece yağmur başladı. Sabah da devam edip karları çamura çevirdi, dağın yamacını berbat etti. Gölün üzerinde ve vadide bulutlar oluştu. Dağların doruklarına bile yağmur yağıyordu. Catherine ayakkabılarının üstüne ağır şosonlar giyiyor, ben de Bay Guttingen'in lastik çizmelerini ödünç alıyordum. Şemsiyemizi açıp istasyona kadar çamurlar içinde yürüyor, yanlardan akan suların arasından geçiyor, sonunda öğleden önce birer vermut içmek için pub'a uğruyorduk. Oradayken de hep yağmurun sesini dinliyorduk.

"Sence kente taşınmalı mıyız?"

"Ya sence?" diye sordu Catherine.

"Kış bittiyse, yağmur da durmayacaksa, buranın bir keyfi kalmaz. Küçük Catherine'e ne kadar kaldı?"

"Bir ay kadar. Belki biraz daha fazla."

"Montrö'ye taşınabiliriz."

"Niye Lozan'a gitmiyoruz? Hastane orada."

"Olur. Ama bana sanki orası fazla büyük bir kent gibi gelmişti."

"Büyük kentte de yalnız kalabiliriz. Lozan hoş olabilir."

"Ne zaman taşınalım?"

"Bana göre hava hoş. Sen ne zaman istersen sevgilim. Sen istemiyorsan, ben de istemem buradan ayrılmayı."

"Bakalım hava durumu nasıl gelişecek."

Yağmur üç gün boyunca yağdı. Dağın yamacında hiç kar kalmadı. Yol artık çamurlu sularla kaplanmıştı. Dışarı çıkılmayacak kadar berbattı her taraf. Yağmurun üçüncü sabahında, artık kente inmeye karar verdik.

"Ziyanı yok Bay Henry" dedi Guttingen. "Bana önceden haber vermek gibi bir zorunluluğunuz yok. Zaten kötü havalar başlayınca kalmak istemeyeceğinizi tahmin ediyordum."

"Madam için hastaneye yakın yerde olmalıyız" dedim.

"Anlıyorum. Yine gelip kalır mısınız? Belki bebekle birlikte?"

"Tabii, eğer odanız boşsa."

"İlkbaharda, hava güzelleşince gelip tadını çıkarabilirsiniz. Bebekle bakıcısını, şimdi kapalı olan büyük odaya yerleştiririz, siz ve madam da göle bakan şimdiki odanızda kalırsınız."

"Gelmeden önce size yazarım" dedim. Çantaları toplayıp öğle yemeğinden sonra trenle yola koyulduk. Bay ve Bayan Guttingen de istasyona, bizi geçirmeye geldiler. Çantalarımızı adam kızakla taşıdı. Çamurda sürükleyerek. İstasyonda yağmur altında durup el salladılar.

"Çok tatlı insanlar" dedi Catherine.

"Bize çok iyi davrandılar."

Montrö'den Lozan trenine bindik. Pencereden burada kaldığımız evi görmeye çalıştığımızda, yamaçtaki bulutlardan ötürü hiçbir şey göremedik. Tren Vevey'de durdu, sonra yoluna devam etti, gölün karşı tarafına geçerek oradaki çamurlu tarlalardan, ıslak evlerin arasından geçti. Lozan'a vardık, orta büyüklükte bir otele yerleştik. Arabayla sokaklardan geçerken hâlâ yağmur yağıyordu. Otelin kapıcısı, yakasında pirinç anahtar rozetleriyle gelip bizi karşıladı, asansöre bindik, halı döşeli koridordan yürüdük, büyük, rahat bir odaya girdik. Kocaman pirinç yatak, pırıl pırıl beyaz fayanslı banyo ve lavabo, Guttingen'lerin evinden sonra bize büyük bir lüks gibi göründü. Odanın pencereleri ıslak bahçeye, tepesinde demir parmaklık bulunan bir duvara bakıyordu. Yokuş sokağın karşı tarafında, yine aynı tip bir bahçesi ve duvarı olan bir başka otel vardı. Bahçedeki çeşmeye yağan yağmuru izledim.

Catherine bütün ışıkları açtı ve bavulları açıp eşyaları yerleştirmeye başladı. Ben de bir viski-soda söyledim ve yatağa uzanıp istasyondan aldığım gazeteleri okudum. 1918'in Martındaydık. Almanların Fransa'ya saldırısı başlamıştı. Catherine bavulları açıp eşyaları yerleştirirken, ben viski-soda içip gazete okudum.

"Ne almam gerek, biliyor musun sevgilim?" diye sordu.

"Ne?"

"Bebek kıyafetleri. Hamileliği benimki kadar ilerleyip de hâlâ hiç bebek eşyası almamış kimseyi pek tanımıyorum."

"Almak kolay."

"Biliyorum. Yarın yapacağım o işi. Nelerin gerekeceğini öğrenirim."

"Zaten biliyor olman gerekir. Hemşiresin sen."

"Ama pek az askerin hastanelerde bebekleri doğar."

"Benimki doğuyor işte."

Yastığı kafama indirirken viski bardağımı devirdi.

"Yenisini ısmarlarım sana" dedi. "Döktüğüm için özür dilerim."

"Bardakta fazla kalmamıştı. Haydi yatağa gel."

"Hayır. Bu odanın bir şeye benzemesini sağlamalıyım."

"Neye benzemesini?"

"Eve benzemesini."

"Müttefik bayrakları as sağa sola."

"Öf, kes sesini."

"Bir daha söyle bakayım."

"Kes sesini."

"Ne kadar nazik söylüyorsun" dedim. "Kimseyi incitmek istemiyormuşsun gibi."

"Hiç de değil."

"O halde gel yatağa."

"Peki." Yaklaşıp yatağın kenarına oturdu. "Senin açından pek de eğlenceli olmadığımın farkındayım sevgilim. Koskoca bir un fıçısına benziyorum."

"Hiç de değil. Çok güzelsin ve çok tatlısın."

"Evlendiğin çirkin biriyim."

"Değilsin. Her gün daha güzelleşiyorsun."

"Ama yine zayıflayacağım sevgilim."
"Şimdi de zayıfsın."
"Sarhoşsun sen."
"Yalnızca viski ve soda."
"İkincisi geliyor" dedi. "Sonra da yemeği buraya isteyelim."
"İyi olur."
"O zaman dışarı çıkmayız, değil mi? Bu gece burada kalırız."
"Ve oynaşırız" dedim.
"Ben biraz şarap içerim" dedi Catherine. "Bir zararı olmaz. Belki bizim eski 'beyaz kapri'den vardır."
"Vardır tabii" dedim. "Bu büyüklükte bir otelde İtalyan şarapları da bulunur."
Garson kapıyı vuruyordu. Viskiyle buzu bardağa koymuş, soda şişesini yanında getiriyordu.
"Teşekkür ederim" dedim. "Şuraya koyun. Bize iki kişilik yemek de getirebilir misiniz lütfen? İki şişe de sek beyaz *capri* ve buz."
"Yemeğinize çorbayla mı başlamak istersiniz efendim?"
"Çorba istiyor musun Cat?"
"Lütfen."
"Bir kişilik çorba getirin" dedim.
"Teşekkür ederim efendim." Çıktı, kapıyı arkasından kapattı. Ben gazeteye, gazetedeki savaşa döndüm, arada sodayı yavaşça buzlu viskinin üzerine boşalttım. Buzu viskinin içine atmamalarını söylemeliydim onlara. Ayrı getirseler daha iyiydi. O zaman bardakta tam ne kadar viski olduğunu görürdünüz, ne kadar soda koyacağınızı da daha iyi ayarlardınız. Aslında ben kendime bir şişe viski almalıydım. Onlara buzla sodayı ısmarlardım. En iyisi oydu. İyi cins viski güzel içkiydi. Hayatın sunduğu en güzel şeylerden biriydi.
"Ne düşünüyorsun sevgilim?"
"Viskiyi."

"Viskinin nesini?"

"Ne kadar güzel olduğunu."

Catherine bir mimik yaptı. "Pekâlâ" dedi.

O otelde üç hafta kaldık. Fena da değildi. Yemek salonu genellikle bomboş olduğundan, akşam yemeklerimizi daha çok odamızda yiyorduk. Kentte dolaşıyor, çarklı trene binip aşağıya, göl kenarındaki Uşi'ye iniyorduk. Hava giderek ısınıyor, ilkbahar havasına dönüşüyordu. Keşke hâlâ dağlarda olsaydık diye hayıflanıyorduk ama o da kısa sürdü, ardından kış sonunun soğuğu geri döndü.

Catherine bebek için ihtiyaç duyacağı şeyleri alırken ben de bir spor merkezine, boks çalışmaya gittim. Genelde oraya sabahları, Catherine yataktayken gider, bokstan sonra da duş alırdım. Çıktığımda sokaklarda ilkbaharı koklayarak yürür, bir kafeye uğrar, gelip geçenleri seyrederken gazete okuyup vermut içerdim. Sonra Catherine'le birlikte öğle yemeği yemek üzere otele dönerdim. Spor merkezindeki boks hocası bıyıklı, heyecanlı, pireli bir tipti. Üstüne varılırsa ne yapacağını şaşırıyordu. Ama orası hoş bir yerdi. Havası da, ışığı da iyiydi. Ben de sıkı çalışıyordum. İp atlıyor, gölge boksu yapıyor, karın hareketlerine geçtiğimde yere, tam pencerelerden giren güneşin vurduğu yere yatıyordum. Boks yaparken bazen hocayı korkuttuğum da oluyordu. Başlangıçta gölge boksunu o dar uzun aynanın karşısında yapamıyordum çünkü sakallı birinin boks yapışını görmek pek garip geliyordu. Ama bir süre sonra, bunun komik göründüğüne karar verdim. Aslında boksa başladığımda sakaldan kurtulmak istemiştim ama Catherine razı olmamıştı.

Bazen Catherine'le birlikte at arabasına binip kırlarda dolaşıyorduk. Hava güzel olunca bu tür geziler çok keyifli oluyordu. Bu arada, yemek yiyebileceğimiz iki yer de keşfetmiştik. Catherine artık fazla hızlı yürüyemiyordu, ben de onunla birlikte yaptığımız bu araba gezilerinden büyük zevk alıyordum. Hava da güzelse, çok iyi zaman geçiriyorduk. Hiç sıkılmıyorduk. Artık doğumun yaklaştığının farkındaydık. Bir şey bizi iteliyormuş gibi geliyordu. Birlikte geçireceğimiz zamanın bir dakikasını bile ziyan etmeye niyetimiz yoktu.

41

Bir gece Catherine'in yatakta kıpırdandığını duyarak üç sularında uyandım.

"İyi misin Cat?"

"Biraz sancım var tatlım."

"Düzenli mi?"

"Yo, pek sayılmaz."

"Düzenli aralıklarla gelmeye başlarsa hastaneye gideriz."

Çok uykum vardı, tekrar yattım. Kısa süre sonra yine uyandım.

Catherine, "Belki de doktoru arasan iyi olur" dedi. "Bence vakit geldi."

Telefona gidip doktoru aradım. "Ağrılar ne sıklıkla geliyor?" diye sordu.

"Ne sıklıkla geliyor Cat?"

"Sanırım on beş dakikada bir."

"O halde hastaneye gitmelisiniz" dedi doktor. "Ben de hemen giyinip oraya geliyorum."

Telefonu kapayıp istasyon yakınındaki durağı aradım. Uzun süre telefonu açan olmadı. Sonunda derhal taksi göndereceğini söyleyen bir adama ulaştım. Catherine giyiniyordu. Hastanede ihtiyacı olacak şeylerle, bebek eşyalarıyla dolu çantası hazırdı. Koridora çıkıp asansörü çağırdım. Gelmedi. Aşağıya indim. Orada gece bekçisinden başka kimse yoktu. Asansörü yukarı ben çıkardım. Catherine'in çantasını yerleştirdim, o da bindi, aşağı indik. Gece bekçisi bize kapıyı açtı; dışarıda, araba yolundan aşağı inen merdivenlerin yanındaki taş plakaların üstüne oturup taksiyi bekledik. Catherine çok heyecanlıydı.

"Başladığına çok sevindim" dedi. "Artık kısa sürede hepsi bitecek."

"Cesur bir kızsın."

"Korkmuyorum. Ama keşke şu taksi gelse artık."

Sokaktan yaklaştığını duyduk, ardından da farlarının ışığını gördük. Araba yoluna saptı. Catherine'in binmesine yardım ettim, şoför de çantayı ön koltuğa yerleştirdi.

"Hastaneye sür" dedim.

Araba yolundan çıkıp tepeye doğru tırmanmaya başladık.

Hastaneye vardığımızda içeri girdik; çantayı ben taşıyordum. Masada, Catherine'in adını, yaşını, adresini, akrabalarını ve dinini bir deftere not eden bir kadın vardı. Catherine dinsiz olduğunu söyleyince, kadın, kelimenin karşısına bir çizgi çekti. Adının da Catherine Henry olduğunu söylemişti.

Kadın, "Sizi odanıza götüreyim" dedi. Asansörle çıktık. Kadın bir katta durdurdu, asansörden inip peşi sıra koridorda yürüdük. Catherine koluma sıkı sıkı sarılmıştı.

"Odanız burası" dedi kadın. "Lütfen soyunup yatağa yatar mısınız? Buyurun, bu geceliği giyin."

Catherine, "Benim geceliğim var" dedi.

Kadın, "Bu geceliği giymeniz daha iyi" dedi.

Dışarı çıkıp koridordaki bir sandalyeye oturdum.

Kadın kapı aralığından, "Şimdi gelebilirsiniz" dedi. Catherine sanki sert bir kumaştan yapılmış gibi görünen, sade, kare kesim bir gecelikle dar yatakta uzanıyordu. Bana gülümsedi.

"Sancım iyice arttı artık" dedi. Kadın, Catherine'in bileğini tutmuş, bir saatle sancı aralıklarının süresini tutuyordu.

"Bu seferki sağlamdı" dedi Catherine. Acısı yüzünden okunuyordu.

"Doktor nerede?" diye sordum kadına.

"Yattı, uyuyor. İhtiyaç olduğunda gelecek."

Hemşire, "Şimdi madam için bir şey yapmam gerekiyor" dedi. "Lütfen yine dışarı çıkar mısınız?"

Koridora çıktım. Boylu boyunca kapalı kapılardan ve iki pencereden ibaret boş bir koridordu. Hastane kokuyordu. Sandalyeye oturup gözlerimi yere diktim, Catherine için dua ettim.

"Gelebilirsiniz" dedi hemşire. Odaya girdim.

Catherine, "Merhaba sevgilim" dedi.

"Sancın ne durumda?"

"Çok sık geliyor artık." Yüzü buruştu, ardından gülümsedi. "Bu gerçekten şiddetliydi. Hemşire, elinizi yine sırtıma koymak ister misiniz?"

Hemşire, "Size yardımı oluyorsa" dedi.

Catherine, "Sen git sevgilim" dedi. "Çık, bir şeyler ye. Hemşirenin dediğine göre bu şekilde uzun süre sancılanabilirmişim."

Hemşire, "İlk doğum genellikle uzun sürer" dedi.

Catherine, "Lütfen git, bir şeyler ye" dedi. "Ben iyiyim, cidden."

"Biraz daha kalacağım" dedim.

Sancı oldukça düzenli aralıklarla geliyordu, sonra hafifledi. Catherine çok heyecanlıydı. Sancısı ağır olduğunda, buna sağlam diyordu. Sancısı azalmaya başlayınca düş kırıklığına uğradı, utandı.

"Sen git sevgilim" dedi. "Galiba beni geriyorsun." Yüzü buruştu. "Hah, bu daha iyiydi işte. İyi bir eş olup herhangi bir saçmalık yaşamadan bu çocuğu doğurmak istiyorum. Lütfen git de azıcık kahvaltı et sevgilim, sonra da dön. Yokluğunu hissetmem. Hemşire çok iyi davranıyor bana."

Hemşire, "Kahvaltı edecek bol bol vaktiniz var" dedi.

"Gideyim o halde. Hoşça kal tatlım."

"Güle güle" dedi Catherine. "Benim yerime de güzel bir kahvaltı et."

Hemşireye, "Nerede kahvaltı edebilirim?" diye sordum.

"Sokağın aşağısında, meydanın orada bir kafe var" dedi. "Artık açılmıştır."

Dışarıda hava ağarıyordu. Bomboş sokaktan kafeye yürüdüm. Penceresinden ışık süzülüyordu. Girip çinko barın önünde durdum, yaşlı bir adam bana bir kadeh beyaz şarapla tatlı çörek verdi. Çörek dünden kalmaydı. Onu şaraba batıra batıra yedim, üstüne de bir fincan kahve içtim.

"Bu saatte ne işiniz var buralarda?" diye sordu yaşlı adam.

"Karım hastanede doğum sancısı çekiyor."

"Yaa. Size iyi şanslar dilerim."

"Bir kadeh şarap daha alayım"

Şişeden azıcık dökerek doldurunca biraz şarap çinkonun üstüne aktı. Kadehi içip hesabı ödedim ve çıktım. Dışarıda sokak boyunca evlerin çöp bidonları çöp arabalarını bekliyordu. Bir köpek bidonun tekini koklamaktaydı.

"Ne istiyorsun?" diye sorarak köpeğe verebileceğim bir şey var mı diye bidonun içine baktım; en üstte kahve telvesi, toz ve birkaç kurumuş çiçekten başka bir şey yoktu.

"Burada bir şey yok, köpek" dedim. Köpek yolun karşısına geçti. Hastanede, merdivenlerden Catherine'in olduğu kata çıkıp koridordan odasına yürüdüm. Kapıyı tıklattım. Yanıt gelmedi. Kapıyı açtım; oda, Catherine'in sandalyede duran çantası ile duvarda bir askıya asılı geceliğin haricinde bomboştu. Birini bulmak için dışarı çıkıp koridorda yürüdüm. Bir hemşire buldum.

"Madam Henry nerede?"

"Bir hanım az önce doğum odasına alındı."

"Nerede oda?"

"Göstereyim."

Beni koridorun sonuna götürdü. Oda kapısı aralıktı. Üstünde bir örtüyle bir masada yatan Catherine'i görebiliyordum. Masanın bir tarafında hemşire, diğer tarafında, birtakım tüplerin yanında doktor duruyordu. Doktorun bir elinde ucuna boru takılı kauçuk bir maske vardı.

Hemşire, "Size de bir önlük vereyim, içeriye girin" dedi. "Gelin benimle lütfen."

Bana beyaz bir önlük giydirip ensemden çengelliiğneyle tutturdu.

"Şimdi girebilirsiniz" dedi. Odaya girdim.

Catherine gergin bir sesle, "Merhaba sevgilim" dedi. "Fazla bir ilerleme sağlayamadım."

Doktor, "Bay Henry siz misiniz?" diye sordu.

"Evet. Nasıl gidiyor, doktor?"

"Çok iyi gidiyor" dedi doktor. "Sancılar için gaz vermek daha kolay olduğu için geldik bu odaya."

"Şimdi verin" dedi Catherine. Doktor kauçuk maskeyi yüzüne yerleştirdi, bir düğmeyi çevirdi, Catherine'in derin derin, hızla soluk alış verişini izledim. Sonra maskeyi eliyle itti. Doktor valfı kapattı.

"Bu fazla şiddetli değildi. Bir süre önce epey sağlam bir sancı girdi. Doktor beni bayılttı, değil mi doktor?" Sesi bir garipti. "Doktor" kelimesini söylerken daha da tizleşmişti.

Doktor gülümsedi.

"Yine istiyorum" dedi Catherine. Maskeyi yüzüne sımsıkı bastırdı, hızlı soluklar aldı. Hafifçe inlediğini duydum. Sonra maskeyi suratından çekip gülümsedi.

"Bu sağlamdı" dedi. "Hem de çok sağlamdı. Kaygılanma sevgilim. Sen git. Bir kahvaltı daha et."

"Kalacağım" dedim.

Hastaneye sabah saat üç dolaylarında gelmiştik. Öğlen olduğunda, Catherine hâlâ doğum odasındaydı. Sancılar yine hafiflemişti. Çok yorgun ve bitkin görünüyordu ama yine de neşeliydi.

"Beceremedim sevgilim" dedi. "Çok üzgünüm. Pek kolay yaparım sanmıştım. Şimdi... yine geliyor..." Maskeye uzandı, yüzüne tuttu. Doktor düğmeyi çevirip onu izledi. Kısa süre sonra sancı geçmişti.

"Fazla şiddetli değildi" dedi Catherine. Gülümsedi. "Tiryaki oldum bu gaza. Harika bir şey."

"Eve de alalım" dedim.

"Geliyor" dedi Catherine. Doktor düğmeyi çevirdi, saatine baktı.

"Aralıklar ne kadar şimdi?" diye sordum.

"Dakikada bir gibi."

"Öğle yemeği yemeyecek misiniz?"

"Az sonra yerim" dedi doktor.

Catherine, "Mutlaka bir şey yemelisiniz doktor" dedi. "Bu kadar uzun sürdüğü için çok üzgünüm. Kocam veremez mi bana gazı?"

"İsterseniz" dedi doktor. "Düğmeyi ikiye getireceksiniz."

"Anladım" dedim. Bir kol yardımıyla dönen kadranın üstünde gösterge vardı.

"Şimdi istiyorum" dedi Catherine. Maskeyi yüzüne sıkı sıkı bastırdı. Kadranı ikiye getirdim, Catherine maskeyi indirince de kapattım. Doktorun bir şeyler yapmama izin vermesi büyük incelikti.

Catherine, "Yaptın mı sevgilim?" diye sordu. Bileğimi okşadı.

"Tabii."

"Öyle tatlısın ki." Gaz yüzünden biraz kendinden geçmişti.

Doktor, "Yemeğimi tepsiye alıp bitişik odada yiyeceğim" dedi. "Beni her an çağırabilirsiniz." Zaman geçerken doktorun yemek yiyişini izledim, bir süre sonra da uzanıp sigara içtiğini gördüm. Catherine iyice yorulmaya başlamıştı.

"Bu bebeği doğurabilecek miyim dersin?" diye sordu.

"Evet, elbette doğuracaksın."

"Elimden geleni yapıyorum. Ikınıyorum ama sonra geçiyor. İşte geliyor. Ver maskeyi."

Saat ikide çıkıp öğle yemeği yedim. Kafede masalarında kahve, kiraz rakısı ve üzüm konyağı ile oturan birkaç adam vardı. Bir masaya oturdum. Garsona, "Yemek yiyebilir miyim?" diye sordum.

"Öğle yemeği saati geçti."

"Her saat servis ettiğiniz bir şey yok mu?"

"Tuzlama lahana yiyebilirsiniz."

"Tuzlama lahanayla bira ver o halde."

"Sarı mı siyah bira mı?"

"Light sarı bira."

Garson üstünde bir dilim jambon, sıcak şaraba bulanmış lahanaların arasına gömülmüş bir sosis olan bir tabak tuzlama lahana getirdi. Yemeği yiyip birayı içtim. Çok acıkmıştım. Kafedeki masalarda oturanları seyrettim. Bir masada iskambil oynuyorlardı. İki adam yan masamda çene çalıp sigara içiyorlardı. Kafe duman altıydı. Kahvaltı ettiğim çinko tezgâhın ardında şimdi üç kişi vardı: Yaşlı adam, masalara servis edilen her şeyi not eden siyah elbiseli tombul bir kadın ve önlüklü bir çocuk. Acaba kadın kaç çocuk doğurmuştur ve bu nasıl bir deneyimdi diye düşündüm.

Tuzlama lahanayı bitirince hastaneye döndüm. Sokak tertemizdi artık. Dışarıda hiç çöp bidonu yoktu. Bulutlu bir gündü ama güneş de ara sıra yüzünü göstermeye çalışıyordu.

Yukarıya asansörle çıktım, inip koridordan beyaz önlüğümü bıraktığım Catherine'in odasına yürüdüm. Önlüğü giyip ensesini iğneledim. Aynaya baktığımda, sakallı sahte bir doktora benzediğimi gördüm. Koridordan doğum odasına gittim. Kapı kapalıydı, tıklattım. Yanıt gelmedi, ben de kolu çevirip içeri girdim. Doktor, Catherine'in yanında oturuyordu. Hemşire odanın diğer köşesinde bir şeyle uğraşıyordu.

"Kocanız geldi" dedi doktor.

Catherine son derece tuhaf bir sesle, "Ah, sevgilim, dünyanın en harika doktoruna sahibim" dedi. "Bana çok güzel bir hikâye anlatıyordu, sancı çok şiddetli geldiğinde de beni bayılttı. Harika biri. Harikasınız, doktor."

"Kendinde değilsin" dedim.

Catherine, "Farkındayım" dedi. "Ama söyleme öyle." Sonra: "Verin. Verin." Maskeyi sıkı sıkı tutup respiratörü tıkırdatarak nefes nefese, kısa, derin soluk aldı. Sonra uzun uzun iç çekti, doktor sol eliyle uzanıp maskeyi Catherine'in yüzünden aldı.

Catherine, "Bu epey sıkıydı" dedi. Sesi çok tuhaftı. "Bu saatten sonra ölmem sevgilim. Öleceğim noktayı aştım. Memnunsun, değil mi?"

"O noktaya bir daha gideyim deme sakın."

"Gitmem. Ama korkmuyorum da. Ölmeyeceğim, sevgilim."

Doktor, "Öyle bir saçmalık yapmayacaksınız" dedi. "Ölüp de kocanızı bırakmayacaksınız."

"Yo, hayır, ölmeyeceğim. Ölmem. Ölmek saçmalık. Yine geliyor. Verin gazı."

Bir süre sonra doktor, "Birkaç dakikalığına dışarı çıkın, Bay Henry, muayene yapacağım" dedi.

Catherine, "Ne durumda olduğumu kontrol etmek istiyor" dedi. "Ardından yine gelebilirsin sevgilim. Gelebilir, değil mi, doktor?"

Doktor, "Evet" dedi. "Gelebileceği vakit haber yollayacağım."

Kapıdan çıkıp koridordan bebek doğduktan sonra Catherine'in kalacağı odaya gittim. Oradaki bir sandalyeye oturup odaya baktım. Öğle yemeğine çıktığımda satın aldığım gazete paltomun cebindeydi, onu okudum. Dışarıda hava kararmaya başlıyordu, okumak için ışığı yaktım. Bir süre sonra okumayı bırakıp ışığı söndürdüm, havanın kararışını seyrettim. Doktorun beni neden çağırtmadığını merak ettim. Belki de orada olmamam daha iyiydi. Herhalde doktor bir süre ortalıkta olmamamı istemişti. Saatime baktım. Eğer on dakika içinde beni çağırtmazsa yine de gidecektim.

Zavallı, zavallı biricik Cat. Beraber olmanın karşılığında ödenen bedel buydu işte. Tuzağın sonu buydu. Birbirlerini sevmenin karşılığında insanların eline geçen buydu. Her halükârda, gaza şükürler olsun. Anesteziden önce nasıldı acaba? Bir kere başladı mı dönüşü yoktu. Catherine iyi bir hamilelik geçirmişti. Fena değildi. Neredeyse hiç bulantısı olmamıştı. Son âna kadar feci rahatsızlık da çekmemişti. Böylece şimdi son anda yakalanmıştı. Hiçbir şey insanın yanına kâr kalmaz. Kalır mı hiç! Elli kere evlenmiş olsak da sonu yine aynı olacaktı. Peki ya ölürse? Ölmeyecek. Artık insanlar doğum yaparken ölmüyor. Bütün kocalar böyle düşünür. Evet ama ya ölürse? Ölmeyecek. Sadece sıkıntı çekiyor. İlk doğum genellikle uzun sürer. Sadece sıkıntı çekiyor. İleride ne sıkıntılıydı ama diyeceğiz, Catherine de pek de sıkıntılı değildi diyecek. Ama ya ölürse?

Ölemez. Evet, ama ya ölürse? Yok canım, ölemez. Saçmalama. Sadece sıkıntılı bir süreç. Doğa burnundan getiriyor yalnızca. Sadece ilk doğumu ki neredeyse hep uzun sürer. Evet ama ya ölürse? Ölemez. Neden ölsün ki? Ölmesi için ortada ne sebep var? Yalnızca doğması gereken bir çocuk var, Milano'daki güzel gecelerin meyvesi bir çocuk. Sorun çıkarır, sonra doğar, sonra bakıp büyütürsünüz, belki seversiniz de. Ama ya ölürse? Ölmeyecek. Ama ya ölürse? Ölmeyecek. İyi. Ama ya ölürse? Ölemez. Ya ölürse? Peki ya şuna ne demeli? Ya ölürse?

Doktor odaya girdi.

"Nasıl gidiyor, doktor?"

"Gitmiyor" dedi.

"Ne demek istiyorsunuz?"

"Dediğim gibi. Muayene ettim..." Muayene sonuçlarını ayrıntısıyla anlattı. "Ondan beri de görelim diye bekliyorum. Ama ilerlemiyor."

"Ne öneriyorsunuz?"

"İki şey var. Ya forsepsle alırız ki bu yırtılmaya neden olabilir, bebek için kesinlikle zararlı olmasının yanı sıra da pek tehlikeli olabilir; ya da sezaryen."

"Sezaryenin tehlikesi nedir?" Ya ölürse!

"Normal doğumdan fazla bir tehlikesi yok."

"Siz yapar mısınız?"

"Evet. Hazırlıkları yapıp ihtiyacım olan insanları toparlamak için muhtemelen bir saat gerekecek. Belki daha bile az."

"Ne düşünüyorsunuz?"

"Sezaryen tavsiye ederim. Kendi eşim olsa sezaryen yapardım."

"Sonrasındaki etkiler neler?"

"Hiç yok. Yalnızca yara izi."

"Ya enfeksiyon?"

"Forsepsteki kadar yüksek değil o tehlike."

"Ya hiçbir şey yapmayıp beklerseniz?"

"Er ya da geç bir şey yapmak şart. Bayan Henry şimdiden büyük ölçüde güçsüz düştü. Ne kadar çabuk ameliyat edersek o kadar güvende olur."

"En kısa sürede ameliyat edin" dedim.

"Hemen gidip talimatı veriyorum."

Doğum odasına girdim. Hemşire, masanın üstünde uzanmış, çarşafın altında kocaman, solgun ve yorgun görünen Catherine'in yanındaydı.

"Doktora yapmasını söyledin mi?" diye sordu.

"Evet."

"Ne harika. Artık bir saatte bitecek. Tükenmek üzereyim, sevgilim. Darmadağın oldum. Lütfen şunu bana ver. İşe yaramıyor. Ah, işe yaramıyor!"

"Derin soluk al."

"Alıyorum. Ah, artık işe yaramıyor. İşe yaramıyor!"

"Yeni tüp getirin" dedim hemşireye.

"Zaten yeni tüp."

Catherine, "Budalanın tekiyim, sevgilim" dedi. "Ama artık işe yaramıyor." Ağlamaya başladı. "Ah, bu bebeği doğurmayı, sorun çıkarmamayı ne kadar çok istemiştim ama artık tükendim, darmadağın oldum ve işe yaramıyor. Ah sevgilim, hiç işe yaramıyor. Eğer sona erecekse ölüp ölmemek umurumda değil. Ah, lütfen sevgilim, lütfen durdur bunu. İşte geliyor. Ah! Ah! Ah!" Hıçkıra hıçkıra maskeden nefes çekti.

"İşe yaramıyor. İşe yaramıyor. Aldırma bana sevgilim. Lütfen ağlama. Aldırma bana. Darmadağın oldum sadece. Ah, tatlı sevgilim. Seni öyle seviyorum ki ve yine iyi olacağım. Bu sefer iyi olacağım. Bir şey veremezler mi bana? Keşke bir şey verebilseler."

"İşe yaramasını sağlayacağım. Sonuna kadar açacağım."

"Şimdi ver."

Düğmeyi sonuna kadar çevirdim, Catherine şiddetle derin derin nefes alırken maskeyi tutan eli gevşedi. Gazı kapatıp maskeyi yüzünden kaldırdım. Çok uzaklardan âna döndü.

"Çok güzeldi sevgilim. Ahh, bana karşı öyle iyisin ki."

"Sen cesur ol, çünkü bunu her sefer yapamam. Öldürebilir seni."

"Artık cesur değilim, sevgilim. Tükendim. Tükettiler beni. Biliyorum artık."

"Herkese öyle olur."

"Ama bu çok korkunç. İnsanı tüketene kadar sürdürüyorlar."

"Bir saat içinde bitecek."

"Ne güzel, değil mi? Sevgilim, ölmeyeceğim, değil mi?"

"Hayır. Söz veriyorum, ölmeyeceksin."

"Çünkü ölüp seni bırakmak istemiyorum ama öyle yoruldum ki, ölecekmiş gibi hissediyorum."

"Saçmalık. Herkes öyle hisseder."

"Bazen öleceğimi biliyorum."

"Ölmeyeceksin. Ölemezsin."

"Ama ya ölürsem?"

"İzin vermem buna."

"Çabuk ver bana. Ver!"

Sonrasında: "Ölmeyeceğim. Ölümün eline bırakmayacağım kendimi."

"Elbette bırakmayacaksın."

"Yanımda kalacak mısın?"

"Seyretmek için değil ya?"

"Hayır, sadece yanımda olmak için."

"Elbette. Hep yanında olacağım."

"Ne kadar iyisin bana karşı. İşte, ver bana. Biraz daha ver. İşe yaramıyor!"

Düğmeyi üçe, sonra dörde çevirdim. Doktorun dönmesini diledim. İkinin üstündeki rakamlardan korkuyordum.

Sonunda yeni bir doktor, iki hemşireyle geldi, Catherine'i tekerlekli bir sedyeye aldılar, koridordan aşağı yola koyulduk. Sedye hızla koridordan ilerleyip yer açmak için herkesin bir ucuna toplanmak zorunda kaldığı asansöre girdi; ardından yukarı çıkarıldı, kapı açıldı, asansörden indirildi, lastik tekerlekleri üstünde koridordan ameliyathaneye götürüldü. Başlığı ve maskesiyle doktoru tanımadım. Başka bir doktorla birkaç hemşire daha vardı.

Catherine, "Bana bir şey vermeliler" dedi. "Bir şey vermeliler. Ah, lütfen doktor, işe yaramaya yetecek kadar verin!"

Doktorlardan biri Catherine'in yüzüne maske geçirdi, kapıdan bakınca ameliyathanenin aydınlık, küçük izleme odasını gördüm.

Bir hemşire, "Diğer kapıdan girip orada oturabilirsiniz" dedi. Beyaz masayla ışıklara yukarıdan bakan tırabzanın arkasında bir dizi bank vardı. Catherine'e baktım. Maske yüzündeydi, artık sakindi. Sedyeyi ileri ittiler. Geri dönüp koridorda yürüdüm. İki hemşire aceleyle salon girişine geliyorlardı.

Biri, "Sezaryen" dedi. "Sezaryen yapacaklar."

Öteki güldü. "Tam vaktinde yetiştik. Ne kadar şanslıyız!" Salona açılan kapıdan girdiler.

Bir başka hemşire belirdi. O da acele ediyordu.

"Şuraya gireceksiniz. Tam şuraya" dedi.

"Ben dışarıda kalacağım."

Çabucak girdi. Koridorda volta attım. İçeri girmeye korkuyordum. Pencereden dışarıya baktım. Karanlıktı ama pencereden süzülen ışıkta yağmur yağdığını görebiliyordum. Koridorun öbür ucundaki bir odaya girdim, bir cam dolaptaki şişelerin etiketlerine baktım. Sonra çıktım, bomboş koridorda dikilip ameliyathanenin kapısını seyrettim.

Bir doktor, peşinde bir hemşireyle birlikte çıktı. İki elinde derisi henüz yüzülmüş tavşanı andıran bir şey tutuyordu, koridordan hızla geçip başka bir kapıdan içeri girdi. Girdiği odaya gittim, içeride yeni doğmuş bir bebeğe bir şeyler yaparlarken buldum onları. Doktor görebilmem için bebeği havaya kaldırdı. Topuklarından tutup poposuna vurdu.

"İyi mi?"

"Harika. Beş kilo gelir."

Ona karşı hiçbir şey hissetmiyordum. Sanki benimle bir ilgisi yok gibiydi. Hiçbir babalık duygusu hissetmiyordum.

Hemşire, "Oğlunuzla gurur duymuyor musunuz?" diye sordu. Onu yıkayıp bir şeylere sarıyorlardı. Esmer küçük yüzünü, esmer elini gördüm ama kıpırdadığını görmedim, sesini de duymadım. Doktor ona yine bir şeyler yapıyordu. Sıkkın görünüyordu.

"Hayır" dedim. "Neredeyse annesini öldürüyordu."

"Bu tatlı küçük şeyin suçu değil o. Erkek çocuk istemiyor muydunuz?"

"Hayır" dedim. Doktor bebekle meşguldü. Ayaklarından tutup poposuna vurdu. Görmek için beklemedim. Koridora çıktım. Artık içeriye girip görebilirdim. Kapıdan geçip salonda biraz ilerledim. Tırabzanın orada oturan hemşireler yanlarına gelmemi işaret ettiler. Başımı iki yana salladım. Olduğum yerden yeterince görebiliyordum.

Catherine'in öldüğünü sandım. Ölü gibiydi. Yüzünün görebildiğim kısmı külrengiydi. Aşağıda, ışığın altında, doktor son derece uzun, forsepsle ayrılmış, kalın kenarlı bir yarayı dikiyordu. Maskeli bir başka doktor da anesteziyi uyguluyordu. Maskeli iki hemşire bir şeyler uzatıyorlardı. Bir engizisyon tablosuna benziyordu. Seyrederken her şeyi baştan sona izleyebileceğimi anladım ama izlemediğime memnundum. Keserlerken izleyebileceğimi sanmıyorum ama yaranın çevik, bir kundura tamircisininki gibi usta dikişlerle şeritli bir tümsek biçiminde kapatılışını izledim; memnundum. Yara kapatılınca koridora çıkıp tekrar volta attım. Bir süre sonra doktor çıktı.

"Nasıl durumu?"

"İyi. Seyrettiniz mi?"

Yorgun görünüyordu.

"Diktiğinizi gördüm. Ensizyon çok uzundu."

"Öyle mi dersiniz?"

"Evet. Yara izi düzleşecek mi?"

"Ah, evet."

Bir süre sonra tekerlekli sedyeyi dışarı çıkarıp hızla koridordan asansöre götürdüler. Ben de yanında gittim. Catherine inliyordu. Alt katta onu odasındaki yatağa yatırdılar. Yatağın ayakucundaki bir sandalyeye oturdum. Odada bir hemşire vardı. Kalkıp yatağın yanında dikildim. Oda karanlıktı. Catherine elini uzattı. "Merhaba sevgilim" dedi. Sesi çok cılız ve yorgun çıkıyordu.

"Merhaba tatlım."

"Bebek neye benziyordu?"

"Şşş... konuşmayın" dedi hemşire.

"Erkek. Uzun, geniş ve esmer."

"Durumu iyi mi?"

"Evet" dedim. "İyi."

Hemşirenin bana garip garip baktığını gördüm.

Catherine, "Çok yorgunum" dedi. "Canım da feci acıyor. Sen iyi misin sevgilim?"

"İyiyim. Konuşma."

"Bana çok iyi davrandın. Ah, sevgilim, canım korkunç acıyor. Bebek neye benziyor?"

"Buruşuk ihtiyar suratlı derisi yüzülmüş bir tavşana."

Hemşire, "Dışarı çıkmalısınız" dedi. "Madam Henry'nin konuşmaması gerek."

"Ben dışarıdayım."

"Git, bir şeyler ye."

"Hayır, dışarıdayım." Catherine'i öptüm. Çok solgun, zayıf ve yorgundu.

Hemşireye, "Sizinle konuşabilir miyim?" dedim. Benimle koridora çıktı. Koridorda biraz ilerledim.

"Bebeğin nesi var?" diye sordum.

"Bilmiyor muydunuz?"

"Hayır."

"Canlı değildi."

"Ölü müydü?"

"Nefes almasını sağlayamadılar. Kordon boynuna mı ne dolanmış."

"Yani öldü."

"Evet. Çok yazık. Güçlü kuvvetli bir bebekti. Biliyorsunuz sanmıştım."

"Hayır" dedim. "Madamın yanına dönseniz iyi olur."

Kenarında mandallarda hemşire raporları asılı masanın önündeki sandalyeye oturup pencereden dışarı baktım. Karanlıkla pencereden süzülen ışıkta yağan yağmur hariç hiçbir şey göremedim. Demek bu kadardı. Bebek ölmüştü. Doktor bu yüzden o kadar yorgun görünüyordu. İyi ama neden odada bebekle birlikteyken öyle davranmışlardı? Herhalde dirilir de soluk alır diye düşünmüşlerdi. Dinsizdim ama bebeğin vaftiz edilmesi gerektiğini biliyordum. Ama ya baştan beri hiç soluk almamışsa? Almamıştı zaten. Hiç yaşamamıştı. Catherine'in içinde olduğu zaman hariç. Oradayken sık sık tekme attığını hissetmiştim. Ama bir haftadır hissetmemiştim. Belki de onca zamandır boğulmuştu. Zavallı küçük çocuk. Keşke ben de öyle boğulsam, diye düşünüyordum. Yo, düşünmüyordum. Yine de, en azından bu ölüm olayını yaşamazdım. Şimdi de Catherine ölecekti. Böyle olurdu. İnsan ölürdü. Neden olduğunu bilmezdi. Asla öğrenecek zamanı olmazdı. Ortasına atıverir, kuralları anlatır, yoldan çıktığı ilk anda da öldürüverirlerdi. Ya da Aymo gibi yok yere öldürürlerdi. Ya da Rinaldi gibi frengi verirlerdi. Ama en sonunda insanı öldürürlerdi. Orası kesin. Sağ kaldığında da insanı öldürürlerdi.

Bir keresinde kamptayken ateşin üstüne bir kütük koymuştum, içi karınca doluydu. Yanmaya başlayınca karıncalar dışarı üşüşmüş, önce ateşin olduğu orta kısma doğru gitmiş, ardından dönüp ucuna koşmuşlardı. İyice kalabalık olunca ateşin içine düşmüşlerdi. Kimi, bedenleri yanmış, yamyassı olmuş vaziyette çıkıp nereye gittiklerini bilmeden uzaklaşmıştı. Ama çoğu önce ateşe doğru, sonra tekrar uca giderek serin yanında toplaşıp en sonunda ateşin içine düşmüştü. O zaman dünyanın sonu geldiğini, mesih olup kütüğü ateşten alıp karıncaların zemine inebilecekleri bir yere atmak için inanılmaz bir fırsat olduğunu düşündüğümü anımsıyorum. Ama üstüne su eklemeden önce viski koyacak boş bardağım olsun diye kütüğün üstüne bir maşrapa su boşaltmaktan başka bir şey yapmadım. Sanırım yanan kütüğe bir bardak su atmak yalnızca karıncaları haşladı.

Şimdi koridorda oturmuş, Catherine'in durumu hakkında haber gelmesini bekliyordum. Hemşire dışarı çıkmadı, böylece bir süre sonra kapıya gidip yavaşça açarak içeri baktım. Koridor çok aydınlık, oda ise karanlık olduğundan önce bir şey göremedim. Sonra yatağın yanında oturan hemşireyi ve yastığın üstünde Catherine'in başını gördüm, örtünün altında dümdüzdü. Hemşire parmağını dudaklarına götürdü, ardından kalkıp kapıya geldi.

"Nasıl durumu?" diye sordum.

Hemşire, "İyi" dedi. "Siz gidip akşam yemeği yiyin. Sonra isterseniz yine dönersiniz."

Koridordan geçip merdivenlerden aşağı inerek hastane kapısından çıktım, yağmurun altında karanlık sokaktan kafeye gittim. İçerisi ışıl ışıl aydınlıktı, masalarda bir sürü insan vardı. Oturacak bir yer göremedim, bir garson gelip ıslak paltomla şapkamı alarak birasını içip akşam gazetesini okuyan yaşlıca bir adamın masasında yer gösterdi. Oturup garsona günün yemeğinin ne olduğunu sordum.

"Dana yahni... ama bitti."

"Ne yiyebilirim?"

"Jambonlu yumurta, peynirli yumurta ya da tuzlama lahana."

"Öğlen tuzlama lahana yedim" dedim.

"Doğru" dedi. "Doğru. Bu öğlen tuzlama lahana yemiştiniz." Tepesi açılmış, saçlarını üstüne doğru taramış, orta yaşlı bir adamdı. Nazik bir yüzü vardı.

"Ne istersiniz? Jambonlu yumurta mı peynirli yumurta mı?"

"Jambonlu yumurta" dedim. "Bir de bira."

"Sarı mı?"

"Evet."

"Hatırladım" dedi. "Öğlende de sarı içmiştiniz."

Jambonlu yumurtayı yiyip birayı içtim. Yemek yuvarlak bir tabaktaydı; altta jambon, üstte yumurta. Çok sıcaktı, ilk lokmada ağzımı serinletmek için bira içmek zorunda kaldım. Açtım, garsondan bir tabak daha istedim. Birkaç bardak bira içtim. Hiçbir şey düşünmüyordum ama karşımdaki adamın gazetesini okudum. İngiliz cephesindeki bir ilerlemeden söz ediliyordu. Arkasını okuduğumu fark edince gazetesini katladı. Garsondan gazete istemeyi düşündüm ama aklımı toparlayamıyordum. Kafe sıcaktı, hava da pis kokuyordu. Masalardaki insanların çoğu birbirini tanıyordu. Birkaç masada iskambil oynanıyordu. Garsonlar, bardan masalara içki taşımakla meşguldü. İki adam içeri girip oturacak bir yer bulamadı. Oturduğum masanın karşısında dikildiler. Bir bira daha ısmarladım. Henüz gitmeye hazır değildim. Hastaneye dönmek için daha çok erkendi. Düşünmemeye, sakin olmaya çalıştım. Adamlar bir süre beklediler ama kimse kalkmıyordu, o yüzden gittiler. Bir bira daha içtim. Önümdeki masada bir sürü tabak birikmişti artık. Karşımdaki adam gözlüğünü gözünden çıkarmış, kılıfına koyup kaldırmış, gazetesini katlayıp cebine koymuş artık elinde likör bardağıyla odayı seyrederek oturuyordu. Birdenbire, artık geri dönmem gerektiğini hissettim. Garsonu çağırdım, hesabımı ödedim, paltomu giyip şapkamı takarak kapıdan çıktım. Yağmurun altında hastaneye yürüdüm.

Üst katta, koridordan yaklaşan hemşireye rastladım.

"Ben de şimdi otelinizi aramıştım" dedi. İçimden bir şey akıp gitti.

"Sorun ne?"

"Bayan Henry kanama geçirdi."

"Girebilir miyim?"

"Hayır, henüz değil. Yanında doktor var."

"Tehlikeli mi?"

"Çok tehlikeli." Hemşire odaya girip kapıyı kapadı. Koridorda oturdum. İçim bomboştu. Düşünmüyordum. Düşünemiyordum. Öleceğini biliyor, ölmesin diye dua ediyordum. Ölmesine izin verme. Ah, Tanrım, ne olur, ölmesine izin verme. Ölmesine izin vermezsen, ne istersen yaparım. Lütfen, lütfen, lütfen, sevgili Tanrım, ölmesine izin verme. Sevgili Tanrım, ölmesine izin verme. Lütfen, lütfen, lütfen ölmesine izin verme. Tanrım, lütfen ölmemesini sağla. Ölmesine izin vermezsen söylediğin her şeyi yaparım. Bebeği aldın ama onun ölmesine izin verme. O tamam ama Catherine'in ölmesine izin verme. Lütfen, lütfen sevgili Tanrım, ölmesine izin verme.

Hemşire kapıyı açtı, parmağıyla gelmemi işaret etti. Peşinden odaya gittim. Girdiğimde Catherine başını kaldırıp bakmadı. Yatağın yanına gittim. Doktor yatağın öbür yanında duruyordu. Catherine bana bakıp gülümsedi. Yatağın üstüne eğilip ağlamaya başladım.

Catherine çok alçak sesle, "Zavallı sevgilim" dedi. Külrengiydi.

"İyisin Cat" dedim. "İyi olacaksın."

"Öleceğim" dedi; sonra durakladı. "Nefret ediyorum bundan" dedi.

Elini tuttum.

"Dokunma bana" dedi. Elini bıraktım. Gülümsedi. "Zavallı sevgilim. İstediğin kadar dokunabilirsin bana."

"İyileşeceksin Cat. Biliyorum iyileşeceğini."

"Bana bir şey olursa diye sana bir mektup yazacaktım ama yazmadım."

"Gelip seni görmesi için bir papaz ya da başka birini getirmemi ister misin?"

"Yalnız seni" dedi. Biraz sonra da: "Korkmuyorum. Yalnızca nefret ediyorum."

Doktor, "Bu kadar fazla konuşmayın" dedi.

Catherine, "Peki" dedi.

"Bir şey yapmamı ister misin Cat? Sana bir şey getireyim mi?"

Catherine gülümsedi. "Hayır." Durdu, sonra: "Başka bir kızla bizim yaptıklarımızı yapmayacaksın, aynı şeyleri ona söylemeyeceksin, değil mi?"

"Asla."

"Ama hayatında kızlar olmasını isterim."

"Ben istemem."

Doktor, "Çok fazla konuşuyorsunuz" dedi. "Bay Henry dışarı çıkmalı. Daha sonra yine gelebilir. Ölmeyeceksiniz. Saçmalığa gerek yok."

"Peki" dedi Catherine. "Geceleri gelip yanında olacağım" dedi. Konuşmakta çok güçlük çekiyordu.

Doktor, "Lütfen çıkın odadan" dedi. "Konuşamazsınız." Catherine bana göz kırptı, yüzü külrengiydi. "Hemen dışarıdayım" dedim.

"Üzülme sevgilim" dedi Catherine. "Hiç korkmuyorum. Kötü bir şaka yalnızca."

"Benim tatlı cesur sevgilim."

Koridorda bekledim. Uzun süre bekledim. Hemşire kapıya çıkıp yanıma geldi. "Korkarım Bayan Henry çok hasta" dedi. "Onun için korkuyorum."

"Öldü mü?"

"Hayır ama bilinci yerinde değil."

Anlaşılan üst üste kanama geçirmişti. Durduramamışlardı. Odaya girdim, Catherine ölene kadar yanında kaldım. Bu süre zarfında bilinci hep kapalıydı, ölmesi de uzun sürmedi.

Odanın dışında, koridorda doktorla konuştum. "Bu gece yapabileceğim bir şey var mı?"

"Hayır. Yapılacak hiçbir şey yok. Sizi otelinize bırakayım mı?"

"Hayır, teşekkürler. Bir süre burada kalacağım."

"Söylenebilecek bir şey yok, biliyorum. Size boş yere..."

"Hayır" dedim. "Söylenebilecek bir şey yok."

"İyi geceler" dedi. "Sizi otelinize bırakmamı istemediğinizden emin misiniz?"

"Hayır, teşekkürler."

"Tek çare oydu" dedi. "O ameliyat..."

"Bunu konuşmak istemiyorum" dedim.

"Sizi otelinize bırakmak isterdim."

"Hayır, teşekkürler."

Koridorda uzaklaştı. Odanın kapısına yürüdüm.

Hemşirelerden biri, "Şimdi giremezsiniz" dedi.

"Girerim" dedim.

"Henüz olmaz."

"Sen çık" dedim. "Öteki de."

Ama onları çıkarıp kapıyı kapayıp ışıkları söndürdükten sonra da yararı olmadı. Bir heykele veda etmek gibiydi. Bir süre sonra çıktım, hastaneden ayrılıp yağmurun altında otele yürüdüm.

EKLER

Ek I

İlk Taslaklar

Aşağıdaki on dört bölüm romanın ya üzerinde kapsamlı değişiklikler yapılmış ya da çıkarılmış ilk taslaklarına aittir. Kitapla özgün bağlantılarına göre sıralanmışlardır. Madde numaraları Massachusetts'in Boston şehrinde bulunan John F. Kennedy Kütüphanesi'nin kataloglama sistemine aittir.

1. Kalem 240, 13 ve 14. Bölümlerin iki ilk taslağının yer aldığı on dört sayfalık kurşunkalemle yazılmış müsvedde. Bu iki eski taslağın, romanın orijinal girişini oluşturuyor olması muhtemeldir.

Tren Milano'daki istasyona sabahın erken saatlerinde girdi. Cankurtaran durdu, sedyeyi indirdiler. Hareket anındaki sarsılma ~~korkunç bir ağrı~~ sanki asansörde düşüyormuşçasına bir his yarattı yalnız ~~bunda~~ bu sancılıydı.

"Yavaş olun" dedi Teğmen. "Sarsmadan, yavaşça."

Sedyeyi hastaneye taşıyıp yere bıraktılar. Cankurtaranın kapısından hastanenin kapısına kadar ilerlerken Teğmen ~~geçti~~ sokaktaydı. Sabahın erkendi, sokağı sulamaktaydılar ve ~~o~~ pazar yeriyle açık şarap dükkânını gördü. Derken hastanedeydiler. Sedye asansörün kapısından geçmiyordu. Bir kapıcı vardı ve ortalık hastane kokuyordu. Onu yukarıya ya sedyeyle taşıyacaklar ya da sedyeden kaldırıp asansörle taşıyacaklardı. Aralarında tartışmalarını dinledi. Asansörle çıkarmaya karar verdiler. Sedyeden kaldırırlarken ağrısı oldu, asla belli bir eşiği aşmayacağını bilerek, bekledi. Teorisi buydu ya ağrı arttı ve o eşiği aştı; aniden içi ve kulaklarının arkası, ta kemiklerinin içine kadar korkunç buz kesti.

"Allah kahretsin" dedi; üst kısmından tutan ~~iki~~ adamlar ona gülümseyip bir dakikaya biteceğini söylediler. Teğmen asansör kapılarının kapandığını, demir kapının çekildiğini, ardından kapıcının dördüncü kat düğmesine bastığını gördü. Kapıcının kır bıyıkları vardı ve endişeli görünüyordu.

Asansör su gibi süzülerek ağır ağır yükseldi. Teğmen kolları, omuzlarını çevreleyen adamın yüzüne baktı.

"Ağır mıyım?" diye sordu.

Adam, "Tüy sıkletsin" dedi. "Ne demek biliyor musun?"

Teğmen, "Elbette" dedi. Asansör ~~demir balonların önünden geçerek~~ giderek yükselip durdu.

Ayaklarını taşıyan adam kapıyı açtı. Onu taşıyarak indiler. Birkaç kapı vardı. Onu yere bırakmadan zile bastılar. Kimse açmadı. Sonra merdivenlerden kapıcı geldi.

Sedyeciler, "Nerede bunlar?" diye sordular.

Kapıcı, "Bilmiyorum" dedi.

"Çağır birini."

Kapıcı zili çaldı. Kapıyı tıklattı. Sonra kapıyı açıp gözden kayboldu. Geri döndüğünde yanında gözlüklü yaşlıca bir kadın vardı. Saçı ~~bozuktu dağınıktı~~ yalnız kısmen yapılıydı; ve üstünde hemşire önlüğü vardı.

"Anlayamıyorum" dedi kadın. "İtalyanca anlayamıyorum."

Teğmen, "İngilizce konuşabilirim" dedi. "Beni bir yere yatırmak istiyorlar."

"Odaların hiçbiri hazır değil. Hasta beklemiyorduk." Saçını düzeltti.

Teğmen, "Beni yatırabilecekleri bir oda gösterin onlara" dedi.

"Bilmiyorum" dedi kadın. "Beklenen hasta yok. Sizi öylece herhangi bir odaya yerleştiremem."

Teğmen, "Hangi oda olsa olur" dedi. Sonra kapıcıya İtalyanca olarak, "Boş bir oda bul" dedi.

Kapıcı, "Hepsi boş" dedi. "İlk hasta sizsiniz."

Teğmen alçak sesle, "Tanrı aşkına" dedi. "Beni odalardan birine sokun." Ağlamamaya çalışıyordu. Ağrı, kendini daima duracağına inandırdığı sınırı aşmıştı ve deriyle kemik arasında gidip geliyordu. Kapıcı, peşinde kır saçlı kadınla kapıdan içeri girdi ve koşarak döndü. "Beni izleyin" dedi. Adamlar Teğmen'i taşıyarak koridordan açık bir kapıya, oradan da perdeleri çekili bir odaya doğru harekete geçtiler.

Kadın, "Çarşaf seremem" dedi. "Çarşafların hepsi kilitli."

Teğmen ona yanıt vermedi. "Cebimde para var" dedi kapıcıya. "Düğmeli cepte." Kapıcı parayı çıkardı. İki sedyeci kepleri ellerinde yatağın yanında duruyordu. Teğmen, "Lütfen her birine beşer lira ver, kendine de beş lira al" dedi.

"Belgelerim öbür cebimde. Onları da hemşireye verebilirsin."

Sedyeciler ~~selam çakıp gitti~~ teşekkür ettiler. Teğmen, "Hoşça kalın" dedi. "Ve çok çok teşekkür ederim." Selam çakıp gittiler.

Teğmen, "O belgeler" dedi, "durumumu ve uygulanmış olan tedaviyi tarif ediyor" dedi.

~~Yaşlı~~ Yaşlıca kadın belgelere baktı. Üç ~~taneydiler~~ kâğıt vardı ve katlanmıştılar. "Ne yapacağımı bilemiyorum" dedi. "İtalyanca okuyamıyorum ~~ve~~. Doktorun talimatı olmadan bir şey yapamam." Ağlamaya başlayıp kâğıtları önlüğünün cebine koydu. "Amerikalı mısınız?" ~~Gözyaşları~~ diye sordu ağlayarak.

"Evet" dedi Teğmen. "Lütfen kâğıtları yatağın başucundaki masaya koyun."

Oda loş ve serindi. Ağrı da artık ~~örümcek ağı gibi hafiflemişti~~ seyrelmişti. Kapıcı yatağın yanında durdu. Hoş bir yüzü vardı, pek nazikti. Şu makarnacılar iyi insanlardı.

Teğmen, "Gidebilirsin" dedi adama. "Siz de gidebilirsiniz" dedi hemşireye. "Adınız ne?"

"Bayan Walker."

"Gidebilirsiniz, Bayan Walker. Sanırım uyuyacağım. Beş gündür uyumuyorum." Gülümsedi. "Yo, o bağırsaklarımdı. Beş gündür tuvalete çıkmadım. Yo, yedi gündür. Beş aydır uyumuyorum."

Odada yalnızdı. Serindi ve hastane gibi de kokmuyordu. Kocaman aynalı bir gardırop vardı. Aynada kendini göremiyordu. Sakalının uzadığının farkındaydı, görmeyi isterdi. Ömründe ilk defa uzamıştı sakalı. Yanağını belli belirsiz kıpırdatarak yavaşça yastığa sürttü. Başını oynatmak ağrıyı yeniden tetiklemişti; azaldığını hissederek hareketsizce uzandı. Dümdüz sert şiltenin üzerinde memnundu; kıpırdamadan, belli belirsiz nefes alarak, azalan ağrının ve üstüne çökmekte olan uykunun keyfini sürerek uzandı.

İkinci Bölüm

~~Uyandığında odaya güneş dolmuştu ve yatağın yanında duran odada gezinen bir kız vardı.~~

Uyandığında odaya güneş dolmuştu ve etrafta bir kız dolaşıyordu. Hareketsizce ~~ve~~ uzandı ve onu izledi. Kısa boyluydu, beyaz giyinmişti, saçları koyu renkti ve dudakları kırmızıydı. Uyanık olduğunu görüp yatağın yanına geldi. Bir yıldır gördüğü ilk Amerikalı kızdı. Kıza gülümsedi. Çok hoştu.

"Doktora ulaşamadık" dedi kız. "Como Gölü'ne gitti. Hasta geleceğini bilmiyorduk. Neyiniz var?"

"Yaralandım" dedi Teğmen. "Ayaklarımdan, bacaklarımdan, ellerimden; ve başım da ezildi."

"Adınız ne?"

"Hancock, Emmett Hancock."

"Rütbeniz?"

"~~Tenente~~ Teğmen."

"İtalyan ordusunda ne işiniz var? Buraya nasıl yolladılar sizi?"

"Bilmem. Bir Amerikan hastanesi bulunduğunu duymuşlar, ~~bana gitmek ist~~ buraya gelmek isterim diye düşünmüşler."

"Şunu ağzınıza alın" diyerek dereceyi dilinin altına soktu. ~~"Konuşmayın~~

"İtalyan hastanesinde" dedi Hancock, "koltuk altına koyuyorlar."

"Konuşmayın" dedi hemşire. Elini adamın alnına koydu. Adam ona baştan çıkarıcı bir şekilde baktı. Ağrı derhal ~~harekete geç~~ arttı. Kız, adamın alnını okşadı. Ağrı, ateş grafiği gibi bir artıp bir azaldı.

"Yapma öyle" dedi kıza. "~~Kafama dokunulmasına katlanamıyorum.~~ Lütfen başıma dokunma."

Kız dereceyi çıkardı, salladı ve okudu. Adam, "Nasıl?" diye sordu.

~~"Ateşiniz~~

"Ateş normal" dedi kız. "Lazımlık ister misiniz?"

"Olur" dedi. Hareket edemiyordu, kız ona yardım etti. ~~Çok~~ Utanmıştı ama memnun oldu.

"Korkarım işe yaramıyor" dedi. "O kası kontrol edemiyorum."

Kız onu soydu, o sıra bir hemşire daha geldi, ikisi birlikte onu yıkadılar. Onu hareket ettirmeden yatağa temiz çarşaflar serdiler. Ağrı hariç her şeyden memnundu. İkinci hemşire de gençti ve İrlandalıydı. Annesi, çocukluğundaki dadısı ve hepsi henüz küçük çocukken kız kardeşleri hariç hiçbir kadın onu daha önce çıplak görmemişti. Utanmıştı ama ~~heyecan~~ hoştu. Başını da yıkamak istediler ama izin vermedi.

Bayan Fairbanks adlı hemşire, "Ama saçların dibine kadar kir dolu" dedi. "Kir içinde başınız."

"Henüz yıkayamazsınız" dedi. "Bir süre öyle kalsın."

Adama temiz bir pijama üstü giydirip temiz çarşafların arasında bıraktılar. Onlar gidip de aydınlık, güneş giren odada bir başına kaldığında aniden kontrol edemediği o kas gevşedi. Seslendiyse de kimse gelmedi. Çarşafların altında sessizce uzanıp olanın olmasına göz yumdu. Kendini daha iyi ama mahcup hissetti. Yeni bir hemşire ona bakmaya geldi, adam ortalığı batırdığını söyledi. Hemşire ona üzüldüğünü ve ziyanı olmadığını söyledi. Bir hemşire daha geldi, birlikte çarşafları değiştirdiler, ~~ve~~ onu ılık su ve sabunla yıkayıp temizlediler. Sonra tekrar yalnız bıraktılar. Kendini daha iyi hissetmeye başlamıştı ki kesin, fena bir sancı girdi, aynı şey yine oldu. Birini çağırabilmesi için yatağın yanına zil takmışlardı. Geldiler, yine ilk seferki kadar nazik davrandılar, ama bu sefer altına lastik çarşaf serdiler.

"Çok utanıyorum" dedi. "Keşke elimden bir şey gelse."

O gün iki kere daha oldu ve kendini bir asker ~~ve centilmen~~ olmaktan epey uzak hissetti. Hemşirelerden hoşlanmış, onlar üstünde iyi bir intiba bırakmak istemişti, ama tek yapabildiği ortalığı batırıp bebek gibi bakılmayı gerektirmek olmuştu. İyi bir hastaneydi burası. Hemşirelerin hepsi nazikti. Aydınlık ama serin bir yerdi. Pencerenin dışında bir balkon vardı ve ~~öğle saati~~ yatağı, balkonun taş korkulukları üstünden ~~kentin~~ Milano'nun kiremit çatılarına ~~görebil~~ bakabileceği kadar yüksekti. Öğle vakti güzel bir yemek getirdiler ama aç değildi.

"Şarap içebilir miyim?" ~~dedi~~ diye sordu.

"Doktor izin vermedikçe olmaz."

"Cephedeki hastanede vermişlerdi."

"Eğer doktor içebilir derse içebilirsiniz."

"Doktor ne zaman gelecek?"

"Como Gölü'nden döner dönmez."

"Başka doktor yok mu?"

"Hayır. Tek doktor o. Henüz hasta beklemiyorduk."

~~Cephedeki hastaneden ayrılmak istememişti. Milano'ya dönmeyi de yalnızca hemşireler için istemişti. Çevresinde hemşireler olsun, onu eğlesinler istemişti. Aralarında âşık olabileceği biri olsun istemişti. Ama bunlar pek çekmemişti onu, tam tersine~~

Gözlerini kapadığında, cephedeki hastaneyi görebiliyordu. Gözleri açıkken de görebiliyordu. Yatakların cibinliği yoktu, emir eri yatağının yanına oturur şerit şerit kesilmiş gazetelerden yapılmış yelpazeyi sallayıp sinekleri kovardı. Her seferinde yaralara pansuman yapılacağında iki adam hastayı kaldırıp pansuman odasına taşırdı. Bu da onlara yatakları yapma imkânı tanırdı. Geceleyin kimse uyuyamazdı; herkes beraber şarkı söylerdi. Gündüz vakti emir eri uykuya dalıp da sinekleri kovalamayı bıraktı mı eğer hasta da uyuyorsa adamın yüzüne konar, gözlerinin, burnunun çevresine bir şeyler bırakırlardı. Doktor çubuğun ucunda bir pamukla temizlerdi. Doktor geldiğinde onları ucu pamuklu bir kürdanla temizlerdi. Doktora göre, saldırı sonrasında ölüler gömüldüğünden Piave temizlendiğinden, sinekler yumurtalarını her önlerine gelen yere bırakmaya çalışıyorlardı.

2. Kalem 69, 30 numaralı kalemle yazılmış taslak parçası. Bu çıkarılmış parça Bölüm 4 için hatalı bir başlangıç olabilir.

O ilkbaharla yaz büyük zaferlerin zamanıydı. ~~Nehrin yukarısında~~ kasabanın yukarısında dağların arasında derin dar bir boğazdan akardı nehir. Soldaki dağlar bizimdi ve nehrin birkaç mil yukarısında da karşı kıyıda bir köprü başımız vardı. Köprü başı nehrin diğer kıyısında askerlerin ~~büyük zorlukla~~ koruduğu, sizi düşmanınızdan ayıran küçük bir topraktır.

3. Kalem 64, 9. Bölüm'de Frederic Henry'nin siper havanı mermisiyle vurulduğu sahnenin 128 ve 129A numaralı el yazısı ilk taslağı. Bkz. Resim 2 ve 3 (s.376, 377).

Kendi payıma düşen peynirin sonunu yedim ve şaraptan bir yudum aldım. Diğer seslerin arasından bir püskürme sesi duydum ardından şşş-şşş-şşş-şşş sesi duyuldu; sonra hızla esen ~~bir rüzgâr gibi~~ rüzgârla ~~kükreme ve akkor~~ beyazdan kızıla dönen –bir yüksek fırının kapağı savrularak ~~açıldığı zaman~~ açıldığında olduğu gibi– bir ~~akkor~~ ışıltı ve kükreme meydana geldi. Nefes almaya çalıştım ama ~~bir şey göğsüm şişmedi~~ alamadım ve bedensel olarak kendimden ayrılıp daha da, daha da, daha da ~~gittiğimi~~ uzaklaştığımı duyumsadım ve tüm bu süre zarfında rüzgâr ~~gürlüyordu~~ esip geçiyordu. Daha da daha da daha da uzaklaştım ve öldüğümü ve insanın öylece öldüğünü sanmanın hata olduğunu anladım. Ardından süzüldüm, tereddüt ettim ve uzaklaşmak yerine ~~ben~~ geri kaydığımı duyumsadım. ~~sanki~~ ruhumun tam ortasında uzun ince bir tel vardı [içinden geçen uzun, gergin bir tel vardı ve (dışarı çıkan ben) o telden geri kaydı] ~~uzun gergin bir telden aşağı kayıyordu~~ iki kere takılıp öylece durdum ve bir kez de tamamıyla telin üstünden bütünüyle döndü, hiçliğin ~~hava~~ ve rüzgârın içinden ve sonra ~~sorun-~~

~~suzca kaydı~~ sarsılıp durdu ve nefes aldım ve dönmüştüm. ~~Nefes aldım.~~ Zemin ~~altüst~~ paramparça olmuştu ve başımın önünde ~~kırık~~ parçalanmış bir kalas vardı. Başım sersemlemiş vaziyette birinin feryadını duydum, ~~Mama mia! Mama mia! Biri haykırdı, sonra durdu, sonra tekrar haykırdı.~~ Birinin bağırdığını sandım.

4. Kalem 64, 9. Bölüm'de Frederic Henry'nin ölüp geri geldiği sahnenin gözden geçirilip kısaltılmış ama tamamlanmamış 129b numaralı el yazısı müsveddesi.

Nefes alamadım ve kendimin kendimden ayrılıp daha da, daha da, daha da uzaklaştığımı ve tüm bu süre zarfında havadaydım. Çıkıp hızla uzaklaştım da uzaklaştım ve öldüğümü ve insanın öylece öldüğünü sanmanın hata olduğunu anladım. Ardından süzüldüm, tereddüt ettim ve uzaklaşmak yerine geri kaydığımı duyumsadım. Nefes aldım ve dönmüştüm.

5. Kalem 64, 10. Bölüm'e iki hatalı giriş bulunan 149 numaralı el yazısı müsvedde.

Hayatım insanlarla dolu olduğu halde bu hikâyede önem taşıyan yalnız üç kişi var ~~ve hepsi de~~ ki hepsi de o vakitler önemliydi ve üçünü de ~~neredeyse dört~~ üç aydan uzun süre görmedim. Bu süre zarfında hastanelerdeydim; önce Dormans'da, sonra Mestre'de, en son da Milano'da ama cephedeki ~~sahra hastanesinden~~ hastaneden ayrılmadan üçünü de gördüm ve üçü de bana mektup yazdı.

Üç ay boyunca savaşa geri dönmedim

6. Kalem 64, 11. Bölüm'de papazın sahra hastanesinde Frederic Henry'yi ziyaret ettiği sahneden silinen bölümün bulunduğu 162 numaralı el yazısı müsvedde.

"Yalnızca bir dakika kalabilirim" dedi. "Geç oldu."

"Geç değil. Yemekhane nasıl?"

Gülümsedi. "Hâlâ büyük espri kaynağıyım." Sesi de yorgun çıkıyordu. "Tanrı'ya şükür, hepsi iyi." [devamı silinen bölüm]

Göğsümün üstünde durduğu yerden metal kapsülü çıkardım.

"Aziz Anthony'me bakın."

İnce altın zincire baktı.

"Belki de o hayatınızı kurtarmıştır."

"Passini hayatımı kurtardı" dedim. "Benimle patlama arasındaydı."

"Zavallı Passini. Dualarınızdan onu eksik etmeyin."

"Pekâlâ."

"Sizi üzmek istemedim."

7. Kalem 68, 11. Bölüm'de Teğmen Henry'yle papazın arasında geçen konuşmanın bulunduğu üç sayfalık kurşunkalemle el yazısı taslak.

"Tanrı'yı böyle mi seviyorsunuz?"

"Tanrı'yı seviyorum. Gerçekten tüm kalbimle seviyorum."

"Her şeyden çok mu?"

"Her şeyden çok."

~~Ciddiydi.~~

"Bu iyi bir şey."

"Siz sevmiyor musunuz?"

"Hayır. Sanırım sevmiyorum."

"Hiçbir şeyi mi sevmiyorsunuz?"

"Yo, pek çok şeyi seviyorum."

"Nedir onlar?"

"Bilmem. Pek çok şey."

"Ne ama?"

Bir an düşündüm.

"Geceyi. Gündüzü. Yiyecekleri. İçkiyi. İtalya'yı. Resimleri. Mekânları. Yüzmeyi. Portofino'yu. Paris'i. İlkbaharı. Yazı. Sonbaharı. Kışı. Sıcağı. Soğuğu. Kokuları. Uykuyu. Gazeteleri. Okumayı."

İtalyanca söylendiğinde bunların hepsi kulağa daha iyi geliyordu.

"Hepsini kaybedeceksiniz."

"Sizse Tanrı'yı hiç kaybetmeyeceksiniz."

"Evet."

"Hiç ulaşamayacağınız için."

"Ne demek istiyorsunuz?"

"Konuşmak istemiyorum. İnancınızı sarsmaya çalışmak istemiyorum."

Birdenbire güldü ve gülmeye de devam etti. "Bu çok komik işte. Gülmemin nedeni, ben de sizin inancınızı sarsmaktan korktuğum için üzülüyordum." Ayağa kalktı. "Neye inandığımı hatırlattınız bana. Gitmem gerek. Çok kaldım. Bir an önce iyileşip dönmelisiniz."

"Gitmeniz şart mı?"

"Evet, gitmeliyim." Tekrar çekingenleşmişti ama elimi tuttu. "Benden istediğiniz bir şey var mı?"

"Hayır. Yalnızca konuşmak isterdim."

Kepini takıp şişeyi yerden alarak yatağın yanındaki sandalyeye koydu.

"Hoşça kalın. Yemekhaneye selamınızı götüreceğim."

"Güzel hediyeleriniz için teşekkürler."

"Bir şey değil."

"Ciao!"

"Ciao!"

Oda karanlıktı; ayakucumda oturmakta olan emir eri kalkıp onunla birlikte dışarı çıktı. Onu çok seviyordum ve Gorizia'ya nasıl döneceğini düşündüm. Sormayı unutmuştum. Bir kamyona binebilirdi, ya da belki buraya bisikletiyle gelmişti. Yemekhanede cehennem gibi bir hayatı vardı. Sevdiğimi söylediğim şeyleri aklımdan geçirdim ve bir sürü şey daha ekledim. Tanrı'yı da –biraz– sevdiğimi fark ettim. Hiçbir şeyi pek de fazla sevmiyordum.

8. Kalem 64, Frederic Henry'nin Milano'daki hastaneye transfer edilmeden önce sahra hastanesinde olduğu 12. Bölüm'den silinmiş bir bölümün bulunduğu 174-75 numaralı el yazısı müsvedde.

Milano'ya dönüş yolculuğunu hatırlamak istemiyorum. ~~Tren istasyona sabahın erken saatlerinde girdi.~~ Eğer hiç hastane treninde yolculuk etmediyseniz, nasıl bir şey olduğunu tarif etmenin anlamı yok. Bu ne bir savaş sahnesi ne de gerçekten savaşla ilintisi var. Yalnızca bir hikâye. O yüzden de zaman zaman sanki içinde ne yeterince insan, ne gürültü, ne koku varmış gibi görünebilir. Daima insanlar ve sessiz olmadığında sesler vardı ve hep de kokular vardı ama hikâyeyi anlatmaya çalışırken hepsini dahil edemem; zaten yalnızca hikâyeye ~~bağlı kalmak~~ sadık kalmak bile zor, o yüzden de zaman zaman sessiz sakinmiş gibi geliyor. ~~Ve hiçbir şey olmuyor gibi ama olan.~~ Ama sessiz değildi. Her şeyi birden anlatmaya çalışırsanız, bir tek günü bile bitiremezsiniz. ~~ve o zaman okuyan hissedemeyebilir o yüzden dosdoğru anlatmaya çalışacağım ve olayların geri kalanını hissettirmesini umacağım. Ayrıca o vakit~~ Hem yaralandığınızda ya da ~~azıcık keçileri kaçırdığınızda~~ aklınız biraz başınızdan gittiyse veya birine âşıksanız çevrenizdekiler kimi zaman silinir, ancak zaman zaman geri döner. Ama mekânları katmaya ~~ve~~ çalışıp neler olduğunu anlatacağım. Pek bir yere ulaşmış gibi görünmüyor, henüz pek bir aşk hikâyesi gibi de değil ama her ne kadar elimden gelen her şeyi atlasam da olduğu gibi devam etmeli.

9. Kalem 64, Frederic Henry'yle Catherine Barkley'nin birbirlerini ilk kez tekrar görüp âşık oldukları sahnenin ilk taslağının bulunduğu el yazısı müsvedde. 202-9 olarak numaralandırılmış. Bu malzemenin büyük bölümü çıkarılmış ya da tekrar üstünde çalışılmış. 202. sayfanın sağ üst köşesinde Hemingway'in el yazısıyla, "Buraya kadar okudum 13 Aralık Perşembe Şimdilik daha iyi gidiyor" yazılmış.

Yatağın yanına geldi.

"Merhaba sevgilim" dedi. Dinç, genç, hoş ve güzel görünüyordu.

"Merhaba" dedim. "Merhaba Catherine. Daha fazlasını söylemedim. Onu tümüyle unutmuş olduğumu fark ettim.

Hoşluğu ve güzelliğiyle orada öyle durdu ve kapıya doğru baktı, kimsenin olmadığını görüp ve yatağın üstüne eğildi beni öptü. Gerçekten kollarımda olduğunu hissetmek için kollarımı ona dolayıp sarıldım ve yüreğinin çarptığını hissettim ve ~~onu kokladım onu bütünüyle hissetmek için~~ sarıldım öptüm. ~~Bir~~ tek ~~olan~~ hale gelmek için birleşen iki cıva damlasıymışız gibi bir araya gelmiştik. ~~Aynı kişiymişiz gibi hissettik~~. Yüreğinin çarptığını duyumsadığımda öyle hissettim. Tek bir kişiydik.

"Sevgilim" dedi.

"Kalbimizi hissediyor musun?" diye sordum. Yanağı yanağıma dayalıydı, çok sakin ve serindi.

"Benimki de aynı" dedi.

"Hepimiz aynıyız" dedim. "Daha önce bilmiyordum."

"Ben biliyordum." Doğruldu, bir sandalye getirip yatağın yanına oturdu. ~~Sanki~~ Kendimden geçmiş gibi hissettim. "Buradayım" dedi. "Zavallı sevgilim." Bana dokundu, elini olduğu yerde tuttum.

"Daha önce bilmiyordum" dedim.

~~"Benden daha aptalsın" dedi.~~

"Gerçekten bilmiyor muydun?"

"Hayır. Hiçbir şeyi bilmiyordum. Lütfen geri gel. Yatağa geri gel."

Hafifçe koluma dokundu. "Yapamam. Her şeyi yaparım. Ama beni göndermelerine neden olamam."

"Ben de seninle gelirim."

"Henüz gelemezsin. Ama belki sonra yapabiliriz."

"Burada olman harika" dedim. "Gelmiş olman harika."

"Uslu durmalıyım, sen de başkalarının yanında çok dikkatli olmalısın."

"Ne olur, bir kere gel."

Gülümsedi, kalkıp kapıya yürüdü, koridoru kolaçan etti, sonra yatağa geldi ~~hafifçe~~ ve kollarımdaydı. Gittiğinde başka hiçbir şeyin ~~hiç de~~ önemli olmadığını anladım. ~~Her şey yitmişti.~~ Öncesinde ona âşık değildim ya şimdi öyleydim.

Gitmeden önce, "Şimdi aşağı inmem lazım. Beni başka bir hastaneye yollamaya kalkabilirler" dedi.

"Yapamazlar."

"Onlara engel olmaya çalışacağım ama Bayan Van Campen benden hoşlanmıyor."

"Benden de hoşlanmıyor."

"Çok uslu olmak zorundayım."

"Ona iyi davranabilirsin. ~~Beni gönderir eğer~~ Belki bir yararı dokunur."

"Davranırım."

"Gitmem gerek."

"Öp beni."

"Hayır. Gitmeliyim. Hoşça kalın Bay Henry." Gülümseyip eliyle beni okşadı. "Eski bir dostu görmek çok hoş."

"Geri gel."

"Hayır. Hoşça kalın Bay Henry."

"Hoşça kalın Bayan Barkley" dedim.

Aniden yatağa eğilip beni öptü.

"Ah, canım sevgilim" dedi. Bir an sonra kapıdan çıkıp gitmişti ve koridorda uzaklaştığını duydum. ~~Sonra yalnız kaldım.~~ Artık ayak seslerini duyamaz olduğumda yalnız kalmıştım ve ilk kez o zaman gerçekten yalnız hissettim. Catherine Barkley'ye âşık olmak değildi niyetim. ~~Kimseye âşık olmak istememiştim ama artık olduğum için onu tekrar görmek haricinde hiçbir şeyi umursamıyordum. İki bireyin bir insan olabileceğinizi bilmediğinizde~~

Onu daha önce de öpmüştüm, sevişmiştik de, ama kötü bir tiyatro oyununda rol yapan insanlar gibiydik. Onu öpmüş, öpmenin keyfini çıkarmıştım ama bunlar olurken ~~aklım~~ başka şeyler düşünüyordum. Sonra, daha az önce, odaya gelmiş, yatağa girmişti ve ~~hiçbir şey olmadan aniden iki damla cıva gibi bir araya gelmiştik~~ aniden aynı insanın iki parçası haline gelmiştik ve şimdi koridorda uzaklaşmıştı ~~ve büyük bir parçam [büyük bölümüm] da onunla birlikte gitmişti.~~ Sanki tüm varlığımla ben de onunla gitmişim gibi hissettim. İşin tuhafı onu geri istiyordum. Odada olmasını istiyordum. Orada olduğunu duyumsamak, yalnız kalmamak için yatağa gelmesini istiyordum. Bir kadının odadan çıkıp insanı sanki tüm dünyayı da beraberinde götürmüş gibi hissettirebilmesi kötü bir şey. Yatakta öylece uzanıp geri gelmesini istedim. Bana göre dünya her zaman güzel bir yer olagelmişti. Görülecek şeyleri görmüş, olanları hissetmiş geri kalanına fazla aldırış etmemiştim.

Daima görülecek pek çok şey vardı ve hep bir şey olurdu. Belli bir paraya ihtiyaç vardı, ~~belsoğukluğu~~ gonore falan kapmamak gerekirdi, ama paranız olmasa da, gonore kapmış olsanız da, hayatı yaşamak yine de mümkündü. ~~Eğlenceliydi~~ İçmeyi, yemeyi severdim ve ~~her şeye bir açlık ve açlık duyulacak çok şey vardı~~ neredeyse her şeyden hoşlanırdım. Savaş kötüydü ama benim için o kadar kötü sayılmazdı; çünkü benim savaşım değildi, yine de ne kadar kötü olabileceğini görebiliyordum. Yani ne kadar kötü olabileceğini görmeye başlamıştım. Ama henüz ~~farkına varmamıştım~~ kafama dank etmemişti. Ama ~~insan gerçekten farkına vardığında~~ insanın gerçekten kafasına dank ettiğinde genellikle çok uzun sağ kalmadığını ~~ki sanırım bu bir armağandı~~ öğrendim. Sanırım belki de bu onlara bir armağandı. Ormanda bir yoldan geçen süvariler ya da ~~su fışkıran damlayan~~ yağmur yağıyor da yağmur katedralin çirkin heykelciklerindeki oluklardan akıyor diye veya iki kadeh içkiyle veya yalnız elli lire tutup tüm gece sizle sevişen ~~ve sabahleyin elli lire ödendikten sonra belki muhtemelen kahvaltı haricinde bir beklentisi olmayan~~ bir kız sayesinde mutlu olabiliyorsanız o zaman günün birinde ~~bir başkasına ihtiyacınız olduğunu~~ bir yarısı başka biri olan ikiye yırtılmış bir kartpostaldan daha gerçek olmadığınızı, kartpostalın iki yarısı bir araya gelmedikçe hiçbir şeyin sizi mutlu etmediğini, iki yarısı bir araya gelmezse gerçekten ortada hiçbir şey olmadığını, hayatınıza devam ettiğinizi ama hiçbir şeyi artık görmediğinizi anlarsınız. Ya da eğer diğer kişi orada olmadığı için bunlardan keyif almadığınızı fark ederseniz, o zaman eğer eskiden neredeyse ~~her şeyden~~ her şeyi kendi başınıza yapmaktan keyif alıyorduysanız, ki öyleydi, bu vakit kartpostalın iki yarısını bir araya getirip o şekilde kalmasını sağlamaya belli bir ilgili duyarsınız. Neyse işte Milano'daki hastanede bulunan odada yatakta uzanıyordum ki sonunda Bayan Gage geldi.

"Doktor geliyor" dedi. "Como Gölü'nden telefon etti."

"Buraya ne zaman varır?"

"Öğleden sonra burada olur."

Yeni Bölüm

Öğleden sonraya kadar hiçbir şey olmadı. Doktor savaştan rahatsız görünen ufak tefek, sessiz bir adamdı. ~~Büyük bir~~ İncelikle ve saf bir hoşnutsuzlukla oyluğumdan bir dizi küçük demir şarapnel parçası çıkardı. Bir şey bir şey snow adında, mil, bisturi ya da forseps donan kısmın altına sokulana dek deriyi donduran yerel bir anestetik kullandı. Uyuşturulan bölge hasta tarafından açıkça belirleniyordu ve bir süre sonra doktorun kırılgan nezaketi tükendi ve röntgen çekmenin daha iyi olacağını söyledi. Elle yoklamanın yetersiz olduğunu söyledi.

10. Kalem 64, Frederic Henry'yle Catherine Barkley'nin birbirlerini ilk kez tekrar görüp âşık oldukları 14. Bölüm'de "201-202'nin alt kısmı" notuyla sayfası belirtilmiş gözden geçirilmiş el yazısı taslak.

~~Çıktı, koridorda güldüğünü duydum. Koridordan birinin yaklaştığını işittim. Kapıya baktım. Catherine Barkley'di bu.~~ Odaya girip yatağın yanına geldi.

"Merhaba sevgilim" dedi. Dinç, genç ve çok güzel görünüyordu.

"Merhaba" dedim. Kapıya doğru baktı, kimsenin olmadığını gördü ardından ve ~~yatağın üstüne eğildi~~ yatağın kenarına oturdu, eğilip beni öptü. Onu tutup öptüm, yüreğinin çarptığını hissettim. Birbirimizi görmediğimiz tüm o zaman boyunca bir şey devam etmişti. Her ikimizde de aynı biçimde sürmüştü. ~~Onu görünceye dek~~ Bu olurken bilmiyordum. Ama şimdi anlamıştım.

"Tatlım" dedim. "Buraya gelmen ne harika!"

"O kadar zor değildi. Kalmak daha zor olabilir."

"Kalplerimizi dinle" dedim.

"Aynı" dedi.

"Biz biriz" dedim. "Dinle. Daha önce bilmiyordum."

"Ben biliyordum. Oyun oynadığımızda biliyordum."

Yataktan kalkıp az ilerideki sandalyeye oturdu.

"Gitme."

"Gitmiyorum."

"Hiç farkında değildim" dedim. "Pek aptalım."

"Hayır, değilsin."

"Geri gel" dedim. "Yatağa geri gel."

11. Kalem 64, 17. Bölüm'ün başlangıcında 231-32 numaralı silinmiş bölümün bulunduğu el yazısı müsvedde.

Ameliyattan sonra uyandığımda uzaklara gitmemiştim. Uzaklara gitmiyor insan. Yalnızca boğuyorlar. ~~Ne ölümün bir diğer krallığı ne de~~ Ölmek gibi değil, hissetmeyesin diye kimyasalla boğuyorlar ve sonrasında kustuğunda alkol yerine safradan başka bir şey çıkmaması ve ardından kendini daha iyi hissetmemesi haricinde dünden kalma gibi oluyor insan. Yatağın ayakucunda kum torbaları gördüm. Alçıdan çıkan boruların üstüne konmuşlardı. Ve ayağım da öyle acıyordu ki geldiğim o boğulduğum yere dönmeye çalıştım ama dönemedim ve tekrar, tekrar kustum ve hiçbir şey çıkmadı. Ağzımı çalkalamam için su verdiler, sonra hareketsizce uzanıp acının had safhaya erişip dinmesini bekledim fakat acının sınırı yoktu ve daima durduğu yeri çoktan aşmıştı. Tanrımızın bize nasıl asla dayanabileceğimizden fazlasını yaşatmayacağını ve daima durum çok kötüleştiğinde –ki şehitlik de buradan gelir– bilincimizi yitireceğimiz anlamına geldiğine inandığımı düşündüm; ama şimdi öyle değildi, kemiğimde acı dayanabileceğimden öteye geçti ve her yerimdeydi ve göğsüm sarsılmaya, sarsılmaya başladı ve ardından ses çıkarmadan ağladım da ağladım, yalnız diyaframım sarsılıyor da sarsılıyordu ve sonra daha iyi oldu ve dayanabileceğimi anladım fakat Tanrımıza şükretmedim. ~~Atlattığımda~~ Tanrımızı değil, yalnız acının azaldığını düşündüm. Ağlıyordum ve yalnızca diyaframım hâlâ hafifçe sarsılıyordu.

Ağlamam sona erdiğinde, hareketsizce uzanmış, diyaframımın sarsılmasını –ben sustuktan sonra o ağlamayı sürdürmüştü– engellemeye çalışırken Bayan Gage'i gördüm ve ona şöyle dedim,

12. Kalem 64, 17. Bölüm'ün başında önceki çıkarılmış bölümün hemen arkasından gelen silinmiş bölümün bulunduğu 233-36 numaralı el yazısı müsvedde.

Eğer hissiyatı ~~unutursan~~ yitirirsen hisle öğrendiğin hiçbir şey ~~değer taşımaz~~ sürüp gitmez.

Ağrı yoksa, ağrının hatırası da yoktur. Bazen ağrı geçer ve önceki anda halini hatırlayamazsın ama tekrar yaşama korkusu yaşarsın. Aşk yittiğinde onu hatırlayamaz yalnız yaşananları ve mekânları hatırlarsın. Eğer aşk yoksa hatırası da yoktur. Fakat tüm bunlar karanlıkta geri döner. Karanlıkta ~~aşk olmadığında~~ yittiği halde aşk ~~dönebilir~~ döner ve acı ~~gelebilir~~ tekrar gelir ve geçen tehlike geri döner. Ölüm karanlıkta gelir. İdamdan pişmanlık duyan ülkeler daha kolay geldiği için insanları gün ışığında öldürür ve sık sık, eğer gün ışığı parlaksa ve idamda ufak bir gecikme olur da güneş daha da yükselir, sabah hâlâ serin olur, hükümlü adama –yolunda olmayan şeyleri genellikle yoluna sokan– rom verilirse, pek korkunç bir şey yoktur. Vurulup hızla yığılan ve asılıp yavaş yavaş havada dönen, kolları arkada, göğsü masada diz çökmüş, çocuk askerler selam durup az önce boş, şimdiyse içinde baş olan sepete yan gözle bakarken yuvasına düşüp bam diye tahtaya vuran bıçağı hızla indiren adamlar gördüm. Eğer gün ışığı varsa fena değildi. Ama idam eden ve idam hükmü veren ve fakat kendilerinin asla idam edileceğini düşünmeyen ve dolayısıyla merhameti –kendini acınan kişinin yerine koyabilme yetisi olan merhameti– olmayan insanların olduğu idam cezasına inanan ülkeler, işte bu ülkelerde insanları geceleyin idam ederler. Ne böylesi şeyler öyle kolay kolay affedilecektir ne de bunu yapanlar, en nihayetinde, cellatların ölümünü engelleyecektir. Hepsi ölecekler elbette ve çoğu ölümü bilmediğinden pek şaşıracak, geceleyin ölenler gündüz öldürmeyi dileyerek yaşayacaklardır.

(Ama birini hâlâ seviyorsanız, bu yitmez.)

Tam ne zaman geceler bana kötü görünmeye başladı bilemiyorum ama herhalde o sıralarda olmalıydı. Savaşa ilk gittiğimde her şey sanki bir resim, masal ya da eğer çok kötüleşirse uyanabileceğinizi bildiğiniz bir rüya gibiydi. Ayrıca içimde sanki başkaları ölse de benim ölmeyeceğim gibi bir duygu vardı. Bazı şanslı delikanlılara, başka şeyler düşünebilsinler diye bahşedilmiş olan, ama en ihtiyaç duydukları sırada hiç habersiz ellerinden alınan bir fiziksel ölümsüzlük inancına sahiptim. Elimden alındıktan sonra da çok kaygılanmadım çünkü korku furyaları her zaman fizikseldi, her zaman yakın tehlikeden kaynaklanıyordu ve her zaman geçiciydi. Tehlikede olmadığımda korkmadığım ikinci sağlıklı aşamadaydım. Karanlıktan korkma üçüncü aşaması sanırım bu noktada başladı. Geceleri nadiren yalnız olduğumdan başladığını fark etmedim. ~~Korku farkındalıkla artar ve sanırım~~ Bir korkudan bahsetmek iyi değildir ve biz her şeyden bahsediyorduk. Ama o sıra pek de korku sayılmazdı ve bunu, yalnız bırakılmamak için bir savunma olarak kullanmış, abartmış olabilirim. Ama o sıra korku fazla değildi; belki de ben onu yalnız kalmama çaresi olarak kullanıp abarttım. Ama yalnız kaldığım zaman da öyle yorgun oluyordum ki, derin derin uyuyordum.

Hastanede artık üç hasta daha vardı: Kızıl Haç'tan Georgialı sıtmalı sıska bir delikanlı, sıtma ve sarılık hastası, yine sıska, pek kibar New Yorklu bir delikanlı ile hatıra olsun diye şarapnel ve tahribat gücü yüksek patlayıcı tertibatlı bir kovanın fünye başlığını sökmeye çalışmış iyi bir delikanlı.

13. Kalem 64, tek cümle bulunan 489 numaralı el yazısı müsvedde. Cümle taslağa eklenmemiştir ama "dünya herkesi ezip geçer" bölümünden sonra ayrı bir sayfada yer almaktadır.

Bu kitabın yazarı her okura bir söz, ~~tutacağı~~ hediye olarak bir söz, verebilir: Bu da yazarın da öleceği okurun da öleceğidir.

14. Kalem 64, 40. Bölüm'ün başında silinmiş bir bölümün yer aldığı 586-88 numaralı el yazısı müsvedde.

İyi bir hayatımız vardı, ~~tüm yaptıklarımızın~~ ne yaptığımızın önemi yoktu, konuştuklarımız saçma sapandı hatta yazmaya kalkmak daha bile aptalca geliyor, ama mutluyduk; sanırım bilgelikle mutluluk bir arada olmaz. Hoş, aptallıkta bilmediğimiz bir bilgelik var ve eğer bilgenin aradığı son mutluluksa bilgelik olmadan ulaşılsa da sonuçta bir sondur. Aramak kadar değerlendirmek de gerekir çünkü arayış sırasında kapasitenizi tüketme eğiliminiz vardır. Bunu cennet krallığında aramak iyidir ama önce bu dünyadan vazgeçmek gerekir ve eğer bu hayat elimizdeki tek şeyse vazgeçmekten pişmanlık duyabilirsiniz ve cennet krallığı pişmanlık içinde yaşamak için kötü bir yer olabilir. Derler ki bir şeye sahip olmanın tek yolu onu kaybetmektir; doğru olabilir, ama ben pek bayılmıyorum. Bildiğim tek şey, eğer bir şeyi yeterince severseniz, onu mutlaka elinizden alırlar. Bu belki sonsuz bilgelikle yapılıyor olabilir ama yapan her kimse, benim dostum değil. Geceleri Tanrı'dan korkuyorum, ama eğer savaşı durdursaydı ya da başlamasına izin vermeseydi, ona daha çok hayranlık besleyebilirdim. Belki durdurmuştur, ama durduran her kimse, bunu pek güzel biçimde yapmamıştır. Ve eğer veren de Tanrı, alan da Tanrı'ysa, Catherine Barkley'i aldığı için ona hayran olacak değilim. Bana Catherine'i vermiş olabilir, ama aynı sıralarda Rinaldi'ye frengiyi kim verdi? Bildiğim tek şey, o konuda hiçbir şey bilmediğim. Yemekhanedeki o Tanrı'yı her daim sevmiş olan ve bundandır ki mutlu olan papazın bilgeliğini görebiliyorum ve kimsenin Tanrı'yı ondan alamayacağına eminim. Ama öyle doğmuş olmanın ne kadarı bilgelik, ne kadarı şanstır? Ya sizin yaradılışınız öyle değilse? Ya sevdiğiniz şeyler ölümlüyse? O vakit tek bildiğiniz öleceklerídir. Siz de öleceksiniz ve muhtemelen yanıt da bu; ölümsüz şeyleri sevenlerin kendi de ölümsüzdür ve onlarla yaşamaya devam ederler, ölen şeyleri seven ve inananlarsa ölür ve sevdiği şey gibi ölü olurlar. Eğer bu doğruysa, ~~çok~~ güzel bir hediye sayılır ve durumu eşitler. Ama büyük olasılıkla doğru değildir. Emin olabileceğimiz tek şey, doğmuş olduğumuz ve ölecek olduğumuz ve sevdiğimiz her canlının da öleceğidir. Ne kadar çok canlıyı seversek, ölecek o kadar çok şey olur. Yani eğer piyangonun bize vurmasını istiyorsak ölümsüzlük tarafına geçebiliriz; zaten sonunda çoğu da öyle yapar. Ama eğer hiçbir şeyi sevmeyerek doğmuşsanız ve annenizin memesinin sıcak sütü size asla cennet olmadıysa, ilk sevdiğiniz şey bir tepenin yamacı, son sevdiğiniz de bir kadınsa ve onu elinizden almışlarsa, siz de başka bir kadını değil, ille o kadını istiyorsanız; o da gitmişse, durumunuz pek parlak sayılmaz ve Tanrı'yı en baştan beri sevmiş olmayı dileyebilirsiniz. Ama sevmemişsinizdir. Bunun hakkında konuşmanın bir yararı olmaz. Düşünmenin de.

Ek II

Alternatif Sonlar

Aşağıdaki kırk yedi bölümün tamamı romanın sonunun muhafaza edilmiş taslaklarıdır. Aksi belirtilmediği takdirde Massachusetts, Boston'daki John F. Kennedy Kütüphanesi'nde bulunan Hemingway Koleksiyonu'ndaki Kalem 70'te yer almaktadır.

Hiçlik Sonu

1. El yazısı müsvedde. Bkz. Resim 5 (s.379).

Hikâye bu kadar işte. Catherine öldü, sen de öleceksin, ben de öleceğim ve işte sana vaat edebileceğim her şey bu kadar.

2. Tek redaksiyonla el yazısı müsvedde.

Hikâye bu kadar işte. Tüm bunları kontrol eden bir şey olmalı ve ~~okuduğumuza göre~~ Tanrı'nın önünde bir tek serçe bile unutulmaz. Herhalde öyle

3. Üç cümlecik ile üstü çizili kimi kelimeler bulunan bir el yazısı müsvedde.

En sonunda olanları aklına bile getirmemek en iyisi ama bunu biliyorum.

Artık her şey yitip gitmişti, gün ışığı, bahar ve

Hiçbir şey yitmemişti.

4. 323 numaralı el yazısı müsvedde.

Bu bir hata.

İnsan hayatı boyunca birkaç şey öğreniyor, bunlardan biri de mekânlara asla geri dönmemek. Güzel şeyleri anımsamak için kendini çok zorlamamak da iyi şey, çünkü zorlarsa eskitir, yitirir. Bir değerli şey de bir kimsenin ne kadar iyi olduğunu düşündüğünü asla kimseye belli etmemek, çünkü öyle olmadığını iyi bilirler ve kimse de asla o kadar harika değildir. ~~Yemekhanedeki o Tanrı'yı her daim sevmiş olan ve bundandır ki mutlu olan papazın bilgeliği ortada ve kimse Tanrı'yı ondan alamaz. Ama öyle doğmuş olmanın ne kadarı bilgelik, ne kadarı şanstır? Ya onun yaradılışı öyle değilse?~~

5. Tüm metnin üstü çizilmiş 324 numaralı el yazısı müsvedde.

Ayrıca insanları sıkar ve bir şeyleri elinde tutmak istiyorsa çenesini kapayıp bu konuda konuşmaması en iyisidir. Başlangıçta en kötü zaman gecelerdir, insana en kötü düşmanı gibi gelir ama sonunda geceler

Önceleri geceler en kötü zamanlardır. Yemekhanedeki o Tanrı'yı her daim sevmiş olan ve bundandır ki mutlu olan papazın bilgeliğini öğrenir, hiçbir şeyin Tanrı'yı ondan alamayacağına emin olur. Ama öyle doğmuş olmanın ne kadarı bilgelik, ne kadarı şanstır? Ya onun yaradılışı öyle değilse?

Öğrendiği bir şey varsa, başlangıçta kötü bir zaman, en feci yalnızlık zamanı olan gecenin iyi bir zaman olduğudur.

6. El yazısı müsvedde parçası.

Mesele şu ki elden gelen hiçbir şey yoktur. Tanrı'ya inanıyor, Tanrı'yı seviyorsa da mühim değil.

Yaşayan Bebek Sonu

7. El yazısı müsvedde. Bkz. Resim 6 (s.380).

~~Bir levazımatçıyla ilk görüşmemden başlayıp tüm defin meselesi ve –süre gelen ve muhtemelen uzun zaman daha da sürüp gidecek olan– hayatımın geri kalanını sürdürmemle ilgili daha pek çok detay var.~~

Oğlandan bahsedebilirim. Başıma dert olması haricinde bir ehemmiyet taşımıyor gibiydi o sıra ve Tanrı biliyor ya ona yaklaşımım iyileşti. Her neyse, bu hikâyeye ait değil o. O yeni birini ~~hikâye~~ başlatıyor. Eski bir hikâyenin sonunda bir yenisini başlatmak hakkaniyetli değil ama işte öyle oluyor. Ölümden başka son yok ve tek başlangıç da doğum.

8. "Sayfa 641'e ekle" başlıklı el yazısı müsvedde.

Bir süre sonra, bebeği götürdükleri odada olan doktor koridordan yaklaştı. Yanıma geldi.

"Bebek nasıl?" diye sordum.

"İyi" dedi. "Yaşattık."

"Sağ mı?"

"Elbette sağ. Kim değil dedi?"

"Hemşire."

"Çıldırmış o. Tabii sağ."

"Yalan söylemeyin bana."

"Yalan söylemiyorum. Bebek sağ."

"Tanrım, bana böyle şeyler yapmamalılar" dedim.

"Sağlıklı bir oğlan" dedi doktor.

"Güzel" dedim. Bir oğlum vardı artık... İnanayım mı, inanmayayım mı, bilemiyordum.

9. "Sayfa 638'e ekle" başlıklı el yazısı müsvedde.

"Bebeğin nesi var?" diye sordum.

"Bir şeyi yok."

"Sahi mi?"

"Elbette."

"Madamın yanına dönseniz iyi olur" dedim.

Kenarında mandallarda hemşire raporları asılı masanın önündeki sandalyeye oturup pencereden dışarı baktım. Karanlıkla pencereden süzülen ışıkta yağan yağmur hariç hiçbir şey göremedim. Demek iyiydi. Bir oğlum vardı artık. O umurumda bile değildi. Tek umursadığım Catherine'di.

Cenaze Sonu

10. 6. sonla aynı müsveddede el yazısı bir bölüm.

İnsanlar öldüğünde onları gömmeniz gerekir ama bunun hakkında yazmak zorunda değilsiniz. Levazımatçılarla görüşürsünüz ama onlar hakkında yazmak zorunda değilsiniz.

11. 12. sonla aynı müsveddede el yazısı bir bölüm.

İnsanlar öldükten sonra onları gömmeniz gerekir ama bunun hakkında yazmak zorunda değilsiniz. Ne levazımatçı ne de tüm o defin meselesi hakkında yazmak zorundasınız. Ne o gün, ne ertesi günün gecesi, ne sonraki gece, ne hissizlikten yeise geçiş, ne uzun zaman sonrasındaki tüm o günler ile tüm o geceler hakkında yazmak zorundasınız. Yazarken elinizde, hayatta sahip olmadığınız bir seçenek vardır.

12. 11. sonla aynı müsveddede el yazısı bir bölüm.

İnsanlar öldükten sonra onları gömmeniz gerekir ama bunun hakkında yazmak zorunda değilsiniz. Ne levazımatçı ne de tüm o yabancı bir ülkede defin meselesi hakkında yazmak zorundasınız. Ne o gün, ne ertesi akşam, ne ertesi gün, ne de hissizliğin yeise dönüştüğü, yeisin zamanla köreldiği sonraki tüm akşamlar hakkında yazmak zorundasınız. Yazarken elinizde, hayatta sahip olmadığınız bir seçenek vardır.

Ertesi Sabah Sonu

13. Pek çok üstü çizili cümle bulunan el yazısı müsvedde.

~~O gece Catherine öldükten sonra.~~ O gece yağmurda, Catherine'le yaşadığımız otele yürüdüm, odamıza çıktım, soyunup yattım ve nihayet uyudum çünkü çok yorgundum. Sabah, pencereden parıldayan güneşle uyandığımda ~~olup bitenin farkına varmam bir dakikamı aldı. O küçücük zaman~~

~~Azıcık zaman/süre geçti kalkmamla. Yalnızca bir saniye olabilirdi. Bir saniye mi dakika mıydı bilmiyorum. Herhalde bir saniyeden uzun olamazdı.~~ Olup bitenin farkına varmadan önce pencereden süzülen gün ışığını gördüm, yağmurdan sonra bahar sabahını içime çektim. O son an, ardından başlayan diğer andan önce an.

14. Çeşitli hatalı girişler ve çok sayıda redaksiyon bulunan el yazısı müsvedde.

Bu kadardı işte
~~O gece yağmurda eve yürüdüm~~
~~Dışarıda yağmur yağıyordu ve yürüdüm~~
~~Hastanede yapacağım bir şey olmadığını söylediler.~~

Dışarıda yağmur yağıyordu ve sokaklardan geçerek Catherine'le yaşadığımız otele geri yürüdüm, kapıdan girdim, araba yolundan yürüdüm, döner kapıdan geçtim. Kapı görevlisiyle konuştum, asansörle çıktım, koridordan yürüyüp birlikte yaşadığımız ~~odamıza~~ odaya geldim, soyunup yatağa girdim. Nihayet, sanırım çok yorgun olduğumdan ~~uykuya daldım~~ uyudum. Uyandığımda açık pencereden güneş giriyordu, bahar ~~sabahında kuruyan yağmuru~~ sabahını içime çektim ve neler olduğunun farkına varmadan önce bir an, muhtemelen yalnızca bir saniye, geçti.

15. 14. sonun arkasında tek cümle yazılı el yazısı müsvedde.

O an, hatırlayabildiğim öylesi son andı.

16. El yazısı müsvedde.

Hastanenin dışında yağmur yağıyordu, yağmurda Catherine'le yaşadığımız otele geri yürüdüm, kapıdan girdim, araba yolundan ~~doğru~~ yukarı yürüdüm, döner kapıdan geçtim. Kapı görevlisiyle konuştum ve, anahtarı aldım, ~~ve sonra~~ asansörle çıktım, ~~ve gittim~~ koridordan yürüdüm ve, kapıyı açtım ve birlikte yaşadığımız odaya girdim ve içeride soyunup yatağa girdim. Nihayet uyudum; çünkü sanırım çok yorgundum. Uyandığımda açık pencereden güneş giriyordu, yağmurdan sonra bahar sabahını içime çektim ve neler olduğunun farkına varmadan önce bir an, muhtemelen yalnızca bir saniye, geçti.

17. (a) El yazısı müsvedde.

Ve sonra artık her şeyin yittiğini, bir daha (asla) eskisi gibi olmayacağını anladım.

17. (b) 17a sonunun arkasına yazılmış el yazısı bir bölüm.

ve ~~Catherine~~ yalnız olduğumu.

18. El yazısı müsvedde.

O Mart 1918 akşamı yağmurda Catherine'le yaşadığımız otele geri yürüdüm, odaya çıkıp soyundum ve yatağa girip sabah pencereden giren güneşle uyanmak üzere nihayet uyudum çünkü çok yorgundum. Olup bitenin farkına varmadan önce açık pencereden süzülen gün ışığını gördüm, yağmurdan sonra bahar sabahını içime çektim.

19. Uyanma sahnesinin birbirinden azıcık farklı iki versiyonunun yer aldığı, daktiloyla yazılmış müsvedde.

Uyandığımda açık pencereden güneş giriyordu, yağmurdan sonra bahar sabahını içime çektim ve avludaki ağaçlara düşen güneşi gördüm ve uyandığım o anda her şey hep olduğu gibiydi, yiten hiçbir şey yoktu; ardından yatağın başında gün ışığında hâlâ yanan lambayı gördüm ve önceki gece kaldığım yere geri döndüm ve hikâyenin sonu buydu.

20. Uyanma sahnesinin birbirinden azıcık farklı iki versiyonunun yer aldığı, daktiloyla yazılmış müsvedde.

Uyandığımda açık pencereden güneş giriyordu, yağmurdan sonra bahar sabahını içime çektim ve avludaki ağaçlara düşen güneşi gördüm. Uyandığım o anda her şey hep olduğu gibiydi, hiçbir şey yitmemişti; ardından yatağın başında gün ışığında hâlâ yanan lambayı gördüm ve önceki gece kaldığım yere geri döndüm ve hikâyenin bitişi buydu.

21. 21. ve 22. sonun bulunduğu, daktiloyla yazılmış müsvedde.

Uyandığımda açık pencereden güneş giriyordu, yağmurdan sonra bahar sabahını içime çektim ve avludaki ağaçlara düşen güneşi gördüm ve uyandığım o anda her şey hep olduğu gibiydi, hiçbir şey yitmemişti; ardından yatağın başında gün ışığında hâlâ yanan lambayı gördüm

22. 21. ve 22. sonun bulunduğu, daktiloyla yazılmış müsvedde.

tamamen uyandığımda içimde fiziksel bir boşluk duygusu hissettim yatağın başında gün ışığında hâlâ yanan lambayı gördüm ve önceki gece kaldığım yere geri döndüm ve hikâyenin sonu buydu.

23. El yazısı düzeltme ve eklemeler bulunan, daktiloyla yazılmış müsvedde.

Dışarıda yağmur yağıyordu ve yağmurda hastaneden Catherine'le yaşadığımız otele yürüdüm, kapıdan girdim, araba yolundan yukarı yürüdüm, döner kapıdan geçtim. Kapı görevlisiyle konuştum. Anahtarı verdi, asansörle çıktım, dışarı adım attım, kapıyı kapadım ve koridordan yürüdüm, kapıyı açtım ve birlikte yaşadığımız odaya girdim ve içeride soyunup yatağa girdim. Nihayet uyudum; çünkü sanırım çok yorgundum. Uyandığımda açık pencereden güneş giriyordu, yağmurdan sonra bahar sabahını içime çektim ve avludaki ağaçlara düşen güneşi gördüm ve uyandığım o anda her şey hep olduğu gibiydi, ardından yatağın başında gün ışığında hâlâ yanan lambayı gördüm ~~ve tekrar neler olduğunu, bundan böyle yalnız olduğumu anlamaya başladım.~~ artık her şeyin yittiğini, bundan böyle eskisi gibi olmayacağını anladım.

24. El yazısı düzeltiler bulunan, E322 numaralı daktiloyla yazılmış müsvedde.

O Mart 1918 akşamı yağmurda hastaneden Catherine'le yaşadığımız otele yürüdüm, kapıdan girdim, araba yolundan yukarı yürüdüm, döner kapıdan geçtim. Kapı görevlisiyle konuştum, anahtarı verdi, asansörle çıktım, dışarı adım attım, kapıyı kapadım ve koridordan yürüdüm, kapıyı açtım ve birlikte yaşadığımız odaya girdim ve içeride soyunup yatağa girdim. Nihayet uyudum; uyumuş olmalıyım çünkü sabah uyandım. Uyandığımda açık pencereden güneş giriyordu, yağmurdan sonra bahar sabahını içime çektim ve avludaki ağaçlara düşen güneşi gördüm ve uyandığım o anda her şey hep olduğu gibiydi; ardından yatağın başında gün ışığında hâlâ yanan lambayı gördüm, neler olduğunu anladım ve artık her şeyin yittiğini, bundan böyle eskisi gibi olmayacağını anladım.

25. El yazısı düzeltiler bulunan, 322 numaralı daktiloyla yazılmış müsvedde.

~~Dışarıda yağmur yağıyordu ve~~ yağmurda hastaneden Catherine'le yaşadığımız otele yürüdüm, kapıdan girdim, araba yolundan yukarı yürüdüm, döner kapıdan geçtim. Kapı görevlisiyle konuştum; anahtarı verdi, asansörle çıktım, dışarı adım attım, kapıyı kapadım ve koridordan yürüdüm, kapıyı açtım ve birlikte yaşadığımız odaya girdim ve içeride soyunup yatağa girdim. Nihayet uyudum~~; çünkü sanırım çok yorgundum~~. Uyumuş olmalıyım çünkü uyandım. Uyandığımda açık pencereden güneş giriyordu, yağmurdan sonra bahar sabahını içime çektim ve avludaki ağaçlara düşen güneşi gördüm ve o anda ~~her şey~~ hep olduğu gibiydi, ardından yatağın başında gün ışığında hâlâ yanan lambayı gördüm, ~~ve tekrar fark ettim ki~~ ve artık her şeyin yittiğini, bundan böyle eskisi gibi olmayacağını anladım yine.

(Son)

Scribner Dergisi *Sonunun Esas Kaynakları*

26. İlk kısmı tamamıyla çizilmiş, birincisi 322 numaralı sayfa olan, iki daktiloyla yazılmış müsvedde.

Onlar

~~Yürüdüm~~

O gece hastanede yapabileceğim bir şey olmadığını söylediler.

~~Ardından~~ o gece yağmurda ~~birlikte~~ otele geri yürüdüm ve yukarı, ~~birlikte yaşadığımız~~ odaya çıktım ve soyunup yatağa girdim ve nihayet uyudum çünkü çok yorgundum.

~~Türlü türlü bir sürü şey olmuştu~~ Geceleyin yağmurda Catherine'le yaşadığımız otele ~~geri~~ yürüdüğüm, yukarı odaya çıkıp soyunarak yatağa girdiğim ve pencereden giren güneşle uyanmak ve ardından aniden neler olduğunu fark etmek üzere çok yorgun olduğumdan nihayet uyuduğum Mart 1918'den ~~o geceden~~ bu yana uzun zaman geçti. O gün yaşananları falan, levazımatçıyla ilk görüşmemi, tüm o yabancı ülkede defin meselesini ve o günden bu yana yaşadıklarımı anlatabilirim ama o sabah uyanışım bu hikâyenin sonu.

27. Düzeltmeler ve üstü çizili bölümler bulunan 650-52 numaralı el yazısı müsveddeler, Kalem 64.

Anlaşılan üst üste kanama geçirmişti. Durduramamışlardı. Odaya girdim, Catherine ölene kadar yanında kaldım. Bu süre zarfında bilinci hep kapalıydı, ölmesi de uzun sürmedi.

Bir levazımatçıyla ilk görüşmemden başlayıp tüm yabancı bir ülkede defin meselesi ve –süregelen ve ~~muhtemelen~~ görünüşe göre uzun zaman daha da sürüp gidecek olan– hayatımın geri kalanını sürdürmemle ilgili daha pek çok detay var. Rinaldi'nin nasıl ~~frengiden kurtulduğu~~ frengisinin tedavi edildiğini ve savaş zamanı ameliyatının ~~nadiren uygulandığı~~ barış zamanı pek uygulanmadığını öğrenmeye fırsatı olduğunu anlatabilirim. Yemekhanedeki papazın nasıl faşist yönetim altındaki İtalya'da papaz olduğunu anlatabilirim. Ettore'nin nasıl faşist olduğunu ve ~~faşizmde~~ bu teşkilatta üstlendiği rolü anlatabilirim. ~~İtalya'ya geri dönerek nasıl kendimi aptal yerine koyduğumu anlatabilirim.~~ Bilmem kimin nasıl ne çeşit bir şarkıcı haline geldiğini anlatabilirim. Piani'nin ~~nasıl~~ New York'ta taksi şoförü ~~olduğunu~~ olabildiğini anlatabilirim. Ama hepsi biten bir şeyin parçaları. En az biten Piani'ydi ama o da başka bir ülkeye gitti. Tam olarak nerede bittiğini bilmesem de kesinlikle bitti. İtalya her insanın bir kere sevmesi gereken bir ülke. Bir kez sevdim ve yaşadım; bir kez sevmeli ya da en azından orada yaşamalısınız. Klasiklere duyduğumuz ihtiyaç gibi bir şey bu da. Gençken sevmekle ya da, sanırım, orada yaşamakla daha az yitiyor insanın itibarı.

O gece yağmurda tek başıma, ve ondan sonra da daima ~~tek başıma, Lozan sokaklarından~~ Catherine'le yaşadığımız otele geri yürüdüğüm, yukarı odamıza çıkıp soyunarak yatağa girdiğim ve sabahleyin parlayan güneşle uyanmak, ardından aniden neler olduğunu fark etmek üzere çok yorgun olduğumdan nihayet uyuduğum Mart 1918'den bu yana neler yaptığımı anlatabilirim. O zamandan beri olanları anlatabilirim ama hikâyenin sonu bu.

(Son)

Pek çok şey oldu. Her zaman bir şeyler olur. Her şey körelir ve dünya devam eder. Yangından kurtarılan eşyalar gibi hayatınızın büyük kısmını geri alırsınız. Hayatınız devam ettikçe her şey devam eder ve devam eder. Hiç durmaz. Yalnız sizin için durur. Bir kısmı, siz hâlâ hayattayken durur. Geri kalanı devam eder, siz de onunla devam edersiniz. Diğer yandan bir hikâyeyi bitirmek gerekir. Ne konuda yazıyorsanız, o konunun sonunda bitirmek gerekir.

28. 650-52 numaralı üç sayfa el yazısı müsvedde, Kalem 64.

Bir levazımatçıyla ilk görüşmemden başlayıp tüm yabancı bir ülkede defin meselesi ve –süregelen ve görünüşe göre uzun zaman daha da sürüp gidecek olan– hayatımın geri kalanını sürdürmemle ilgili daha pek çok detay var.

Rinaldi'nin nasıl frengisinin tedavi edildiğini ve savaş zamanı ameliyatında öğrenilen tekniğin barış zamanı pek uygulanmadığını öğrenmeye fırsatı olduğunu anlatabilirim. Yemekhanedeki papazın nasıl faşist yönetim altındaki İtalya'da papaz olduğunu anlatabilirim. Ettore'nin nasıl faşist olduğunu ve bu teşkilatta üstlendiği rolü anlatabilirim. Piani'nin nasıl New York'ta taksi şoförü olduğunu ve Simmons'ın nasıl bir şarkıcı haline geldiğini anlatabilirim. Pek çok şey oldu. Her şey körelir ve dünya devam eder. Yangından kurtarılan eşyalar gibi hayatınızın büyük kısmını geri alırsınız. Hayatınız devam ettikçe her şey devam eder ve devam eder ama haberiniz olmaz. Hiç durmaz. Yalnız sizin için durur. Bir kısmı, siz hâlâ hayattayken durur. Geri kalanı devam eder, siz de onunla devam edersiniz.

O gece yağmurda Catherine'le yaşadığımız otele geri yürüdüğüm, yukarı odamıza çıkıp soyunarak yatağa girdiğim ve sabahleyin parlayan güneşle uyanmak, ardından aniden neler olduğunu fark etmek üzere çok yorgun olduğumdan nihayet uyuduğum Mart 1918'den bu yana neler yaptığımı anlatabilirim. O zamandan beri olanları anlatabilirim ama hikâyenin sonu bu.

29. El yazısı düzeltmeler bulunan, daktiloyla yazılmış müsvedde.

Bir levazımatçıyla ilk görüşmemden başlayıp tüm yabancı bir ülkede defin meselesi ve o günden bu yana yaşananlarla devam eden daha pek çok detay var. Rinaldi'nin nasıl frengisinin tedavi edildiğini ve savaş zamanı ameliyatında öğrenilen tekniğin barış zamanı pek uygulanmadığını öğrenmeye fırsatı olduğunu anlatabilirim. Yemekhanedeki papazın nasıl faşist yönetim altındaki İtalya'da papaz olduğunu anlatabilirim. Ettore'nin nasıl faşist olduğunu ve bu teşkilatta üstlendiği rolü anlatabilirim. Bonello ve ~~Piani'nin başına~~ Piani'ye ~~neler geldiğini~~ ne olduğunu anlatabilirim. O gece yağmurda Catherine'le yaşadığımız otele geri yürüdüğüm, yukarı odamıza çıkıp soyunarak yatağa girdiğim ve çok yorgun olduğumdan nihayet uyuduğum Mart 1918'den bu yana neler yaptığımı anlatabilirim. Uyandığımda açık pencereden güneş giriyordu, yağmurdan sonra bahar sabahını içime çektim ve avludaki ağaçlara düşen güneşi gördüm ve uyandığım o anda her şey hep olduğu gibiydi ve her şeyin yittiğinden haberim yoktu; ardından yatağın başında gün ışığında hâlâ yanan lambayı gördüm ve önceki gece kaldığım yere geri döndüm ve hikâyenin sonu buydu.

30. El yazısı düzeltme ve silinen yerler bulunan, 322 numaralı daktiloyla yazılmış müsvedde.

(Hakkında yazmak istemediğim.) Bir levazımatçıyla ilk görüşmemden başlayıp tüm yabancı bir ülkede defin meselesi ~~ve –süregelen ve görünüşe göre uzun zaman daha da sürüp gidecek olan– hayatımın geri kalanını sürdürmemle~~ ile ilgili daha pek çok detay var.

Rinaldi'nin nasıl frengisinin tedavi edildiğini ve savaş zamanı ameliyatında öğrenilen tekniğin barış zamanı pek uygulanmadığını öğrenmeye fırsatı olduğunu anlatabilirim. Yemekhanedeki papazın nasıl faşist yönetim altındaki İtalya'da papaz olduğunu anlatabilirim. Ettore'nin nasıl faşist olduğunu ve bu teşkilatta üstlendiği rolü anlatabilirim. Piani'nin nasıl New York'ta taksi şoförü olduğunu ve Simmons'ın nasıl bir şarkıcı haline geldiğini anlatabilirim. ~~Pek çok şey oldu. Her şey körelir ve dünya devam eder. Yangından kurtarılan eşyalar gibi haya-~~

~~tınızın büyük kısmını geri alırsınız. Hayatınız devam ettikçe her şey devam eder ve devam eder ama haberiniz olmaz. Hiç durmaz. En sonunda durmaz. Yalnız sizin için durur. Bir kısmı, siz hâlâ hayattayken durur. Geri kalanı devam eder, siz de onunla devam edersiniz. Nihayet yangından kurtarılan eşyalar gibi hayatınızın büyük kısmını geri alırsınız. En sonunda belli şeyleri yalnız geceleyin anımsayabilirsiniz.~~

O gece yağmurda Catherine'le yaşadığımız otele geri yürüdüğüm, yukarı odamıza çıkıp soyunarak yatağa girdiğim ve sabahleyin parlayan güneşle uyanmak, ardından aniden neler olduğunu fark etmek üzere çok yorgun olduğumdan nihayet uyuduğum Mart 1918'den bu yana neler yaptığımı anlatabilirim. ~~O zamandan beri olanları anlatabilirim ama hikâyenin sonu bu. yaşananları yazabilirim ama mecbur değilim. Yazarken elinizde, hayatta sahip olmadığınız bir seçenek vardır.~~

31. Kalem 66, dizgi kopyası. Carlos Baker'ın "Silahlara Veda'nın orijinal bitişi" dediği son. (*Ernest Hemingway: Dört Önemli Romanının Eleştirisi* [New York: Scribner, 1962], 75.) Bkz. Resim 7 (s.381).

Anlaşılan üst üste kanama geçirmişti. Durduramamışlardı.

Odaya girdim, Catherine ölene kadar yanında kaldım. Bu süre zarfında bilinci hep kapalıydı, ölmesi de uzun sürmedi.

Bir levazımatçıyla ilk görüşmemden başlayıp tüm yabancı bir ülkede defin meselesi ve –süregelen ve görünüşe göre uzun zaman daha da sürüp gidecek olan– hayatımın geri kalanını sürdürmemle ilgili daha pek çok detay var.

Rinaldi'nin nasıl frengisinin tedavi edildiğini ve savaş zamanı ameliyatında öğrenilen tekniğin barış zamanı pek uygulanmadığını öğrenmeye fırsatı olduğunu anlatabilirim. Yemekhanedeki papazın nasıl faşist yönetim altındaki İtalya'da papaz olduğunu anlatabilirim. Ettore'nin nasıl faşist olduğunu ve bu teşkilatta üstlendiği rolü anlatabilirim. Piani'nin nasıl New York'ta taksi şoförü olduğunu ve Simmons'ın nasıl bir şarkıcı haline geldiğini anlatabilirim. Pek çok şey oldu. Her şey körelir ve dünya devam eder. Yangından kurtarılan eşyalar gibi hayatınızın büyük kısmını geri alırsınız. Hayatınız devam ettikçe her şey devam eder ve devam eder ~~ama haberiniz olmaz~~. Hiç durmaz. Yalnız sizin için durur. Bir kısmı, siz hâlâ hayattayken durur. Geri kalanı devam eder, siz de onunla devam edersiniz.

O gece yağmurda Catherine'le yaşadığımız otele geri yürüdüğüm, yukarı odamıza çıkıp soyunarak yatağa girdiğim ve sabahleyin parlayan güneşle uyanmak, ardından aniden neler olduğunu fark etmek üzere çok yorgun olduğumdan nihayet uyuduğum Mart 1918'den bu yana neler yaptığımı anlatabilirim. O zamandan beri olanları anlatabilirim ama hikâyenin sonu bu.

Son.

32. Küçük düzeltiler bulunan, daktiloyla yazılmış müsvedde.

Bir levazımatçıyla ilk görüşmemden başlayıp tüm yabancı bir ülkede defin meselesi ve o günden bu yana yaşananlarla devam eden daha pek çok detay var. Rinaldi'nin nasıl frengisinin tedavi edildiğini ve savaş zamanı ameliyatında öğrenilen tekniğin barış zamanı pek uygulanmadığını öğrenmeye fırsatı olduğunu anlatabilirim. Yemekhanedeki papazın nasıl faşist yönetim altındaki İtalya'da papaz olduğunu anlatabilirim. Ettore'nin nasıl faşist olduğunu ve bu teşkilatta üstlendiği rolü anlatabilirim. Bonello'ya Imola'da ne yaptıklarını ve Piani'nin nasıl Chicago'ya gelip taksi şoförü olduğunu anlatabilirim.

O gece yağmurda Catherine'le yaşadığımız otele geri yürüdüğüm, yukarı odamıza çıkıp soyunarak yatağa girdiğim ve çok yorgun olduğumdan nihayet uyuduğum Mart 1918'den bu yana neler yaptığımı anlatabilirim. Uyandığımda açık pencereden güneş giriyordu, yağmurdan sonra bahar sabahını içime çektim ve avludaki ağaçlara düşen güneşi gördüm ve uyandığım o anda her şey hep olduğu gibiydi, hiçbir şey yitmemişti ve işte o bu şekilde olan son andı; ardından yatağın başında gün ışığında hâlâ yanan lambayı gördüm ve önceki gece kaldığım yere geri döndüm ve hikâyenin sonu buydu.

(Son)

33. Sayfanın en üstünde el yazısıyla "(boşluk)" notu olan, daktiloyla yazılmış müsvedde. Eylül 1929'da *Scribner Dergisi*'nde tefrika edilmesi sırasında kullanılmış olan sondur.

Bir levazımatçıyla ilk görüşmemden başlayıp tüm yabancı bir ülkede defin meselesi ve o günden bu yana yaşananlarla devam eden daha pek çok detay var. Rinaldi'nin nasıl frengisinin tedavi edildiğini ve savaş zamanı ameliyatında öğrenilen tekniğin barış zamanı pek uygulanmadığını öğrenmeye fırsatı olduğunu anlatabilirim. Yemekhanedeki papazın nasıl faşist yönetim altındaki İtalya'da papaz olduğunu anlatabilirim. Ettore'nin nasıl faşist olduğunu ve bu teşkilatta üstlendiği rolü anlatabilirim. Bonello'ya Imola'da ne yaptıklarını ve Piani'nin nasıl Chicago'ya gelip taksi şoförü olduğunu anlatabilirim.

O gece yağmurda Catherine'le yaşadığımız otele geri yürüdüğüm, yukarı odamıza çıkıp soyunarak yatağa girdiğim ve çok yorgun olduğumdan nihayet uyuduğum Mart 1918'den bu yana neler yaptığımı anlatabilirim. Uyandığımda açık pencereden güneş giriyordu, yağmurdan sonra bahar sabahını içime çektim ve avludaki ağaçlara düşen güneşi gördüm ve uyandığım o anda her şey hep olduğu gibiydi, hiçbir şey yitmemişti ve işte o bu şekilde olan son andı; ardından yatağın başında gün ışığında hâlâ yanan lambayı gördüm ve önceki gece kaldığım yere geri döndüm ve hikâyenin bitişi buydu.

(Son)

Fitzgerald Sonu

34. El yazısı müsvedde.

~~Savaş sırasında hayatta kalan herkes~~

İnsan hayatı boyunca birkaç şey öğreniyor, bunlardan biri de dünyanın herkesi ezip geçer ve ardından çoğunun ezilen yerlerinden güçlendiğidir. ~~Ama o ezilmeyen~~ Ezmediklerini öldürür. Çok iyi, çok nazik, çok cesur olanları ayırt etmeksizin öldürür. Eğer bunların hiçbiri değilseniz bile sizi öldüreceğinden emin olabilirsiniz, yalnız hususi bir acelesi olmayacaktır.

35. İkincisi 323 numaralı iki daktiloyla yazılmış müsvedde.

Geceleyin yağmurda Catherine'le yaşadığımız otele geri yürüdüğüm, yukarı odaya çıkıp soyunarak yatağa girdiğim ve pencereden giren güneşle uyanmak, ardından aniden neler olduğunu fark etmek üzere çok yorgun olduğumdan nihayet uyuduğum Mart 1918'den bu yana uzun zaman geçti. O gün yaşananları, levazımatçıyla ilk görüşmemi, tüm o yabancı ülkede defin meselesini ve o günden bu yana yaşanan her şeyi anlatabilirim ama ~~hikâyeyi bir noktada bitirmek gerekir~~ hikâye sona erdi.

Hayatınızı bir hikâyeyi durdurduğunuz gibi durdurabilirsiniz ama yapmazsınız ve ardından da üzülmezsiniz. Kendiliğinden durur bir süre ve sonra tekrar devam eder. İnsan hayatı boyunca birkaç şey öğreniyor, bunlardan biri de mekânlara asla geri dönmemek. Güzel şeyleri anımsamak için kendini çok zorlamamak da iyi şey, çünkü zorlarsa eskitir, yitirir. Bir değerli şey de bir kimsenin ne kadar iyi olduğunu düşündüğünü asla kimseye belli etmemek, çünkü öyle olmadığını iyi bilirler ve kimse de asla o kadar harika değildir. Ama geceleri bilirsiniz. Geceleri sizi kandıramazlar.

Anlıyorsunuz ya, yorgun olduğumuzda uyuduk ve eğer birimiz uyanırsa diğerimiz de uyandı, böylece birimiz yalnız kalmadık. Genellikle adam yalnız kalmayı diler, kız da yalnız kalmayı diler ve eğer birbirlerini seviyorlarsa birbirlerini bundan kıskanırlar, fakat bunu asla duyumsamadığımızı söyleyebilirim içtenlikle. Birlikteyken yalnız –başkalarına karşı yalnız– hissedebiliyorduk. Bu bana yalnız bir kere oldu. Pek çok kadınla birlikteyken yalnız oldum ve ancak en çok bu şekilde yalnız olabilirsiniz. Ama biz birlikteyken asla yalnız değildik ve hiçbir şeyden korkmuyorduk. Gecenin gündüz gibi olmadığını biliyorum; gece yaşananların gündüz açıklanamayacağını çünkü o vakit var olmadıklarını ve gecenin yalnızlıkları başladı mı yalnız insanlar için ürkünç olduğunu biliyorum. Ama Catherine'leyken geceleyin yalnızca daha bile iyi bir vakit olması hariç neredeyse hiç fark yoktu. Eğer insanlar bu dünyaya çok fazla cesaret getirirse, dünya onları ezip geçmek için öldürmeli ki tabii öldürür. Dünya herkesi ezip geçer ve ardından çoğu ezilen yerlerinden güçlenir. Ama ezilmeyenleri öldürür. Çok iyi, çok nazik, çok cesur olanları ayırt etmeksizin öldürür. Eğer bunların hiçbiri değilseniz bile sizi öldüreceğinden emin olabilirsiniz, yalnız hususi bir acelesi olmayacaktır.

Son.

36. 323 numaralı el yazısı müsvedde parçası.

~~Nihayet~~

Ama geceleri bilirsiniz. Geceleri sizi kandıramazlar.

Nihai Son

37. İkincisi 2, üçüncüsü 3 numaralı üç el yazısı müsvedde.

O gece geç saatte otele geri yürüdüm. Yağmur yağıyordu ve içeri girip yukarı çıktığımda ıslanmıştım

~~O gece geç saatte otele geri yürüdüm. Yağmur yağıyordu ve Catherine ölmüş, her şey artık sona ermişti.~~

~~Durdum~~

Dışarıda, koridorda doktorla konuştum, "Bu gece yapabileceğim bir şey var mı?"

"Hayır. Yapılacak hiçbir şey yok. Sizi otelinize götürebilir miyim?"

"Hayır, teşekkürler. Bir süre burada kalacağım."

"Söylenecek bir şey yok, biliyorum. Size ne kadar..."

"Hayır" dedim. "Söylenecek bir şey yok."

"İyi geceler" dedi. "Sizi otelinize bırakmamı istemediğinizden emin misiniz?"

"Hayır, teşekkürler."

Koridorda uzaklaştı. Gidişini izledim. Sonra odanın kapısına yönelip açtım. Odada iki hemşire vardı, biri kapıya geldi.

"Bir dakika" dedi. "Şimdi giremezsiniz."

"Giriyorum" dedim. "Sonra gelin."

"Kurallar..." dedi.

"Kurallar umurumda değil. ~~Siz çıkacaksınız, ben gireceğim.~~ Bir süre burada kalacağım."

Çıktılar, kapıyı kapayıp ışıkları söndürdüm. Pencere açıktı, avluda yağmur yağdığını ~~duyabiliyordum~~ duydum. ~~Yararı olmadı. Gitmişti. Oradaki o değildi.~~ Bir süre sonra veda edip çıktım. Bir heykele veda etmek gibiydi. Ama gitmek istemiyordum. Pencereden dışarı baktım. Hâlâ şiddetle yağmur yağıyordu. Üstüne yağmur düşenler kutsanmıştır, diye düşündüm. Nedendi acaba? Geri girdim. Elveda, dedim. Sanırım gitmeliyim. Yararı yoktu. Yararı olmadığını biliyordum.

38. Silinen yerler bulunan el yazısı müsvedde.

Ama onları çıkarıp kapıyı kapayıp ışıkları söndürdükten sonra da yararı olmadı. ~~Orada değildi Sanki~~
~~son kez baş başa kalmaya çalışıyor~~
~~Orada değildi. Bir heykele veda etmek gibiydi.~~
Eğer yalnız olursak hâlâ beraber olacağımızı sanmıştım. Ama öyle değildi. Hiçbir şey yoktu. Orada değildi. Bir heykele ~~veda ediyor olmak~~ veda etmek gibiydi. Bir süre sonra

39. El yazısı müsvedde.

Eğer onların hepsini dışarı çıkarabilirsem ve yalnız kalabilirsek hâlâ beraber olabileceğimizi sanmıştım. Ama işe yaramadı ~~(öyle olmadı)~~. Bir heykele veda etmek gibiydi.

40. Düzeltme ve silinen yerler bulunan el yazısı müsvedde.

Ama onları çıkarıp kapıyı kapayıp ışıkları söndürdükten sonra da yararı olmadı. ~~Eğer onları çıkarabilirsem ve yalnız kalırsak hâlâ beraber olabileceğimizi sandığımın farkında değildim.~~
~~Ama değildi~~
~~Hâlâ bir şey olurdu~~
~~Ama~~ Bir heykele veda etmek gibiydi. Bir süre sonra çıktım, hastaneden ayrılıp yağmurun altında otele yürüdüm.

41. El yazısı müsvedde. Bkz. Resim 8 (s.382).

Koridorda uzaklaştı. Odanın kapısına yürüdüm.
Hemşirelerden biri, "Şimdi giremezsiniz" dedi.
"Evet, girerim" dedim.
"Henüz giremezsiniz."

"Sen çık" dedim. "Öteki de."

Ama onları çıkarıp kapıyı ~~kapayıp~~ kapayıp ışıkları söndürdükten sonra da yararı olmadı. Bir heykele veda etmek gibiydi. Bir süre sonra çıktım, hastaneden ayrılıp yağmurun altında otele yürüdüm.

Karma Sonlar

42. 42. ve 43. sonun bulunduğu el yazısı müsvedde.

Bu Mart 1918'deydi. Üstüne yağmur düşecek pek çok ölü vardı o ay ~~(Ama bunun bir fark yaratması için bir süre geçti. Benim için hiçbir şey ifade etmiyorlardı.)~~ ve sonraki pek çok ay. Ama zaman tanıyın da bakın bakalım durumu iyileştirecek mi.

43. 42. ve 43. sonun bulunduğu el yazısı müsvedde.

Bu Mart 1918'deydi. O ay pek çok erkek öldürüldü ve eminim pek çok muhteşem kadın öldü. Ama ben öğrenmedim çünkü genelde bir şeyler olur fakat özellikle size çare olmaz.

44. 42. ve 43. sonun arkasına yazılmış el yazısı bir bölüm.

Hiçbir şey değişmemişti ~~şunun dışında~~ tamamen uyandığımda içimde ~~tuhaf fiziksel~~ bir boşluk duygusu vardı.

45. Çeşitli hatalı girişler ve kimi redaksiyonlar bulunan el yazısı müsvedde.

~~Fark edemeyecek kadar uyuşmuştum.~~ Şok sizi sersemlettiği için başlangıçta hissetmediğiniz bir yara gibiydi ama

Gittiğini biliyordum ama duyumsayamayacak kadar uyuşuktum fakat tıpkı bir yara gibi uyuşukluk fazla uzun sürmedi ve

~~Hâlâ~~ öyle uyuşmuş vaziyetteydim ki tüm ~~yapabildiğim~~ düşünebildiğim gerçekten gittiğini anlayamadan onu benden aldıkları için onlardan nefret etmekti ama farkındalık daha sonra geceleyin geldi ve o vakit kimin ya da neyin bunu yaptığının değil yalnız gitmiş olmasının bir önemi vardı.

46. El yazısı müsvedde.

Belki hiç yalnız kalmadınız. ~~Belki de ondan sonra yalnız kalmanın ne demek olduğunu bilmiyorsunuz~~
Napoli'yi görmeden ölme hoş fikir. Eğer orada yaşarsanız iliklerinize kadar nefret etmeye başlarsınız. Belki de yarımada-da şans yoktur.

47. Hatalı giriş ve kimi düzeltmeler bulunan el yazısı müsvedde.

~~Hayatınız durmuyor sanki bir~~
Hayatınızı bir hikâyeyi durdurduğunuz gibi ~~durduramaz-sınız~~ durdurabilirsiniz ~~şu hariç~~ ama yapmazsınız ve ardından da üzülmezsiniz. Kendiliğinden durur bir süre ve sonra tekrar devam eder.

Ek III

İsim Listesi

Roman için düşünülmüş isimler,[1] Massachusetts, Boston'daki John F. Kennedy Kütüphanesi'nde bulunan Hemingway Koleksiyonu kataloğunda iki sayfada, Madde 76 ve 76a numaralı kalemlerde listelenmiştir. Buna ek olarak, kitapla açıkça ilgili olan en eski isimler el yazması müsveddenin birinci sayfasında (Kalem 64) yer almaktadır: "Dünyanın Odası"[2] ve "Geceler Boyu Sonsuza Dek."[3] Aynı müsveddenin devamında daktiloyla yazılmış bir ilave sayfada iki ek isim daha bulunmaktadır: "Ayrı Bir Barış" ve "Cennet Tepesi" (**Hemingway**'in el yazısıyla eklenmiştir).

1. Kalem 76, kitap için muhtemel isimlerin bulunduğu el yazısı sayfa. Altı ya da üstü çizili isimlerin tamamının yanı sıra "Boktan başlıklar" yorumu **Hemingway**'in el yazısıyla kaleme alınmıştır.

Savaşta Aşk
Zevk İçin Keder

---

1) **Hemingway**'in roman için düşündüğü çoğu ismin edebi bir dayanağı vardır. Kimi ismin kaynağı dipnotlarda belirtilmiştir. [ç.e.n.]

2) ***The World's Room*** (***Dünyanın Odası***), ünlü balad ***Edward***'dan gelmektedir. Baladda yer alan kefaret temasından yola çıkılarak **Hemingway**'in en çok göz önünde bulundurduğu başlıklardan biridir. [ç.e.n.]

3) Orijinali ***Nights and Forever*** olan bu başlık ve daha sonra değerlendirdiği ***Everynight and All*** (***Her Gece Sonsuza Dek***), ***A Lyke-Wake Dirge*** (***Ölüyü Bekleme Ağıtı/Ölü Bekleme Ayini***) adlı baladdan esinlenmiştir. Çevirinin yarattığı çağrışımın aksine Frederic'in, dinsiz olduğunu söyleyen Catherine'in ruhu için korkmasına ve Tanrı korkusuna atıfta bulunmaktadır. [ç.e.n.]

Silahlara Veda
Geç Gelen Bilgelik
Büyülenme
İlla Seveceksen
Yeterince Zamanımız Olsa[4]
Metrese Övgü
Her Gece Sonsuza Dek
Yaralar ile Diğer Sebeplere Dair
İtalya'dan Çekiliş
Başkaları Gibi
Aşk Kızgın Bir Ateştir
Arzusuz Aşk
Görülmeye Değer Bir Dünya
Vatanseverlerin İlerleyişi[5]
Büyük Sefer
İtalyan Seyahati
Dünyanın Odası
Kargaşa ve Erken Gelen Keder
İtalya Günlüğü
Değişen Zaman[6]

---

4) **Andrew Marvell**'ın ***To His Coy Mistress*** (***Utangaç Zevceye***) adlı şiirinde, sonsuz zamanları olsa kendisiyle beraber olmaya yanaşmayan sevgilisinin nazını çekmeye gönüllü olsa da ânı yaşamaları gerektiği kanısında olan şairin *"Had we but world enough, and time"* dizelerinden etkilenen **Hemingway**, romanı ***World Enough and Time*** olarak isimlendirmeyi düşünmüştür. [ç.e.n.]

5) **John Bunyan**'ın dilimize ***Çarmıh Yolcusu*** olarak çevrilen ***The Pilgrim's Progress*** adlı romanından etkilenen **Hemingway**, romanına ***Patriots Progress*** (***Vatanseverlerin İlerleyişi***) adını koymayı da düşünmüştür. [ç.e.n.]

6) ***The Time Exchanged*** (***Değişen Zaman***), **Shakespeare**'in ***Sone 109***'unda geçen *"Iuft to the time, not with the time exchang'd"* dizelerine atıfta bulunmaktadır. **Shakespeare** bu dizede, aşkın geçip giden zamana direnmesinden, değişmemesinden bahsetmektedir. [ç.e.n.]

Ölen Öldüğünde[7]
Vurulanlar
İtalyan Deneyimi
İtalya'da Aşk
Savaşta Aşk
Duygusal Eğitim
Zina İşledim ama Başka Bir Ülkede, Hem Fahişe de Öldü[8]
Bedenin Eğitimi
Cinsel Eğitim
Frederic Henry'nin Duygusal Eğitimi[9]

2. Kalem 76a, muhtemel isimlerin bulunduğu ikinci el yazısı sayfa.

Geçip Giden[10]
Geceler Boyu Sonsuza Dek
Bir Başka Ülkede
Bilgelik Kederi Artırır
Özel Hazine
Hepsinin Sonu Aynıdır
Hepsine Aynı Oldu
İnsan İçin Daha İyisi Yoktur

---

7) ***Death Once Dead*** (***Ölen Öldüğünde***) **Shakespeare**'in ***Sone 146***'sında geçen *"And Death once dead, ther's no more dying then"* dizelerine atıfta bulunmaktadır. **Shakespeare** bu dizede ölüm ve ruhtan bahsetmektedir. [ç.e.n.]
8) **Christopher Marlowe**'un dilimize ***Maltalı Yahudi*** olarak çevrilen ***The Jew of Malta*** adlı oyunundan bire bir alınmıştır. [ç.e.n.]
9) **Hemingway**, **Gustave Flaubert**'in ***L'Education Sentimentale*** adlı romanından esinlenmiştir. [ç.e.n.]
10) Eski Ahit'te yer alan Vaiz kitabının ayetlerinden ilham alan isimler sırasıyla: ***Geçip Giden*** [1:9], ***Bilgelik Kederi Artırır*** [1:18], ***Özel Hazine*** [2:8], ***Hepsinin Sonu Aynıdır*** [2:14], ***Hepsine Aynı Oldu*** [3:19], ***İnsan İçin Daha İyisi Yoktur*** [2:24], ***Savaş Zamanı*** [3:8], ***Kesin Olan Tek Şey*** [2:14], ***Ebedi Yuva*** [12:5]. [ç.e.n.]

Savaş Zamanı
Dünyanın Odası
Kesin Olan Tek Şey
Ebedi Yuva

Teşekkürler

Bu yeni baskının ortaya çıkmasında oynadığı önemli rolden ötürü **Patrick Hemingway**'e, başlangıçta projeyi önerdiği için **Susan Moldow**'a ve bu işi bana emanet ettikleri için her ikisine de teşekkür ederim. Bilgece tavsiyelerinden ve vizyonundan ötürü **Michael Katakis**'e teşekkürler. Asla esirgemedikleri, cömert destekleri olmadan bu projenin mümkün kılınamayacağı müdür **Tom Putnam**'a, Hemingway Koleksiyonu'nun küratörü **Susan Wrynn** ve Boston J.F. Kennedy Kütüphanesi'ndeki çalışma arkadaşlarına müteşekkirim. Ayrıca editörüm **Brant Rumble** ile Simon & Shuster'daki çalışma arkadaşlarına ve de **Joseph** ile **Patriccia Czapski**, **Angela Hemingway**, **Anouk Anji Hemingway**, **Carol Hemingway**, **Valerie Hemingway** ve özellikle **Colette C. Hemingway**'e de müteşekkirim.

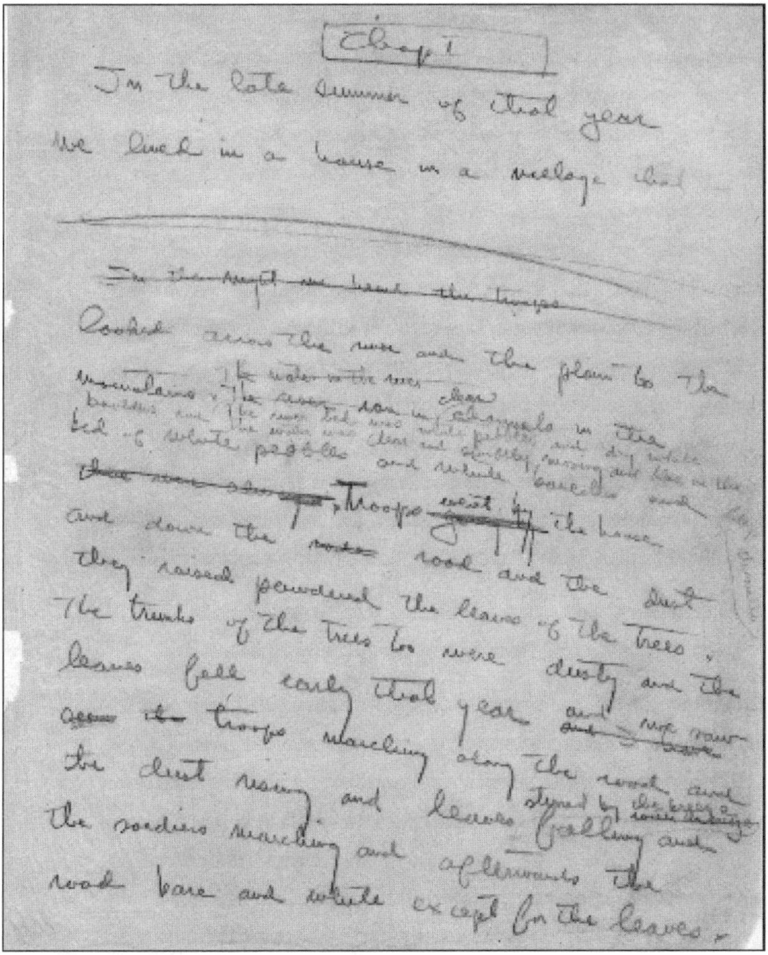

Resim 1. Düzeltme ve revizelerle romanın el yazısı ilk sayfası. Massachusetts, Boston'da bulunan John F. Kennedy Başkanlık Kütüphanesi'ndeki Ernest Hemingway Koleksiyonu, Müsveddeler, *Silahlara Veda*, Kalem 64, sayfa 1.

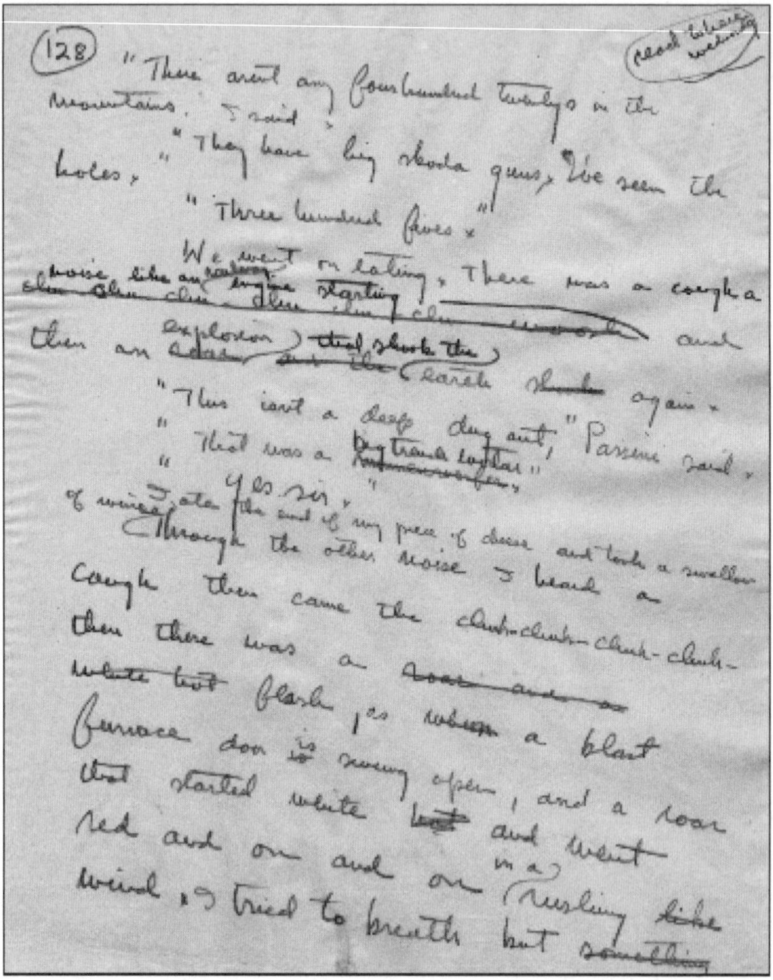
128

"There arent any four hundred twentys in the mountains," I said. "They have big skoda guns, I've seen the holes."

"Three hundred fives."

We went on eating. There was a cough a noise like an engine starting then an explosion and the earth shook again.

"This isnt a deep dug out," Passini said. "That was a big trench mortar."

"Yes sir."

I ate the end of my piece of cheese and took a swallow of wine. Through the other noise I heard a cough then came the chuh-chuh-chuh-chuh then there was a flash, as when a blast furnace door is swung open, and a roar that started white and went red and on and on in a rushing wind. I tried to breathe but

Resim 2 ve 3. Frederic Henry'nin siper havanı mermisiyle vurulduğu 9. Bölüm'den arka arkaya iki el yazısı müsvedde. Massachusetts, Boston'da bulunan John F. Kennedy Başkanlık Kütüphanesi'ndeki Ernest Hemingway Koleksiyonu, Müsveddeler, *Silahlara Veda*, Kalem 64, sayfa 128 ve 129A.

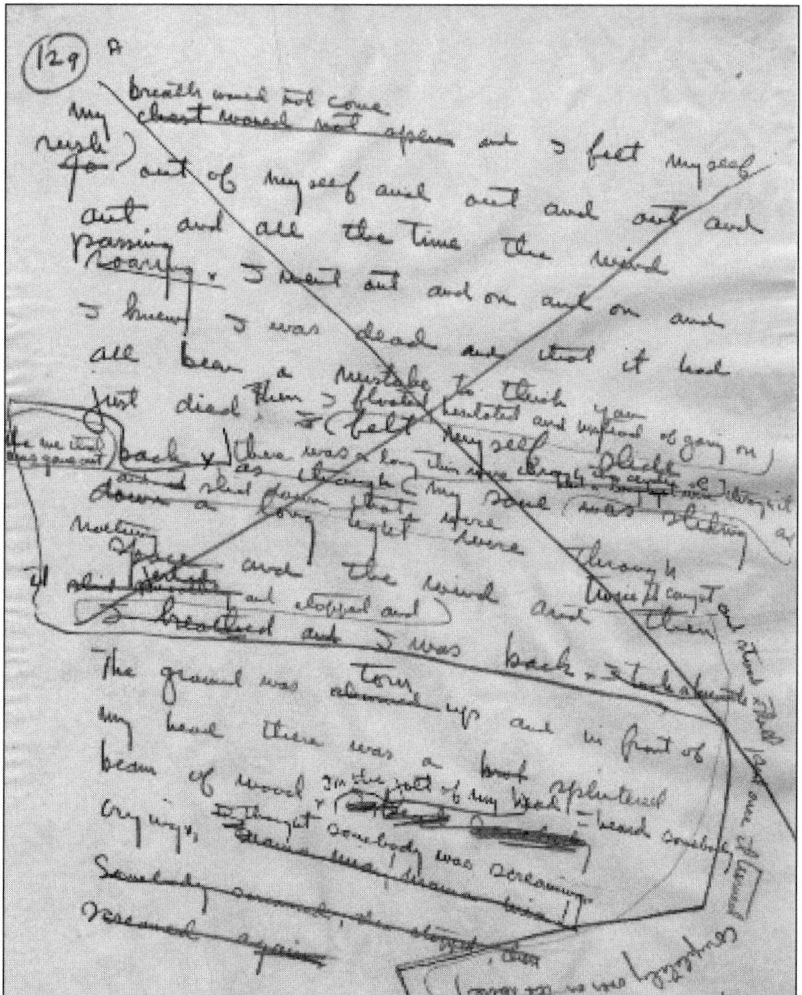
(129) A
breath would not come
my chest would not open and I felt myself
rush out of myself and out and out and
out, and all the time the wind
I went out and on and on and
I knew I was dead and that it had
all been a mistake to think you
just died.
The ground was torn up and in front of
my head there was a
beam of wood
I thought somebody was screaming

Resim 3.

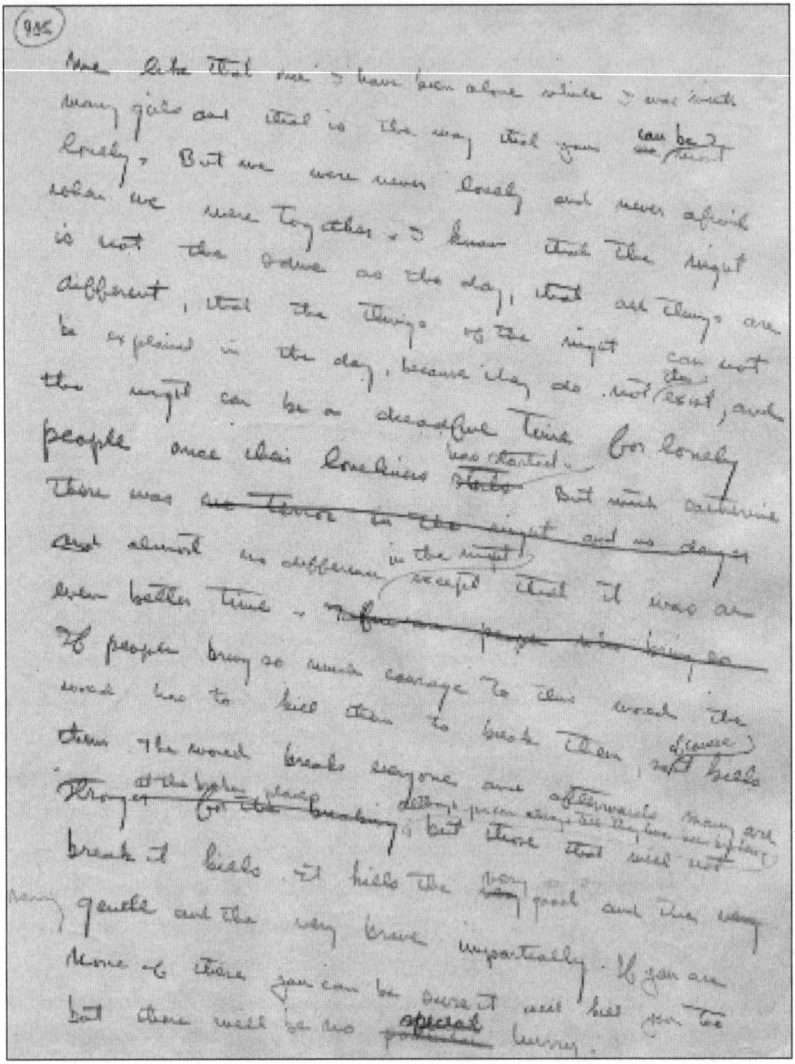

Resim 4. 34. Bölüm'den, dünyanın herkesi paramparça ettiğine dair pasajın olduğu el yazısı müsvedde. Massachusetts, Boston'da bulunan John F. Kennedy Başkanlık Kütüphanesi'ndeki Ernest Hemingway Koleksiyonu, Müsveddeler, *Silahlara Veda*, Kalem 64, sayfa 488.

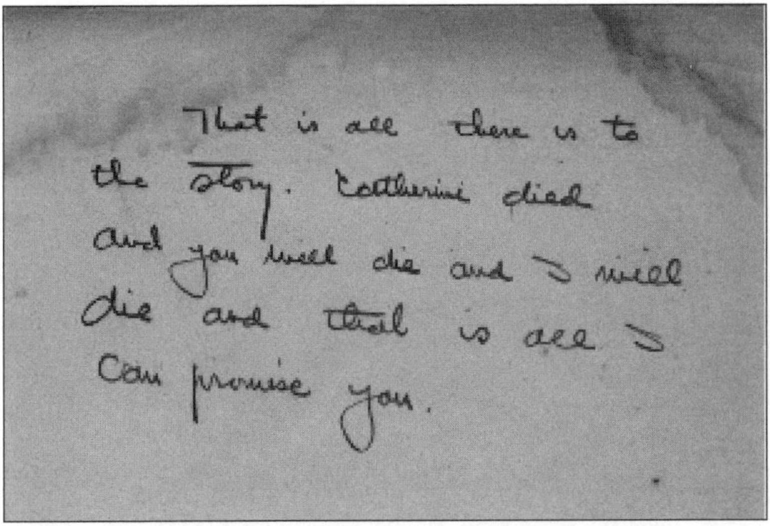

That is all there is to the story. Catherine died and you will die and I will die and that is all I can promise you.

Resim 5. "Hiçlik Sonu"na bir örnek olan el yazısı müsvedde. Massachusetts, Boston'da bulunan John F. Kennedy Başkanlık Kütüphanesi'ndeki Ernest Hemingway Koleksiyonu, Müsveddeler, *Silahlara Veda*, Kalem 70, numarasız sayfa.

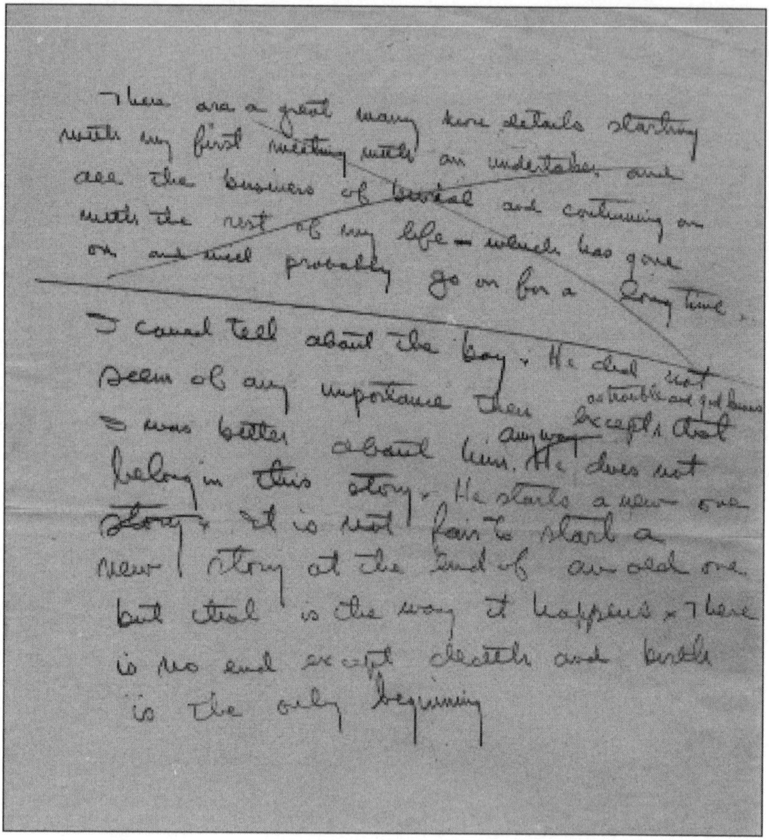
There are a great many more details starting
with my first meeting with an undertaker and
all the business of burial and continuing on
with the rest of my life — which has gone
on and will probably go on for a long time.

I could tell about the boy. He did not
seem of any importance then as trouble and god knows
I was better anyway about him except that
belong in this story. He does not
story. He starts a new one
It is not fair to start a
new story at the end of an old one
but that is the way it happens. There
is no end except death and birth
is the only beginning

Resim 6. "Yaşayan Bebek Sonu"na bir örnek olan el yazısı müsvedde. Massachusetts, Boston'da bulunan John F. Kennedy Başkanlık Kütüphanesi'ndeki Ernest Hemingway Koleksiyonu, Müsveddeler, *Silahlara Veda*, Kalem 70, numarasız sayfa.

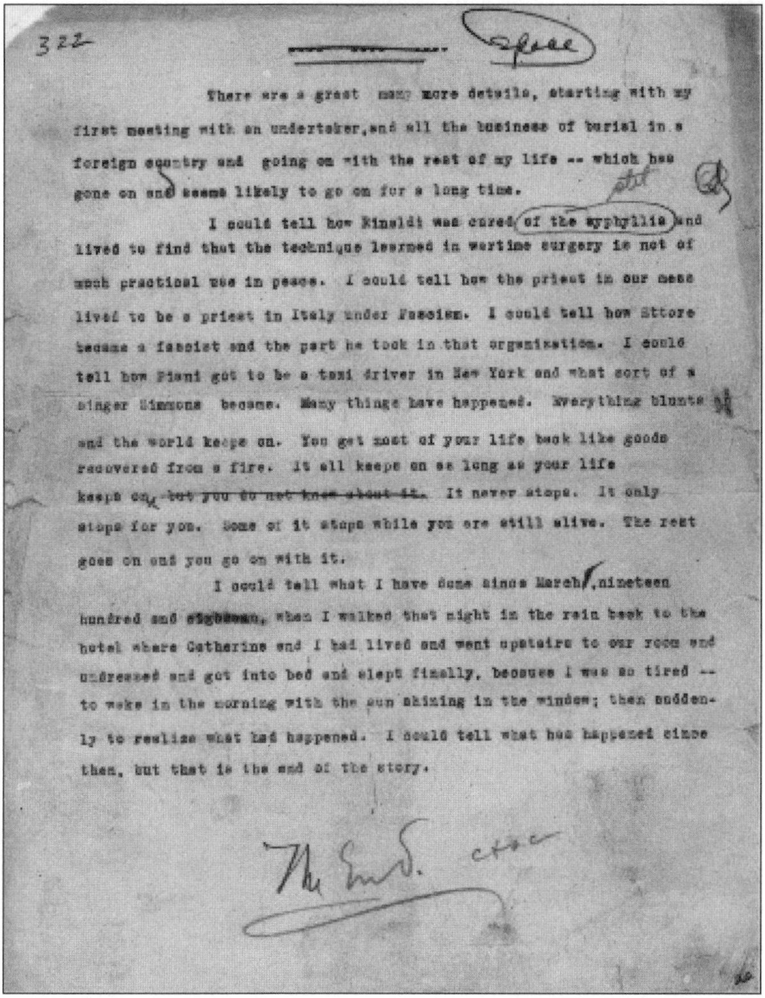
322

Space

There are a great many more details, starting with my first meeting with an undertaker, and all the business of burial in a foreign country and going on with the rest of my life -- which has gone on and seems likely to go on for a long time.

I could tell how Rinaldi was cured of the syphilis and lived to find that the technique learned in wartime surgery is not of much practical use in peace. I could tell how the priest in our mess lived to be a priest in Italy under Fascism. I could tell how Ettore became a fascist and the part he took in that organization. I could tell how Piani got to be a taxi driver in New York and what sort of a singer Simmons became. Many things have happened. Everything blunts and the world keeps on. You get most of your life back like goods recovered from a fire. It all keeps on as long as your life keeps on, ~~but you do not know about it.~~ It never stops. It only stops for you. Some of it stops while you are still alive. The rest goes on and you go on with it.

I could tell what I have done since March, nineteen hundred and eighteen, when I walked that night in the rain back to the hotel where Catherine and I had lived and went upstairs to our room and undressed and got into bed and slept finally, because I was so tired -- to wake in the morning with the sun shining in the window; then suddenly to realize what had happened. I could tell what has happened since then, but that is the end of the story.

The End.

Resim 7. *Silahlara Veda*'nın dizgi kopyasında daktiloyla yazılmış son sayfası. Massachusetts, Boston'da bulunan John F. Kennedy Başkanlık Kütüphanesi'ndeki Ernest Hemingway Koleksiyonu, Müsveddeler, *Silahlara Veda*, Kalem 66, sayfa 322.

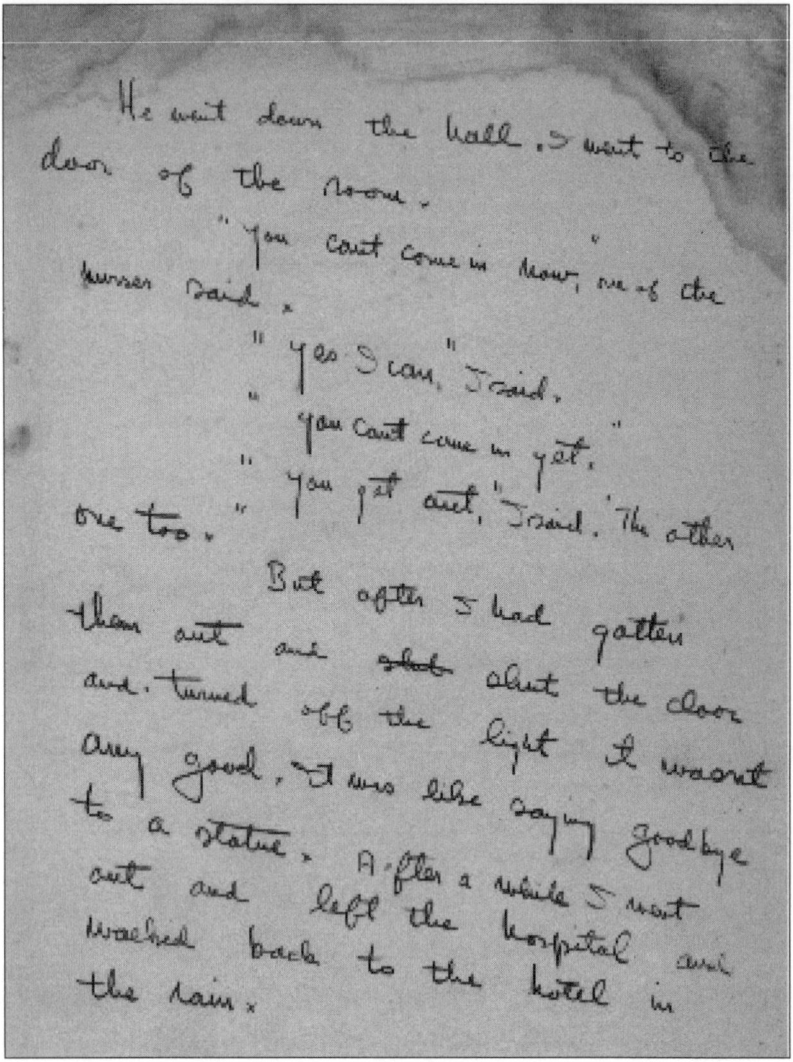
He went down the hall. I went to the
door of the room.
"You can't come in now," one of the
nurses said.
"Yes I can," I said.
"You can't come in yet."
"You get out," I said. "The other
one too."
But after I had gotten
them out and ~~shut~~ shut the door
and. turned off the light it wasn't
any good. It was like saying goodbye
to a statue. After a while I went
out and left the hospital and
walked back to the hotel in
the rain.

Resim 8. "Son"un el yazısı taslak müsveddesi. Massachusetts, Boston'da bulunan John F. Kennedy Başkanlık Kütüphanesi'ndeki Ernest Hemingway Koleksiyonu, Müsveddeler, *Silahlara Veda*, Kalem 70, numarasız sayfa.

Ernest HEMINGWAY

1899'da Chicago yakınlarında doğdu. Ortaokulu bitirdikten sonra Kansas City Star adlı gazetede çalışmaya başladı. Birinci Dünya Savaşı'na gönüllü olarak katıldı. 1918'de İtalyan ordusunda çarpışırken yaralanarak cepheden ayrıldı ve Paris'e yerleşti. Burada **Ezra Pound**'dan büyük destek gören **HEMINGWAY**, önce ***Güneş de Doğar*** (The Sun Also Rises) ve ***Silahlara Veda*** (A Farewell to Arms) adlı romanlarını yazdı. ***Silahlara Veda*** yazara büyük ün sağladı. Bunu, avcılık serüvenlerini anlatan ***Afrika'nın Yeşil Tepeleri*** (The Green Hills of Africa) izledi. Dönemin birçok sanatçısı gibi İspanya İç Savaşı'na da katılan **HEMINGWAY**, 1940'ta bu savaşı anlatan güçlü romanı ***Çanlar Kimin İçin Çalıyor***'u (For Whom the Bell Tolls) yayımladı. Bu roman çok geçmeden sinemaya uyarlandı. 1952'de yazdığı ***Yaşlı Adam ve Deniz*** (The Old Man and the Sea) büyük yazarın ününe ün kattı. 1961'de av tüfeğiyle vurularak ölen yazarın intihar mı ettiği yoksa kazaya mı uğradığı kesin olarak öğrenilemedi.

HEMINGWAY roman dalındaki emek ve çabaları karşılığında 1954 yılında **Nobel Ödülü**'nü aldı. Kısa, yalın cümleler kullanan ve sert, öz tarzı ile bilinen, boğa güreşi ve büyükbaş hayvan avı meraklısı yazarın kahramanları da her zaman cesur ve davalarına bağlı, görünmez ruhsal ve bedensel yaraları olan kadınlar ve erkeklerdi.